ANTON MARKLUND

Der Flug des Falken

Kriminalroman

*Aus dem Schwedischen
von Thomas Altefrohne*

btb

Die schwedische Originalausgabe erschien 2022 unter dem Titel
»Under falkens vingar« bei Norstedts, Stockholm.

MIX
Papier | Fördert
gute Waldnutzung
FSC® C014496

Penguin Random House Verlagsgruppe FSC® N001967

1. Auflage
Deutsche Erstveröffentlichung April 2025
Copyright © der Originalausgabe 2022 Anton Marklund
Published by agreement with Norstedts Agency
Copyright © der deutschsprachigen Ausgabe 2025 btb Verlag
in der Penguin Random House Verlagsgruppe GmbH,
Neumarkter Straße 28, 81673 München
produktsicherheit@penguinrandomhouse.de
(Vorstehende Angaben sind zugleich
Pflichtinformationen nach GPSR.)

Covergestaltung: semper smile, München, nach einem Entwurf von
Maria Sundberg und unter Verwendung von Bildmaterial von Adobe Stock
(ирина кудрина, Johny, Steve Oehlenschlager)
Satz: GGP Media GmbH, Pößneck
Druck und Einband: GGP Media GmbH, Pößneck
MA · Herstellung: BB
Printed in Germany
ISBN 978-3-442-77536-1

www.btb-verlag.de
www.facebook.com/penguinbuecher

Prolog

LAUT EINER THEORIE GIBT ES unendlich viele Realitäten. Welten, der unseren täuschend ähnlich, aber trotzdem zwangsläufig unterschiedlich zu der, in der wir leben.

Die Theorie besagt, dass sich das Universum bei jedem Ereignis, bei jeder getroffenen Entscheidung in zwei oder mehrere dieser Realitäten spaltet. Dann leben wir in einer davon, bis wir wieder vor eine Wahl gestellt werden. Die Welt verzweigt sich erneut, und so entsteht ein unendlicher Baum von Realitätslinien, der einfach immer größer und größer wird.

Manche Leute meinen, wenn dem so ist, macht uns das unsterblich.

Denk mal darüber nach.

Bei jeder Entscheidung und jedem wichtigen Ereignis gibt es also ein Universum, in dem genau *du* weiterlebst. Das Flugzeug stürzt ab, und alle Passagiere kommen um bis auf einen. In einem möglichen Szenario bist du es. Das Auto, mit dem du fährst, kracht gegen eine Bergwand. Irgendwo anders steigst du unverletzt aus dem Wrack. Und in genau dieser Realität lebst du. So muss es sein. Es ist schließlich das Einzige, dem du dir bewusst sein wirst.

Ich denke manchmal an diese Theorie. Denn wenn sie wahr ist, bedeutet es, dass die Welt, in der wir leben, meine ist und nicht die von jemand anderem.

Manchmal kann ich es sehen. Ich sehe, wie sich die Realität verzweigt. Und einen Augenblick lang folge ich auch der Linie, in der ich nicht zu Hause bin. Ich weiß nicht, wie ich es anders erklären soll.

Zum ersten Mal ist es vor fast fünfundzwanzig Jahren passiert. Ich war zweiundzwanzig, und es war mein erstes Jahr als Sozialarbeiterin. Ich saß an einem Küchentisch zusammen mit einer Frau in meinem jetzigen Alter, und ich sollte entscheiden, ob sie in der Lage war, sich um ihre Kinder zu kümmern.

Die Frau und ich waren ein ungleiches Paar. Ich jung, schlank und hübsch, wenn mich jemand anders beschrieben hätte. Mit dem Leben noch vor mir.

Sie übergewichtig mit schlechter Haut, in abgetragener, frisch gewaschener H&M-Kleidung, die trotzdem nach Zigaretten roch.

Die gesamte Situation war schief. Ich glaube, es schon damals erkannt zu haben. Mir war viel zu viel Macht gegeben worden. Sie hatte dieses Mal Kaffee gekocht und mich dazu gebracht, an ihrem Küchentisch zu sitzen. Sie redete, die ganze Zeit war sie am Reden, über Belangloses, das Wetter, den Wind, einfach irgendetwas, damit es nicht still war. Während sie den Mund bewegte, schnitt sie einen Hefezopf in Stücke, den sie gekauft hatte, nicht selbst gebacken. Das Messer war viel zu groß, und ich vermutete, dass sie alles damit schnitt.

Sie versuchte, mich gnädig zu stimmen. Natürlich tat sie es. Sie, die so viel durchgemacht hatte – ich nahm es wahr, fühlte es –, versuchte, die kleine Prinzessin zu besänftigen, die nicht das Geringste über ihre Familie wusste, trotzdem aber die Macht hatte, sie zu zerstören. So sah sie es.

Sie schnitt den ganzen Hefezopf in Stücke, obwohl wir nur zu zweit waren. Als sie fertig war, hielt sie mir den Teller mit den Stücken hin.

»Es sind wahrscheinlich Pistazien drin«, sagte sie. »Ich hoffe, Sie mögen das?«

Warum erinnere ich mich an diese Worte?

Man wird Sozialarbeiterin, weil man Menschen helfen und die Welt verbessern will. Für diejenigen da sein, die jemanden an ihrer Seite brauchen.

Aber wenn man seine Ideen in die Realität umsetzt, werden sie zwangsläufig immer zu etwas anderem.

Ich nahm mir etwas vom Hefezopf, sagte, ich würde Pistazien mögen, aber das Stück blieb auf dem Tisch neben meiner Tasse mit dünnem Kaffee liegen.

Ich hätte ihn essen sollen, das gehört sich einfach so. Aber ich konnte nicht, konnte es einfach nicht, weil ich wusste, was ich ihr später antun würde.

In dem Moment, als ich die Frau sah, wusste ich es.

Du verstehst das wahrscheinlich nicht, nicht so richtig.

Wie das ist.

Was es heißt.

Jemandem *das Kind wegzunehmen.*

Vielleicht hast du selbst Kinder. Dann siehst du sie vor dir, und dann bist du nah genug dran. Aber wenn nicht, ist es zu vage. Für dich sind sie gesichtslos. Du weißt nichts über sie.

Mattias und Felicia, so hießen die Kinder. Eigentlich darf ich so etwas nicht erzählen, aber ich mache es trotzdem. Damit du es dir vorstellen kannst.

Felicia war acht Jahre alt, Mattias sechs. Mattias wollte Polizist werden, wenn er groß ist. Er hatte schon mehrmals welche gesehen. Einmal durfte er in einem Polizeiwagen mitfahren, wollte aber nicht erzählen, wann.

Felicia war gerade in die Schule gekommen. Sie hatte keinen inneren Halt, keine Freunde, war jedoch bereit, ihre Mutter bis auf den Tod zu verteidigen. Kinder sind so.

Sie hatten eine Videokassette, *Toy Story*, die sahen sie sich jedes Mal an, wenn ich dort war. Als wäre der Film etwas Konstantes, auf das sie sich verlassen konnten und das ihnen einredete, dass der Weg, den man einschlägt – ganz egal, wie verschlungen er auch ist –, zu einem Happy End führt.

Sie lachten nicht mehr über die lustigen Szenen des Films.

Ich glaube, dass sie es begriff, als ich nichts vom Hefezopf aß. Sie verstummte und schaute mich an, sah mir zum ersten Mal richtig in die Augen.

»Sie werden sie mir wegnehmen, oder?«

Sie klang nicht wütend. Und es war eigentlich keine Frage. Eher ein Flehen. Es nicht zu tun. Wenn man nur auf die Stimme achtet, sagt sie oft etwas anderes.

Ich antwortete nicht. Nicht einmal das brachte ich fertig.

Aber die Stille sagte schon genug.

»Habe ich nicht alles gemacht, worum Sie mich gebeten haben?«, flehte sie mich an. »Fragen Sie Felicia und Mattias. Fragen Sie doch mal, was *sie* wollen.«

Das Ding ist, dass sie recht hatte. Sie hatte alles gemacht, was sie sollte. Wirklich. Alles, was ich ihr gesagt hatte. Sie hätte noch eine Chance bekommen sollen.

Aber ich kann es nicht erklären. Ich war zweiundzwanzig Jahre alt und hatte noch kaum etwas von der Welt gesehen, trotzdem wusste ich es einfach.

Wie es sein musste.

Auf diese Art und Weise darf es nicht ablaufen. Es gibt Richtlinien dafür, wie Menschen erfahren sollen, dass sie ihre Kinder verlieren. Jedenfalls nicht so wie an jenem Küchentisch vor mehr als zwei Jahrzehnten.

Aber sie sah mich weiter an. Und anstatt auszuweichen und zu sagen, dass eine Untersuchung durchgeführt wird, dass ich sehe, wie sie sich bemüht hat, und dies mit den anderen Faktoren in Betracht ziehen würde, statt mich zu entschuldigen und damit herauszureden, dass viele Personen daran beteiligt sind, dass sich auch die Schule und der Kindergarten äußern müssen und dass ich an einem anderen Tag zurückkommen würde, mit einem Sozialberater, mit Unterstützung, mit Hilfe – stattdessen höre ich mich selbst sagen:

»Es tut mir leid, Marianne.«

Wörter bekommen ihre Kraft durch den Zusammenhang.

Damals, genau in diesem Moment, sah ich zum ersten Mal, wie sich die Realität aufspaltet.

Etwas flammte in ihren Augen auf. Eine Wut, die mir eine Riesenangst einjagte. Instinktiv schaute sie auf das glasurverschmierte Küchenmesser, das neben den geschnittenen Hefezopfstücken lag.

In der Realitätslinie, der wir jetzt folgen, tat sie nichts. Wir saßen einfach nur weiter an der ungebügelten Tischdecke, und ich konnte sehen, wie der Zorn allmählich aus ihren Augen verschwand.

Aber in meiner Wahrnehmung spielte sich ein ganz anderes Szenario ab. In dem Universum, von dem wir gerade getrennt worden waren, sprang sie auf und ergriff das Messer. Ich versuchte zu fliehen, aber sie war stärker als ich, hielt mich fest und stach mir mit dem Messer in die Brust.

Die Glasur auf dem Messer breitete sich auf meiner Bluse aus, aber es spielte keine Rolle, weil das weiße Geschmiere bald von schwarzem Blut getränkt wurde, das aus mir herausströmte. Das Blut spülte mich mit sich fort, und das, was *ich* war, verschwand langsam in seinem sickernden Strom.

Aber wie gesagt ist nichts davon passiert. Nicht in meiner Realität. In der sank sie einfach nur in sich zusammen.

Tränen.

Stattdessen kamen Tränen.

Sie schniefte, schluchzte. Wie Erwachsene es nur selten tun. Sie hatte alles gemacht, was ich ihr gesagt hatte. Alles, was sie machen sollte. Trotzdem würde sie ihre Kinder verlieren.

Doch ich nahm meine Worte nicht zurück. Konnte es nicht. Weil ich es schließlich wusste. Genau so, wie ich es heute, nach all diesen Jahren, manchmal immer noch weiß.

Einfach weiß.

Wie manche Dinge *sein müssen*.

I

ALS PETER UND ICH MIT dem Auto voller Einkaufstüten aus Solbacken zurückkommen, wartet ein Mann in blauer Uniform vor unserem Haus. Er ist jung und kräftig gebaut, sieht aus wie die Karikatur eines Polizisten. Selbst ohne die Uniform hätte ich erraten können, was er beruflich macht.

Er hat einen Platz an der Hauswand gefunden, wo die Frühjahrssonne wärmt, und schaut mit leicht abwesendem Blick auf den See.

»Anscheinend ist hier irgendetwas passiert«, sagt Peter, als wäre mir nicht gerade der gleiche Gedanke gekommen. Einen Augenblick lang zögert mein Mann, weil unser Auto normalerweise dort steht, wo der Polizist seinen blau-weißen SUV ein wenig nachlässig geparkt hat. Aber dann stellt Peter einfach den Motor ab, lässt den Wagen dort am Wegrand stehen, und wir steigen aus und gehen dem uniformierten Mann entgegen.

Der Polizist sieht mit seinem niedrigen Haaransatz aus wie ein Gorilla. Während er Peter so fest die Hand schüttelt, dass sie weiß wird, nennt er seinen Namen, aber ich verstehe ihn nicht. Jonny? Jimmy? Irgendetwas in der Richtung.

»Was ist passiert?«, fragt Peter.

Jonny-Jimmy schüttelt auch mir die Hand, ohne mich anzusehen.

»Das kann ich zum jetzigen Zeitpunkt nicht sagen«, antwortet er. »Meine Aufgabe ist es, dafür zu sorgen, dass Sie mitkommen.«

Peter lächelt bemüht, wie er es immer macht, wenn er nicht versteht, was man meint.

»Ich stehe doch nicht wegen irgendetwas unter Verdacht?«, erwidert er und lacht, um zu zeigen, dass es ein Witz war.

Aber Jonny-Jimmy lacht nicht mit, er lächelt nicht einmal.

»Zum jetzigen Zeitpunkt steht noch jeder unter Verdacht«, sagt er und macht Anstalten, zum Auto zu gehen.

»Worum geht es?«, fragt Peter noch einmal.

»Ich werde Sie zu einem Tatort bringen«, sagt Jonny-Jimmy. »Mehr kann ich nicht sagen. Kommen Sie, oder wollen Sie, dass ich die Handschellen raushole?«

Jetzt lächelt er.

Jonny-Jimmy beginnt zu protestieren, als ich mich ebenfalls auf den Rücksitz des Polizeiwagens setze.

»Nein, nur Peter«, sagt er und dreht sich zu uns um. »Sie sollen nicht mitkommen. Von Ihnen haben sie nichts gesagt.«

Aber ich bringe ihn dazu, seine Meinung zu ändern.

Ich gebe nichts auf Aussehen. Das mache ich wirklich nicht, weil es keine Rolle spielen sollte.

Aber ich weiß, was für eine Macht Schönheit hat. Was auch immer ich in meinem Leben zustande bringe, es wird nie so viel wert sein wie mein rabenschwarzes Haar, meine eisblauen Augen und mein schlanker Körper, der mich offenbar noch immer nicht im Stich gelassen hat.

Höher entwickelt sind wir Menschen nicht.

Jonny-Jimmy wird rot von dem Blick, den ich ihm zuwerfe

und etwas zu lange halte. Ich zwinkere ihm nicht zu, aber das hätte genauso funktioniert.

»Bitte«, sage ich.

Er dreht sich verlegen weg.

»In Ordnung. Die werden Sie dort sowieso fernhalten.«

Er gibt Gas und rast ungestüm den Schotterweg hoch, der ins Zentrum des Dorfes führt und dort in Asphalt übergeht. Am Dorfladen biegt er in den kleineren Schotterweg ein, der nach Svedjan führt, das Dorf auf der anderen Seite des Sees.

Peter hatte das offensichtlich nicht erwartet und sieht sich unsicher um.

»Wo fahren wir denn hin?«, fragt er. »Können Sie wenigstens das sagen?«

Jonny-Jimmy grinst im Rückspiegel.

»*Patience is a virtue.*«

Seine englische Aussprache ist miserabel. Wie die des ehemaligen Ministerpräsidenten Göran Persson. Wie die meiner alten Lehrerin.

So langsam geht mir der Polizist auf die Nerven. Er weiß, dass wir ihm ausgeliefert sind, trotzdem spielt er mit uns. Oder genau *deswegen* tut er es. Zu viel Bosheit in dieser Welt stammt eben daher, von Menschen, die auf anderen herumtrampeln, einfach nur weil sie es können.

Vermutlich ärgere ich mich über seine Art und tue deshalb, was ich tue.

»Wir fahren an den Maltesviken in Svedjan«, sage ich zu Peter.

Du fragst dich jetzt wahrscheinlich, woher ich das weiß?

Ich kann es eigentlich nicht erklären. Wie schon gesagt, manchmal *weiß* ich so etwas einfach. Ich spüre, was im Inneren von Menschen verborgen ist. Als Jonny-Jimmy das Wort *Tatort* gesagt hat, wusste ich genau, was er meinte, den Bootsstrand in der Bucht Maltesviken auf der anderen Seeseite. Dass er am Vormittag dort gewesen ist und dass er uns jetzt dorthin bringen würde.

Jonny-Jimmys Miene entgleist bei meinen Worten. Natürlich tut sie das.

»Wie zur Hölle können Sie das wissen?«, ruft er.

»Sie haben es doch vorhin gesagt«, erwidere ich und begegne seinem Blick im Rückspiegel ebenso herausfordernd wie vorhin.

Auch jetzt weicht er fast sofort aus. Aber ich merke, wie es weiter in ihm arbeitet.

»Ich habe nie gesagt, wo wir hinfahren«, murmelt er nach einer Weile.

»Nicht? Dann bin ich wohl einfach selbst draufgekommen.«

»Das … Also …«

»Sie hatten es erwähnt, kurz bevor Sie erzählt haben, dass Sie sich am Strand übergeben mussten, als Sie das tote Mädchen gesehen haben«, sage ich. »Dass Sie deswegen hierherfahren und uns holen sollten. Weil man Sie dort für unbrauchbar gehalten hat.«

»Das tote Mädchen?«, fragt Peter, aber wir ignorieren ihn.

Jonny-Jimmy kämpft damit, es zu verstehen.

»Hat Tomas das erzählt?«, fragt er schließlich. »Dieser Mistkerl verarscht einen immer.«

Ich zucke mit den Schultern. Das Blatt hat sich gewendet, ich habe jetzt Mitleid mit ihm.

Ist es nicht immer so? Dass man andere Menschen versteht,

sobald man Zugang zu ihren Gefühlen bekommt? Man sieht, was sie sehen. Der Jonny-Jimmy hier benimmt sich so, weil er verwundbar ist, er hat sich übergeben beim Anblick des ersten toten Menschen, den er gesehen hat.

So etwas sollte ein Polizist nicht tun.

VIER POLIZEIWAGEN STEHEN AM GRABEN, wo der kleine Traktorweg hinunter zum Maltesviken abbiegt. Mit dem von Jonny-Jimmy sind es fünf. Zwei uniformierte Männer sperren den Weg für Unbefugte ab. Sie nicken Jonny-Jimmy zu, gehen ein paar Schritte zur Seite und lassen uns durch.

»Pause vorbei?«, sagt der eine zu ihm.

»Ha, ha«, murmelt er.

Peter ist jetzt deutlich ruhiger. Sein Gesicht hat wieder Farbe angenommen, und ich denke, dass er gleich die schöne Aussicht hier kommentieren wird. Die frühlingsgelben Kuhweiden, die zum blauen Spiegel des Sees abfallen, der Nadelwald, der am gegenüberliegenden Ufer eine feine Silhouette bildet. Man sieht so etwas deutlicher, wenn das Normale zur Seite geschoben wird.

Aber er verkneift es sich.

»Es scheint sich noch nicht herumgesprochen zu haben«, sagt er stattdessen.

Ich nicke. An der Absperrung oben am Weg hat keine neugierige Menschenmenge gestanden, und es scheinen auch keine Boote vom Wasser aus herumzuschnüffeln.

Unten am Strand kann ich eine Gruppe Polizisten sehen, die sich dort versammelt haben. Sie stehen einfach nur herum, niemand scheint auf dem Boden herumzukriechen und das Gebiet nach Spuren abzusuchen, wie sie es im Fernsehen machen.

Zwischen den Polizisten steht jemand aus dem Dorf, den ich sofort erkenne. Nils ist ein bescheidener Mann in den Dreißigern, der hier in Svedjan wohnt. Er sieht sehr erleichtert aus, uns zu sehen. Oder vielleicht eher, Peter zu sehen. Vermutlich war er es, der sie meinen Mann holen geschickt hat und ihnen gesagt hat, dass Peter alles über die Menschen hier und deren Absichten weiß und alle ihre Fragen beantworten kann. Denn das kann er.

Der Polizist, der neben Nils steht, kommt auf uns zu. Er ist vielleicht fünfundfünfzig oder sechzig Jahre alt, groß, aber nicht dick, hat höchstens ein paar Kilo zu viel. Er trägt ein blaues Sakko, in dem er sich nicht richtig wohlzufühlen scheint.

»Danke, Jonte«, sagt er.

Er nickt Jonny-Jimmy zu.

»Christian, Kriminalkommissar«, begrüßt er uns dann.

Ich beschließe sofort, dass ich ihn mag. Er strahlt etwas Authentisches aus. Vielleicht ist es seine Stimme. Oder einfach nur der Kontrast zwischen ihm und Jonny-Jimmy.

»Danke, dass Sie kommen konnten«, sagt er in einem breiten Dialekt, den ich nicht richtig zuordnen kann. Piteå? Die Region um Norsjö?

Dann wendet er sich an Peter.

»Nils sagt, dass man hier mit Ihnen reden muss, wenn man etwas wissen will?«

»Es gibt viele, die sich hier gut auskennen«, sagt Peter. »Aber natürlich, ich wohne hier schon lange.«

»Hat Jonte erzählt, was passiert ist?«

»Ein bisschen was hat er gesagt«, erwidert mein Mann diplomatisch.

»Nils hat sie vor ein paar Stunden gefunden.«

Der Kommissar dreht sich zum kleinen steinigen Strand, an

den eine Handvoll Boote gezogen und mit Seilen an ihren rostbraunen Ankern befestigt worden sind.

»Wenn Sie nichts dagegen haben, möchte ich, dass Sie mitkommen und sich die Frau ansehen«, fährt er fort. »Vielleicht erkennen Sie sie wieder.«

Genau wie Jonny-Jimmy protestiert der Kommissar, als auch ich mitkomme.

»Das hier ist nichts, was Ihre Frau sehen will«, sagt er zu Peter, so als könnte ich so etwas nicht selbst entscheiden. »Es ist am besten, wenn sie hierbleibt.«

»Ramona ist Sozialarbeiterin«, sagt Peter. »Sie hat mehr gesehen, als ich jemals sehen werde.«

Christian zögert eine weitere Mikrosekunde, dann nickt er.

»Okay, dann kommen Sie mit.«

Und dann folgen wir ihm zu den Booten. Aus irgendeinem Grund gehen wir hintereinander, so vorsichtig wir können, um keine Beweise zu zerstören. Als würde es eine Rolle spielen, wie fest wir auftreten.

Es ist ein wunderschöner Frühlingstag. Auf dem Weg zu den Booten kommt es mir wieder in den Sinn. Auf einem Flecken Gras am Ufer sprießt eine Gruppe Huflattiche. Kleine leuchtend gelbe. Überall um uns herum kann ich sehen, wie sich grüne Halme einen Weg durch das Gras vom letzten Jahr suchen. Das Weidendickicht im Graben hinter dem Strand hat ausgetrieben, die Birke dort am Waldrand ebenso. Zaghafte Wellen gluckern gegen die freigelegten Steine am Ufer.

Das Schöne, das erfüllt einen. Und macht den Kontrast zu dem, was wir sehen werden, so viel größer.

PETER HAT RECHT. ICH HABE in meinem Leben eine ganze Menge gesehen.

Ich stempele mich auf der Arbeit ein und fahre zu Orten, die ich manchmal nie ganz verlassen kann.

Den Teich mit der toten Zweijährigen. *Die Kleine* haben sie sie genannt.

Das versteckte Baumhaus, aus dem der Teenager Simon gefallen ist. Er hat Frösche gesammelt, sie lagen um ihn herum.

Und die Wohnung, in der die so hübsche Frau an ihrem eigenen Erbrochenen erstickt ist. Alice, hieß sie so? Wie kann ich ihren Namen vergessen haben?

Der Beruf, den ich gewählt habe, hat mich zu einer Reihe von Menschen geführt, denen ich helfen wollte, es aber nicht konnte.

Natürlich, zu vielen bin ich durchgedrungen, ich habe ihnen den Weg aus dem Sumpf gezeigt, in dem sie versunken sind. Aber andere musste ich dort lassen, wo sie sind.

Sie dort lassen und gleichzeitig mitnehmen. Denn was ich auch tue, diejenigen, denen ich nicht geholfen habe, übertönen die, für die ich etwas tun konnte.

Ich frage mich, was es mit einem Menschen macht, wenn er sein Leben einer Sache widmet, bei dem die Niederlagen zwangsläufig die Siege überschatten?

DAS MÄDCHEN LIEGT IN EINEM der Boote. Dem Ruderboot, das kleiner als die anderen ist. Das morsch aussieht. Spontan denke ich, dass es ein Mädchen ist, sehe dann aber, dass das vermutlich nicht stimmt. Der Körper ist der einer jungen Frau. Vielleicht ist es vor allem ihr Gesicht, das mich an ein Kind denken lässt. Es erinnert ein wenig an das einer Puppe.

Wir stellen uns um das Ruderboot und schauen sie an. Ihre Augen ähneln denen eines toten Fisches. Wie von einem Barsch, der im Eimer liegt, wenn Peter und Jonas angeln waren. Den Peter gerade in die Hände genommen und ihm den Hals nach hinten gebogen hat, bis sein Leben mit einem Knacken aus ihm entwichen ist.

Sie liegt auf dem Boden des Bootes. Vor Kurzem war noch Winter, sodass sich der geschmolzene Schnee und der kalte Regen der letzten Zeit im Rumpf gesammelt haben. Ihr Körper ist von einer grünen schleimigen Flüssigkeit bedeckt, die fast bis zu den Dollen reicht.

Sie trägt keine Kleidung. Vollkommen unbedeckt liegt sie in einer unnatürlichen Pose im Wasser, wodurch ihre Nacktheit vollständig entblößt wird.

Es wird sehr deutlich: Die Wege des Lebens haben hier nicht dorthin geführt, wo sie hinsollten.

Christian räuspert sich, als ob er unsere Aufmerksamkeit

will, aber ich kann den Blick nicht von ihr losreißen. Ich muss mich fast zurückhalten, damit ich nicht meinen Mantel ausziehe und ihren Körper bedecke. Es fühlt sich an, als würden wir sie mit unseren Blicken ebenfalls schänden.

»Wissen Sie, wer sie ist?«, fragt Christian leise.

»Sie ist nicht hier aus der Gegend«, sagt Peter. »Ich habe sie noch nie gesehen.«

»Ich weiß auch nicht, wer es ist«, bekomme ich heraus.

Christian nickt.

»Ja, das habe ich mir schon fast gedacht.«

»Sie sieht nicht schwedisch aus«, sagt Peter.

»Nein, das tut sie nicht.«

Tatsächlich fällt mir jetzt erst auf, dass sie wahrscheinlich nicht hier geboren ist. Der Tod hat sozusagen alle ihre Merkmale ausradiert, als würde es keine Rolle mehr spielen, woher sie kommt, sondern nur, dass ihre Reise hier geendet hat.

Ich kann nicht erkennen, woher sie stammt.

Osteuropa? Russland?

Christian räuspert sich wieder, ich glaube, es ist ein Zeichen, dass wir gehen sollen, aber trotzdem bleiben wir stehen und betrachten ihren nackten Körper. Ich weiß nicht, warum. Wir nehmen Dinge in die Dunkelheit unseres Unterbewusstseins auf, mehr erreichen wir damit nicht.

»Sie war anscheinend gefesselt«, sagt Peter.

Auch das habe ich vorher nicht gesehen. Die blauen Flecken an den Handgelenken. Dünne blaue Linien, die niemals verschwinden werden.

Christian nickt noch einmal.

»Ja, sieht so aus. Wir haben den Körper noch nicht berührt. Eine Kriminaltechnikerin aus Stockholm ist auf dem Weg hierhin, und irgendein Ermittler, aber es gab wohl Schwierigkeiten mit ihrem Flug. Wir warten mit dem Technischen, bis sie einen Blick darauf geworfen haben. Es schwimmen auch Blüten im Wasser herum, nicht einmal die haben wir angefasst.«

Die Blüten stammen von Frühblühern. Eine Art kleinerer Tulpen.

Diese Sorten mag ich irgendwie am liebsten. Sie werden im Herbst gepflanzt und treiben dann im Frühling als allererste aus, dünn, fragil, kurzlebig. Sie verwelken, wenn die anderen Pflanzen um den Platz kämpfen, so als hätten sie ihren eigenen Weg gefunden.

»Wie ist sie gestorben?«, frage ich.

Ich sehe kein Blut. Keinen deutlichen Hinweis darauf, wie sie getötet wurde.

Christian schüttelt den Kopf.

»Wie gesagt, wir warten auf die Kriminaltechnikerin aus Stockholm.«

Er räuspert sich wieder, vielleicht ist es ein Tick. Dann dreht er sich um und deutet mit einer Handbewegung an, dass wir gehen sollen. Diesmal lassen wir uns von den Booten wegführen, genauso vorsichtig wie auf dem Hinweg.

ES IST NUR KNAPP EINE Stunde vergangen, seit Jonny-Jimmy Peter in seinen Polizeiwagen gezwungen hat, bis er uns wieder heimfährt und unten am Weg absetzt, an der gleichen Stelle, wo wir abgeholt worden sind. Zu meiner Überraschung ist er jetzt freundlich. Er bedankt sich bei uns. Sagt, dass sie sich vielleicht noch einmal melden.

Als er verschwunden ist und sich der aufgewirbelte Staub auf dem Weg wieder gelegt hat, ist es so, als wäre das, was wir erlebt haben, nicht passiert. Als hätten wir eines dieser anderen Universen besucht, mit dem wir nichts zu tun haben sollen.

Das Auto steht immer noch am falschen Platz neben den Fingerstrauchbüschen unten am Weg. Die Einkaufstüten warten auf dem Rücksitz auf uns. Mir kommt der Gedanke, dass die Kühlprodukte sicher hinüber sind, aber sie scheinen vollkommen in Ordnung zu sein, obwohl die Frühlingssonne das Auto ziemlich aufgeheizt hat.

Wir tragen die Tüten hinein, ohne viel miteinander zu reden. Nur die üblichen Phrasen, die wir immer sagen.

»Nimm nicht alle Tüten, ich kann auch ein paar tragen.«

»Legst du das Hackfleisch direkt in den Kühlschrank, damit es nicht schlecht wird?«

Man tanzt seine Alltagstänze. Wir könnten es genauso gut schweigend tun.

Als alles weggepackt ist und wir oben in unserem Haus am Hang sind, nimmt Peter am Küchentisch Platz. Er sitzt dort einfach nur herum, fragt nicht nach Kaffee, wie er es normalerweise tut.

»Es ist so seltsam«, sagt er nach einer Weile.

»Was?«

Er sucht nach Worten.

»Als wir nach Hause kamen und dieser Polizist hier gestanden hat, habe ich sofort gedacht, dass Jonas etwas passiert wäre. Das war das Erste, was mir durch den Kopf geschossen ist.«

»Mir auch«, sage ich, obwohl es nicht stimmt. Erst jetzt wird mir bewusst, dass ich mir Sorgen um unseren Sohn hätte machen müssen.

Warum habe ich es nicht? Weil meine Sorgen um ihn zum Alltag gehören, weil sie immer da sind? Oder weil er jetzt erwachsen ist, sich um sich selbst kümmern kann? Weil ich Stockholm, wo er hingezogen ist, nicht wie Peter als etwas Großes und Fremdes sehe?

»Jonas geht es gut«, sage ich. »Ruf ihn an, wenn du dir Sorgen machst.«

Peter schüttelt den Kopf. »Ich weiß, dass es ihm gut geht. Das ist es nicht.«

Er zögert, sucht wieder nach Worten, damit die richtigen herauskommen.

»Also«, sagt er. »Ich bin das Gefühl nicht losgeworden, dass ihm etwas passiert sein könnte, bis wir nach Svedjan abgebogen sind und du gesagt hast, dass wir zum Maltesviken fahren. Dass es um ein totes Mädchen geht ... Als ich wusste, dass es ein Mädchen war, das ermordet wurde, konnte ich mich entspannen. Wie krank ist das bitte?«

Er sieht mich an.

»Du irrst dich«, sage ich. »Das eine Gefühl hatte nichts mit dem anderen zu tun. Es scheint nur so.«

Er fährt sich mit der Hand durchs Haar, das an den Schläfen ein wenig ergraut ist. »Ja, vielleicht. Aber trotzdem.«

»Du wirst noch genug über das Mädchen nachdenken«, sage ich. »Versprochen.«

Liebe ist so seltsam.

Es gibt niemanden, der so perfekt ist wie Peter. Er sagt immer das Richtige, hilft allen. Er unterstützt mich, ganz egal wobei, und ist nie unnötig aufbrausend. Er ist groß, stark, gutaussehend, jedenfalls wenn man mich fragt.

Er ist all das.

Wären da nicht die kleinen Schwächen, die er zwischendurch zeigt, würde ich es nicht ertragen, mit ihm zusammenzuleben.

DER ÄLTERE KOMMISSAR, CHRISTIAN, kommt eine halbe Stunde später zu uns nach Hause. Er hat sich jetzt eine große blaue Polizeijacke angezogen, die nichtssagend ist, ihm aber besser steht als das Sakko. Den Kaffee, den Peter ihm anbietet, lehnt er ab. Er räuspert sich.

»Wissen Sie noch etwas anderes, das wir verwenden können?«, fragt er in seinem breiten Dialekt. »Wir wollen den Stockholmern etwas vorweisen können, wenn sie kommen. Wie gesagt, eine Kriminaltechnikerin und ein Mordermittler sind auf dem Weg, um die Ermittlungen zu leiten. Und wir wollen hier nicht wie Schuljungen herumstehen, die ihrer Lehrerin keinen Apfel mitgebracht haben.«

Er lächelt, um deutlich zu machen, dass es ein Witz ist, obwohl es das vermutlich nicht ist.

»Ich wüsste nicht, was das sein könnte«, sagt Peter.

»Vielleicht wissen Sie, wem die Boote am Strand gehören? Wir müssen die Besitzer möglicherweise so schnell wie möglich kontaktieren.«

Natürlich weiß Peter das. Er kann jedem Boot einen Besitzer zuordnen.

Ich habe nie verstanden, warum sich Peter so etwas merkt. Dinge, die keine Rolle spielen. Wer mit wem verwandt ist, wem der Wald gehört, an dem wir vorbeifahren, wie viele Pferdestärken jedes Automodell hat, das gebaut wird.

Ich habe einmal von einer Studie gelesen, bei der man Personen Bilder von Waschbären gezeigt hat. Es hat sich gezeigt, dass Kinder in weniger als drei Sekunden Unterschiede zwischen verschiedenen Waschbärengesichtern erkennen konnten. Erwachsene waren dazu nicht in der Lage. Die Erklärung war, dass wir lernen müssen, Informationen und Details zu verdrängen, damit wir in der von uns geschaffenen Gesellschaft funktionieren können, ansonsten wird das Chaos um uns herum unkontrollierbar.

Manchmal glaube ich, dass Peters Leben hier im Dorf und im Bergwerk, in dem er arbeitet, so begrenzt ist, dass er am Ende des Tages noch genug Platz im Gehirn hat, um sich die Gesichtszüge von Waschbären zu merken.

Christian schreibt auf, was Peter zu den Booten sagt.

»Ich habe noch an eine andere Sache gedacht«, sagt der Polizist. »Hier draußen in den Dörfern werden Verbrechen manchmal aufgeklärt, weil jemand ein fremdes Auto bemerkt und sich das Nummernschild aufgeschrieben hat. Etwas in der Richtung.«

Der große Kommissar sieht uns fragend an, und wir verstehen, auf was er aus ist.

»Also, das meine ich nicht abfällig«, sagt er. »Solche Leute gibt es überall. Aber an Orten wie diesem hier bekommen sie sozusagen die Gelegenheit, es auszuleben.«

»Das könnte stimmen«, sagt Peter nickend.

»Also, gibt es hier so jemanden? Jemanden, der fremde Kennzeichen aufschreibt oder etwas Ähnliches?«

Da können Sie mit jeder beliebigen Person sprechen, denke ich. So ist es hier in der Gegend. Die Leute schämen sich nicht einmal dafür, ihre Ferngläser auf der Fensterbank aufzubewahren. Sobald einer hier etwas weiß, wissen es alle. Es hat etwas Schönes und zugleich Unangenehmes an sich. Ein Sicherheitsnetz, das sich jederzeit in die Schlinge eines Lynchmobs verwandeln kann.

Aber Peters Gedanken sind wie gewöhnlich konkreter.

»Es gibt da jemanden«, sagt er. »Er heißt Henning und wohnt in der grünen Bruchbude, kurz vor Svedjan, wenn man in den Ort reinfährt. Aber er ist ein wenig, tja, speziell.«

Allein der Gedanke an ihn lässt mich erschaudern.

Peter wägt seine Worte ab.

»Er kommt nicht gut mit Autoritätspersonen zurecht, könnte man sagen. Er hat eine Schwester, der es zeitweise schlecht ging und die nicht die Hilfe bekommen hat, die sie braucht.«

Was mein Mann alles über die Leute hier weiß.

»Aber Henning ist über alles im Bilde, was im Dorf passiert«, fährt er fort und sieht den Polizisten an. »Die kleinste Abweichung, und Henning hat sie sich notiert.«

Christian nickt anerkennend und schreibt etwas auf seinen Block.

»Nur wie gesagt, vermutlich will er nicht mit der Polizei reden«, gibt Peter zu bedenken. »Sie gehören zur *Obrigkeit*.«

»Zu den Weißhemden«, sagt Christian, ohne aufzusehen. Er denkt an diesen Film, den alle gesehen haben, *Ein Mann namens Ove*. Peter versteht die Anspielung nicht, nickt aber trotzdem.

»Gibt es jemanden, dem er vertraut?«, fragt Christian, als er fertig geschrieben hat. »Einen Kollegen? Seine alte Mutter? Einen Saufkumpan? Jemanden, den wir mitnehmen können und der sozusagen das Eis bricht.«

Peter schüttelt den Kopf. »Ich glaube, dass Henning sich mit den meisten hier in der Gegend verkracht hat.«

»Mit dir nicht«, sage ich.

Die beiden Männer verstummen, als hätten sie nicht erwartet, dass ich etwas beizutragen habe.

»Er vertraut dir«, lege ich trotzdem nach.

Peter sieht skeptisch aus. »Also, wir sind nicht verfeindet oder so«, sagt er zu Christian. »Aber er hat sich im Laufe der Jahre sicher schon über mich aufgeregt. Er ist niemand, der schnell vergisst.«

»Nein, er vertraut dir«, beharre ich.

»Glaubst du das wirklich?«

»Nein«, erwidere ich. »Ich *weiß* es.«

ICH HABE ES SCHON VORHIN erwähnt, und jetzt sind wir wieder dort angekommen. Dass ich gewisse Dinge manchmal weiß. Solche, die ich in Menschen *sehe*. Wie gesagt kann ich nicht erklären, wo es herkommt. Ich stelle mir gerne vor, dass es keine besondere Fähigkeit ist, kein sechster Sinn, der mir verliehen worden ist, sondern dass ich einfach nur ein bisschen besser in dem bin, was eigentlich jeder kann.

Denn bestimmt hast auch du oft so ein instinktives Gefühl, wenn du Menschen zum ersten Mal triffst? Du kannst jemanden nicht leiden, der dir eigentlich sympathisch sein müsste, ohne selbst zu verstehen, warum. Oder musst gegen ein Unbehagen ankämpfen, obwohl die Person, die vor dir steht, die ganze Zeit lächelt und die richtigen Dinge sagt.

So als würdest du mehr über sie wissen?

Als Peter und ich uns gerade kennengelernt hatten, haben wir einmal im Café Viktors gesessen, und ich habe ihn gezwungen, die Leute um uns herum zu lesen. Anfangs wollte er es nicht, aber dann fing er an.

Bei manchen verrannte er sich, aber bei anderen kam er dem, was ich wahrnahm, überraschend nahe. Er merkte, dass das Paar vor uns Probleme hatte, obwohl sie sich nicht stritten. Er ahnte nicht das, was ich spürte, dass sich die Frau bereits entschieden hatte, die Beziehung zu beenden, aber trotzdem.

Auch er sah es.

Ich denke, dass unsere Lebensgeschichten auf unser Äußeres geschrieben sind. In die Züge um unsere Augen, in unsere Haltung, in die Art und Weise, wie wir zögern, darin, hinter wie viel Schminke wir uns verstecken, wie viel wir essen, trainieren, lügen und ausweichen.

Ich stelle mir vor, dass ich so etwas erfasse, auf eine Weise, die nicht gut für mich ist.

HENNINGS BRUCHBUDE IST EIN WENIG abgelegen, kurz vor Svedjan, von der Straße durch eine verwilderte Wiese getrennt, auf der scheinbar ein wenig willkürlich Schrott und Autowracks zurückgelassen wurden. Am Waldrand befindet sich ein großer Stapel Feuerholz, das nass und grau geworden ist, und hier und da wurden offenbar nur zur Verwirrung kleine Nebengebäude gezimmert. Sogar das eigentliche Haus scheint dem Verfall überlassen.

Wie kann man so leben?, denke ich. Als ob es niemand sieht. Als würden sich andere kein Urteil bilden.

Vergilbtes Gras vom letzten Jahr streift am Untergestell des Autos entlang, als wir der Auffahrt folgen und mitten auf dem Gehöft parken. Wir steigen aus, und ich gehe langsam zum überdachten Hauseingang, aber Peter und der Polizist biegen in die entgegengesetzte Richtung ab, weil der alte Mann hinter einem der Schuppen steht und gräbt.

Henning ist vielleicht fünfundsiebzig Jahre alt, sein Haar weiß und ungepflegt, sein Körper krumm von der Last, die die Jahre ihm aufgebürdet haben. Eine deutlich spürbare Einsamkeit strahlt von ihm aus. Ich habe sie jedes Mal gefühlt, wenn ich ihn getroffen habe, wurde fast davon überwältigt. Eine Einsamkeit, die alles andere in ihm überschattet.

Er hat ein Loch gegraben, das er jetzt wieder zudeckt. Spontan kommt mir der Gedanke, dass er gerade die Frau beerdigt.

Dass er sie umgebracht hat und jetzt die Beweise beseitigt. Aber sie liegt schließlich immer noch in dem schleimigen Wasser, es passt nicht zusammen.

Als wir uns nähern, hört er auf zu graben. Er erkennt Peter wieder, aber vermutlich ist er unsicher, wer Christian und ich sind, ich sehe, wie er versucht, uns einzuordnen. Als wir näher kommen, gräbt er demonstrativ weiter. Vielleicht sieht er das leuchtende Emblem auf Christians Jacke. Wie gesagt, er hat ein Problem mit Autoritäten.

Wir bleiben einige Meter von dem grabenden Mann entfernt stehen.

»Entschuldige, dass wir uns aufdrängen«, spricht Peter ihn an.

Henning tut so, als würde er es nicht hören. Er macht noch einige Spatenstiche. Dann überlegt er es sich anders und steckt den Spaten in die Erde, lehnt sich nach hinten, wie man es in Werbungen für Rasierwasser macht. Allerdings steifer.

»Hallo, Peter«, sagt er.

Dann sieht er mich an. Etwas zu lang, als würde er mich prüfen.

»Du bist also *sie*?«

Ich weiß nicht, was er meint.

»Bestimmt hast du meine Frau Ramona schon getroffen?«, fragt Peter.

»Ich weiß, wer sie ist.«

Die Grimasse, zu der sich sein Gesicht verzieht, ist sie der Versuch eines Lächelns?

Vor meinem inneren Auge sehe ich ihn als Kind. Er ist vielleicht zwölf Jahre alt und badet in einem Waldsee. Es ist idyllisch. Der Sonnenuntergang, die Wasseroberfläche, dieses endlose, zeitlose Gefühl, das man nur an wenigen schwedischen Sommerabenden bekommt, wenn sich das Licht weigert nachzugeben. Aber alles, was er fühlt, als er dort schwimmt und im Wasser seine Bahnen zieht, ist, dass er es mit niemandem teilen kann.

Peter sieht Christian an, als ob er Kraft schöpfen will.

»Du bist also gerade beim Graben«, sagt er zu Henning.

»Die Katze hat heute früh wieder Junge bekommen. Ich kann hier keine Unmengen Katzen herumlaufen haben.«

Der alte Mann zieht seinen Ärmel hoch und zeigt uns lange, tiefe Kratzspuren auf dem Unterarm. Dann wechselt er die Seite und zeigt, dass der andere Arm ähnlich aussieht.

Er sieht uns vielsagend an und wartet anscheinend darauf, dass wir etwas sagen.

Aber was soll man dazu sagen?

Hast du nur die Jungen getötet oder auch die Mutter?

Hat sie das getan, als sie um ihr Leben kämpfte oder als sie ihren Nachwuchs verteidigt hat?

Peter nickt. Wartet kurz, gerade lang genug, wie er es so gut kann, bevor er das Gespräch fortsetzt.

»Das hier ist Christian«, sagt er. »Er repräsentiert den langen Arm des Gesetzes. Er hofft, dass du der Polizei bei einer Sache helfen kannst, die hier passiert ist.«

Henning starrt den Polizeikommissar an. Ein Schweißtropfen läuft ihm die Schläfe herunter, er wischt ihn weg.

»Was wollen die denn?«, fragt er.

Peter dreht sich zu Christian, wie um ihm zu signalisieren, dass er jetzt das Gespräch übernehmen kann. Aber bevor der Kommissar etwas sagen kann, beginnt der alte Mann zu reden.

»Man wundert sich nur«, sagt er. »Die Behörden machen nie, worum man sie bittet, wollen jetzt aber selber Hilfe haben?«

Christian widerspricht ihm nicht. Trotzdem regt sich Henning weiter auf.

Er sieht sich um und erblickt das baufällige Haus.

»Sie nehmen für jede noch so kleine Sache, die Ihnen einfällt, Geld. Das Haus da, zum Beispiel, gehört mir und sonst niemandem, und Sie wollen, dass ich Steuern dafür bezahle, nur um es behalten zu dürfen. Erklären Sie mir mal, wie das richtig sein kann?«

Er fasst alle Behörden zusammen. Menschen ohne Macht tun das leicht. Aber Christian lässt ihn.

»Ich verstehe, was Sie meinen«, sagt er.

»Bald müssen wir sicher noch für die Luft bezahlen, die wir atmen ...«, brummt Henning.

Peter lacht darüber, als wollte er es nachträglich zu einem Witz machen. Aber der alte Mann sieht ernst aus.

»Und wenn man etwas zurückkriegen will, weht plötzlich ein ganz anderer Wind.«

Er denkt an seine Schwester, von der mein Mann gesprochen hat, die nicht die Hilfe erhalten hat, die sie braucht. Es geht bei allem hier um sie. Ihre Geschichte hat auch ihn verändert.

Christian antwortet nicht. Er schaut einfach nur zu Boden.

»Ich verstehe auch, wie du das meinst«, sagt Peter. »Aber die Situation ist gerade etwas speziell.«

Peter will noch mehr sagen, vermutlich vom toten Mädchen erzählen, aber Christian legt ihm die Hand auf die Schulter.

»Ihr Freund braucht nicht mit mir zu reden, wenn er nicht will.« Dann richtet er sich an Henning. »Entschuldigen Sie, dass wir Sie gestört haben. Einen schönen Tag noch.«

Er deutet mit der gleichen Geste wie am Boot an, dass wir gehen sollen. Aber bevor wir den alten Mann verlassen, wendet sich der Polizist an ihn.

»Darf ich nur eine Sache fragen? Haben Sie die Schuppen hier gebaut?«

Henning antwortet nicht, aber Christian kümmert es nicht. Er geht näher zu dem Schuppen, neben dem wir stehen, und mustert die Ecke.

»Verdammt, was für eine Handwerksarbeit. Was für eine Präzision.« Er betastet eine der Fugen mit der Hand. »Darf ich fragen, wie lange es dauert, so einen Schuppen hochzuziehen?«

»Das kann man nicht sagen«, murmelt Henning. »Ihn zu bauen, dauert nur ein paar Tage. Aber die Bäume auszuwählen, die Stämme abzuhauen, sie zurechtzuschneiden, das Holz zu trocknen … Das ist die eigentliche Arbeit.«

Christian nickt. »Natürlich.«

Ich sehe, was Christian macht, ich sehe die Karotte, die er vor dem Gesicht des alten Mannes baumeln lässt.

»Nehmen Sie Bestellungen an?«, fragt er.

»Nein, das habe ich noch nie gemacht. Werde ich auch nicht.«

Christian schaut sich trotzdem weiter den Schuppen an. Er nimmt seinen Block und kritzelt etwas auf ein Blatt, reißt es dann heraus und gibt es Henning. »Meine Telefonnummer«, sagt er. »Falls Sie Ihre Meinung ändern sollten. Das hier schlägt alle anderen, mit denen ich Kontakt hatte.«

Henning nimmt den Zettel tatsächlich entgegen. »Das werde ich nicht tun«, sagt er.

Aber er klingt nicht mehr so abweisend.

Und dann gehen wir wieder von dort weg. Wir sagen nichts mehr. Nichts über sie. Nichts darüber, dass ein paar Kilometer entfernt ein totes Mädchen in einem schleimigen Fischerboot liegt. Vermutlich liegt sie immer noch dort. Unbedeckt. Ich verstehe nicht, warum wir es Henning nicht erzählt haben.

Aber Christian scheint zu wissen, was er tut, denn nach nur wenigen Metern hören wir Henning rufen:

»Wobei wollten Sie denn Hilfe haben?«

Wir drehen uns um.

»Unten am See wurde ein Mädchen gefunden«, sagt Christian. »Vermutlich wurde sie ermordet.«

Wir warten. Darauf, dass es Henning dazu bringt, seine Meinung zu ändern.

Ich glaube, er ist kurz davor. Sehr kurz.

»Jemand von hier?«, fragt er.

Peter schüttelt den Kopf.

»Vermutlich eine Geflüchtete. Oder Einwanderin. Sie wissen es noch nicht.«

»Dann war es vielleicht gut so«, sagt der alte Mann.

Wir bleiben noch eine Weile stehen, während er weiter sein Loch mit toten Katzen füllt.

OFT BLEIBE ICH BIS SPÄT in die Nacht auf. Ich kann sowieso nicht schlafen.

Ich mag das. Wenn es gewissermaßen *zu* spät ist, wenn die Teetasse kalt geworden ist, im Fernsehen nur Krimiserien vom Abend wiederholt werden und ich immer noch dort sitze, obwohl ich eigentlich schon vor langer Zeit ins Bett hätte gehen sollen. Ich spüre eine Ruhe, die ich nicht richtig verstehe.

Wenn ich dort herumsitze, spreche ich häufig mit Gott. Oder eher, ich spreche *zu* ihm. Halte innere Monologe, führe Diskussionen mit jemandem, der nicht antwortet. Vielleicht nicht einmal zuhört?

Heutzutage soll man Gott nicht als *Ihn* bezeichnen. Gott hat ja schließlich keinen Penis oder riesiges Glied, das dort über uns hängt.

Für mich spielt es keine Rolle, wie man Gott nennt. Aber ich stelle ihn mir als Mann vor. Das passt schließlich am ehesten zu ihm, oder? Gott antwortet doch nur, wenn er selbst Lust dazu hat, und er scheut sich nicht davor, seine Entscheidungen mit Gewalt durchzusetzen. Wonach hört sich das an?

Aber trotzdem lese ich die Bibel. Oft. Ich werde von ihr angezogen.

Das meiste ist ohnehin unverständlich. Es geht viel um Männer, die Männern etwas antun. Geschichten aus einer anderen Zeit, die aber trotzdem erklären, warum wir so leben, wie wir es tun.

Und dann gibt es Dinge, die sich nicht verändert haben. Und das ist noch schwerer nachzuvollziehen.

Die Bibel erzählt häufig von Menschen, die alles zurücklassen, um zu tun, was Gott ihnen sagt. Ich kenne nur das Gegenteil. Zurückzubleiben. Das Leben vorbeiziehen zu lassen, mit dem Gefühl, dass man nicht am richtigen Ort ist.

Als würde Gott einen rufen, aber man versteht nicht, was man tun soll.

*

Am Abend, nachdem wir das tote Mädchen gesehen haben, spendet mir die Bibel keinen Trost. Sosehr ich es auch versuche, ich kann mich nicht vom Bild des Mädchens im Boot befreien, wie sie dort in dem grünen Wasser liegt und mich ansieht, ohne irgendetwas mit ihren toten Fischaugen zu sehen.

Was ich an diesem Abend auch aufschlage, alle Bibelgeschichten scheinen von ihr zu handeln. Von Missetätern und Opfern. Menschen, die sterben. Überall stirbt jemand.

Mir ist vorher noch nie so bewusst geworden, wie voll von Gewalt das ist, was Gottes Wort an uns Menschen sein soll. Normalerweise geht es doch um die Liebe, warum kann ich sie heute Abend nicht sehen?

Zwischen den Zeilen gibt es jetzt einen anderen Sinn, der in Wahrheit dahintersteckt: dass die meisten von uns ersetzbar sind. David führt Krieg gegen seine Feinde, die wahrscheinlich auch nur das Beste aus ihrem Leben machen wollen. Simson reißt den Tempel ein, in dem sich Menschen befinden. Wenn ich es jetzt auf diese andere Weise lese, wird die Botschaft sehr deutlich. Zeitalter kommen, Zeitalter verschwinden. Unser Moment hier auf der Erde ist kurz.

Schließlich gebe ich mich geschlagen. Ich gehe ins Schlafzimmer, ziehe mich aus und krieche neben Peter ins Bett. Ich kann seinen Atem hören, seine Wärme erahnen, aber ich kuschele mich nicht direkt an ihn. Er muss morgen früh aufstehen, und ich will ihn nicht wecken. Stattdessen liege ich nur da und starre in die Dunkelheit.

Nach einigen Minuten höre ich seine Stimme.

»Bist du wach?«

»Ja.«

Ich nehme es als Zeichen, dass ich näher heranrücken darf. Er antwortet mit seiner typischen Umarmung, durch die ich mich wie eine Frau und gleichzeitig wie ein kleines Kind fühle. Er macht keine Bemerkung über meine Kälte, obwohl sie ihm auffallen muss.

»Ich muss die ganze Zeit an das Mädchen denken«, sagt er.

»Ich sehe sie sogar, wenn ich die Augen zumache.«

»Ich auch.«

Wir schweigen, und eine Weile fühlt es sich an, als wäre die Welt wieder in Ordnung. Es hilft in gewisser Weise schon, dass er da ist, am gleichen Ort wie ich.

»Was glaubst du, wie alt sie war?«, fragt er.

»Keine Ahnung. Siebzehn, achtzehn?«

»Glaubst du, dass sie schon so alt war?«

»Dann sechzehn?«

»Das würde ich eher sagen«, erwidert er.

Und so haben wir gewissermaßen ihr Alter festgestellt. Einfach so.

Aus irgendeinem Grund fühlt es sich gut an. Als hätte sie einen kleinen Teil dessen, wer sie war, zurückbekommen.

»Was glaubst du, wie sie hieß?«, sage ich.

»Ich habe keine Ahnung.«

»Nein, natürlich nicht.«

Er ist einen Augenblick lang still, versteht, dass er raten soll.

»Natascha«, sagt er.

»Natascha? Warum glaubst du das?«

»Ich habe einfach nur geraten. Sie sah so aus, als wäre sie aus Osteuropa, also dachte ich einfach …«

»Ist Natascha nicht ein russischer Name?«, frage ich.

»Russland gehört doch zu Osteuropa.«

»Ich dachte eher, dass sie vielleicht aus Polen ist«, sage ich.

»Oder Rumänien. Dann passt ein russischer Name nicht so gut.«

»Vielleicht heißt man ja in ganz Osteuropa Natascha«, schlägt er vor.

»Ja, das könnte sein.«

Wir liegen wieder eine Weile lang still da. Ich höre erneut Peters Atem, oder, besser gesagt, ich spüre ihn auf meinem Körper. Er ist jetzt ruhiger, als würde auch er sich entspannen, als löse sich der Knoten im Herzen, den ihr Anblick ihm gegeben hat.

»Was glaubst du, wer Natascha war?«, frage ich, weil ich will, dass er so bleibt. »Warum war sie wohl hier?«

»Im Boot? Oder in Schweden?«

»In Schweden.«

»Keine Ahnung. Was glaubst du?«, fragt er.

»Vielleicht wollte sie Friseurin werden?«

»Friseurin?«

Ich spüre, wie sein Köper schaukelt, als würde er mich laut-los auslachen.

»Was hat dich dazu gebracht, das zu sagen?«, fragt er, als sein Körper sich beruhigt hat. *Weil ich das Bild ihres zerzausten Haares in dem grünen Schleim nicht loswerden kann.*

»Nein, ich weiß es nicht«, murmele ich. »Ich habe ein-fach ...«

»Ja, sie war bestimmt hier, um Friseurin zu werden«, sagt Peter. »Sie musste wahrscheinlich nie wie ein Mensch zweiter Klasse im bitterkalten Winter vor einem Geschäft sitzen und betteln.«

Ich antworte nicht darauf, denn plötzlich beruhigt mich die-ses Spiel nicht länger.

»Die große Frage ist doch, warum sie ermordet in einem Boot hier im Storsjön lag«, sagt er.

Auch daran will ich nicht denken. Vorsichtig befreie ich mich aus seiner Umarmung und lege mich auf die andere Bett-seite. Starre in die Dunkelheit wie vorher.

»Also Natascha, sechzehn Jahre alt und angehende Friseu-rin?«, sagt er nach vielleicht einer Minute.

»Natascha, sechzehn und *Bettlerin*«, korrigiere ich ihn.

Er seufzt. »Ja, das ist vielleicht wahrscheinlicher.«

Ich spüre seine Hand an meinem Handgelenk, folge seiner Einladung und nehme sie in meine Hand, lasse unsere Finger ineinandergreifen.

»Glaubst du, Natascha war verliebt, als sie starb?«, frage ich.

»Verliebt?«

»Ja.«

»Aber, Liebling«, sagt er.

Doch ich gebe mich nicht geschlagen.

»Glaubst du, Natascha hatte jemanden, nach dem sie sich gesehnt hat. Irgendeine besondere Person, die sich jetzt wundert, wo sie hin ist?«

Ich will ihr unbedingt eine menschliche Gestalt geben. Ich mache das immer so, sogar mit den Menschen, die ich bei meiner Arbeit treffe und die andere auf eine Weise behandelt haben, wie man es nicht soll. Solche, die ihre Menschlichkeit aufgegeben haben. Ich finde Ausreden, Möglichkeiten, sie ihnen zurückzugeben.

Jetzt versuche ich, das Gleiche mit dem Mädchen zu machen. Und es gibt nichts Menschlicheres als die Liebe.

Ich höre Peter in der Dunkelheit seufzen. Dann sagt er:

»Natürlich war sie verliebt.«

Er drückt meine Hand unter der Decke etwas fester, spielt mit.

»Sie und ein Junge waren sehr verliebt ineinander.«

Es ist albern, aber es macht mich glücklich, das zu hören.

»Wie hieß der Junge?«, frage ich.

Er denkt eine Weile nach.

»Petrescu.«

Ein Unbehagen durchfährt meinen Körper, als er das sagt. Ich weiß nicht, warum.

»Es klingt fast wie Peter«, sage ich und versuche, das Gefühl abzuschütteln.

»Ja, das stimmt wohl.«

Er grinst. Dann lehnt er sich näher zu mir und küsst mich auf den Hals.

Ist es seltsam, dass ich deswegen nach ihm taste, ihn auf mich ziehe, an seiner Unterhose zerre, deutlich mache, dass ich ihm jetzt so nah wie möglich sein muss?

ZU DIESER ZEIT DES JAHRES wird es bereits in den Morgenstunden hell. Meine Arbeitskolleginnen beklagen sich oft darüber, vergleichen Möglichkeiten, ihre Schlafzimmer abzudunkeln, aber ich habe nie etwas dagegen gehabt, dass das Licht die Oberhand gewinnt. Nicht selten weckt es mich, lange bevor ich aufstehen muss, und ich kann noch liegen bleiben, nur halb bei Bewusstsein, und höre die Vögel durch das Fenster singen, das einen Spaltbreit geöffnet ist, weil Peter es beim Schlafen kühl haben will. Dann habe ich das Gefühl, in einer eigenen Welt gelandet zu sein, in der ich nichts tun muss als einfach nur daliegen und warten, dass die richtige Welt mit ihren Pflichten, Sorgen und Anforderungen mich wieder findet.

Peter beginnt morgens früher als ich mit der Arbeit, also liege ich oft wach und höre zu, wenn er sich bereitmacht. Ich kenne mittlerweile jedes seiner Geräusche. Wenn er seine Arbeitstasche auf die Spüle stellt, um seine Brotdose hineinzulegen, weiß ich, dass er bald auf dem Weg ist. Bald wird er am Schlafzimmer vorbeischleichen, um mich nicht zu wecken, und dann die Haustür mit einem Knall zuziehen, weil man sie nicht vorsichtig schließen kann.

Genau wie mein Mann folge auch ich nach dem Aufstehen immer der gleichen Morgenroutine, so als ob das Leben eine Dreiviertelstunde lang wie ein Fließband voller kleiner Details abläuft, die an sich nicht wichtig sind, aber auch nicht vergessen werden dürfen.

Von unserem Wohnort aus sind es fast vierzig Kilometer bis nach Skellefteå, aber morgens habe ich nichts dagegen, so weit zu fahren und an Wäldern, Wiesen, Perlenketten aus Dörfern und kleinen Ortschaften vorbeizukommen, deren Blütezeit bereits vergangen oder nie gekommen ist.

Die Uhr im Auto zeigt wie so oft fünf vor acht, als ich vor Samgården parke, wo ich arbeite. Vielleicht passe ich die Geschwindigkeit an, damit ich nicht zu früh bin. Ich mag meine Kolleginnen hier, das tue ich wirklich. Es sind alles Frauen, nette Frauen, der Typ Mensch, der anderen auf eigene Kosten hilft. Aber manchmal schaue ich trotzdem auf sie herab. Ich weiß eigentlich nicht, warum. Vielleicht weil alle – bis auf zwei von ihnen – Mütter sind, und in dem Augenblick, in dem ihre Kinder auf die Welt kamen, schienen sie sich in leere Hüllen verwandelt zu haben, die nur durch ihre Nachkommen leben. Ich bin ungerecht, das weiß ich, aber egal, was diese Frauen sagen oder machen, in allem findet man es wieder: ob Hausaufgaben oder Sportwettkämpfe, immer diese Sorge und Hilflosigkeit in Bezug auf die Leben, die man noch in der Hand hat.

Für Peter und mich blieb es bei einem Kind, wir bekamen einen Jungen, als ich noch viel zu jung und nicht bereit dafür war.

Wir haben nie versucht, noch mehr zu bekommen. Ein paarmal habe ich Peter mit der Verhütung schludern lassen, dann habe ich gefragt, ob ich mir eine Spirale einsetzen lassen könne, er sagte Ja, und danach haben wir nicht mehr darüber gesprochen.

Manchmal denke ich, dass Peter eigentlich eine größere Familie haben wollte, aber er sah, was ein weiteres Kind mit mir machen würde, und ließ es dabei beruhen.

Versteh mich nicht falsch. Ich liebe Jonas mehr als alles andere, das tue ich, aber die Wahrheit ist, dass ich nie Erfüllung darin gefunden habe, Mutter zu sein. Er wurde geboren, und plötzlich erwartete man von mir, dass ich mich selbst auslöschte, nichtssagende Kinderspiele spielte. Anzog, auszog, anzog, auszog. Die Jahre verstreichen ließ, während man endlosen Fußballspielen zusah, bei denen sein Kind in einem zu großen Trikot einen Ball jagt.

Ich war ungeheuer jung, vielleicht lag es vor allem daran.

Aber trotzdem. Als Mutter darf man dem Gefühl unterzugehen keine Beachtung schenken, wenn sämtliche Zeit, die man einmal selbst zur Verfügung hatte, plötzlich jemand anderem gehört.

Als ich in die Kaffeeküche komme, sind alle bereits dort. Sie richten ihre Blicke auf mich, als hätten sie darauf gewartet, dass ich komme.

»Wir haben gerade darüber gesprochen, was passiert ist«, sagt Marlene, die an der Kaffeemaschine steht. »Ihr wohnt doch dort, wo sie sie gefunden haben?«

Natürlich reden sie über den Mord. Deswegen sind alle etwas früher von zu Hause aufgebrochen und sitzen hier zusammen.

Sie sehen mich an, und ich nicke. *Ja, wir wohnen dort.*

»Es muss schrecklich gewesen sein«, sagt Majbritt, als ich nicht schnell genug anfange zu erzählen. »Euer Haus liegt doch auch direkt am Wasser?«

»Wir wohnen auf der anderen Seite vom See. Also wurde sie nicht dort ... ja. Ermordet aufgefunden.«

Sie sehen mich weiter an, als würden sie von mir erwarten, dass ich noch mehr sage. Aber diese letzten beiden Wörter haben mir die ganze Kraft geraubt.

»Aber wirklich. Unbegreiflich«, bekomme ich heraus. »Dass so etwas hier passieren kann.«

Ihre Köpfe nicken. Mari übernimmt. Sie sagt, dass man sich anscheinend nirgendwo mehr sicher fühlen kann.

Es ist so ein Klischee.

Aber vielleicht ist es mittlerweile wahr.

Sie scheinen nicht viel zu wissen. Nur das wenige, was in der örtlichen Tageszeitung, im *Norran*, stand. Das, was in den Nachrichten gesagt wurde. Sie wissen nicht, dass sie einen Migrationshintergrund hatte. Oder dass Blüten in dem trüben Wasser schwammen. Sie wissen auch nichts von dem trüben Wasser.

Während sie reden, stelle ich mir eine Schar blinder Hühner vor, die herumlaufen und planlos auf dem Boden herumpicken.

Die Hühner finden nichts, und ich gebe ihnen nicht die Körner, die ich habe, also marschieren sie nach einer Weile ab in ihre Büros.

WENN DIE GERÄUSCHE VON UNS Menschen verschwinden, kommen andere zum Vorschein, verschwommene Laute, die immer im Hintergrund sind. Bist du wie ich und hältst manchmal inne, lauschst den Geräuschen, die sich in der Stille verstecken? Lässt du das Sausen der Lüftung zum Vorschein kommen, das Rauschen des Verkehrs von der Straße hereindringen? Auto um Auto. Wie an einer Kette. Leben um Leben, alle eilig zu ihrem jeweiligen Ziel unterwegs. Ich bleibe oft stehen und höre zu, folge ihnen ein Stück die Straße herunter.

»Woran denkst du?«, fragt eine Stimme, die mich zusammenzucken lässt. Auf dem Sofa in der Ecke sitzt Irina. Ich habe nicht gemerkt, dass sie hiergeblieben ist.

Irina ist wahrscheinlich die einzige meiner Kolleginnen, die ich im eigentlichen Sinn mag. Also wirklich gernhabe. Ich weiß nicht, was sie an sich hat, dass ich so glücklich werde, wenn sie fragt, ob wir gemeinsam zu Mittag essen sollen. Vielleicht mag ich sie, weil sie nicht in die gleiche Form wie wir anderen gegossen wurde. Sie ist eine kleine dünne Fünfundzwanzigjährige, die wie achtzehn aussieht und sich manchmal wie eine Vierzehnjährige benimmt, wenn sie von Klienten zurückkommt, die sie nicht mag. Sie zieht sich an, als wäre sie zwölf. Wenn jemand eine Karikatur von ihr zeichnen würde, sähe sie genauso aus wie die Kleine Mü aus dem Mumintal.

»Du hast mich erschreckt«, sage ich.

Sie grinst.

Genau wie Natascha stammt auch Irina aus Osteuropa. So nenne ich die Frau im Boot jetzt. Natascha.

Ich kann mich nicht erinnern, aus welchem Land Irina kommt, aber wenn sie redet, hört man den kantigen Klang einer Sprache und eines Lebens, das sie hinter sich gelassen hat. Manchmal nehme ich in ihr eine dicke Frau wahr, die am Herd einer abgenutzten Küche steht. Die Frau ist griesgrämig und rührt in einem Kochtopf.

Es ist deutlich zu spüren, wie stark Irina sie vermisst.

Ich warte darauf, dass Irina mehr über das tote Mädchen fragt, sagt, sie würde merken, dass ich mehr weiß, als ich zugebe. Aber das tut sie nicht. Stattdessen unterdrückt sie ein Gähnen.

»Also, was steht heute bei dir an?«, murmelt sie, wahrscheinlich vor allem, um etwas zu sagen.

Vielleicht ist es ihr Akzent, die Ähnlichkeit ihrer Gesichtszüge zu Natascha, die mich den Weg einschlagen lassen, den ich nehme.

»Weißt du, wer hier im Samgården am meisten in die Angelegenheiten von Bettlern involviert ist?«, frage ich.

Irina nickt.

»Wer?«, frage ich.

Sie steht auf. »Ich bringe dich zu ihr.«

Sie führt mich hinaus in den Flur. An der Besenkammer gegenüber von den Toiletten bleibt sie stehen und klopft an. Wartet demonstrativ. Stemmt die Hände in die Hüfte. Klopft noch einmal.

»Komisch«, sagt sie. »Scheinbar ist in dieser Abteilung niemand im Haus.«

»Also sind wir nicht involviert?«

»Bingo. Der Sozialdienst arbeitet ausgehend von Meldungen. Das gibt uns das Recht, angesichts der meisten, die uns brauchen, den Kopf in den Sand zu stecken.«

Irinas Gesicht wird zu dem von der Kleinen Mü. Sie redet weiter, aber mit veränderter Stimme, als würde sie eine unbestimmte Person mit Macht nachahmen:

»Diese *Schnorrer* sind schließlich nicht wie *wir*. Ihre Kinder brauchen weder Sicherheit, noch müssen sie in die Schule gehen. Es ist besser, wenn die Gemeinde Geld in die Hockeymannschaft oder in dieses verdammte Kulturhaus steckt.« Sie beschließt, sich zu beruhigen. »Warum fragst du?«, will sie wissen.

»Ach, ich habe nur …«, sage ich. »Sie, dieses Mädchen, über die wir gesprochen haben. Die gefunden worden ist …«

»War sie eine der Roma hier?«

»Ich weiß es nicht. Wir haben der Polizei geholfen, Peter und ich. Und ich habe sie gesehen. Also, dort im Boot. Und sie sah aus, als käme sie aus Rumänien oder etwas in der Richtung. Also dachte ich …«

Ich höre, wie ich schwafele. Und was genau habe ich eigentlich gedacht?

»Ich weiß nicht einmal, wo sie sich aufhalten«, sage ich. »Die Bettler. Die *Roma*. Ich weiß, wo sie mit ihren Bechern sitzen. Aber ich weiß nicht, wo sie *wohnen*. Und jetzt fühlt es sich seltsam an. Nichts darüber zu wissen.«

Irina sieht mich mit einer Mischung aus Mitleid und Nachsicht an. »Schneewittchen erwacht aus ihrem Schlaf.«

Ich glaube nicht, dass es böse gemeint ist.

»Die meisten der EU-Migranten in Skellefteå wohnen in Wohnwagen auf dem Campingplatz«, fährt sie fort. »Haben sie den ganzen Winter lang gemacht. Wenn du willst, können wir hinfahren. Uns umhören, ob einer von ihnen etwas weiß.«

»Wie, also einfach dorthin fahren? Die Polizei will sicher nicht, dass normale Leute herumschnüffeln ...«

»Keine Sorge«, sagt sie. »Manchmal fahre ich mit, wenn Herr und Frau Spießer barmherziger Samariter spielen und alte Jacken am Campingplatz abladen wollen, ich spreche schließlich ihre Sprache.«

»Das wusste ich nicht«, wende ich ein. »Dass du so etwas machst.«

»Es gibt vieles, was du nicht über mich weißt«, sagt sie und grinst.

Dann öffnet sie aus irgendeinem Grund die Tür zur Besenkammer und schaut zum Putzwagen mit Wischmopp und Lappen hinein, wie um sich zu vergewissern, dass dort wirklich niemand sitzt.

»Was meinst du?«, fragt sie. »Sollen wir einen Abstecher dorthin machen? Heute geht es nicht, aber vielleicht morgen nach der Arbeit? Ich war schon lange nicht mehr da.«

»Ja, dann machen wir das.«

Ich weiß nicht, warum ich Ja sage, weil es gefühlt das Letzte ist, was ich will.

ICH MUSS HEUTE VIEL ERLEDIGEN. Aber in Gedanken bin ich woanders. Als ich in mein Büro komme, sehe ich mich nicht in der Lage, den Fall zu lesen, der dort bereits auf mich wartet.

Stattdessen setze ich mich an den Computer, öffne den Browser und gebe *Norran* ins Suchfeld ein, wie ich es gestern so oft getan habe. Kurz überfliege ich die Artikel über Natascha in der Lokalzeitung. Beim Lesen bekomme ich den gleichen Eindruck wie schon am Tag zuvor: dass die Presse genauso wenig weiß wie ich. Dass auch sie Hühner sind, die nach Körnern picken.

Ihr nackter Körper taucht wieder vor meinem inneren Auge auf. Ihre toten Fischaugen.

»Natascha, sechzehn Jahre, Bettlerin«, sage ich zu mir selbst. Die vier Wörter, die ich habe, um sie menschlich zu machen.

Aber jetzt, wo es hell ist und Tag, ist es einfacher, sie zum Leben zu erwecken, einfacher zu glauben, dass es in genau diesem Augenblick Menschen dort draußen gibt, vielleicht jemanden mit dem Namen Petrescu, die merken, dass sie nicht an ihrem gewöhnlichen Platz sitzt, mit dem Pappbecher vor ihren Füßen.

Ich schließe die Website und rufe Peter an. Manchmal mache ich das, ohne etwas zu erzählen zu haben, das Geräusch seiner Stimme beruhigt mich.

Es klingelt mehrmals, bevor er antwortet. Zur Abwechslung ist es still im Hintergrund, oft ist es um ihn herum chaotisch, wenn er im Bergwerk ist.

»Hey«, sagt er. Dann nichts weiter. Vermutlich passiert dort in der Stille etwas, das seine Aufmerksamkeit in Anspruch nimmt.

»Es ist gestern etwas *spät* geworden«, sage ich mit Nachdruck.

»Ja ...«

»Bist du heute sehr müde?«

»Es ist nicht so schlimm. Aber kann ich dich später zurückrufen? Die Polizei ist hier.«

»Die Polizei? Im Bergwerk?«

»Ja, Christian und dieser Ermittler, der aus Stockholm kommen sollte«, sagt Peter. »Er heißt Mange. Netter Typ. Ich führe sie herum.«

»Was macht die Polizei im Bergwerk?«

»Da ist wohl irgendwas mit einem Paar Handschuhe«, sagt Peter. »Die Stockholmer Technikerin hat sie am Traktorweg gefunden, als sie die Bucht nach Spuren abgesucht hat. Es waren wohl solche, die wir hier benutzen, also ...«

»Also kann einer deiner Arbeitskollegen derjenige gewesen sein, der ...?«

Ich erschaudere, als wäre das Zimmer plötzlich kalt geworden.

»Das glaube ich nicht«, wehrt er ab, vielleicht weil er merkt, wie ich reagiere. »Sie müssen wohl nur alles prüfen.«

»Wissen sie jetzt, wer das Mädchen war?«

»Nein, ich glaube nicht. Noch nicht. Aber die Ermittlung ist ja noch am Anfang.«

Er verstummt, und ich warte darauf, dass er erneut betont,

er müsse gleich auflegen, aber das tut er nicht, er bleibt noch einen Augenblick bei mir. Vielleicht beruhige ich ihn ja auch.

»Sie wissen, wie sie gestorben ist«, sagt er. »Im Maltesviken gibt es bläulichen Lehm. Du weißt schon, so klebriges Zeug, das Jonas gehasst hat, wenn er als Kind gebadet hat. Sie hatte es im Haar. Daher muss ihr Kopf unter Wasser gewesen sein, während jemand den Lehm mit den Füßen aufgewirbelt hat.«

»Also wurde sie ertränkt?«

Ich frage, obwohl ich die Antwort nicht hören will, die ich ohnehin bereits kenne, ich will eine andere, will, dass er sagt, sie sei hingefallen und dass es wahrscheinlich ein Unfall gewesen sei.

»Sie hatte Wasser in der Lunge«, erklärt er. »Offenbar hat man das nicht, wenn man schon tot ist und unter Wasser gerät. Man muss es selbst einatmen.«

Ich bekomme von seinen Worten einen Knoten im Magen. Vor allem weil es sich so anfühlt, als würde er ihr die Schuld geben. Formuliert er es nicht so?

»Ich muss jetzt los«, sagt er. »Wolltest du etwas Bestimmtes?«

»Nein. Eigentlich nicht«, bekomme ich heraus. »Morgen mache ich nach der Arbeit vielleicht noch etwas, also komme ich etwas später als sonst nach Hause.«

»Okay. Aber wir sehen uns heute Abend?«

»Ja.«

Er legt auf, und ich bleibe mit dem Handy in der Hand sitzen.

Unser Gespräch hat mir nicht die gleiche Sicherheit gegeben wie sonst. Normalerweise spüre ich, dass er nach dem Auflegen noch eine Weile bei mir ist, dass er einen Moment innehält, so wie ich jetzt, und gewissermaßen für sich noch einmal durchgeht, was wir gesagt haben. Ich habe gesehen, dass er das nach Telefonaten so macht.

Jetzt sitze ich hier allein und weiß, dass er bereits wieder mit den Polizisten spricht.

ALS ICH NACH DER ARBEIT heimkomme, ist Peter nicht dort. Auf meinem Handy finde ich eine Nachricht, dass er der Polizei bei der Befragung von Anwohnern hilft. Natürlich tut er das. Peter wird von allen gemocht, und Peter mag alle. Falls Außerirdische hier landen würden, um die Erde zu erobern, und wir meinen Mann schicken, um sie aufzuhalten, würde es ihm zwar nicht unbedingt gelingen, aber er käme auf jeden Fall zurück und würde sagen, dass es ein nettes Gespräch war und der Anführer *ein prima Kerl ist*.

Obwohl die Polizisten ihn wohl vor allem deshalb gebeten haben, mitzukommen und sie herumzuführen, weil Peter alles weiß, was hier vor sich geht.

Es ist spät, als er endlich nach Hause kommt. Er hat diesen Polizisten aus Stockholm dabei, von dem alle gesprochen haben.

Der Mann ist ziemlich jung, vielleicht um die fünfunddreißig. Er hat etwas Unscheinbares an sich, ist weder groß noch klein, dunkel noch hell, gutaussehend noch hässlich. Er trägt eine unpersönliche Jeans, ich habe den Eindruck, dass sie teuer war, und so eine schlecht sitzende dunkelblaue Polizeijacke, wie sie auch Christian hat.

Tatsächlich bin ich ein wenig enttäuscht, als ich ihn sehe. Ich weiß nicht, was ich erwartet habe. Jemanden wie Gunvald

Larsson aus *Kommissar Beck*? Rolf Lassgård als Wallander? Diesen Grissom von *CSI*, der nie etwas nachschlagen muss, weil er so kompetent ist?

Der Stockholmer Polizist hier wirkt fast unsicher. Sein Blick flackert ein wenig. Vielleicht hatte er nicht erwartet, dass Peter eine so viel jüngere Frau hat, die so aussieht, wie ich es tue.

»Sie sind also Ramona«, sagt er, ohne sich vorzustellen. Er hat einen sehr deutlichen Stockholmer Dialekt, seine »I« klingen zwar nicht so versnobt wie auf Lidingö, aber trotzdem.

»Ja, hallo«, erwidere ich.

»Mange ist noch nie so weit im Norden gewesen«, sagt Peter, so als ob das für mich eine Rolle spielen würde. »Er war ein paarmal in Umeå, aber sonst ...«

Der Polizist selbst sagt nichts weiter. Und ich denke, dass es also dieser Typ hier ist, auf den alle gewartet haben, der hergeritten kommen und den Mord an Natascha lösen würde. War er stattdessen eher derjenige, den sie in Stockholm bereitwillig entbehren konnten?

Peter antwortet ausweichend, als ich frage, wie es läuft. Es ist deutlich, dass sie nicht viel wissen. Wieder diese herumpickenden Hühner. Sie scheinen beide müde zu sein, trotzdem nimmt der Polizist namens Mange die Tasse Tee an, die ich ihm anbiete, wie man es eben macht, ohne etwas damit zu meinen.

Er folgt Peter zu unserem Tisch im Wohnzimmer, sie setzen sich gegenüber und scheinen davon auszugehen, dass ich sie bedienen werde, als hätte sich die Gesellschaft in den letzten hundert Jahren nicht weiterentwickelt.

Trotzdem gehe ich in die Küche, schalte den Wasserkocher an, hole Tassen, Zwieback und Marmelade für die Männer heraus. Ich höre sie mehrmals lachen, während ich beschäftigt bin. Peter und der Polizist scheinen sich auf Anhieb zu verstehen.

Ich weiß nicht, warum, meiner Meinung nach passen sie nicht zusammen.

Ich bringe ein Tablett mit den Sachen herein, dann lasse ich sie allein. Ich setze mich in meinen Sessel im Wohnzimmer, sodass ich sie durch die leicht geöffnete Tür sehen kann. Das Licht der Tischlampe beleuchtet ihre Gesichter und wirft Schatten, durch die sie wie Statuen aussehen.

Ich kann nicht hören, worüber sie reden, die Wörter verschwimmen zu einem leisen Gemurmel. Trotzdem ist es so, als wüsste ich, wo sie in Gedanken sind, ich kann erahnen, was sie sagen. Auch ihre Körpersprache und Gesichter verraten es.

Ich merke, als sie anfangen, über mich zu sprechen. Ihre Stimmlagen verändern sich, werden gesenkt, als ob ihnen bewusst wird, dass ich sie versehentlich hören könnte. Und dann ihre Blicke, erst Peters, dann der des Polizisten.

Was sagt Peter über mich? Wie beschreibt mich mein Ehemann jemandem, den er nicht richtig kennt?

Er erzählt nicht von meiner besonderen Fähigkeit. Wir haben die unausgesprochene Übereinkunft, ihr keine Beachtung zu schenken. Ich will es so, und er akzeptiert es, obwohl ich oft bemerke, dass ihm meine Reaktion auf andere Menschen auffällt.

Nein, er sagt dem Polizisten andere Dinge. Nicht, dass ich hübsch bin, er sieht, dass der Polizist das bereits denkt.

Vielleicht greift er die Tatsache auf, dass ich viel jünger bin als er? Nicht um zu prahlen. Wenn er es erzählt, dann, weil er sich schämt. Ich war erst achtzehn, als wir zusammenkamen, er zweiunddreißig. Ich habe ihm gesagt, ich wäre dreiundzwanzig, aber es hat nicht lange gedauert, bis die Wahrheit ans Licht kam. Und trotzdem entschied er sich zu bleiben. Allerdings war ich damals bereits schwanger.

Jetzt, fast dreißig Jahre später, bekomme ich es nicht mehr zusammen. Welchen Nutzen hat der Peter, den ich heute kenne, daraus gezogen, mit mir zusammen zu sein? Einer achtzehnjährigen kleinen Gans mit vorlauter Haltung, die aus einem Minderwertigkeitskomplex entstanden ist.

Abgesehen vom Offensichtlichen?

NACHDEM DER POLIZIST GEFAHREN IST und wir uns hingelegt haben, schlafen wir wieder miteinander. Obwohl es spät ist. Obwohl wir es gestern getan haben. Es passiert einfach.

Es ist gut. Nicht so intensiv oder so lang wie gestern, aber trotzdem. Wir verfallen in das gewohnte Muster. Ich lasse ihn machen, was er will, es passiert nichts, für das wir uns morgen schämen würden, nichts, was wir nicht schon einmal gemacht haben, aber es ist genug.

Peter lässt beim Sex gerne die Nachttischlampe an. Ihr matter Schein, mein nackter Körper, den ich ihn drehen und wenden lasse, wie er will, ist verboten genug für ihn. Mehr braucht er nicht und wäre gekränkt, wenn ich vorschlagen würde, im Schlafzimmer etwas Neues auszuprobieren.

Reicht mir das?

Er ist groß, behutsam, obwohl er mich zerquetschen könnte, wenn er wollte. Ich hätte keine Möglichkeit, mich zu wehren, wenn er die Kontrolle verlieren würde.

Ich weiß nicht, warum es mich erregt.

Oder warum ich mich deswegen sicher fühle.

Heute Abend merke ich, dass er meinen Blick sucht und ich seinen. Ich weiß nicht, ob das mittlerweile immer so ist.

AM NÄCHSTEN MORGEN SEHE ICH auf dem Weg zur Arbeit einen Falken. Er schwebt dort über den Wiesen bei Kusmark, anmutig, hoch oben in der Luft, wo ihn niemand erreichen kann. Einen Augenblick lang bin ich mir unsicher, ob es wirklich ein Falke ist. Manchmal sehe ich andere, kleinere Vögel und möchte, dass sie Falken sind. Oder Adler. Ausgebreitete Schwingen, die nicht darum kämpfen müssen, die Höhe zu halten, strahlen eine Unerreichbarkeit aus, zu der ich mich hingezogen fühle.

Ich halte nicht an und muss es auch nicht, er fliegt lange so, dass ich ihn sehen kann. Recht schnell bin ich überzeugt, dass es tatsächlich ein Falke ist. Ich glaube, er gehört zu einer der größten Arten.

Wie heißt sie noch gleich, Wanderfalke?

Er ist weit weg. Hoch oben. Aber er schenkt mir trotzdem Frieden, ohne dass ich richtig verstehe, warum.

ICH SCHAFFE ES KAUM, in mein Büro zu kommen und mich zu setzen, als Peter auf dem Handy anruft.

Im Gegensatz zu mir tut er es selten grundlos. Als ich jetzt rangehe, ist es wieder still im Hintergrund, also weiß ich, dass er nicht im Bergwerk ist.

Bevor ich nachfragen kann, erzählt er, warum er anruft.

»Ich bin bei Mange und Christian.«

»Hilfst du ihnen heute wieder?«

»Ja, sie haben vorhin angerufen.«

»Mein kleiner Kommissar.«

Ich weiß nicht, wie er darauf reagiert, ob er den Mund verzieht.

»Tatsächlich«, sagt er, »brauchen sie heute deine Hilfe.«

»Meine?«

»Ja.« Er zögert kurz, bevor er weiterspricht. »Hast du Zeit, für einen Moment nach Hause zu kommen? Es dauert höchstens eine Stunde.«

Er klingt ruhig, trotzdem bekomme ich einen Kloß im Bauch.

»Ich bin gerade auf der Arbeit angekommen«, sage ich und schaue auf den Fall, den ich eigentlich ins Reine schreiben muss. »Aber klar, ich denke schon. Um was geht's denn? Es dauert ja eine Stunde, bis ich da bin.«

»Das sollen sie dir erzählen, wenn du hier bist.«

Als ich zu Hause ankomme, sitzen sie an unserem Küchentisch und warten. Alle drei haben den gleichen Gesichtsausdruck und sind ähnlich angezogen, als wollten sie zusammengehören wie die drei Musketiere.

Die beiden Polizisten tragen diese hässlichen blauen Jacken, obwohl sie im Haus sind. Auch Peter hat seine dunkle Jacke aus dem Bergwerk nicht ausgezogen, und er hat ihnen nichts zu essen oder trinken hingestellt.

Er kommt nicht zu mir, um mich auf die Wange zu küssen, wie er es normalerweise tut. Stattdessen sieht er die anderen an. Als würden sie entscheiden, wer reden soll. Offenbar ist es Peter.

»Henning Markström hat Christian heute früh angerufen«, sagt er.

Der Katzenmörder.

»Er hat gesagt, dass er sich jetzt vorstellen kann, mit der Polizei zu reden«, fährt Peter fort. Er sieht rasch die anderen an, um Rückhalt zu bekommen.

»Das ist doch super?«, erwidere ich.

»Er hatte nur eine Bedingung«, sagt Peter.

»Okay. Welche denn?«

Peter seufzt. »Ich weiß nicht, warum, aber er will, dass du mitkommst.«

»Warum das denn?«

Ich sage es etwas zu laut, sodass deutlich wird, dass ein Protest in den Worten liegt. Und es ist eine dumme Frage, weil ich an den Gesichtsausdrücken der anderen ablesen kann, dass sie es nicht wissen.

»Das hat er nicht gesagt«, antwortet Christian in seinem breiten Dialekt.

Sie starren mich an, alle drei, um zu sehen, wie ich reagiere.

»Hast du eine Ahnung, warum er dich treffen will?«, fragt Peter.

»Nein.«

»Gar keine?«

»Nein, natürlich nicht.«

Warum fauche ich ihn an?

Die drei Musketiere wechseln noch einmal Blicke, als würden sie wieder entscheiden, wer reden soll. Jetzt übernimmt der Polizist aus Stockholm die Fackel.

»Wenn es für Sie in Ordnung ist, würde ich sagen, wir fahren hin und hören uns an, was er zu sagen hat.«

»Wie, soll ich etwa allein reingehen und mit diesem *Katzenmörder* reden?«

»Nein, das nicht«, sagt Peter. »Wir kommen mit. Falls er dich für sich allein haben will, ja, dann ist das eben so.«

Das Letzte entscheidet er, ohne sich mit seinen Musketierfreunden zu beratschlagen.

WIR PARKEN AUF HENNINGS HOF, an der gleichen Stelle wie vorgestern.

Ist es erst vor zwei Tagen gewesen? Es fühlt sich an, als wäre mehr Zeit vergangen.

Henning ist dieses Mal nicht draußen zu sehen, also gehen wir zum Haus, die Vortreppe hinauf, deren morsche Bretter sich unter uns biegen, und Peter klopft an. Es dauert eine Weile, so lange, dass er gerade ein zweites Mal klopfen will, als der alte Mann die Tür öffnet.

Der Katzenmörder sieht missbilligend aus, als würde er uns in Wirklichkeit nicht hier haben wollen, trotzdem tritt er zur Seite, damit wir hereinkommen können. Ich hatte erwartet, er würde mich anglotzen und eine Unterhaltung versuchen, weil er schließlich darauf gedrängt hat, dass ich mitkomme. Aber jetzt, wo ich hier bin, tut er fast so, als würde er mich nicht sehen.

Er führt uns in die Küche und deutet mit einer vagen Handbewegung an, dass wir uns an den Tisch setzen sollen. Die Holzplatte ist abgenutzt, die ganze Küche ist es, sie passt zur verfallenen Außenseite des Hauses. Aber es riecht hier drinnen nach Kaffee und frisch gebackenem Rührkuchen, die Eindrücke kollidieren miteinander, lassen sich nicht zusammenbringen.

Und zu meiner Überraschung bemerke ich, dass auch eine

Frau hier ist. Sie steht an der Arbeitsplatte und löst den duftenden Kuchen aus der Form. Sie hat langes rabenschwarzes Haar, das ihr auf die Schultern fällt und nicht zu einem alten Menschen passt. Trotzdem weiß ich, dass sie es ist, *alt*. Ihre Körperhaltung und Hände, ihre Bewegungen, nicht nur ihr Gesicht verraten es.

Ich entscheide, dass es Hennings Schwester sein muss, die, über die Peter gesprochen hat, die nicht die Hilfe bekam, die sie laut dem Katzenmörder gebraucht hätte.

Aber sie sieht nicht krank aus. Und ich begreife auf einmal, dass sie hier wohnt. Es passt nicht zusammen. Woher kommt dann die Einsamkeit, die von Henning ausgeht?

Die Frau benimmt sich nicht so, wie sich das gehört. Sie kommt nicht zu uns und begrüßt uns, und Henning stellt sie auch nicht vor. Sie macht einfach nur den Kuchen fertig, setzt sich dann an den Herd und sieht uns an.

Oder besser gesagt, sie sieht *mich* an.

Ihre Augen sind eisig blau. Es ist die Art von Augen, die sich aufdrängen und einen den Kontakt zu seinen Gedanken verlieren lassen. Auch wenn sie selten sind, weißt du sicher, was ich meine? Nur wenige Leute haben solche Augen. Ich sehe sie eigentlich nur, wenn ich mein eigenes Spiegelbild betrachte.

Als ich den Blickkontakt zu ihr abbreche, herauszoome und sie wieder im Ganzen betrachte, schrecke ich beinahe zurück. Es ist, als würde ich mich selbst erblicken. Mich selbst, zurückgereist aus der Zukunft. Alles, was in meinem Spiegelbild hervorsticht, erkenne ich in ihr wieder: das Haar, die Augen und der Blick. Der andeutet, dass sie *sieht*.

Die Männer am Tisch haben angefangen zu reden. Zaghaft, unsicher. Die drei Musketiere scheinen panische Angst davor zu haben, etwas zu sagen, das falsch aufgenommen wird, sodass wir von hier verbannt werden.

Ich suche Peters Blick, will, dass er es bestätigt, zumindest nur flüchtig. Dass diese Frau hier *ich* ist, dass ich aus der Zukunft zurückgekehrt bin, um uns einen Kuchen zu backen. Aber Peter ist zu tief ins Gespräch mit Henning vertieft, um Zeit zu haben. Auch keiner der beiden Polizisten begegnet meinem Blick für einen Moment der Bestätigung.

Es ist, als würden sie nicht einmal bemerken, wie ähnlich wir uns sind.

Sie reden über das Bauen von Holzhütten. Weder Christian noch der Stockholmer Polizist namens Mange haben eine Ahnung davon, nicht wirklich, ich merke es. Trotzdem nicken sie. Lassen Henning von vertrauten Dingen erzählen, bevor sie ihn auf unsicheres Terrain führen.

Ich bin so abgelenkt von der Frau und ihren Augen, die sie nicht von mir abwendet, dass ich kaum bemerke, wie das Gespräch zum Grund unseres Besuchs übergeht.

Henning steht auf und holt einen Stapel Collegeblöcke.

»Was wollen Sie wissen?«, fragt er, als er sich wieder gesetzt hat.

»Wie gesagt, vielleicht in erster Linie Kennzeichen.«

Er wählt einen der Blöcke aus, als hätte er unterschiedliche Kategorien für seine Notizen, und blättert nach hinten.

»Ich kann Autos verpasst haben«, sagt er. »Man kann nicht alle sehen.«

»Das verstehen wir.«

Die Seite, auf der er landet, scheint aus einer Spalte zu bestehen. Von meinem Platz aus kann ich nicht lesen, was dort steht.

»Wo soll ich anfangen?«, fragt er.

»Fangen Sie mit den letzten Tagen an«, sagt Christian.

Hennings Finger fährt über die Seite, ungefähr auf der Hälfte hält er an.

»Ein grauer Audi A8«, sagt er. »Ich habe in erster Linie an den gedacht. Er ist letzten Freitag spät durchs Dorf gefahren. Und am Samstagnachmittag ist er aus der anderen Richtung vorbeigefahren, zur Autobahn.«

Plötzlich haben sowohl Christian als auch der andere Polizist ihre Blöcke herausgeholt, denn das Auto ist an dem Tag weggefahren, an dem der Mord – wie die Polizisten laut Peter vermuten – geschehen ist.

»Sie haben Glück«, sagt der Katzenmörder. »Ich sehe die Nummernschilder von der Küche aus nicht. Aber am Samstag bin ich spazieren gegangen. Das hilft gegen meine steife Hüfte. Da konnte ich das Kennzeichen erkennen.«

Beide Polizisten schreiben mit. Ich kann sehen, was der aus Stockholm notiert. Erst das Kennzeichen, das er unterstreicht. Dann noch Dinge, an die er sich sowieso erinnern würde:

Audi A8.
Grau.
Vormittag Tag T.

Niemand scheint darüber nachzudenken, wie seltsam das Ganze ist. Dass ein Mann Buch führt über alle fremden Autos, die an seinem Küchenfenster vorbeikommen.

Und sind die Polizisten wirklich so begeistert hiervon, wie es scheint, oder tun sie vor dem alten Mann nur so?

Glauben sie allen Ernstes, unsere Welt hier draußen wäre so klein, dass niemals Fremde hierhinkommen? Im Sommer wimmelt es schließlich von Autos, die nicht hierhergehören. Zumindest Christian sollte das wissen.

»Um wie viel Uhr ist es ungefähr vorbeigefahren?«, fragt der Polizist namens Mange.

»21:30 Uhr«, sagt Henning. »Und um 14:27 Uhr am nächsten Tag.«

»Haben Sie den Fahrer gesehen?«

»Nein. Aber ich habe Ihnen ja das Kennzeichen gegeben.«

»Das ist noch besser.«

Eine Weile geht es so weiter. Die Frau am Ofen sieht mich an, während Henning von weiteren ihm unbekannten Autos erzählt, und die Polizisten schreiben mit.

Er geht immer weiter in der Zeit zurück. Erst als er sich einen Monat in der Vergangenheit befindet, wird er vom Stockholmer Polizisten unterbrochen.

»Vielen Dank«, sagt er. »Ich glaube, Sie haben keine Ahnung, wie wertvoll das hier sein könnte.«

Henning sieht fast schüchtern aus. Wie zuvor, als er für den Bau der Holzhäuser gelobt wurde. Der Mann, der Katzen tötet, verschwindet, und ein schüchternes Kind übernimmt.

»Es gibt noch mehr«, sagt er.

Und dann nimmt er einen anderen Block und beginnt zu berichten, was die Leute im Dorf so gemacht haben. Dinge, die sie seiner Meinung nach nicht hätten tun dürfen.

Eine Weile schreiben die Polizisten pflichtbewusst mit, aber schon bald sehe ich, wie sie ihre Blöcke einstecken.

MANGE SIEHT ZUFRIEDEN AUS, als wir schließlich fertig sind und endlich gehen dürfen. Er schüttelt Henning tatsächlich die Hand und wiederholt noch einmal, wie wertvoll seine Mithilfe sein könnte.

Im Flur bleiben wir stehen, um uns in dem engen Raum die Schuhe anzuziehen. Da spüre ich die Hand der Frau auf meinem Arm.

Bereits bevor ich mich umdrehe, weiß ich, dass sie es ist. Ich kann nicht erklären, woran ich es erkenne. Ihre Hand strahlt eine Art Energie aus. Als wäre sie eiskalt, ohne es zu sein.

Sie sieht mich genauso an wie zuvor.

»Ich weiß, wer du bist«, sagt sie mit schwacher, aber tiefer Stimme. »Als ich dich am letzten Sonntag hier gesehen habe, hatte ich keine Zweifel mehr.«

Mehr sagt sie nicht. Bevor ich fragen kann, was sie meint, nimmt sie ihre Hand weg und geht an uns vorbei. Sie verschwindet die Treppe hinauf, ohne sich zu verabschieden.

»Endlich«, sagt Mange, als wir uns ins Auto setzen und er uns zurück auf die Straße manövriert. »Endlich haben wir zumindest *irgendwas*.«

Ich höre nur mit halbem Ohr zu. Hauptsächlich warte ich darauf, dass Peter etwas sagt. Über die Frau. Über das andere, was dort drinnen vor sich ging.

Aber er tut es nicht. Während wir jetzt auf der Rückbank sitzen, hat er auf jeden Fall Zeit, meinem Blick zu begegnen. Er lächelt ein wenig, als würde er *Das hier lief doch gut* denken.

»Sagst du gar nichts?«, frage ich.

Ich versuche, leise zu reden, damit man es auf den Vordersitzen nicht hört. Aber sie tun es trotzdem, weil meine Stimme durchdringender klingt als beabsichtigt.

»Was denn?«, wundert sich Peter mit einem Blick, der deutlich macht, dass er keine Ahnung hat, wovon ich rede.

»Über sie!«, zische ich. »Über die Frau, die da wie eine verdammte Galionsfigur in der Küche saß und genau so aussah wie deine *Ehefrau*!«

Die Polizisten schielen nach hinten.

»Das war Hennings Schwester«, sagt Peter. »Sie heißt Maria. Vielleicht sah sie dir tatsächlich ein wenig ähnlich, jetzt, wo du es sagst.«

Ich kann es kaum glauben. Wie kann er nicht bemerkt haben, dass diese Frau und ich Kopien der jeweils anderen sind, nur dass die Zeit uns voneinander unterscheidet.

»Sie hat wahrscheinlich etwas mit den Nerven.« Peter sagt es ebenso sehr zu den Polizisten, die von den Vordersitzen aus zuhören, wie zu mir. »Sie geht fast nie nach draußen. Sitzt immer nur in einem Zimmer oben im Haus. Sie ist schizophren oder wie das heißt. Henning meint, dass sie mehr Pflege bekommen sollte, aber ihr wisst ja, wie es heutzutage ist«, sagt mein Mann, als wäre es früher besser gewesen.

»Du hast die Ähnlichkeit also nicht gesehen?«, frage ich.

Es fühlt sich fast so an, als würde ich gleich in Tränen ausbrechen.

»Doch, natürlich habe ich das. Ihr seht euch sehr ähnlich.«

Aber er meint es nicht wirklich so, ich höre es.

»Sie da vorne«, sage ich, weil ich merke, dass sie immer noch zuhören. »Was sagen Sie dazu?«

Wieder wechseln sie diesen Musketierblick.

»Doch, Sie sehen sich sehr ähnlich«, stimmt Christian zu. »Abgesehen davon, dass sie älter ist.«

Er sagt das, was ich seiner Meinung nach hören will. Aber auch er meint es nicht so. Ich kann mich nicht erinnern, wann ich mich zuletzt so allein gefühlt habe.

Wir fahren schweigend weiter. Erreichen die Wiesen am Rande unseres Dorfes. Ich glaube, dass die anderen meine Stimmung bemerken.

»Ich habe gehört, was die Frau zu Ihnen gesagt hat«, erwähnt der Stockholmer Polizist, als wir die ersten Häuser erreichen. »Was hat sie damit gemeint?«

»Dass sie weiß, wer ich bin? Ja, vielleicht hat sie einfach genau das gemeint, dass sie weiß, wer ich bin.«

Er schielt zu Christian. »Hat sie nicht *was* gesagt?«, fragt er leise, als ob er eigentlich nichts sagen sollte, es aber nicht sein lassen könnte. »Ich weiß, *was* du bist?«

»Nein, sie hat *wer* gesagt«, widerspreche ich.

Keiner von ihnen antwortet darauf.

Es sollte keine Rolle spielen, was diese merkwürdige Frau gesagt hat. Aber ich bin müde und gereizt. Und ich spüre, dass es doch so ist. Wahrscheinlich spielt es eine Rolle.

Also wende ich mich an Peter.

»Was hat sie gesagt?«, frage ich.

»Ich weiß es nicht«, murmelt er.

»Kannst du nicht einmal verdammt noch mal hinter deiner Meinung stehen?«

Es ist unfair, weil er das normalerweise immer macht.

Er seufzt. »Ich glaube, sie hat *was* gesagt«, räumt er schließlich ein. »Sie hat gesagt, dass sie weiß, *was* du bist. Was auch immer das bedeuten soll.«

ICH HABE VIEL ÜBER MEINE Fähigkeit nachgedacht. Was genau ich wahrnehme, wenn ich Menschen treffe. Ich habe zuvor gesagt, dass es nichts Seltsames ist. Dass ich einfach nur besser in etwas bin, was jeder kann. Aber in meinem Innersten weiß ich, dass es nicht so ist.

Vor ein paar Jahren ist eine Serie im Fernsehen gelaufen. Sie hieß *De drabbade*, die Betroffenen. Es war eine Art Fantasy. In jeder Episode lernte man einen gewöhnlichen Menschen kennen, der aus dem Nichts mit einer Fähigkeit ausgestattet wurde, die er oder sie dann im Kampf für das Gute oder das Böse benutzen konnte. So habe ich es auf jeden Fall in Erinnerung.

Für mich war es nicht so. Ich konnte das schon immer, was ich kann. Habe immer gesehen. Als Kind noch vage, aber mit der Zeit wurde es deutlicher. Ich kann mich immer noch an das erste Mal erinnern, an dem ich so deutlich sah, dass ich es nicht wegdiskutieren konnte. Ich war damals auf dem Gymnasium und spazierte spätabends über die E4-Brücke in Skellefteå. Es war Winter. Dunkel. Kalt. Frisch gefallener Schnee hatte sich auf die Geländer des Fußwegs gelegt.

Mitten auf der Brücke begegnete ich einer Frau, die leise sang, während sie den Schnee mit der Hand vom Geländer schob wie ein Pflug.

Sobald ich sie sah, wusste ich es. Dass sie losgelassen hatte. Ich sah ihr Leben, ihren Drogenmissbrauch, wohin er sie geführt hatte. Ich kann das Gefühl immer noch nicht erklären, aber als wir aneinander vorbeigingen, spürte ich, dass sie bald auf das Geländer steigen und nach unten in die Dunkelheit springen würde. Dass ich in den letzten Minuten ihres Lebens an ihr vorbeiging.

Sie tat nichts, als ich noch auf der Brücke war. Ich drehte mich mehrmals um, aber sie lief einfach nur dort herum, pflügte den Schnee, sang leise und zeigte äußerlich nicht, wie sie sich in ihrem Inneren fühlte.

Aber trotzdem.

Es war das erste Mal.

Ich unternahm nichts, um ihr zu helfen. Vielleicht ist sie deswegen immer noch in mir. Ich sah, vertraute meiner Fähigkeit aber nicht. Also ging ich weiter. Und hier wird es kompliziert. Peter hat meine Fähigkeit nicht, aber wenn er die Frau getroffen hätte, hätte er sie aufgehalten, gefragt, wie es ihr ginge. Er hätte weniger gesehen, aber trotzdem mehr als ich unternommen, um sie zu retten.

Ein paar Tage später las ich in der Zeitung von der Frau.

Ihr Leben endete mit einer Meldung im *Norran*.

IRINA WARTET NACH FEIERABEND auf mich. Wie ein gelang-
weilter Teenager hat sie sich in das Sofa im Pausenraum sinken
lassen, ihre Mütze heruntergezogen, und spielt lustlos mit ihrem Handy herum.

Irina ist nicht besonders hübsch. Sie läuft immer in abgetragener Secondhand-Kleidung herum, die ein Kind gekauft hätte.
Aber irgendetwas ist besonders an ihr. Ihre Ausstrahlung? Ich
kann verstehen, warum sie ständig einen neuen Freund hat und
darüber nachdenkt, mit ihm Schluss zu machen.

Sie lächelt tatsächlich ein wenig, als sie mich sieht.

»Schneewittchen hat also vor, sich unter die Geschöpfe auf
der Straße zu begeben«, begrüßt sie mich. »Ich habe gedacht,
du würdest einen Rückzieher machen.«

»Hör auf, mich so zu nennen«, sage ich. »Entschuldige, dass
ich etwas zu spät bin.«

Sie grinst.

»You know I love you.«

Wir nehmen mein Auto. Irina sagt mir, wie ich fahren muss,
obwohl ich den Weg zum Campingplatz finde, der direkt neben
der Eissporthalle und dem Freibad am Fuße des Vitberget liegt.

Ich habe nie verstanden, warum jemand Ferien auf einem
Campingplatz in der Stadt macht. Sich in ein kleines Haus auf
Rädern packt und seine Steaks unter der Aufsicht fantasieloser

Norweger grillt, die das Gleiche machen. Zur Sommerzeit ist es hier in der Regel voll. Wenn die Wellenmaschine im Vitbergsbadet startet, kann man die Schreie bis zur E4 hören.

Ich habe irgendwo gelesen, dass ein normales öffentliches Schwimmbecken mindestens einhundert Liter Urin enthält. Ich muss immer daran denken, wenn ich vorbeifahre und die Freudenschreie höre.

Jetzt, Anfang Mai, ist der Campingplatz im Großen und Ganzen verlassen. Nur in einer Ecke sind ein paar schäbige Wohnwagen wie in einem kleinen Feriendorf aufgestellt.

»Bald ist Sommer, und dann müssen die Roma einen anderen Platz finden«, sagt Irina, als wir langsam auf die Wagen zufahren. »Gott bewahre, dass sie noch hier sind, wenn *normale Leute* auftauchen und darum wetteifern, sich ihre schwammige Haut in der Sonne zu verbrennen.«

»Die Eigentümer haben sicher Angst, dass niemand hier Urlaub machen will, wenn sie noch da sind«, sage ich.

»Mir ist scheißegal, wovor sie Angst haben«, zischt Irina. »Geld muss doch verdammt noch mal nicht jeden noch so kleinen Teil der Welt regieren?«

Ich antworte nicht, weil es keine Frage ist.

Wir parken und gehen zu der Gruppe von Wohnwagen. Um sie herum ist es unordentlich. Müll liegt verstreut, Dinge wurden wahllos zurückgelassen. Zwischen einigen der Wagen hängen Wäscheleinen mit hässlich gefärbter Unterwäsche.

Ich kann nicht anders, mir kommen Gedanken, die ich nicht denken sollte:

Wenn man nicht als Mensch zweiter Klasse gesehen werden will, warum tut man dann nicht alles, um diesen Eindruck zu verhindern?

Eine Gruppe von ihnen sitzt an ein paar nicht zusammenpassenden Campingtischen. Sie tragen Steppjacken mit türkisen und lilafarbenen Elementen, wie man sie in den Neunzigern hatte. Ein junger Mann von ungefähr fünfundzwanzig Jahren raucht. Ich reagiere darauf, ohne zu verstehen, warum. Weil ein Stück weiter Kinder sitzen? Oder weil jemand, der für seinen Lebensunterhalt bettelt, kein Geld dafür haben sollte? Sie erkennen Irina. Eine dicke Frau mit zerfurchtem Gesicht und zwei der Männer kommen zu uns. Die Frau umarmt sie, die Männern schütteln ihr die Hand. Sie wechseln Phrasen und Sätze in einer Sprache, die mir fremd ist.

»This is Ramona«, sagt Irina mitten im Fluss aus Unverständlichkeiten und zeigt auf mich. Sie nicken. Keiner von ihnen schüttelt mir die Hand, aber sie protestieren auch nicht, als ich ihnen zu den anderen folge. Jemand zaubert ein paar wackelige Stühle für uns hervor, und so sitze ich plötzlich dort, mitten unter ihnen.

IRINA SPRICHT. DIE ANDEREN SPRECHEN.
Ich kann sie nur sehr schwer lesen. Die Sprache ist so anders, dass ich sie nicht mit ihrer Körpersprache verbinden kann. Sie klingen zornig, aber ich glaube nicht, dass sie es sind.

Irina lacht laut über etwas, was der junge rauchende Mann murmelt. Sie gibt irgendeine Antwort, und alle nicken.

»Kommst du oft her?«, frage ich sie, als einer der anderen Männer redet.

»Nicht wirklich«, flüstert sie, ohne den redenden Mann aus den Augen zu lassen. »Aber ich mache es gerne. Sie verstellen sich nicht so wie ihr.«

Ich frage nicht, was sie damit meint.

Jemand holt eine Flasche ohne Etikett hervor, und Irina nickt zustimmend. Gläser tauchen auf, auch eines für mich, aber Irina reicht es weiter.

»Ramona drives«, sagt sie.

Während sie trinken und anstoßen, lehne ich mich zurück und erlaube mir, Dinge über sie wahrzunehmen. Normalerweise mache ich das nicht, sondern versuche fernzuhalten, was ich in Menschen erahne. Man fühlt sich nicht wohl, wenn man etwas weiß, was man nicht über die Menschen um sich herum wissen sollte, es frisst die Seele auf. Aber jetzt versuche ich, mich für das zu öffnen, was in ihnen steckt.

Es ist schwieriger als sonst. Vielleicht weil ich ihr Leben, ihre

Situation nicht ausreichend nachvollziehen kann. Oder gehören Gefühle auf irgendeine Weise zu der Sprache, die man spricht?

Die runzelige Frau, die Irina umarmt hat, hat zu Hause in Rumänien einen Sohn mit Behinderung. Es frustriert sie, wenn sie sich treffen. Oder macht sie sich eher Sorgen um ihn? Sie mag es, dass er andere Fragen als ihre übrigen Kinder stellt.

Der junge rauchende Mann kauft seine Zigaretten immer ein Stück entfernt an der Circle-K-Tankstelle. An der Kasse steht oft dieselbe Frau. Er müsste sie eigentlich hübsch finden, aber ihr Lächeln erlischt jedes Mal, wenn er an der Reihe ist, als würde sie denken, dass man ihm nicht vertrauen kann. Und dann ist er noch in Irina verliebt.

Nehme ich das Letzte wirklich in ihm wahr, oder ist es mir nur bewusst geworden, weil er sie die ganze Zeit anschaut, auch wenn andere Personen reden?

Ich verwerfe den Gedanken und versuche, mir stattdessen vorzustellen, wie es ist. So zu leben. Am Rand. Im Exil zu betteln.

Aber es geht nicht. Auch wenn ich mehr über sie gewusst hätte, gewusst hätte, wie ihre Tage aussehen, ihre Träume, ihre Vergangenheit, würde ich es trotzdem nicht schaffen. Ich habe meinen Hintergrund, sie einen anderen, und sosehr man auch versucht, sich ein Bild aus der Perspektive eines anderen zu machen, wird es einfach nicht deutlich.

Ist es nicht so? Man kann niemals voll und ganz nachvollziehen, wie es ist, jemand anderes zu sein. Wohin man auch geht, was man auch macht, man nimmt seine eigene Geschichte mit. Man wurde von ihr geformt und abgesondert, sie bildet eine Haut, die einen selbst von allen anderen trennt, denen man begegnet.

Nach einer Weile ebbt ihr Gespräch ab. Irina dreht sich zu mir.

»Du kannst jetzt deine Fragen stellen«, sagt sie.

Ich hätte also Fragen vorbereiten sollen?

»Ich habe nur eine«, erkläre ich. »Und zwar, ob die am See gefundene Frau eine von ihnen war?«

Irina wendet sich an die anderen und bringt einen längeren Wortschwall hervor. Einer der Männer gibt ihr eine genauso lange Antwort. Als er fertig ist, dreht sich Irina zu mir.

»Nein, sie gehört nicht zu ihnen. Keiner der Migranten hier wird vermisst.«

»Könnte sie jemand sein, den sie nicht kennen?«

Sie schüttelt den Kopf. »Niemand hier wird vermisst«, wiederholt sie, ohne die anderen zu fragen.

»Kann sie dann aus einer Nachbarstadt gewesen sein? Umeå? Oder Luleå? Bureå? Mittlerweile sitzen überall Bettler.«

Irina dreht sich zu den anderen und stellt eine kurze Frage. Die Antwort ist ebenso kurz.

»Sie wissen es nicht«, übersetzt Irina. »Aber sie werden sich umhören.«

»Kennen sich alle Bettler untereinander?«

Irina lächelt mich an, so nachsichtig, als hätte jemand gerade verraten, dass sie nichts versteht. »Natürlich nicht. Aber vielleicht kennt jemand von hier dort jemanden und so weiter. Wenn gewisse Dinge passieren, wird die Welt manchmal ziemlich klein, oder nicht?«

Die Frau mit dem zerfurchten Gesicht sieht mich an und sagt noch etwas, aber Irina übersetzt es nicht.

Die Stimmung hat sich geändert. Alle sind verstummt. Sie sitzen mir zugewandt, warten auf weitere Fragen.

»Fühlen sie sich gekränkt, wenn ich frage, wie es ist?«, will ich wissen, weil mir das schließlich durch den Kopf geht. »In ein fremdes Land zu fahren? *So* zu wohnen. Auf der Straße zu sitzen und um Almosen zu betteln?«

»Sich gekränkt fühlen? Glaubst du, sie wurden das noch nie gefragt?«, erwidert Irina und übersetzt.

Es ist wieder die runzelige Frau, die mit dem Sohn im Rollstuhl, die antwortet. Sie redet lange und leidenschaftlich. Oder ist das, was ich als Leidenschaft deute, eher Resignation? Die totale Unkenntnis der Sprache führt dazu, dass ich auch jetzt nicht deuten kann, was ihr Körper vermittelt.

Aber die anderen nicken zustimmend.

»Sie sagt, wir Menschen machen immer nur das, *was wir müssen*«, dolmetscht Irina. »Und wer sollte sich am meisten schämen, diejenigen, die auf dem Boden sitzen und ihre Hand hinhalten müssen, oder die, die zusehen, wie andere es tun?«

Irinas Stimme verändert sich, als würde sie nicht länger dolmetschen, sondern ihre eigenen Worte wählen.

»Diese Menschen werden nicht als Teil der rumänischen Gesellschaft gesehen. Sie müssen unter sich bleiben. Einen Job suchen, klar, aber einen bekommen? Yeah, right.« Sie sieht die runzelige Frau an. »Und dann kommen sie hierhin, und hier ist es das Gleiche. Was glaubst du, was das mit einem Menschen macht?«

Die Frau beginnt, noch weitere Dinge zu sagen.

»Es ist beschämend«, fährt Irina fort, während die Frau am Reden ist. »Wie wir sie behandeln. In zwanzig Jahren werden wir auf diese Zeit zurückblicken und uns fragen, wie wir sie hier herumsitzen und mit ausgestreckter Hand frieren lassen konnten, ohne dass wir rebelliert haben.«

Ich weiß nicht, wessen Worte es sind, ob sie dolmetscht oder es selbst sagt.

Aber vielleicht spielt es keine Rolle.

IN DEN FOLGENDEN TAGEN IST ES, als würde ich abschalten. Ich will nicht an Natascha denken, daran, was ihr nur einen Steinwurf von unserem Wohnort passiert ist, also mache ich, was ich kann, um es bleiben zu lassen.

Aber ich kann nicht entkommen. Abends ist Peter unterwegs und führt Christian und den Polizisten aus Stockholm durch seine Waschbärenwelt, also sitze ich allein mit meinen Gedanken zu Hause.

Und sie wird schließlich überall erwähnt. Wohin ich auch gehe, folgt sie mir. Auf der Arbeit reden sie von ihr. Im *Norran* nimmt sie jeden Tag mindestens eine Seite ein. Sogar in der landesweiten Nachrichtensendung im Fernsehen wird sie genannt. Sie wissen immer noch nicht, wer Natascha ist, was dazu führt, dass man dieses kleine Einwanderermädchen nicht vergessen kann.

Es könnte sich schließlich herausstellen, dass sie jemand Wichtiges ist.

Als ich am Freitagabend nach Hause fahre, bin ich müde, richtig hundemüde. Ich will es mir einfach nur noch auf dem Sofa gemütlich machen und etwas im Fernsehen schauen, das mich der Gegenwart entfliehen lässt. Es spielt keine Rolle, was, Peter kann gerne einen dieser Trash-Filme mit Schlägereien auswählen, die er insgeheim am liebsten mag.

Aber als ich die Treppe hochkomme, steht er am Kleiderschrank und wühlt in seinen Hemden.

»Mange hat angerufen«, sagt er. »Er will heute Abend ein Bier im Stadshotell trinken. Aber weil Freitag ist, hab ich stattdessen Källarn vorgeschlagen.« Er kommt zu mir und küsst mich auf die Wange. »Was sagst du dazu?«, fragt er. »Wir fahren in die Stadt, gehen schön essen und reden ein wenig? Es ist doch eine Ewigkeit her, seit wir das gemacht haben.«

Ich seufze. Denn es *ist* sehr lange her, dass wir ausgegangen sind. So ist es eben, wenn man vierzig Kilometer außerhalb der Stadt wohnt. Man unternimmt nichts mehr. Es ist eigentlich keine bewusste Entscheidung. Mit den Jahren wird es schlichtweg einfacher, zu Hause zu bleiben; das, was man an Unternehmungen in Erwägung zieht, ist die Mühe nicht mehr wert.

Ich übertreibe. Vielleicht liegt es hauptsächlich daran, dass sich einer von uns zurückhalten muss, wenn es ein Fest gibt.

Ene, mene, miste.

Bier/Wein für ene, Autoschlüssel und nach Hause wollen für mene?

Genau darum geht es hier doch vermutlich, Peter will ein paar Bier mit seinem neuen Spielkameraden trinken und braucht mich als Chauffeurin.

Er merkt, dass ich seine Worte schlecht aufgenommen habe.

»Ich kann anrufen und absagen«, sagt er in den Kleiderschrank hinein. »Ich habe nur gedacht, dass es dir guttun würde, mal rauszukommen, ein Glas Wein zu trinken, und, ja … Seit dieser Sache mit Natascha siehst du so bedrückt aus.«

Er nennt sie auch Natascha.

Viel zu häufig unterstelle ich Peter Gedanken, die meine sind, nicht seine. Ich bin eingeschnappt, wenn ich glaube, er hätte egoistisch gehandelt, schnauze und fauche ihn an und muss dann zurückrudern, wenn er *seine* Sicht, seine wahren Gedanken erklärt.

Man bringt unterschiedliche Dinge aus seiner Jugend mit, das wird sehr deutlich, wenn ich Peters und meine vergleiche. Er ist mit zwei liebevollen Eltern in einem kleinen friedlichen Dorf aufgewachsen, ähnlich unserem, nur ein anderes, und ich habe mein Leben in Sozialwohnungen im Randgebiet Skellefteås begonnen, mit einer alleinstehenden Mutter, die eher daran interessiert war, sich um sich selbst zu kümmern, statt um mich und meinen Bruder.

Jetzt bin ich vielleicht ungerecht. Ich weiß nur, dass ich grundsätzlich davon ausgehe, von Menschen im Stich gelassen zu werden. Nach all diesen Jahren habe ich nicht gelernt, dass es auch anders laufen kann.

Ich seufze.

»Es *ist* lange her, dass wir mal rausgekommen sind«, gebe ich mir einen Ruck. »Das wäre vielleicht nett.«

Peter scheint das wirklich zu freuen.

»Ich bin mir sicher, dass Mange nichts dagegen hat, wenn du mitkommst«, sagt er.

Und damit bin ich wieder raus. Denn wenn es nicht die Idee des Polizisten war, dass ich mitkomme, verändert es alles. Dann werden wir dort sitzen und mühsam Konversation führen, Peter wird mit seinem Strohhalm in der Cola rühren, als wäre er ein Zauberstab, der den Softdrink in ein Bier verwandelt, und Mange wird sich wünschen, dass ich nicht da wäre.

Peter hat ein Hemd ausgewählt, ich wusste, dass er dieses nehmen würde, und jetzt greift er wahllos eine saubere Unterhose aus dem Korb, ohne nachzusehen, welche.

»Willst du zuerst duschen?«, fragt er. »Ich glaube, das warme Wasser wird reichen, aber nur für den Fall ...«

»Dusch du ruhig«, sage ich, weil es immer reicht. Und ich ziehe es vor, in das warme, dampfende Badezimmer zu gehen, das stark nach seinem Rasierwasser riecht.

Ich sehe in sein wohlwollendes Gesicht. Versuche, mich von ihm anstecken zu lassen.

»Wir machen es so«, schlage ich vor und schlucke. »Trink du ein paar Bier mit deinem neuen Freund. Ich kann dich fahren und besuche so lange meinen Bruder.«

»Sicher?« Er versucht, nicht erleichtert zu klingen.

»Ja, ich habe ihn schon lange nicht mehr gesehen.«

Ein wenig hoffe ich, dass Peter versucht, mich weiter zu überreden. Mich dabeihaben *will*. Aber das tut er nicht.

»Danke dir«, sagt er und küsst mich noch einmal auf die Wange, bevor er ins Bad geht. »Wirklich.«

Er nimmt das Hemd mit, obwohl er es nicht anziehen wird, bevor er wieder herauskommt. Ihm wird dort drinnen zu warm. So hat er es sich angewöhnt, ohne darüber nachzudenken.

Ich stehe draußen und höre, wie er das Wasser aufdreht. Früher haben wir oft zusammen geduscht. Als ich jung war und dachte, dass das Leben so wie im Fernsehen sein könnte. Oder vielleicht eher, dass es so sein *sollte*.

Aber jetzt, nun ja.

Zu zweit haben wir kaum genug Platz dort drinnen.

MEIN BRUDER TOBIAS WOHNT IN einer kleinen deprimierenden Zweizimmerwohnung in einem verschlafenen Teil des Viertels Getberget.

Er ist nur mein Halbbruder, und wir sind sehr verschieden. Aber ich mache mir oft Sorgen um ihn. Manchmal denke ich, dass er die einzige Familie ist, die ich außer Peter und Jonas habe. Meine Mutter lebt noch, wohnt jetzt aber in Stockholm. Ich weiß nicht mehr, wann ich sie das letzte Mal getroffen habe, wann sie mich das letzte Mal angerufen hat.

Wann ich sie angerufen habe.

Meinen leiblichen Vater habe ich nie getroffen. Ein paar Jahre lang durfte ich mit Tobias' Vater aufwachsen. Ein zuverlässiger, etwas einfältiger Lkw-Fahrer, der mich Fröschchen und den ich Papa nannte. Er erlaubte es mir.

Er hieß Olov, und ich mochte ihn. Er zwang mich nie zu etwas, weder zu den Hausaufgaben noch zum Zähneputzen, ich musste nichts von alldem tun.

Als er und meine Mutter sich getrennt hatten, fuhr mein Bruder jedes zweite Wochenende zu ihm, aß Hamburger und schaute bis spät in die Nacht Filme. Es war nie die Rede davon, dass ich auch mitkommen könnte.

Für ein Kind ist Blutsverwandtschaft nur schwer zu verstehen.

Wenn Tobias bei Olov war und ich nicht mitdurfte, habe ich meine Mutter oft gebeten, von meinem richtigen Vater zu erzählen. Ich liebte die Geschichte, wie sie an einem zauberhaften Abend auf einer Mittelmeerinsel einen griechischen Prinzen getroffen hatte und neun Monate später eine Prinzessin geboren wurde, also ich.

Jetzt, wo ich erwachsen bin und das Unausgesprochene zwischen den Zeilen ergänzen kann, ist die Geschichte eine andere. Offenbar ist sie den abgegriffenen Klischees eines Halbstarken am Strand von Mallorca verfallen oder ist mit einem betrunkenen britischen Touristen nach Hause gegangen, meine blasse Haut spricht eher für Letzteres.

Vermutlich weiß sie selbst nicht, wer mein Vater ist. Sie war genauso jung wie ich, als ich Jonas bekam.

Man erbt von seinen Eltern. Haarfarbe, Nasenform, Temperament. Alle wissen das. Aber man erbt auch etwas anderes.

Muster.

Wenn die eigenen Vorbilder ziellos umherirren, macht man es selbst auch. Und man sieht nicht, was in der Kindheit schiefläuft, bevor die Jahre vergangen sind und man selbst schief wird.

Der Abend ist grau und trist, und es dämmert bereits, als ich das Auto an der Straße parke und zum Treppenhaus meines Bruders gehe.

In den Fenstern seiner Wohnung brennen nicht die gelben gemütlichen Lampen, die ich ihm zum Einzug gekauft habe. Stattdessen flutet der kalte Schein einer Leuchtstoffröhre durch die Scheibe des Küchenfensters nach draußen.

Er merkt nicht, dass Licht nicht gleich Licht ist.

Was die falsche Sorte Licht mit einem macht.

Mein Bruder ist drei Jahre jünger als ich, aber irgendwann hat er aufgehört, älter zu werden, lange bevor er erwachsen war. Er ist intelligent, das schon. Aber während ich einen Ausweg aus den Verhaltensspiralen und Mustern unserer Mutter gefunden habe, ging er in ihnen verloren.

Er hat ein Kind, das ich nicht kenne, weil er es selbst nicht kennt. Vor Jahren hat er gearbeitet, aber nie längere Zeit. Es gab immer einen guten Grund, warum er nicht weiterarbeiten durfte, jedes Mal war jemand anders schuld. Der Alkohol hatte *nie* etwas damit zu tun.

Als er die Tür öffnet, wirkt er froh, mich zu sehen. Wir umarmen uns, ich will es so, und er weiß das. Dann folgt er mir durch die Zimmer, während ich die gemütlichen Lampen einschalte, das Bett mache und Sachen wegräume, die er einfach liegen lassen hat, obwohl ich angerufen und gesagt habe, dass ich kommen würde.

Wir reden nicht viel, finden wie immer keinen richtigen Zugang zueinander.

In der Küche hole ich die Kühltasche mit Eintopf hervor, die ich dabeihabe. So ist unsere Beziehung.

Jonas hat einmal gesagt, dass niemand in unserer Familie Kontakt miteinander hätte, wenn wir nicht verwandt wären.

Ich weiß nicht, warum mich das so traurig gemacht hat.

WIR ESSEN DAS MITGEBRACHTE ESSEN, dann schauen wir *Doobidoo* oder wie diese alberne Unterhaltungssendung heißt. Niemand von uns beiden hätte sie sich allein angesehen, trotzdem tun wir es jetzt.

Er nimmt sich ein Bier, nippt aber nur daran. Vielleicht wartet er darauf, dass ich gehe, damit er etwas Stärkeres herausholen kann.

Aber es ist auch schön. Peter nennt mich manchmal entwurzelt, doch wenn ich mit meinem Bruder zusammen bin, fühlt es sich an, als ob ich trotz allem Wurzeln habe. Ich glaube, dass er es auch so empfindet.

Auch heute Abend kann ich Natascha nicht entkommen.

»Ich habe an das Einwanderermädchen gedacht, das sie im Boot gefunden haben«, sagt er, als er dort im Sofa versunken sitzt.

»Ich denke auch an sie.«

Er versteht den Wink nicht, also redet er weiter.

»Nein«, sagt er. »Ich habe gedacht, dass sie immer noch nicht wissen, wer sie war, oder?«

»Ich glaube nicht. Sie war keine Bettlerin, und sie haben bestimmt alle Asylunterkünfte und so kontrolliert, aber bisher hat niemand sie wiedererkannt.«

»Dass sie Bettlerin war, ist wahrscheinlich nicht der Hauptgedanke der Polizei«, sagt er, ohne den lachenden Moderator aus den Augen zu lassen. »Sie war sicher eine kleine Baltenhure, die rumgeschifft und hier oben an Freier verkauft wurde. Du weißt, dass sie so was machen, oder? Sie nehmen sie mit auf Tournee. Irgendein Holzfäller oder so war ein bisschen zu grob, und dann kam es, wie es kam. Die Polizei wird niemals rausfinden, wer sie war.«

»Hör auf«, sage ich.

»Was ist?«

»Können wir nicht über etwas anderes reden?«, bitte ich ihn.

»Die Welt wird doch nicht besser, nur weil man so tut, als würde es Süßigkeiten regnen?«

Manchmal ist es so, als ob wir immer noch zehn und sieben Jahre alt wären und er mich provoziert, einfach nur weil wir nicht wissen, wie wir sonst miteinander umgehen sollen.

»Weder du noch ich wissen mit Sicherheit, wer sie war«, sage ich. »Also will ich nicht, dass du irgendetwas annimmst, was du in Wirklichkeit gar nicht wissen kannst.«

»Sensibles Thema?«

»Das will ich meinen.«

»*Fine*«, sagt mein Bruder.

Eine Zeit lang sitzen wir schweigend da. In der Fernsehsendung wird gesungen.

»Bist du schon mal zu einer gegangen?«, frage ich.

»Zu einer was?«

Ich ziehe vielsagend die Augenbrauen hoch.

»Was denn?«, sagt er. »Einer Baltenhure?«

»Ja? Einer auf *Tournee*.«

Ich sehe, wie er sich darüber ärgert. Habe ich ihn deshalb gefragt? Um es ihm heimzuzahlen? Oder frage ich mich das wirklich?

»Natürlich nicht«, sagt er. »Dafür muss ich nicht bezahlen.«

»Also bist du deswegen nicht gegangen?«

»Nein, das ist nicht der Grund.«

Eine Weile schmollen wir beide.

»Also meinst du, dass es falsch ist?«, frage ich.

»Ja«, sagt er und trinkt einen Schluck von seinem Bier. »Oder vielleicht eher erbärmlich.«

»Erbärmlich?«

»Ja. Ich meine, was soll es bringen? Zu einem versifften Lokal zu fahren, draußen einem Gorilla Geld zu geben und dann rein zu einer ...«, er sieht mich an, bevor er die Worte wählt, »*Frau* zu gehen, deren Muschi immer noch von dem Typ vor mir dampft. Nicht wirklich mein Ding, ne.«

»Also ist es darum falsch? Weil es eklig ist?«

»Und weil es dem Mädchen scheiße geht«, sagt er.

»Ja, ziemlich.«

Ich weiß nicht, ob er die Ironie in meiner Untertreibung bemerkt. Ich glaube schon.

»Die ganze Sache ist irgendwie krank«, stellt er fest.

Wir reden nicht weiter darüber. Jedenfalls sollten wir es nicht. Wir sind beide leicht gereizt, aber zu einem Konsens gekommen, auf den kleinsten gemeinsamen Nenner. Dem Mädchen geht es *scheiße*. Darauf können wir uns einigen.

Aber es nagt an mir. Was er eben gesagt hat. Wenn ich Natascha vor mir sehe, hat sich das Szenario jetzt verändert.

»Ich glaube nicht, dass sie eine Prostituierte war«, sage ich deshalb. »Sie war vermutlich zu jung. Vielleicht unter achtzehn, und dann ...«

»Ja, sie schleppen wohl kaum welche rum, die nicht sexualmündig sind.«

Er sagt nicht das, was er zuerst dachte: dass die Zuhälter vielleicht nach pädophilen Freiern gesucht haben. Er verschont mich damit. Ich sehe es ihm an.

»Wenn sie zu junge Mädchen haben, können sie selbst in Schwierigkeiten geraten, wenn die Polizei sie findet«, ergänzt er.

Ich glaube, dass ich ihm zunicke. Und dann schauen wir weiter zusammen die Spielshow.

UM KURZ NACH ELF RUFT Peter an. Mein Bruder und ich sind mittlerweile beide auf dem Sofa eingeschlummert.

»Tut mir leid, dass es sich in die Länge gezogen hat«, sagt er in mein Ohr.

»Das macht nichts.«

»Wir sind auf jeden Fall jetzt fertig.«

»Dann bin ich in einer Viertelstunde oder so da.«

»Yes, sie schließen jetzt, also warten wir draußen.«

Sie sehen ganz schön angetrunken aus, als sie dort vor dem Restaurant stehen, in dem bereits kein Licht mehr brennt. Wieder geht mir durch den Kopf, was für ein ungleiches Paar sie sind. Sie sind nicht gleich alt und kommen aus unterschiedlichen Welten, aber es scheint keine Rolle zu spielen. Peter sagt gerade etwas, und der Polizist krümmt sich vor Lachen. Sie machen keine Anstalten, das Gespräch zu beenden, als ich mit dem Auto am Gehweg anhalte. Der Polizist scheint gerade eine neue Geschichte zu beginnen.

Ich entscheide mich, nicht genervt zu sein. Ich kann schließlich genauso gut warten, bis sie fertig sind. Nicht dass sie sofort abbrechen, nur weil ich komme. Stattdessen setze ich ein Lächeln auf und steige aus. Kalte Luft schlägt mir entgegen, Spuren von Raureif haben sich auf dem Gehweg gebildet, sodass er sich rutschig anfühlt.

»Hattet ihr einen schönen Abend, Jungs?«, begrüße ich sie.

Peter lächelt und gibt mir einen nach Bier riechenden Kuss auf die Wange.

»Ja, auf jeden Fall.«

Die Augen des Polizisten sind leicht glasig. Er scheint tiefer ins Glas geschaut zu haben als mein Mann. Vielleicht weicht er meinem Blick deswegen nicht so aus wie zuvor, sondern betrachtet mich beinahe neugierig.

»Was siehst du?«, fragt er. »Wenn du mich jetzt anschaust?« Er lallt ein wenig.

»Was ich sehe?«

»Ja?«

Ich werfe Peter einen Blick zu.

»Zwei gutaussehende Männer vor einem Restaurant?«

Er lacht nicht über meine Bemerkung.

»Nein, nein«, sagt er. »Ich meine, was du *siehst*.«

Peter schaut schuldbewusst zu Boden, und ich verstehe, was der Polizist meint.

Plötzlich fühle ich mich nackt. Peter hat es ihm erzählt. Die eine Sache, von der ich – wie er weiß – nicht will, dass andere sie über mich wissen.

Trotzdem versuche ich, davon abzulenken. Ich ignoriere den betrunkenen Polizisten.

»Bist du jetzt fertig?«, frage ich meinen Mann. »Es ist ziemlich kalt hier draußen.«

Ich zeige mit meiner Körpersprache, dass ich friere.

»Peter hat es erzählt«, bohrt der Polizist nach. »Sag schon, was siehst du in mir?«

»Bitte«, erwidere ich. »Es ist spät, und ich möchte nach Hause.«

Aber der Polizist weigert sich, mich gehen zu lassen.

»Komm schon«, sagt er. »Irgendetwas siehst du doch? Oder war es nur heiße Luft?«

»Nicht hier. Nicht jetzt.«

Meine Stimme ist scharf, und meine Augen suchen seine, als wollte ich meinen Worten Nachdruck verleihen.

Das sollte reichen, damit er zurückrudert. Aber vielleicht ist es der Alkohol, der ihn noch eins draufsetzen lässt:

»Peter hat gesagt, dass du nicht gerne darüber redest. Dass du immer ausweichst.«

Ich seufze. Schaue dem Polizisten noch einmal in die Augen. Ich bin jetzt gereizt. Ich sollte nicht zulassen, dass er mich dazu bringt, sollte ihn einfach ignorieren, aber ich mustere ihn. Lasse sozusagen los, was ich normalerweise zurückhalte.

Eine Menge Bilder fliegen vorbei. Wahrnehmungen. Gefühle. Die meisten sind unscharf. Andere nicht.

Vernehmungen in Räumen, die nicht so aussehen wie in den Polizeiserien, die spät am Abend im Fernsehen gezeigt werden.

Er ist im Auto irgendwohin unterwegs. Es ist dunkel draußen, und er hat Angst, ohne genau zu wissen, wovor.

Solche Dinge. Undefinierbare Szenen.

Aber dann weiß ich plötzlich, womit ich ihn zum Schweigen bringe.

»Du bist im Zimmer eines Altenheims.«

Bereits damit habe ich ihn. Er zuckt gewissermaßen zusammen. Blinzelt ein paarmal. Und damit weiß ich, dass ich meine Wahrnehmung richtig deute.

Ich sollte zurückrudern. Aber ich bin wütend. Ich will ihn entlarven.

»Eine Frau liegt dort«, fahre ich fort.

»Ja?«

»Sie ist alt. Krank.«

Es ist seine Mutter. Ich verstehe es.

»Noch mehr?«, murmelt er.

»Ein anderer Mann ist auch dort. Er ist dein Bruder, oder?« Der Polizist scheint nicht zu wissen, wohin mit sich. Er schaut Peter an. Dann wieder mich.

Er begreift, dass ich es sehe. *Alles.* Wie er und sein Bruder die Medikamentendose aus dem Schrank holen. Wie sie die alte Frau mit den Tabletten füttern. Sie ihr in den Mund drücken. Sie dazu bringen zu schlucken.

Sie machen es gemeinsam.

Sie ermorden ihre Mutter.

Aber dann auch wieder nicht.

Denn immerhin weinen beide. Sie hat so starke Schmerzen. Schon sehr lange. Ihre geliebte Mama soll das nicht länger ertragen müssen.

Sein Bruder weint hemmungslos, Mange nur leise. Vielleicht ist er so lange Polizist gewesen, dass er schon abgestumpft ist. Oder er hat die Rolle eingenommen, die er einnehmen musste. Sie können nicht beide zusammenbrechen, einer muss stark bleiben.

»Siehst du noch mehr?«, fragt er.

»Nein, nur das. Ist deine Mutter krank?«

Ich weiche seinem Blick aus. Versuche, es zu verharmlosen. Aber es ist zu spät. Trotz des Biers, das in seinem Gehirn pocht, versteht er es. Ich stelle mich neben meinen Mann, bringe ihn dazu, den Arm um mich zu legen.

»Ich sehe, wie schwer es war, als deine Mutter gestorben ist«, sage ich. »Was für eine fantastische Fähigkeit ich habe, oder?«

Ich versuche zu lachen, doch es gelingt mir nicht so richtig.

»Sollen wir fahren?«, schlage ich Peter vor.

»Ja, danke für den Abend«, sagt mein Mann. »Es war … Wirklich.«

»Ja, auf jeden Fall.«

Sie umarmen sich zum Abschied, steif, hölzern, wie ein tanzendes Paar auf einem Schulball.

ICH HABE IM LAUF DER Jahre so viele Menschen getroffen, die ich nicht mehr losgeworden bin. Nur teilweise hat es mit meiner Fähigkeit zu tun. Es liegt ebenso sehr an meiner Arbeit. Frag Irina, und sie wird zugeben, dass sie an manchen Abenden mehr trinkt, als sie sollte, um die Stimmen zum Schweigen zu bringen, die immer weiterreden, obwohl die Menschen verschwunden sind.

Sehen Leute wie sie und ich die Welt verzerrt? Wir dürfen an den Problemen der Menschen teilhaben, nicht aber an dem, was ihr Leben sonst noch so ausmacht. Unsere Leben setzen sich zusammen aus einem verflochtenen Netz von Gut und Böse, Erfolg und Schmerzen. Keine Wärme ohne Kälte. Kein Glück ohne Trauer.

Das Glück würde nichts bedeuten. Die Wärme könnte man nicht spüren.

Fahren Leute wie ich und Irina zwischen Menschen in der Dunkelheit hin und her, ohne sie im dazugehörigen Licht sehen zu dürfen?

Diese Menschen. Die ich immer mit mir trage.

Mattias und Felicia. Ich habe dir am Anfang von ihnen erzählt. Aber es gibt noch mehr. So viele mehr. Niklas und die Kleine. Simon. Diese Brüder, wie hießen sie noch gleich, Andersson?

Frag mich morgen, und ich werde andere Namen nennen. Ich sehe in Menschen hinein und kann es dann nicht ungeschehen machen.

Ich werde Mange nie wieder treffen können, ohne die Dunkelheit in ihm zu sehen.

Warum ist er mir jetzt sympathischer?

AUF DEM HEIMWEG SCHWEIGEN WIR. Ich schaue verstohlen zu Peter, der auf dem Beifahrersitz hinaus in die Nacht sieht. Ich versuche zu erkennen, woran er denkt. Den Abend mit Mange oder meine kleine Vorführung gerade?

Definitiv Letzteres.

»Mange ist ein guter Kerl«, sagt er, als wir eine ganze Weile gefahren sind und nun die Stadt verlassen, wo uns die Dunkelheit der E4 umfängt.

»Ich weiß«, erwidere ich.

Aber das ist nicht genug.

»Ganz egal, was du glaubst, in seiner Seele gesehen zu haben, er ist in Ordnung. Das habe *ich* gesehen.«

Peter schaut immer noch aus dem Seitenfenster. Aber seine Stimme und Wortwahl verraten, dass er wütend ist.

»Tut mir leid«, sage ich. »Aber er hat mich ... Tut mir leid.«

Eigentlich sollte sich Peter bei mir entschuldigen. Aber ich gebe mich geschlagen. Bitte um Verzeihung. Denn ich sehe, dass er es nicht tun wird, und einer muss es schließlich, damit wir nicht hier steckenbleiben.

»Mange hat es erzählt«, sagt Peter. »Er hat erzählt, dass seine Mutter mit fünfzig Demenz bekommen hatte. Mit sechzig Lymphdrüsenkrebs. Es ist kein Geheimnis. Dass sie fünfzehn Jahre lang nur ...«

»Tut mir leid«, sage ich noch einmal.

»Dass Mange kreidebleich wurde, hat nichts zu bedeuten. Das wurde er auch, als er vorhin darüber gesprochen hat. Es geht eher darum, dass du … Du konntest …«

»Okay«, sage ich.

»Nein, das ist *nicht* okay.«

Draußen ist es nicht vollständig dunkel. Zu dieser Zeit des Jahres wird es das nicht mehr. Nicht einmal, wenn es so spät ist. Das Licht dringt überall ein, selbst in die Dunkelheit.

Ich will es gerne laut sagen, Peter antworten hören: *Ja, vielleicht ist es so.* So wie immer, wenn ich etwas sage, was er nicht richtig versteht. Aber ich lasse es. Denn jetzt würde er nicht so antworten.

»Erklär mir Folgendes«, fährt er fort. »Ich soll ignorieren, dass du Dinge über Menschen *einfach weißt*. Aber du darfst die Leute damit manipulieren, wann immer es dir gerade passt. Ist es so?«

»Peter«, flehe ich ihn an.

»Es kommt mir einfach ein bisschen seltsam vor. Fast heuchlerisch. Findest du nicht?«

»Ich sehe sehr viel weniger, als du glaubst. Und du warst es doch, der … Ich war einfach überrumpelt.«

»Wenn du das sagst.«

Wieder Stille. Eine Stille, die zur Mauer wird und die ich ohne seine Hilfe nicht überwinden kann.

Und eigentlich müsste ich diejenige sein, die sauer ist. Nicht er.

Trotzdem will er sich nicht beruhigen.

»Ich habe mir jetzt schon seit ein paar Tagen noch eine andere Frage gestellt, aber nichts gesagt, um die kleine fragile Schönheit, mit der ich zusammenlebe, nicht zu verletzen«, sagt er.

Ich schlucke.

»Jetzt frage ich trotzdem. Nicht dass du antworten wirst.«

»Peter, bitte.«

»Dieses Mädchen im Boot. Was weißt du eigentlich über sie?«

»Ich weiß nichts über sie.«

Er lacht auf. »Natürlich nicht.«

»Warum sollte ich lügen?«

Jetzt klinge auch ich wütend.

Er verdreht die Augen.

»Also nennen wir sie *einfach nur so* Natascha? Und es wird sich nicht herausstellen, dass sie, man höre und staune, eine sechzehnjährige verdammte Friseurin aus Rumänien ist, genau wie du gesagt hast?«

»Du bist doch auf den Namen gekommen …«, protestiere ich. Aber dann ändere ich meine Vorgehensweise. »Ich habe nichts in ihr gesehen. Sosehr ich auch gesucht habe, es gab dort nichts zu sehen.«

»Wie üblich«, sagt Peter.

Einen Augenblick lang werde ich zornig. Ich bin kurz davor, ihm zuzufauchen, was mein Bruder gesagt hat, das, was mir nicht gelang abzuschütteln, dass das Mädchen genauso gut von einer Gruppe Zuhälter hierhergeschleppt worden sein könnte. Aber ich bringe es nicht über mich, das auszusprechen.

»Wenn jemand tot ist, gibt es dort nichts mehr«, bekomme ich heraus. »Man braucht keine besondere Fähigkeit, um das zu sehen.«

Er merkt, dass er mich zum Weinen gebracht hat, also lässt er das, was er noch sagen wollte, ungesagt.

DER NÄCHSTE TAG IST EIN Samstag. Das erste Wochenende, nachdem wir das Mädchen im Boot gesehen haben. Peter hat gestern eine ganze Menge getrunken, trotzdem liegt er nicht mehr im Bett, als ich gegen neun Uhr aufwache. Vom Brennholzhaufen her höre ich Geräusche. Ein Hacken. Er geht dorthin, wenn er etwas mit sich herumträgt, das er nicht herunterschlucken oder vergessen kann.

In der Küche steht trotzdem die Thermoskanne mit Kaffee und wartet auf mich. Nicht einmal, wenn er sauer ist, kann er es sich verkneifen, freundlich zu sein. Ich schenke mir eine Tasse ein und stelle mich ans Fenster, das zum See hinausgeht.

Die Aussicht ist heute grau. In der Nacht hat das Gewebe der Wirklichkeit einen Riss bekommen. Das, was den Dingen eine Bedeutung gibt, sickert hinaus, die Farben verblassen, und es bleibt nur eine Leere zurück.

Ich muss die ganze Zeit daran denken, was mein Bruder gestern gesagt hat. Dass Natascha wahrscheinlich keine Bettlerin ist. Dass ihr Schicksal vielleicht viel schlimmer sein könnte.

Ich nehme mein Handy und google *Menschenhandel*. Wähle willkürlich einige der unzähligen Links aus, die auftauchen.

Eine Seite behauptet, dass viereinhalb Millionen Menschen weltweit in sklavenähnlichen Verhältnissen im Sexhandel leben. Eine andere schätzt, dass siebenhunderttausend Menschen in Europa Opfer von Sex Trafficking sind. Und eine dritte, dass weit über eine Million Kinder Opfer von Menschenhandel sind.

Weiter komme ich nicht.

Denn es ist einfach unbegreiflich. Jede dieser Schätzungen. Über eine Million Kinder. An dieser Zahl bleibe ich hängen. Die Einwohnerzahl Stockholms. Sind das nicht ungefähr eine Million?

Wir könnten also unsere Hauptstadt räumen und sie mit geraubten Kindern füllen? Eine Stadt, in der jeder – egal, wohin man geht oder wen man antrifft – ein Kind ist, das entführt wurde.

Und zu welchem Zweck?

Wie viele dieser Kinder werden entführt, um von ekligen Männern missbraucht zu werden?

Mir kommen wieder Irinas Worte von neulich in den Sinn.

Auch hierauf wird die Menschheit zurückblicken und sich fragen, wie es war, in einer solchen Zeit zu leben, und warum wir nicht mehr getan haben, um so etwas zu verhindern.

PETER KOMMT NACH EIN PAAR Stunden herein. Er sieht müde aus, der Schweiß steht ihm auf der Stirn, und er riecht stark nach Holz, aber der Zorn von gestern scheint verflogen zu sein. Er klappert eine Weile in der Küche herum, macht eine Art Omelett zum Mittagessen, dann kommt er zu mir und sagt, dass es fertig sei.

Ich betrachte meinen Mann, während er isst, während er sich ein Knäckebrot schmiert, es sich in den Mund schiebt und kaut, dass es knackt.

»Tut mir leid«, sagt er zwischen zwei Bissen. Er erklärt nicht, wofür er sich entschuldigt.

»Eigentlich sollte das von mir kommen«, murmele ich.

Er kaut sein Knäckebrot.

»Ich verstehe, warum du das gestern gemacht hast«, sagt er.

»*Machst*, was du machst.«

Den Rest lässt er ungesagt.

»Hast du mit Mange gesprochen?«, frage ich.

»Mach dir keine Sorgen. Er wird drüber hinwegkommen.«

»Ich habe ihn also nicht verschreckt?«

Jetzt lacht er sogar. »Vermutlich im Gegenteil. Jemand wie Mange *fürchtet den Abgrund nicht, weil er bereits in ihm ist.*«

Das Letzte hört sich nicht nach etwas an, was Peter selbst so formulieren würde.

»Hat er das gesagt?«

»Nein«, erwidert mein Mann und schaufelt mehr Omelett auf seine Gabel. »Du hast das einmal über dich selbst gesagt.«

»Hab ich das?«

Er nickt. »So ungefähr jedenfalls.«

»Wann habe ich das gesagt?«

»Vor langer Zeit. Sehr langer. Noch vor Jonas' Geburt.«

»Warum weißt du das noch?«

»Keine Ahnung. Ich erinnere mich einfach daran.« Er nimmt sich etwas mehr vom Omelett. »Manche Sachen, die du sagst, kann man nur schwer vergessen.«

AM ABEND FÄHRT EIN AUTO unsere Straße entlang. Ein vages Grollen, die Kombination aus Motorengeräusch und dem Brausen des Windes, und ich gehe nachsehen, wer es ist.

Unser Sohn Jonas spricht immer darüber, wenn er hier ist. Dass in der Großstadt Autos, Menschen, *Bewegungen* zu einem anonymen Rauschen gedämpft werden, zu etwas, das man automatisch aussiebt, weil es nicht anders geht und sonst die Gedanken beherrscht. Aber hier, in einem kleinen Dorf, ist es andersherum. Hier muss man alles registrieren, ansonsten läuft man Gefahr, in der Stille und Trostlosigkeit zugrunde zu gehen.

Das Auto fährt nicht weiter zum See, um dort wie die meisten zu wenden, sondern biegt in unsere Auffahrt. Die Scheinwerfer erlöschen, und ein Mann steigt aus.

Überrascht stelle ich fest, dass es Mange ist.

Peter verschwindet die Treppe hinunter, um ihn zu empfangen, während ich in die Küche gehe und routiniert den Teekocher mit Wasser fülle, so als hätte ich wieder akzeptiert, dass es meine Aufgabe ist.

Ich kann ihre Stimmen die Treppe herauf hören, sehe, dass sie sich wie beim letzten Mal an den Tisch im Salon setzen. Ich gehe nicht zu ihnen hinein, sondern bleibe am Küchenfenster stehen.

Die Sonne geht dort draußen gerade unter, aber es ist kein besonders schöner Abend. Das Gefühl von heute Morgen ist immer noch da, kein flammend roter Himmel brennt über dem See, wie er es manchmal tut, keine wechselnden Farben lassen einen an Magie und einen allmächtigen, wohlgesinnten Schöpfer glauben. An manchen Abenden wird es einfach nur dunkel, so als hätte Gott gerade anderes zu tun.

Als das Wasser kocht, stelle ich Zwieback, Marmelade und Tassen auf das Tablett und gehe zu ihnen.

»Du hast also wieder hierhergefunden?«, begrüße ich ihn.

Ich entscheide mich aufs Geratewohl für eine dieser leeren Phrasen, die aber scheinbar trotzdem immer funktionieren.

Lächeln aufsetzen.

»Sieht so aus«, sagt Mange.

Ich lade die Tassen, Löffel und die Marmelade vom Tablett ab.

»Ihr habt wirklich einen schönen Hof«, sagt er zu mir. »Peter hat erzählt, dass du dich gut mit Gartenarbeit auskennst.«

»Auch nicht mehr als jeder andere hier«, murmele ich. »Ich finde einfach, dass es Spaß macht, Dinge wachsen zu sehen.«

Noch ein paar Floskeln, die vor Leere nur so scheppern.

Er nickt.

»Ich muss …«, sage ich und deute an, dass ich gehen will, aber dann höre ich Peter sagen:

»Kannst du dich nicht eine Weile zu uns setzen?«

Mein Mann kann manchmal so verdammt beschränkt sein. Nuancen perlen von ihm ab so wie Wasser vom Rücken einer Gans, weil er in einer Bullerbü-Welt leben will, in der alle Freunde sind. Aber auch Mange sieht mich einladend an.

Er will es also auch überspielen. Weitermachen, verzeihen, ohne vergessen zu können.

Also meinetwegen.

Ich nehme Platz. Merke, dass ich keine Tasse habe. Aber ich werde jetzt nicht aufstehen und mir eine holen.

»Ich war gestern ganz schön erschüttert«, sagt Mange, als Peter ihm Teewasser eingießt.

Mein Mann entdeckt, dass ich keine Tasse habe, also steht er auf und geht in die Küche, um mir eine zu holen.

»Mach es nicht größer, als es war«, winke ich ab. »Ich bin aufmerksam. Mehr nicht.«

»Du *weißt* es sozusagen einfach, ist das so?«

»Nein«, murmele ich. »Oder ja … manchmal.«

»Stimmt es immer, was du siehst? Oder liegst du manchmal auch falsch?«

Er sieht nicht aufgebracht aus, auch nicht besorgt, sondern vor allem interessiert.

»Wie soll ich das wissen?«

Er nickt verständnisvoll, als wäre er ein Psychologe und ich würde auf seinem Sofa liegen.

»Siehst du es vor dir? So wie Erinnerungen ungefähr?«

»So ist es nicht. Ich kann es nicht erklären.«

»Versuch es.«

Peter kommt mit einer Tasse für mich zurück. Sie passt nicht zu den anderen, er hat eine von den hohen genommen, die ich nicht mag und die wir schon vor langer Zeit hätten loswerden sollen. Er schenkt mir ein und sieht mich mit einem liebevollen Blick an.

Ich erwidere ihn nicht.

»Versuch, es zu erklären«, wiederholt Mange.

»Entschuldige, aber ich möchte nicht mehr darüber reden. Es ist nicht, wie du denkst. Du musst dir keine Sorgen machen, dass ich deine Gedanken lese. So funktioniert es nicht.«

Mange lacht. Aus irgendeinem Grund bringen ihn meine Worte dazu. Dann lehnt er sich zurück. Sieht Peter an. Die Vernehmung ist jetzt offenbar vorbei.

»Der Tee riecht aber gut«, sagt er. »Was ist das für eine Sorte?«

WIR SITZEN DA UND UNTERHALTEN uns, ungefähr eine Stunde lang. Ich habe keine Uhr. Vielleicht ist es auch kürzer. Aber es fühlt sich länger an.

Und es wäre richtiger zu sagen: *Sie* unterhalten sich. Auf direkte Fragen antworte ich, aber sonst ist es so, als ob ich nicht dabei wäre. Wie bei den Bettlern auf dem Campingplatz. Ich sitze einfach nur daneben.

Sie reden über Belangloses. Absolut Belangloses. Und scheinen sehr zufrieden damit zu sein.

»Was hat der Passat für einen Motor?«, fragt Peter. Das ist das Auto, das Mange für den Einsatz hier ausleihen durfte. Trotzdem weiß er die Antwort.

Und da heißt es immer, es gäbe keinen Unterschied zwischen Männern und Frauen.

Schließlich schiebt Mange seine Tasse von sich weg.

»Vielen Dank«, sagt er.

Er sammelt die Krümel seines Zwiebacks zu einem kleinen Haufen zusammen. Dann wendet er sich an mich.

»Ich möchte, dass du uns hilfst.« Er schaut kurz zu Peter, dann wieder zu mir. »Ich möchte, dass du uns bei der Ermittlung zu dem Mädchen hilfst.«

Jetzt bin ich diejenige, die lachen muss. Ich kann nicht anders.

Aber Mange sieht eher nachsichtig als beleidigt aus.

»Ich bin sehr gut in meinem Job«, sagt er. »Weißt du, warum?«

»Du drehst sicher jeden kleinen Stein um oder so.«

Vermutlich hört er die Feindseligkeit in meiner Stimme. Aber er ignoriert sie.

»Nein«, sagt er. »Oder doch. Klar bin ich gründlich. Aber das ist jeder. Was mich besser macht als andere, ist, dass mir Prestige scheißegal ist.«

Er macht eine kleine Pause, als wollte er es sacken lassen.

»Ich jage nicht dem Ruhm hinterher«, fährt er fort. »Den können andere haben, die zu etwas taugen, ich brauche ihn nicht. Mir geht es nur um das Ergebnis. Und ich habe keine Angst, um Hilfe zu bitten, wo immer man sie auch finden kann.«

»Also …«, sage ich.

»Ich habe schon mit Stockholm gesprochen«, unterbricht mich Mange. »Wenn du mir grünes Licht gibst, regeln sie deine Beurlaubung.«

Ich sehe Peter an und warte darauf, dass er etwas unternimmt. Manges Luftblase platzen lässt. Einen Kommentar aus der Realität macht, damit Mange versteht, wie absurd sein Vorschlag ist.

Aber Peter sitzt einfach nur da.

»Du kannst es ein bisschen wie Urlaub betrachten, wenn du willst«, fährt Mange fort. »Weil ich dich nicht einmal jeden Tag brauchen werde. Eigentlich nur, wenn ich mit jemandem spreche. Mit jemandem, in dem es etwas zu sehen geben könnte. In der restlichen Zeit kannst du zu Hause bleiben und machen, was du willst. Im Sessel lesen. Im Garten buddeln?«

Er wendet sich auch an Peter und lächelt, als wollte er uns eine Eigentumswohnung verkaufen.

Ich sage nichts, aber meine Körpersprache ist wohl offensichtlich.

»Du hast eine Gabe, Ramona«, ruft Mange beinahe. »Verstehst du nicht, wie wertvoll du in einem Fall wie diesem hier sein könntest, wo einem scheinbar nichts in den Schoß fällt?«

»Du hast also grünes Licht für die Anstellung einer ... einer ...?«

Ja, was bin ich?

»Meine Vorgesetzten vertrauen mir«, sagt er.

Ich verdrehe die Augen.

»Okay«, räumt er ein. »Vielleicht habe ich gesagt, dass ich Hilfe von einer Sozialarbeiterin brauche und dass du kompetent bist und dich mit den Menschen und Bräuchen hier oben auskennst. Wenn man nur die richtigen Worte verwendet, geben einem die Schlipsträger in der Leitung, was man will.«

Den Bräuchen hier oben? Was glaubt er, dass wir zur Wintersonnenwende immer noch Opferfeste feiern?

Aber er korrigiert seine Wortwahl nicht, bemerkt nicht einmal, was er gesagt hat. Mange sieht Peter noch einmal an, dann steht er auf.

»Denk darüber nach, Ramona«, drängt er. »Wenigstens das.«

ICH SITZE IMMER NOCH AM Tisch, als Mange schon gefahren ist. Peter kommt die Treppe hoch, nachdem er ihn zur Tür gebracht hat. Er räumt den Tisch ab.

Peter ist in der Küche immer so umständlich. Erst nimmt er die Tassen und bringt sie weg, dann die Marmelade und die Butter, auch die Teekanne bekommt eine eigene Runde. Er scheint das Tablett nicht zu sehen, das direkt danebensteht. Als alles weggeräumt ist, holt er einen Lappen, trocknet den Tisch ab, spült ihn und wringt ihn dann aus. Dann kommt er zurück und stellt sich hinter mich. Vorsichtig legt er die Hände an meinen Nacken und bewegt sie vor und zurück wie eine Mischung aus Massage und Streicheln.

»Warum hast du nichts gesagt?«, frage ich. »Warum hast du ihn weiterreden lassen?«

Er antwortet nicht, sondern bewegt einfach weiter die Hände, drückt mich ein wenig fester.

»Hast du es gewusst?«, bohre ich nach. »Was er fragen würde?«

Auch jetzt antwortet er nicht. Aber seine Berührungen fühlen sich gut an. Fast sexuell. Allerdings glaube ich, dass ich ihn in diesem Moment hasse.

»Er hat dich angerufen, als du beim Feuerholz warst, oder? Und ihr habt über mich geredet. Bist du deswegen reingekommen und hast so getan, als wäre alles gut?«

Peters Schweigen bestätigt mir, dass ich recht habe.

»Warum hast du mich nicht vorgewarnt?«

»Ich wollte es nicht verderben«, sagt er.

»Nicht verderben? Was zur Hölle soll das heißen?«

»Ich kann es nicht leiden, wenn du fluchst.«

»Ach wirklich?«

Einen Moment lang suche ich nach Schimpfwörtern, um sie ihm einfach aus Trotz entgegenzuschleudern, aber das Gefühl geht wieder vorbei.

»Was meinst du?«, frage ich stattdessen. »Damit, dass du es nicht verderben wolltest?«

Keine Antwort. Nur die knetenden Hände. »Wenn ich etwas gesagt hätte, hättest du direkt abgelehnt«, murmelt er schließlich.

Diese Bemerkung geht mir durch und durch.

»Als würde ich jetzt zusagen.«

Peter massiert fester. Vielleicht bin ich verspannt. Es fühlt sich so an.

»Ich finde, dass du es wenigstens in Erwägung ziehen solltest«, sagt er.

»Warum? Warum sollte ich dabei sein und darin herumwühlen wollen?«

Er antwortet nicht. Aber ich merke, dass er etwas loswerden will.

»Sag einfach, was du denkst«, bricht es aus mir heraus. »Scheiß doch ein einziges verdammtes Mal darauf, ob es mich verletzen könnte. Ich halte das aus, ich bin nicht so zerbrechlich, wie du denkst.«

Trotzdem zögert er. Wägt die Worte ab.

»Ich habe manchmal darüber nachgedacht. Über deine Fähigkeit.«

»Ja?«

»Darüber, dass sie dich traurig macht, weil du sie ignorierst. Dass du stattdessen eine Möglichkeit finden solltest, sie zu nutzen.«

»Ich nutze sie doch jeden verdammten Tag«, zische ich, obwohl ich versprochen habe, nicht beleidigt zu sein. »Jeden Tag treffe ich Menschen, über die ich irgendwie zu viel weiß. Ich weiß, was bei ihnen schiefgehen wird. Denn das tut es immer. Ganz egal, was ich mache, um ihnen zu helfen.«

Vermutlich sieht er mich mit diesem Hundeblick an, den er immer bekommt, wenn er Mitleid mit mir hat. Ich hasse es, wenn er das tut. Trotzdem kann ich nicht aufhören zu reden.

»Du verstehst nicht, wie das ist. Zu wissen, dass ich vielen der Menschen nicht helfen kann, zu deren Rettung ich losgeschickt worden bin. Weil ich sehe, was passieren wird.«

»So geht es dir also damit?«

»Nein, du musst kein Mitleid mit mir haben.«

Peter seufzt. »Wenn das so ist, wäre es doch vielleicht ganz gut, von alldem zu pausieren und Mange ein paar Wochen zu helfen«, sagt er. »Ein bisschen *Urlaub* zu machen.«

Aber ich bin noch nicht bereit, mich auf seinen leichteren Ton einzulassen.

»Klar«, sage ich. »Ich mach ein bisschen Urlaub von meinem unerträglichen Leben, indem ich mich mit dem Mord an einem Mädchen beschäftige.«

Ich merke selbst, dass ich zu weit gehe. Er fasst es so auf, als würde ich unser gemeinsames Leben nicht richtig wertschätzen.

Seine Hände halten inne, verschwinden von meinem Nacken.

»Ja, mach einfach, was du willst«, resigniert er und geht zum Schlafzimmer. »Das machst du doch sowieso immer.«

ICH WACHE MITTEN IN DER Nacht auf und spüre eine Ruhe, die ich nicht erklären kann. Das Gefühl ist wie aus einem Traum, an den ich mich zwar nicht erinnere, der aber trotzdem noch in mir nachklingt.

Es ist das Gefühl, dass ich falle.

Als würde ich aus einem Flugzeug stürzen und das schon eine ganze Weile, hätte aber jetzt endlich akzeptiert, dass der Boden näher kommt, und mich letzten Endes so damit abgefunden, dass ich jetzt die Aussicht unter mir genießen kann.

ICH BIN SOFORT HELLWACH, ALS ich die Augen öffne, die dunklen Umrisse des Zimmers sehe und die Kälte spüre, die durch das leicht geöffnete Fenster hereinströmt.

Ich stehe auf, schlüpfe in meinen Morgenmantel und gehe in die Küche, obwohl die Dämmerung noch nicht angebrochen ist. Ich überlege, mir einen Tee zu kochen, den gleichen, den wir mit dem Polizisten getrunken haben, er war lecker. Aber gleichzeitig spüre ich, dass ich ihn doch nicht haben will. Stattdessen gehe ich die Treppe zum Flur hinunter, ziehe mir Schuhe und meine dicke Winterjacke an, die ich noch nicht weggehängt habe, und gehe nach draußen.

Die Luft an meinen nackten Beinen ist kühl und feucht, aber es ist nicht besonders dunkel, obwohl der Himmel grau ist und es erst in ein paar Stunden dämmern wird.

Ich setze mich auf die Dachkante von Villes alter Hundehütte. Er ist vor ein paar Jahren gestorben, seine kleine Hütte hat ihn dagegen überlebt. Allerdings hatte er sich zu Lebzeiten geweigert, sie zu benutzen, und so wurde sie schon damals zu einem Schuppen, in dem ich meine Blumentöpfe und Eimer aufbewahre.

Ich sehe hinüber zum See. Dort in der Bucht kann ich einen Vogel erahnen, der hoch oben durch den dunklen Nachthimmel schwebt. Ich habe keine Ahnung, was er macht. Warum er jetzt unterwegs ist und fliegt. Kann er auch nicht schlafen? Haben Tiere überhaupt solche Probleme?

Nachdem ich den Vogel eine Zeit lang beobachtet habe, erkenne ich, dass es der Falke ist. Derjenige, den ich neulich gesehen habe. Der Wanderfalke.

Ich weiß nicht, wie lange ich dasitze und zusehe, wie er über mir schwebt und wie es am Horizont langsam heller wird. Ich spüre eine innere Ruhe und fühle mich zu wohl, um sie aufzugeben und wegzugehen. Bestimmt hast du auch schon einmal so dagesessen und dich so verwundbar und gleichzeitig stark gefühlt. Alles ist dir bereits so nahe gekommen, dass dich nichts mehr überrumpeln kann.

Manchmal verschwindet die Zeit. Sie spielt keine Rolle.

Ich bemerke Peter erst, als er sich neben mich auf das Dach der Hundehütte setzt.

»Ich bin aufgewacht, und du warst nicht da«, sagt er.

»Ich konnte nicht schlafen.«

»Muss ich mir Sorgen machen? Mich entschuldigen?«

Ich streichele ihm über die Wange. »Nein, es ist alles in Ordnung. Wirklich.«

Er folgt meinem Blick. »Ist das ein Falke?«, fragt er.

»Ich glaube, ja.«

»Ein Wanderfalke?«

»Vermutlich schon, oder?«, erwidere ich.

Er kneift die Augen zusammen, um sicher zu sein. »So einen sieht man nicht jeden Tag.«

»Nein. Er hat sich bestimmt verflogen.«

Er rückt näher an mich heran. Legt mir den Arm um die Schultern. Und so sitzen wir da und beobachten einfach nur den Falken.

Es ist schön. Einer jener Momente, auf die wir im Alter zurückblicken können, wenn wir im Heim gelandet sind und nichts anderes als Erinnerung übrig haben.

»Du wirst es tun, oder?«, fragt er, ohne den Falken aus den Augen zu lassen. »Du wirst Mange helfen?«

»Ich glaube, ja.«

Er drückt mich aufmunternd mit dem Arm, der bereits um meine Schultern liegt, wie eine Umarmung in der Umarmung.

»Aber was werden sie im Samgården sagen?«, fragt er. »Kannst du dich einfach so aus dem Nichts beurlauben lassen?«

»Im Moment sollte es tatsächlich möglich sein. Ich habe keine Fälle, die nicht jemand anders übernehmen könnte.«

»Es soll wohl einfach so sein, dass du das hier machst«, sagt er.

Peter gerät manchmal so in Begeisterung über Dinge, die ihm meiner Meinung nach egal sein sollten.

»Fühlt es sich so an, als würdest du dich damit outen?«, fragt er.

Zuerst denke ich, dass es eine seltsame Frage ist. Dann, dass sie das nicht ist.

»Vielleicht«, erwidere ich. »Obwohl … vielleicht auch, als würde ich es endlich zugeben.«

»So muss es nicht sein«, behauptet er. »Mange kann bestimmt den Mund halten. Wenn du willst. Sich an die offizielle Version halten.«

»Wir werden sehen«, sage ich. »Jetzt gerade habe ich einfach nur losgelassen und befinde mich im freien Fall.«

Peter versteht wahrscheinlich nicht, was ich meine. Aber er fragt nicht nach. Weiß, dass es sich nicht lohnt.

Der Falke scheint genug zu haben. Wie auf Kommando flattert er davon und verschwindet in der Ferne.

»Ich kann Mange anrufen, wenn der Morgen angebrochen ist«, sagt Peter. »Er wird alles regeln, und du kannst ihm vielleicht schon am Montag anfangen zu helfen?«

»Ja, so machen wir es.«

Er steht auf, wahrscheinlich um zu gehen. Es ist offensichtlich, dass er friert. »Ich freue mich, dass du das hier machst«, sagt er zitternd.

»Ich befinde mich im freien Fall«, wiederhole ich.

II

ES IST MONTAG, UND ICH warte zu Hause darauf, dass Mange mich abholen kommt. Er hat mich gestern angerufen, etwa eine Stunde nachdem er und Peter miteinander gesprochen haben, und hat angekündigt, dass er mich heute mit zum Tatort nehmen will. Um mir alles zu zeigen, was ich wissen sollte. Aus irgendeinem Grund habe ich protestiert und entgegnet, ich sei bereits dort gewesen, aber er hat darauf bestanden, dass ich noch einmal dorthin fahren soll.

Vermutlich hofft er, dass ich dort eine Vision haben und alles lösen würde, obwohl ich mehrmals gesagt habe, dass es so nicht funktioniert.

Er kommt zu spät. Fast eine Stunde lang habe ich am Fenster gestanden und auf den grauen See und Himmel geschaut, unfähig, etwas anderes zu machen. Als sein großes, dunkles Auto schließlich in die Auffahrt biegt, spüre ich mein Herz schlagen, als wollte es mir aus der Brust springen.

Auch er sieht so aus, als würde er sich unwohl fühlen, als er neben mir im Flur steht und darauf wartet, dass ich meinen schwarzen Mantel, meinen Schal und meine Schuhe anziehe.

»Ist Christian nicht dabei?«, frage ich.

»Er hat heute frei und wollte zu seiner Enkelin.«

»Ich wusste nicht, dass er ein Enkelkind hat.«

»O doch. Lass ihn bloß nicht länger als eine Minute untätig herumsitzen, denn dann fängt er an, dir Bilder von ihr auf seinem Handy zu zeigen.«

Er lächelt leicht.

»Hast du Kinder?«, frage ich.

»Nicht dass ich wüsste.«

Er lächelt weiter, ist aber wachsam. Vielleicht hat er Angst vor dem, was ich seiner Meinung nach in ihm sehen kann.

Wir fahren nach Svedjan und parken dort, wo vor ein paar Tagen die Polizeiwagen aufgereiht standen. Die blau-weißen Absperrbänder sind noch da, aber der Wind hat sie locker und schlaff gemacht, und sonst weist nichts darauf hin, dass hier etwas passiert ist. Vielleicht ist das Plastikband nur noch da, weil niemand daran gedacht hat, es zu entfernen.

Wir gehen entlang der Wiese zum See. Das gelbe Gras vom Vorjahr dominiert immer noch das grüne. Der Frühling, der sich bei unserem letzten Besuch hier angekündigt hatte, scheint ins Stocken geraten zu sein.

An ungefähr der gleichen Stelle, wo Christian mich und Peter beim letzten Mal empfangen hat, bleiben wir stehen und schauen hinaus auf den See, den Strand und die Boote, betrachten das Grau, das ich den ganzen Morgen schon angesehen habe, aber aus einer anderen Richtung.

»Was siehst du?«, fragt Mange.

»So funktioniert es nicht«, erkläre ich noch einmal. »Auf die Art und Weise sehe ich nicht. Nicht einfach in der leeren Luft.«

Er verzieht leicht den Mund. »Ich habe vergessen, dass du immer in Verteidigungshaltung bist.«

Dann überrascht er mich, indem er mich fasst und so dreht, dass ich direkt zum See stehe.

»Vergiss deine Fähigkeit für einen Moment«, sagt er. »Was siehst du, wenn du in Erfahrung bringen sollst, warum hier etwas Unverzeihliches passiert ist? Wenn du uns hilfst, solltest du bestenfalls auch wissen, wie man als Ermittler denkt.«

Ich schaue, verstehe aber nicht richtig, was er meint. Ich sehe das Wasser. Das Grau. Die Boote, wo sie gefunden wurde. Ihre schlaffen Leinen. Den tiefen Himmel über einem kleinen Dorf an der Küste Västerbottens. Den beginnenden Nebel.

»Ich sehe einen See«, versuche ich.

»Du denkst zu groß. Als Ermittlerin musst du eins nach dem anderen angehen.«

Eine Weile lang betrachtet er die Aussicht, als wollte er mir zeigen, wie man es macht. Dann geht er hinunter zum Strand und stellt sich neben das morsche Ruderboot, schaut sich an, was jetzt nur noch in unserer Erinnerung existiert.

Natascha ist nicht mehr hier. Selbst das Wasser, in dem sie lag, ist weg, nur eine kleine grünliche Pfütze ist auf dem Boden übrig geblieben, wie beim Lenzen, wenn man das Boot ausschöpft und ein zu großes Gefäß dafür benutzt.

»Warum hat er sie ausgerechnet hier ertränkt?«, fragt er. »Das hier ist kein guter Ort für einen Mord. Er ist natürlich abgelegen, aber auch nicht *so* abgelegen. Und über den See sind Geräusche weit zu hören. Jemand könnte gerade angeln. Man kann leicht entdeckt werden. Worauf deutet das hin?«

Er sieht mich an, als müsste ich die Antwort kennen.

»Keine Ahnung«, sage ich.

»Dass der Mord durch Wut geschehen sein kann. Jemand sah rot und verlor die Kontrolle.«

»Okay.«

»Aber es gibt auch einiges, was dem widerspricht«, fährt Mange fort. »Das Opfer ist nicht von hier. Also muss jemand sie hergeführt haben. Sie dazu gebracht haben mitzukommen. Es ist also wahrscheinlich, dass der Täter den Ort hier kannte. Vielleicht hat er sie aus einem bestimmten Grund hergebracht.«

»Aus welchem?«

Er breitet die Arme aus. »Wir wissen noch zu wenig.«

Er schaut wieder nach unten in das Ruderboot, als würde er in seiner Erinnerung nach weiteren Details suchen.

»Vielleicht erinnerst du dich, dass sie blaue Flecken an den Handgelenken hatte?«

»Ja«, antworte ich.

»Vermutlich war sie aber zu keinem Zeitpunkt gefesselt. Patricia, also die Kriminaltechnikerin, meinte, es sei wahrscheinlicher, dass jemand sie festgehalten hat.«

Ich kämpfe damit, die Tragweite von dem zu verstehen, was er sagt, aber es ist schwer. Alles, was mir durch den Kopf schießt, bekommt eine so große Bedeutung.

»Der Täter war also jemand von hier?«

Er wiegt den Kopf. »Wir wissen noch sehr wenig«, sagt er. »Im Augenblick ist alles noch Spekulation. Wenn wir mehr wissen, können wir die Dinge zusammensetzen. Wie ein Puzzle. Die Teile behalten, die passen.«

Ich schaue erneut in das leere Boot, wo ich sie vor meinem inneren Auge immer noch sehe. »Wer war sie?«, frage ich.

»Nicht einmal das wissen wir. Ihre Beschreibung ist veröffentlicht, ein Phantombild in der Qualität eines Fotos, aber bisher hat sich noch niemand gemeldet und sie identifiziert. Und niemand hat sie als vermisst angezeigt.«

»Also war sie obdachlos?«, hake ich nach. »Oder hat sie nicht einmal in Schweden gewohnt?«

Er antwortet nicht sofort. Stattdessen sieht er noch einmal auf den See hinaus, vielleicht um meinem Blick nicht zu begegnen.

»Wir haben in ihr Spermaspuren von vier verschiedenen Männern gefunden.«

Seine Worte stürzen sich gewissermaßen auf mich und packen mich an der Kehle, sodass ich nur schwer atmen kann.

»Also war sie eine Prostituierte?«, bekomme ich gerade noch so heraus.

Er zuckt mit den Schultern, sieht aber traurig aus, als ob er um Verzeihung bitten will.

»Sie war verdammt noch mal erst fünfzehn oder sechzehn«, rufe ich.

Auch darauf antwortet er nicht sofort. Was soll er auch sagen?

»Ich glaube, sie war ein wenig älter«, murmelt er schließlich.

Er dreht sich zum Ruderboot, mit einem Gesichtsausdruck, der mir sagt, dass auch er sie dort sehen kann.

»Und wenn sie ihren Körper verkauft hat, glaube ich nicht, dass sie sich selbst dazu entschieden hat«, fügt er hinzu.

Denkt er etwa, dass es das besser macht?

DANACH IST ES, ALS BRÄCHTE ich es nicht mehr über mich, länger zuzuhören. Mange macht weiter. Er redet über Spuren im Sand. Oder über die Tatsache, dass es keine gibt, mit denen man etwas anfangen könnte. Über den Lehm in ihrem Haar, der darauf hinweist, dass sie hier ertränkt worden ist. Über die Bergwerkshandschuhe, die weggeworfen am Traktorweg gelegen haben und von Nataschas Mörder getragen worden sein könnten. Durch diese Spur haben er und Peter sich im Bergwerk getroffen, auch das wirft er ein.

Dann nennt er wieder die Flüchtlingsunterkunft. Redet immer weiter. Aber alles, was ich vor mir sehe, ist Natascha. Wie sie dort im Boot liegt, mit einer Gruppe fremder Männer, die sich auf ihren nackten Körper drängen. Ich weiß nicht, warum das Bild so deutlich ist. Vier Männer, die in dem grünen Wasser geradezu darum kämpfen, ihren Penis in sie hineinzuschieben.

»Wir haben meinen Kollegen Danne auf die Überprüfung der Tulpen angesetzt«, höre ich ihn entfernt sagen. »Es schwammen ja welche in dem Wasser im Boot herum. Wenn er Zeit hat, wird er mit allen Blumenhändlern in der Gegend reden, aber heutzutage werden überall Blumen verkauft, also wird es wahrscheinlich schwierig, etwas herauszufinden.«

Seine Worte bringen mich zurück in die Wirklichkeit.

»Es waren keine Tulpen«, sage ich. »Das waren andere Frühblüher.«

Er legt fragend die Stirn in Falten.

»Das ist nicht das Gleiche«, lege ich nach.

»Nicht?«

»Die Blumen im Boot waren solche, die man selbst pflanzt«, sage ich. »Unsere Böschung ist voll davon, ich habe sie selbst gesetzt.«

»Frühblüher?«

»Ja. Die Tulpen, die man im Laden kauft, sind größer. Sie sehen ganz anders aus. Wie könnt ihr den Unterschied nicht sehen?«

Ich sage es laut, obwohl das so etwas ist, was man besser für sich behält.

Mange nimmt seinen Block und schreibt es auf.

»Ich bin nicht von hier«, murmelt er. Und verrät damit seine Unkenntnis, dass man solche Frühblüher tatsächlich im ganzen Land pflanzen kann. »Sehr gut«, sagt er, als er fertig ist. »Dann kann Danne ...«

Er steckt den Block wieder weg und redet weiter über die Ermittlung.

Ich höre ihn, gleichzeitig aber auch nicht.

Denn ich frage mich, wenn diese Leute hier nicht einmal wissen, was Frühblüher sind, wie sollen sie dann erst den Kerl fassen, der Natascha das angetan hat?

MANGE SETZT MICH VOR UNSEREM Haus ab. Sagt, dass er sich meldet. So am Nachmittag? Er möchte, dass ich zum Bergwerk fahre. Für den Fall, dass ich etwas in den Arbeitern sehe, die ich treffe. Wegen der Sache mit den gefundenen Handschuhen.

Und morgen, oder höchstwahrscheinlich übermorgen, will er mich mitnehmen und mit dem Besitzer des Autos reden, das der Katzenmörder gesehen hat. In Umeå. Vorher muss er erst noch einige Sachen zu Ende prüfen.

Ich höre ihm immer noch zu, doch meine Aufmerksamkeit ist eigentlich woanders.

»Also habt ihr den Besitzer gefunden?«, höre ich mich selbst sagen.

»Klar, wir haben doch das Kennzeichen.« Er lächelt ein wenig schief. »Ein paar Kollegen in Umeå sind schon dort gewesen«, sagt er. »Aber ich möchte, dass du und ich auch noch ein paar Worte mit ihr wechseln.«

»Es ist eine Frau?«

Spontan fühlt es sich verkehrt an, Frauen machen so etwas schließlich nicht. Aber ich frage nicht nach, weil es tausend Möglichkeiten gibt, wie ihr Auto den Weg eines Mannes gekreuzt haben könnte.

Auch Mange sagt nicht mehr darüber.

»Ich muss noch einige Sachen erledigen«, erklärt er und bedeutet mir, dass ich aussteigen soll. »Aber wir hören uns heute Nachmittag?«

Es ist schön, als er endlich wegfährt. Denn es ist schon wieder passiert. Ein neuer Riss im Gewebe der Realität, die Farben sickern heraus. Eine Weile schaue ich einfach nur hoch zum grauen Himmel, hoffe, den Falken von heute Nacht zu erspähen. Aber er ist nicht zu sehen.

Ich will nicht hineingehen und spüren, wie sich die Wände schleichend nähern, also gehe ich stattdessen hinunter zum See.

In unserer Bucht gibt es einen Steg. Jonas geht immer dorthin, wenn er zu Besuch ist, und tut das, was er schon in seiner Kindheit getan hat. Einfach nur dasitzen, aufs Wasser schauen und an Verbotenes denken. Er sagt, hier in der Bucht sehe man gleichzeitig Dinge, die *sind*, und solche, die *waren*. Auch Jonas hat Menschen, die er mit sich herumträgt.

Manchmal ist er mir ein wenig zu ähnlich.

Jetzt tue ich dasselbe, was er als Kind immer gemacht hat. Ich setze mich auf die gelb gestrichenen Bretter, ziehe Schuhe und Socken aus und tauche die Füße ins kalte Wasser. Eines meiner Hosenbeine bekommt eine dunkle Kante, als eine der Wellen etwas höher schwappt als die anderen. Ich halte die Füße immer noch unter der Wasseroberfläche und lasse die eisige Kälte zudrücken wie ein Schraubstock, bis die Zehen taub werden.

Jonas ist nie ein großer Schwimmer gewesen, aber er hat gerne so dagesessen und mit Peter oder mir darum gewetteifert, wer seine Füße am längsten in der Kälte halten konnte.

Warum erinnere ich mich mit Wehmut daran?

Ich ziehe die Füße hoch, und für einen Moment fühlt sich die kalte Luft warm an. Dann knie ich mich hin und schaue hinunter in das dunkle Wasser. Mein Haar rutscht mir über die Schultern, aber ich lasse es zu.

Das Haar legt sich auf die Oberfläche. Eine Weile lang treibt es dort herum, dann sinkt es langsam nach unten. Ich hole Luft und folge ihm unter die Wasseroberfläche.

Es brennt, selbst Kälte hat diesen Effekt, trotzdem mache ich weiter. Ich drücke mich nach unten und ignoriere die Panik, die verdeutlicht, dass es hier unten nicht das gibt, was ich zum Leben brauche.

Weiter trotze ich meinem Körper und bleibe, solange ich kann, mit dem Kopf unter der Oberfläche.

Ich schließe die Augen.

Lasse die Welt verschwinden.

WIE LANGE HALTE ICH MEINEN Kopf unter Wasser? Eine Minute? Zwei?

Die zur Rückkehr mahnende Stimme in mir schreit jetzt, dass ich nach oben *muss*. Jede Pore, jede Zelle stimmt ihr zu. Trotzdem bleibe ich unter der Oberfläche, bis sich die Sekunden wie eine Ewigkeit anfühlen.

Ich komme der Grenze so nahe, wie ich kann. Der zwischen Leben und Tod.

Oft denkt man, Leben und Tod wären so grundverschieden, dass die Grenze zwischen ihnen dick sein müsste. Eine Mauer. Aber eigentlich ist es nur ein Häutchen. Eine dünne Membran, die man nicht sieht, durch die man in einem unachtsamen Augenblick aber hindurchrutschen kann. Ein Blick in die falsche Richtung, wenn der Bus kommt, und sie birst.

Aber sich selbst auf die andere Seite hindurchzudrücken, ist schwer. Beinahe unmöglich. Letztendlich spüre ich, wie ich nach oben gezogen werde. Von meinen eigenen Armen. Sie drücken sich gegen den Steg, ziehen mich weg von der Grenze, zurück auf die Seite, auf die ich gehöre.

Ich huste. Schnaube.

Offenbar habe ich zu früh eingeatmet, meine Lunge hat Sauerstoff verlangt, während nur Wasser zur Verfügung stand. Ich knie dort am Rand des Stegs und würge, ohne dass etwas herauskommt.

Was wollte ich eigentlich?, frage ich mich selbst. Wollte ich spüren, wie es ist, wenn man ertrinkt? Wie es für sie gewesen ist? Als der Mörder sie unter Wasser gehalten und nicht losgelassen hat, obwohl ihr Körper geschrien hat.

»Was machst du?«, höre ich mich fragen.

Meine Stimme klingt durch das Husten tiefer. Wie die eines Mannes.

»Ich habe dich gesehen, als ich gekommen bin«, fährt die Stimme fort und klingt nun noch weniger wie meine. »Du hast lange die Luft angehalten.«

Als ich die Augen öffne, merke ich, dass nicht ich gesprochen habe. Es steht noch jemand auf dem Steg. Ein Mann. Er tritt einige Schritte zurück.

»Du musst dich nicht erklären«, sagt er.

Erst jetzt erkenne ich ihn. Es ist Henning. Der Katzenmörder.

»Ich bin bei euch vorbeigekommen«, erzählt er. »Ich habe nach dir gesucht. Du warst nicht zu Hause, aber dann habe ich dich hier auf dem Steg gesehen.«

Auf dem Wendeplatz steht sein Auto. Ich habe ihn also nicht näher kommen hören.

»Du bist ganz nass«, sagt er.

»Ja, ich muss mich wahrscheinlich umziehen.«

Es ist meine Stimme, die antwortet. Aber auch sie scheint nicht zu mir zu gehören. Sie klingt zu ruhig. Sie sollte eigentlich schreien.

Auch seine Stimme ist verkehrt. Sie sollte mürrisch klingen. Schroff. Nicht so. Als wäre er wie wir anderen.

»Ich habe als Kind viel gebadet«, erzählt er. »In der Nähe meines Elternhauses gab es einen Weiher, zu dem ich immer gegangen bin.«

»Ich weiß«, sage ich.

Aber er reagiert nicht darauf. »Der Weiher ist jetzt viel kleiner«, fährt er fort. »Er ist zugewachsen.«

»Oder du bist größer geworden.«

Er lacht. »Ja, vielleicht liegt es daran.«

Er geht noch ein paar Schritte von mir weg.

»Sie haben den Steg dieses Jahr früh ins Wasser gelassen«, behauptet er. »Im vergangenen Jahr haben sie bis zum dritten Juni gewartet. Dieses Jahr haben sie es schon am siebten Mai gemacht.« Dann wendet er sich wieder an mich. »Ich habe gesehen, dass du mit der Polizei mitgefahren bist?«

»Sie wollen, dass ich ihnen helfe.« Ich weiß nicht, warum ich ihm das erzähle.

»Das klingt gut«, sagt er. »Hilf ihnen. Mit deiner Fähigkeit. Auf die haben sie es doch abgesehen, oder?«

Er bleibt noch eine Weile stehen und schaut in die Gegend, während ich versuche, die Tragweite dessen, was er gerade gesagt hat, zu begreifen.

»Woher weißt du …?«, beginne ich, aber er hört nicht zu.

»Kümmere dich nicht darum, was über dich gesagt wird«, fährt er fort.

»Was gesagt wird?«

Er nickt. »Lass die Leute reden. Das ist alles, was sie können.« Er lässt es nicht dabei beruhen, gibt mir keine Gelegenheit zu fragen, worüber er redet. »Maria hat mich gebeten, dir die hier zu geben«, sagt er stattdessen und hält mir ein Paket hin.

Es ist eine Schachtel. Eine Hutschachtel, wie es scheint. Hat er sie die ganze Zeit in den Händen gehabt, ohne dass ich es bemerkt habe?

»Maria?«, frage ich.

»Ja.«

Seine Schwester.

Er wirkt unsicher, wie er die Schachtel überreichen soll, weil ich immer noch knie. Also strecke ich die Hände danach aus, und er reicht mir das Paket.

»Maria hat mich gebeten, sie dir zu geben«, sagt er noch einmal.

Nachdem ich so lange unter der Wasseroberfläche war, fühlt sich die Welt immer noch seltsam an. Kaltes Wasser läuft mir den Rücken herunter. Ich verstehe nicht, was hier passiert.

»Deine Schwester will mir also einen Hut schenken?«, frage ich.

Er muss darüber aufrichtig lachen. Lange Zeit steht er da und scheint sich an der Vorstellung zu ergötzen. Dann wird er ernst. »Nein, es ist kein Hut.«

»Was ist es dann?«, frage ich.

»Ich mische mich nicht ein«, seufzt er und zuckt gleichzeitig mit den Schultern. »Es ist besser so. Maria will es nicht.«

Er sieht auf den grauen See hinaus und verschwindet einen Moment, obwohl er sich nicht vom Fleck rührt.

»Sie hat gesagt, dass du sie brauchen wirst«, erklärt er.

Dann löst er sich von dem, was ihn eben übermannt hat.

»Ich werde dich nicht länger stören. Du musst nach Hause und dich umziehen.«

Und dann geht er langsam zum Auto, ohne sich zu verabschieden. Ich sehe ihn den Weg hochfahren.

Wenn ich die Hutschachtel nicht hätte, würde ich glauben, dass das eben nicht passiert ist, und es für eine Halluzination halten, hervorgerufen durch den Sauerstoffmangel. Ich knie hier und halte sie in den Armen wie ein Geschenk von Gott.

Die Schachtel ist alt. Rot. Rund. Ein wenig abgegriffen. Das Seidenpapier ist immer noch darin, als ich den Deckel öffne, um hineinzusehen. Es ist kein Hut, genau wie der Katzenmörder gesagt hat.

Es ist eine Pistole.

VOR VIELEN JAHREN HABE ICH mit Peter in einem Dorf namens Fällfors eine Bodenfräse gekauft, die wir über die Verkaufsplattform Blocket gefunden hatten. Der Verkäufer war ein typischer Bewohner dieser Gegend. Vielleicht weißt du, was ich meine. Jemand, der aussieht und sich anzieht wie Peter, aber trotzdem nicht ist wie er.

Der Laster des Mannes hat in einer riesigen Hangar-Garage gestanden, die er bestimmt selbst gebaut hatte, auf dem Hof war ein unfertiges Gewächshaus ergraut, und daneben lag ein Haufen Kies, der nie verteilt wurde. Solche Dinge.

Während der Mann und Peter darüber gesprochen haben, worüber man eben so redet, die Motoren von Passats oder so, habe ich die Frau des Mannes gesehen. Auch sie entsprach ganz dem Stereotyp, wie man es in einer ländlichen Gegend erwartet: leicht übergewichtig und desinteressiert daran, wie sie sich kleidet, mit einem Gesicht, das derart mit denen anderer verschwimmt, dass man beim nächsten Treffen nicht weiß, ob man sich schon einmal begegnet ist. Sie kam nicht herüber, schien den Kontakt zu meiden.

Als Peter und der Mann ihr Gespräch beendet hatten, luden sie die Bodenfräse auf, und wir fuhren los. Peter sah zufrieden aus. Für ihn war es damit vorbei.

»Ich muss zurückfahren und mit der Frau sprechen«, sagte ich, als wir schon halb zu Hause waren.

»Warum?«

»Ich muss es einfach.«

Dieser verständnislose Gesichtsausdruck.

Wir reden nicht mehr über meine Fähigkeit. Aber zu der Zeit haben wir es noch getan.

»Ich weiß nicht, wann«, erklärte ich, »aber bald wird diesem Mann angeboten, für skrupellose Leute zu arbeiten.«

»Also musst du zurück und sie dazu bringen, dass sie ihn überredet, das Angebot abzulehnen?«

Ich bin diejenige, die nicht länger über das reden will, was ich sehe. Peter findet, dass ich mich deswegen nicht schämen muss. Aber er versteht es nicht. Er darf sich damit abfinden, außen vor zu sein.

Denn wie könnte ich es erklären? Dass ich manchmal nicht nur sehe, wie die Dinge *sind*, sondern auch, wie sie *sein müssen*.

Meine Aufgabe war es dieses Mal nicht, dass sie ihren Mann überredet, auf den Job zu verzichten.

Sondern dass sie ihn überredet, ihn anzunehmen.

In der Fantasy-Serie, von der ich bereits gesprochen habe, in der normale Menschen aus dem Nichts Fähigkeiten verliehen bekommen, werden sie anschließend gebeten, eine Seite zu wählen. Sie treffen eine Entscheidung, ob sie sich für das Böse oder das Gute einsetzen wollen.

Bei mir ist das ganz anders.

Was ich denke oder *will*, ist irrelevant. Als hätte eine höhere Macht mich auserwählt, Befehlen jenseits meiner Auffassungsgabe blind zu gehorchen. Die einzige Brotkrume, die mir hingeworfen wird, ist ein vages Gefühl, dass es die Welt besser machen wird, wenn ich den Befehlen Folge leiste.

Ein Gefühl.

Oder ist es nur meine Hoffnung?

Ein paar Tage später bin ich zu der Frau zurückgekehrt. Ich bin das losgeworden, was ich zu sagen hatte. Sie hat zugehört und es nicht angezweifelt, nicht mehr als ich. Ich hätte nicht sagen können, warum, entweder weil sie mir glaubte oder weil sie mich für verrückt hielt.

Dann fuhr ich weg. Das war alles. Mehr sollte ich nicht geben. Oder bekommen.

Als Peter und ich zwei Jahre später gerade woandershin unterwegs waren, kamen wir wieder dort vorbei. In dem Haus, das ihnen gehört hatte, wohnte nun eine Familie mit Kindern.

DAS BERGWERK DEHNT SICH AUS. Bereits in Kvarnforsliden, das auf einer Anhöhe liegt, sehe ich durch das Autofenster, wie es sich auftürmt. Riesige Plateaus aus zertrümmertem Gestein. Auf einem der Bergkämme leert ein Lkw seine Ladung aus. Aus der Entfernung sieht die Maschine klein aus, wie ein Spielzeug, aber eigentlich ist sie so groß wie ein Gebäude.

Ich kann mich nicht entscheiden, welches Bild ich treffender finde für das Bergwerk, in dem Peter arbeitet. Es gleicht einem riesigen Ameisenhaufen mit Löchern, Gruben, Dämmen, Hügeln, bestimmt zehn Kilometer im Durchmesser, geschaffen von lauter kleinen Ameisen, die beharrlich, Nadel für Nadel, Stein für Stein, den riesigen Haufen mehr als dreißig Jahre lang gebaut haben.

Ich habe aber auch noch ein anderes Bild vor Augen, wenn Peter von seinem Tag im Bergwerk erzählt. Es erinnert mich an Mordor aus *Der Herr der Ringe*, das die gesamte Natur verschlingt, die ihm im Weg ist.

Denn was hier getan wird, ist nicht natürlich. Ich kann dieses Gefühl nicht abschütteln. Nicht nur hier in Kvarnforsliden droht das Bergwerk das Dorf mit seinen Häusern und seiner Geschichte zu verschlingen. Selbst Björkdahl, das dem Bergwerk seinen Namen gegeben hat, existiert nicht mehr, und auch die Tage des Sandforsvägen, über den wir in all den Jahren gefahren sind, sind gezählt.

Wir lassen unsere Gegend also von einem ausländischen Bergbauunternehmen verschlingen, damit es jeden Tag einen dünnen Streifen glitzernden Sand ausbuddeln kann, der all die Verwüstung kompensiert.

Peter wartet an der Schranke auf mich. Die Sonne schaut ein wenig zaghaft hinter den Wolkenmassen über ihm hervor, als er sich dort gegen einen großen Pick-up lehnt, der vom eingetrockneten Steinstaub grau ist. Er lächelt mich an. Scheint sich zu freuen, mir diesen Teil seines Lebens zeigen zu dürfen, den ich nicht mit ihm teile.

Er signalisiert mir, dass ich in der Haltebucht direkt vor der Schranke parken soll.

»Es ist etwas heikel, mit welchen Autos man auf das Gelände darf«, sagt er und gibt mir einen leichten Kuss auf die Wange. Sein Duft wird vom Metallgeruch überlagert.

Er fährt uns einen gewundenen Weg entlang, der zwischen verschiedenen Steinhaufen und Lagern verläuft. Am Gürtel trägt er ein Walkie-Talkie, aus dem in regelmäßigen Abständen Stimmen knistern. Etwas an dieser Situation bringt mich dazu, meinen Mann anzusehen, so als wollte ich mich vergewissern, dass er es wirklich ist.

Wir kommen zu einer Reihe von Gebäuden, aus denen es so laut hämmert, dass ich meinen eigenen Gedanken kaum folgen kann.

»Die Brecher«, ruft er. Die nächste Ansammlung von Gebäuden nennt er *das Büro*, dann kommt *das Werk*, offenbar geht er davon aus, dass ich mit den Begriffen etwas anfangen kann, ohne dass er sie erklären muss.

Direkt nach dem Werk hält er an. Die Schläge sind immer noch laut im Hintergrund zu hören. Ein gelber Traktor fährt vorbei, groß genug, um unser Auto zu zerquetschen, und wirbelt eine große Wolke aus Steinstaub auf, der bestimmt nicht gesund ist, wenn man ihn einatmet.

»Wie sollen wir das hier angehen?«, fragt er. »Wo willst du anfangen?«

»Am liebsten würde ich wieder nach Hause fahren«, antworte ich lächelnd.

Er sieht enttäuscht aus. Als würde ich seine Welt nicht anerkennen.

»Also, versteh mich richtig«, stelle ich klar. »Man erwartet von mir, dass ich hier herumlaufe und die Gedanken von zweihundert Männern lese, die mir alle auf den Hintern starren werden, sobald ich mich wegdrehe. Und wenn wir Glück haben, ist einer von ihnen ein Mädchenmörder.«

»Mange dachte, dass es besser wäre, wenn du mich begleitest, als wenn er mit dir herfährt. Dass es dann *inoffizieller* ist.«

»Ja, das hat er gesagt.«

»Ich verspreche, dass ich auf dich aufpasse«, versichert Peter.

»Das machst du immer. Aber trotzdem.«

»Ja, ich verstehe schon.«

Ein weiteres Fahrzeug kommt auf uns zugefahren. Es ist noch größer als der Traktor von eben, und ich habe keine Ahnung, welche Aufgabe es hat, aber Peter reagiert, indem er mehrmals die Scheinwerfer aufleuchten lässt. Vielleicht ist es ein vereinbartes Signal, denn das gewaltige Fahrzeug hält vor uns an.

Ein drittes Bild kommt mir in den Sinn. Dass wir hier bei *Star Wars* sind, in einem riesigen Raumhafen. Sowohl Peter als auch Jonas lieben diese Filme.

Aus einer kleinen Kabine dort oben klettert ein junger Mann zu uns herunter. Peter macht keine Anstalten, ihm entgegenzukommen. Vielleicht ist es eine Hierarchiefrage, der Jüngere hier soll vor dem Älteren mit mehr Macht kriechen? Männer schaffen solche Strukturen, wenn keine Frauen dabei sind.

Peter kurbelt die Scheibe herunter, als der junge Mann unten ist.

»Hallo, Robin!«, sagt er und wendet sich an mich. »Erinnerst du dich an Robin? Er ist mit Jonas in die Schule gegangen.«

Irgendwie erkenne ich ihn. Und gleichzeitig auch wieder nicht. In jeder Klasse gibt es diese Gesichtslosen, die man nicht bemerkt. Die darum kämpfen müssen, dazuzugehören, darum kämpfen müssen, nicht zwischen die Stühle zu geraten und zu verschwinden.

»Du bist es wirklich«, sage ich trotzdem, weil ich in gewisser Hinsicht ja weiß, wer er ist, ich kann ihn nur keiner spezifischen Erinnerung zuordnen.

»Hallo, Ramona.«

Er kennt mich also. Dann ist er vielleicht bei uns zu Hause gewesen, irgendwann einmal mit Jonas mitgekommen? So viel vom Leben wird gleich wieder ausradiert, kaum dass es geschehen ist.

»Alles gut bei dir, Robin?«, frage ich.

Er errötet von meinem Blick, der etwas zu lange auf ihm ruht, als ich versuche, in den Gesichtszügen dieses erwachsenen Mannes das Kind zu finden, das ich getroffen haben muss.

»Ja, mir geht's gut«, murmelt er. Er scheint zu überlegen, was er sagen könnte. »Wie geht es Jonas?«

Er fragt so, als hätten er und Peter nie darüber gesprochen. Vielleicht haben sie es auch nicht, Männer können manchmal ziemlich merkwürdig sein.

»Jonas geht es gut«, antworte ich. »Er wohnt jetzt in Stockholm und arbeitet als Fotograf.«

»Ich kann mich erinnern, dass er eine Kamera hatte. Keiner durfte sie anfassen.«

»Ja, sie war sauteuer«, wirft Peter ein und lacht.

Das ganze Gespräch ist gezwungen, und ich will es am liebsten so schnell wie möglich beenden. Dass er wieder nach oben in sein Raumschiff verschwindet und wegfliegt, damit ich ihn vergessen kann.

Ich habe immer Mitleid mit jungen Männern wie ihm. Er ist einer derjenigen, über die man jetzt erst redet, weil sich die Gesellschaft langsam verändert. Die keine Ausbildung haben, keine besonderen Fähigkeiten, keine Aussichten, einmal irgendwo zu *gewinnen*. Die Welt entwickelt sich weiter, weg von dem, was war, und lässt Männer wie ihn zurück als Publikum derer, die sagen, die Welt hätte in der Vergangenheit bleiben sollen. Arbeitsplätze wie dieser hier sind eine ihrer letzten Bastionen.

Das Gespräch kommt nicht wieder in Gang, also schaltet sich Peter ein und spricht über das Bergwerk, gibt Robin irgendeine Anweisung. Offenbar hat ihn Peter nicht nur angehalten, um ihn mir zu zeigen.

Robin nickt, und wir sehen zu, wie er in sein Raumschiff hochklettert und mit einer dröhnenden Staubwolke in die Richtung verschwindet, in die Peter gezeigt hat.

Als er weg ist, dreht sich Peter zu mir.

»Wo willst du anfangen?«, fragt er erneut und ist wieder dort, wo wir vorhin gewesen sind.

»Ich bin wegen der Handschuhe hier«, fällt mir ein. »Wo holt man sich welche?«

»Handschuhe gibt es überall. Man nimmt sie sich einfach, wenn man sie braucht. Aber solche dünnen werden hauptsächlich im Labor benutzt.«

»Dann fahren wir dorthin.«

DAS LABOR IST EIN WEITERES Cluster von Gebäuden. Sie liegen etwas tiefer, wo es hinunter zum Grubenschacht geht, also sieht man als Erstes ihre Flachdächer im Sonnenschein. Eine große Hangartür steht sperrangelweit offen, und die Hitze einiger riesiger Öfen schlägt uns beim Hereinkommen entgegen. Peter sieht sich um, dann geht er zu einem ungefähr fünfundzwanzigjährigen Mann mit rotem Gesicht, der an einer Maschine steht.

»Erkki, hier versteckst du dich also«, sagt Peter.

»Ach, *der Professor* kommt zu einer Audienz«, antwortet der Mann mit deutlich finnischem Akzent.

»Danke dafür. Wie geht es unserem Granitgenie?«

»Man soll sich ja nicht beschweren, ich vertusche wie gewöhnlich die Fehler der Leitung.«

Sie reden eine Weile und sparen nicht mit Sticheleien, die einfach nur an ihnen abprallen. Männer machen so etwas häufig und entwickeln einen eigenen Jargon, durch den sie sich gegenseitig ungestraft beleidigen können.

Dieser junge Mann hier hat eine ganz andere Ausstrahlung als Robin. Wie soll ich es erklären, so als würde er wissen, dass er zu Recht seinen Platz beansprucht?

»Wer ist Angelina Jolie hier?«, fragt er und sieht mich an.

Peter stellt mich als Ramona vor, so als würde er damit wissen, wer ich bin. Erkki nickt mir zu.

»Willkommen am Klondike«, sagt er. Dann wendet er sich wieder Peter zu. »Hast du vergessen, deiner Frau Schutzkleidung zu geben? Oder braucht ihr Schweden so etwas nicht?«

»Wir haben vergessen, dich einzuchecken«, ruft Peter. »Alle Besucher müssen sich registrieren und Helm und Besucherplakette tragen.«

Gleichzeitig knistert es wieder in seinem Walkie-Talkie. Offenbar hat er seinem Rauschen die ganze Zeit zugehört, weil er jetzt besorgt aussieht. Er greift danach und fängt an zu reden, auf Englisch. Auch jetzt benutzt er Ausdrücke, die ich nicht verstehe.

Er sagt nicht jedes Mal *over*, wenn er fertig gesprochen hat. Macht man so etwas nur im Fernsehen?

Nach einer Weile steckt er das Walkie-Talkie wieder in den Gürtel und sieht unglücklich aus.

»Sie haben Probleme mit der neuen Ebene.«

»Geh ruhig, das ist in Ordnung. Ich warte hier«, sage ich.

Jetzt ist er derjenige, der sich umsieht und seinen Arbeitsplatz missbilligt.

»Du kannst aber doch nicht *hier* warten.«

»Ich setze mich draußen in die Sonne, das macht mir nichts. Ich werde ja dafür bezahlt, hier zu sein.«

Ich lächele ein wenig steif.

Das genügt nicht. Sein Gesicht verrät es.

»Wenn du willst, kann ich sie so lange zum Büro bringen«, schlägt Erkki vor. »Sie mit Schutzkleidung versorgen und alles andere erledigen, was du vergessen hast?«

Peter sieht mich an und bittet mich mit den Augen, das in Ordnung zu finden.

»Das hört sich gut an«, stimme ich zu. »Dann sparen wir ein bisschen Zeit.«

WÄHREND PETER IN EINER WEITEREN Staubwolke verschwindet, folge ich Erkki zu einem Pick-up, der dem von Peter täuschend ähnlich sieht.

»Der Professor muss immer irgendwohin«, sagt er. Erkki räumt ein wenig Werkzeug und Müll weg, damit ich mich auf den staubgrauen Sitz setzen kann.

»Ständig will einer was von ihm«, fährt er fort. »Ich verstehe nicht, warum er dieses Sprechdings nicht einfach wegwirft.« Es ist ein Scherz, aber er lässt sich in keiner Weise anmerken, dass es einer ist.

»Warum nennst du ihn Professor?«, frage ich.

»Ich habe tatsächlich keine Ahnung, er heißt hier einfach so.«

Erkki erzählt, dass er Geologe ist, aus Finnland, er nennt einen Ort, von dem ich noch nie gehört habe.

»Vier Jahre an der Hochschule, und dann landet man auf dem ansprechendsten Außenposten im Feindesland«, sagt er und deutet mit einer ausladenden Geste auf die Mondlandschaft, durch die wir fahren. »Aber es hätte auch schlimmer kommen können. Sibirien hat ja auch Bergwerke. Und diese Kriegsgebiete in Afrika. Und selbst?«, fährt er fort. »Was machst du freiwillig an so einem Ort?«

Ich lache unbeabsichtigt. »Ich bin nur zu Besuch«, behaupte ich. »Schaue mir an, wo Peter arbeitet und so.«

Er runzelt die Stirn. »Aber du hast doch gerade gesagt, dass du dafür bezahlt wirst, hier zu sein. Was hast du damit gemeint?«

Dieser Erkki ist aufmerksam. Er macht einen entspannten Eindruck, dabei liest er die ganze Zeit die Leute in seiner Umgebung. Jeden Augenblick, jedes neue Gefühl erfasst er. Es liegt daran, dass er etwas erlebt hat, aber ich bekomme nicht wirklich zu fassen, was. Einen Überfall? Ich glaube, ja. In einer Stadt. Jemand hat ihn angegriffen, ohne dass er darauf gefasst war. Ich erahne es verschwommen. Seitdem ist er nicht mehr derselbe.

»Ich arbeite tatsächlich gerade für die Polizei«, gebe ich zu.

Ich hatte nicht vor, es jemandem zu erzählen, aber die Augen dieses rotgesichtigen Mannes machen so einen beruhigenden Eindruck. Vermutlich ist er jemand, dem alle ihre Geheimnisse anvertrauen, weil er so aussieht, als könnte er sie aushalten.

Er zieht die Augenbrauen hoch. »Was ist denn jetzt los? Haben sie wieder Diesel gestohlen?«

»Es geht um das Mädchen, das am See gefunden wurde.«

Er nickt unmerklich, als hätte er gleich darauf kommen müssen. »Ich habe gehört, dass letzte Woche Polizisten hier waren und Fragen gestellt haben«, sagt er, und man sieht förmlich, wie es in ihm arbeitet. »Aber du bist doch die Frau des Professors, oder? Es sah so aus.«

»Sah so aus?«

»So, als hätte Peter Angst vor dir, ohne wirklich Angst vor dir zu haben. Wenn du verstehst, was ich meine?«

Ich verstehe es nicht.

»Leute werden so, wenn sie lange miteinander verheiratet sind«, erklärt er. »Sie wissen, wie sie umeinander herumtrippeln müssen, um sich gegenseitig nicht auf die Füße zu treten.

Wer das nicht kann, lässt sich scheiden. Oder schlägt sich gegenseitig tot.«

Auch das ist vermutlich als Scherz gemeint, aber wieder lässt er sich nichts anmerken.

Am Büro parkt Erkki auf einem freien Platz unter einer Überdachung. Ich folge ihm zu einem der Eingänge, in einen kleinen Raum voller ordentlich aufgereihter Bergwerksstiefel und robuster Jacken.

»Hier drin sind die Sachen, die du brauchst«, erklärt er. »Aber erst trinken wir eine Tasse. Der Professor braucht für gewöhnlich länger, wenn sie ihn rufen.«

Wir gehen weiter und betreten einen ziemlich kleinen Saal, er erinnert an die Schulcafeteria in Sandfors, wo Jonas zur Schule ging. Erkki bedeutet mir, dass ich mich an einen der Tische setzen soll, während er im Schrank nach Tassen sucht.

»Bald strömen vermutlich Männer für die Nachmittagsfütterung rein«, sagt er.

»Wie viele Leute arbeiten hier?«

»Wie viele sind es wohl … Wenn man die Subunternehmerverträge und so mit einrechnet, sind es vielleicht zweihundert Seelen, die diesen gottverlassenen Ort heimsuchen.«

»Jeden Tag?«

»Nein, alles in allem. Heute sind es vielleicht …«, er zählt anscheinend im Kopf nach, »… fünfzig Personen?«

Während wir reden, kommt eine Gruppe Männer herein und setzt sich verstreut im Saal hin. Alle sehen mich neugierig an, schauen aber weg, sobald ich ihre Blicke erwidere.

»Erkki, wer ist deine neue Braut?«, traut sich ein dicker Mann mit ungepflegtem Bart schließlich zu fragen. Er setzt sich an den Tisch neben uns.

»Das ist Officer Lindh«, sagt Erkki. »Wir werden wieder genauer unter die Lupe genommen.«

»Erkki macht nur Witze«, korrigiere ich schnell. »Ich bin die Frau von Peter, also vom Professor. Ich warte nur auf ihn.« Erkki trifft flüchtig meinen Blick, er scheint zu verstehen.

»Dabei hat der Professor doch schon fast die ganze Woche Polizist gespielt«, sagt ein Mann im schlaffen T-Shirt, als er hereinkommt und sich neben Erkki setzt.

»Ich habe versucht, ihm klarzumachen, dass der Mörder kein Finne sein kann«, wirft Erkki ein. »Wir benutzen Messer, wenn wir uns streiten.«

Ich finde den Scherz unangebracht. Aber das scheint niemanden zu stören. Stattdessen lachen sie.

»Ja, und es war auch kein Schwede«, sagt der bärtige Mann.

Erkki verdreht die Augen. »Ah, *here we go again*.«

Aber der Mann sieht es als Ermunterung. »Ich wette fünfhundert Kronen darauf, dass es ihre Familie gewesen ist. Sie hatte sicher einen schwedischen Freund oder so etwas Unverzeihliches. Hat sich mehr als zwei Meter vom Herd entfernt.«

Auch jetzt protestiert niemand, stattdessen nicken einige in seiner Nähe, als hätten sie bereits hierüber gesprochen.

»Aber so ein Land wollen die Sozis nun mal heutzutage«, behauptet er.

»Oder es ist so eine Sunniten- und Schiitengeschichte«, sagt ein junger Mann neben dem Bärtigen.

»Was meinst du?«, fragt Erkki.

»Alle sogenannten rassistisch motivierten Taten lassen sich in Wahrheit darauf zurückführen«, erklärt der junge Mann und sieht die anderen an, als wollte er sich Unterstützung holen. »Glaubst du, dass Schweden herumschleichen und

Flüchtlingsunterkünfte anzünden? Moscheen mit Bomben bedrohen? Nein, das machen sie selber.«

Keiner im Speisesaal widerspricht ihm. Niemand reagiert. Als würde es sie kaltlassen.

»Man sollte sie machen lassen«, erklärt der Mann im Schlabber-Shirt. »Solange sie keine Lkw-Schlüssel in die Finger bekommen, ist es doch gut, wenn die Einwanderung sich selbst reguliert.«

Anscheinend ist das ein Witz, weil sie jetzt wieder lachen. Niemand widerspricht ihm. Warum nicht?

»Diejenigen, die hierherkommen, fliehen vor Krieg«, zwinge ich mich zu sagen. »Würden sie dann herumschleichen und ihre eigenen Flüchtlingsunterkünfte anzünden? Glaubt ihr das etwa?«

Es wird still. Aber es ist eher das Geräusch meiner Stimme, das sie verstummen lässt. Nicht das, was ich sage.

Der dicke Mann mit Bart sieht mich an.

»Klar, es heißt ja auch, dass es *Flüchtlinge* sind, die kommen.« Ich weiß nicht, was ich sagen soll, denn wie soll man sie sonst nennen?

»Nur die mit Geld kommen überhaupt bis hierhin«, behauptet der Typ neben ihm. »Normale Leute, die vor Krieg flüchten, landen doch in den Lagern der Nachbarländer. Hierher kommen nur reiche Afghanen und Afrikaner, die ein besseres Leben haben wollen. Schweden nimmt im Prinzip Wirtschaftsmigranten auf.«

Auch jetzt protestiert niemand. Keiner kommt mir zu Hilfe.

»Also du glaubst, dass Menschen sich auf dem Mittelmeer in überfüllte Boote setzen, von denen nur die Hälfte ankommt, weil sie an unserer Arbeitslosenversicherung teilhaben wollen?«

Meine Stimme ist ruhig, aber meine Übertreibung verrät, dass ich jetzt gereizt bin.

Sie zucken mit den Schultern, sehen sich aber so an, als ob ich noch viel lernen müsste.

»Selbst wenn es Kriegsflüchtlinge sind, sollten wir unsere Flüchtlingspolitik vielleicht noch mal überdenken«, schaltet sich eine junge Frau ein, ich glaube, sie vorhin an einem der Öfen gesehen zu haben. »Also, unsere Senioren müssen zum Teil ewig lang in vollen Windeln im Altenheim liegen, weil es nicht genug Personal gibt. Vielleicht sollten wir unser Geld erst mal da reinstecken?«

Ich antworte nicht, lasse es einfach so stehen.

Mir fehlt die Kraft zu erklären, dass man Dinge nicht so gegenüberstellen kann. Es fühlt sich so an, als könnte man es, aber das geht nicht. Es ist zu einfach und bringt uns gedanklich in eine Utopie, eine Fantasiewelt, die nicht in dem existieren kann, was wir Realität nennen.

Wie viele Pflegekräfte könnten wir einstellen, wenn wir die Straßen nicht mehr reparieren? Wie viele Pflegeplätze hat das Kulturhaus gekostet, das letztens in Skellefteå gebaut wurde? Oder sämtliche Museen im ganzen Land? Die Bibliotheken?

Nichts davon braucht man. Aber wie sieht das Leben ohne sie aus?

DIE MÄNNER TRINKEN IHRE TASSEN aus. Die Diskussion stirbt, flacht ab zu einem Gemurmel und verteilt sich auf unterschiedliche Gruppen mit aus dem Zusammenhang gerissenen Bruchstücken, auf die ich eingehen oder mich raushalten kann, ohne dass es etwas mit mir macht.

Die Minuten vergehen, der Zeiger bewegt sich über die Uhr an der Wand, die Männer ziehen nach und nach ab, zurück in ihre Kreise, ihren Alltag, und ich warte weiter auf Peter.

»Ich muss *Papier-Lotta* nur kurz eine Sache fragen«, sagt Erkki und zeigt zur Tür. »Ist es in Ordnung, wenn ich für fünf Minuten verschwinde?«

»Ich brauche keinen Babysitter.« Ich lächele übertrieben und sage: »Natürlich.«

Es fühlt sich gut an, als auch er verschwindet. Irgendwie schränkt es die eigenen Gedanken ein, wenn jemand einen überwacht, ganz egal wie.

Als Letzte stehen der bärtige Mann und seine Gruppe auf, vielleicht haben sie weiter über das diskutiert, was wir besprochen haben, und in ihrer Beschränktheit gebadet. Oder ich bin die Einzige, die noch daran denkt.

Sie gehen hinter meinem Rücken vorbei, ohne mich zu beachten. Es klirrt, als sie die Tassen in die Spülmaschine räumen, bevor sie weiter zum Ausgang gehen.

Doch einer von ihnen bleibt zurück. Ein junger Mann, ich spüre, wie er zögert, bevor er zurückkommt und sich mir gegenüber hinsetzt. Eine Weile lang sieht er zur Tür, und ich habe den Eindruck, dass jemand dort steht und Grimassen schneidet, wie es Schuljungen machen, weil sie in ihrer Entwicklung noch nicht weitergekommen sind. Bewegen sie ihr Becken, als würden sie bumsen?

Zum Schluss verschwinden sie, und wir sind allein im Speisesaal. Es ist Robin, Jonas' alter Klassenkamerad, den wir vorhin getroffen haben.

»Entschuldige«, beginnt er. »Ich wollte dir nur etwas zeigen.«

Er legt seinen Schlüsselbund auf den Tisch.

»Ich habe sie immer noch«, sagt er erwartungsvoll.

Ich verstehe nicht, was er meint, schaue mir die Schlüssel an. Sie sind an einer kleinen Figur befestigt. Eine schäbige kleine Puppe. Von der spricht er.

Manchmal gehen einem die passenden Worte aus. Oder besser gesagt, manchmal ist es schwer, zu jemandem einen Zugang zu finden, die Worte so nah an seinem Herzen zu platzieren, dass die Person in der Lage ist zuzuhören.

Vor fünfzehn Jahren habe ich deshalb einen Haufen Schlüsselanhänger in Puppenform gekauft und sie einsamen Jungen gegeben, denen ich begegnet bin. Um sie zum Reden zu bringen.

»Die habe ich dir gegeben«, antworte ich Robin und sehe die Puppe an.

Es ist ebenso sehr eine Frage wie eine Behauptung. Aber er bemerkt es nicht. Er nickt nur und sieht mich erwartungsvoll an. Offenbar soll ich etwas darüber sagen, wie es kam, dass er sie bekommen hat.

Aber ganz egal, wie sehr ich in meiner Erinnerung danach suche, ich finde es nicht. Andere Jungen kommen mir in den Sinn, was sie gesagt haben und wie sie reagiert haben, als ich ihnen die Puppe in die Hand gelegt habe, aber der junge Mann mir gegenüber weigert sich aufzutauchen.

»Du warst bei uns zu Hause, oder?«, frage ich und lasse es darauf ankommen, weil es schließlich so gewesen sein könnte. Es ist nicht die richtige Antwort, das sehe ich in seinem Gesicht.

»Nein, du hast sie mir in der Schule gegeben.«

»Stimmt, ja, so war es.«

Ich sehe die Puppe an. Sie ist niedlich. Das war einer der Gründe, warum ich mich für sie entschieden habe. Damals waren ihre Farben kräftig, jetzt ist sie verblasst. Verschwommen nehme ich wahr, dass er sie unter einen Wasserhahn hält, um den Schmutz abzuwaschen, der den Stoff ihres Kleides befleckt hat.

Ich tue so, als könnte ich mich plötzlich erinnern. »Wir haben sie doch Eva genannt?«, frage ich.

Er strahlt. »Ja.«

Er weiß nicht, dass ich alle Puppen so genannt habe. Den Namen hatte ich beim ersten Jungen ausgesucht, und dann ist er geblieben. Ich habe ihnen allen das Gleiche gesagt. Vertraulichkeit am Fließband.

»*Eva hört immer zu*«, zitiere ich und gebe vor, mich zu erinnern. »*Sie hat immer Zeit.*«

So lauteten die Worte.

»*Sie hat sich entschieden, so klein zu werden, damit du sie immer mitnehmen kannst.*«

Robin sieht zufrieden aus. »Aber verdammt, sie hat tatsächlich geholfen.« Mit dem Zeigefinger streichelt er vorsichtig die ausgeblichene Kleidung der Puppe, eine Geste, die er vermutlich schon oft wiederholt hat.

»Das freut mich«, sage ich.

»Ich hatte sie überall dabei. In meiner Tasche. Und wenn ich schlafen sollte, habe ich sie in meiner Hand gehalten.«

»Sogar heute hast du sie dabei.«

Es wird ihm jetzt erst bewusst. »Ja, das habe ich, wirklich.« Wir lächeln einvernehmlich, und es fühlt sich echt an, obwohl wir nicht wirklich im Einklang sind.

Sein Lächeln weckt etwas in mir. Eine vage Erinnerung.

»Du hast draußen auf dem Schulflur gesessen, oder?«, frage ich. »Wo die ganzen Anziehsachen hängen?« Ich glaube, das Bild vor mir zu haben. »Man hat dich hinter den Jacken fast nicht gesehen.«

Das Leuchten in seinem Gesicht verschwindet wieder. »Nein, es war draußen.«

»Okay, das kann sein«, sage ich schnell. »Ich habe nur … Warum habe ich sie dir gegeben?«

Ich frage, weil ich mich daran erinnern will, um das, was hier vor sich geht, wieder ins Gleichgewicht zu bringen.

Er antwortet nicht. Sein Finger streichelt nur die Puppe. »Du hast gesagt, alles würde gut werden«, sagt er.

Ich warte darauf, dass er mir noch mehr liefert, aber das tut er nicht. »Wurde es das? Gut?«

»Ich weiß es nicht. Vielleicht.«

Er erklärt nicht, was er meint, streichelt einfach nur weiter die Puppe. Dann lacht er auf, als wäre das, was er macht, albern.

Er ist Jonas sehr ähnlich. Groß, wie scheinbar alle jungen Männer heutzutage, und verloren. Manchmal denke ich, dass die Welt mittlerweile *zu* offen ist, und das nicht gut ist. Sie ist zu groß, es gibt unendlich viele Dinge, die andere machen können, aber man selbst hat diese Wahlmöglichkeiten nicht. Robin hier könnte nicht wie Jonas nach Stockholm ziehen, es gibt keinen Platz für ihn dort.

Er steht auf. »Ich muss wieder arbeiten«, sagt er. »Ich wollte einfach nur ... erzählen. Mich bedanken.«

»Ich freue mich, dass du das gemacht hast.«

»Mhm.«

Er geht nach draußen.

Ich glaube, er tut es mit einem leichten Gefühl der Enttäuschung.

PETER KOMMT ZURÜCK UND FÄHRT mich eine Weile herum. Dann kehren wir zurück ins Labor. Wo die Handschuhe benutzt werden.

Er spricht mit denen, die wir treffen, erklärt mir weiter alles, was wir sehen, als wären wir auf einer Exkursion. Noch mehr von diesen unverständlichen Wörtern und Ausdrücken, die mich trotzdem genauso ahnungslos zurücklassen.

Eigentlich sollte ich aufmerksam die Leute ansehen, denen wir begegnen, sie lesen, Böses finden, das sich in einem von ihnen verbirgt, und es der Polizei mitteilen, aber ich bin dazu anscheinend nicht in der Lage. Ich weiß nicht einmal, ob es so funktioniert, ob ich diese Wahrnehmungen selbst erzwingen kann.

Meistens sehe ich eigentlich meinen Mann an.

Er ist hier ein anderer. Auch die Version von ihm, die ich kenne, ist ruhig und sicher, aber hier ist er es auf eine andere Art und Weise. Hier haben seine Worte ein ganz anderes Gewicht, hier stellt man ihn nicht infrage. Bei mir wägt er die Worte ab, damit sie nicht falsch herauskommen. Vielleicht hatte Erkki recht mit dem, was er zuvor gesagt hat.

Ich schaue Peter an und denke an alles, was ich über ihn weiß.

Und was nicht.

Du hast es dich vielleicht schon gefragt. Wie ist es, mit jemandem zusammenzuleben und in sein Inneres sehen zu können? Wie viel Wissen erträgt man über diejenigen, die einem am nächsten stehen?

Aber so ist es nicht.

Ich meine damit, dass ich Peter nicht länger auf diese Weise lesen kann. Dass wir so lange zusammengelebt haben, dass ich heutzutage nicht mehr erkennen kann, was was ist. Was ich wahrnehme und was ich mir selbst ausmale, was ich wünsche, fürchte oder glaube. Es verschwimmt, verzwirnt sich bis zur Unkenntlichkeit. Über Menschen, die einem nahestehen, weiß man sowieso zu viel.

Das gilt im Guten wie im Schlechten.

Aber es gibt eine Wahrnehmung, bei der ich nicht so richtig weiß, was ich mit ihr machen soll. Ob ich sie zu den anderen legen kann, die aus Sorge entsprungen sind und aus Liebe zu dem Mann, mit dem zu leben ich mich entschieden habe.

In der Wahrnehmung liegt Jonas in einem Krankenhausbett. Ich weiß nicht, wie alt er ist oder wie er dort gelandet ist. Aber unser Sohn schwebt nicht in Lebensgefahr, er wird durchkommen. Darum geht es hier nicht.

Um ihn herum stehen Leute. Einige kenne ich, andere sind mir fremd.

Peter ist dort. Er steht neben einer Frau und hat den Arm um sie gelegt. Ich weiß nicht, wo ich bin. Ob ich auf dem Weg dorthin bin. Ob ich tot bin. Ob Peter und ich uns getrennt haben.

Die Frau könnte alles Mögliche sein. Eine gute Freundin, die wir noch kennenlernen werden. Eine künftige Freundin von mir, die ich dorthin geschickt habe, um meinen besorgten Mann zu trösten. Was ich sehe, muss nichts bedeuten.

Ich weiß nur, dass diese Wahrnehmung in mir nagt.

ICH SITZE OBEN. DIE NACHT hüllt mich wie eine Decke ein. Die Teetasse in meiner Hand ist kalt geworden, aber ich wärme sie nicht wieder auf, nippe einfach nur daran und befeuchte die Lippen mit dem Tee, der dem Polizisten so geschmeckt hat.

Peter ist vor bestimmt einer Stunde eingeschlafen, trotzdem kann ich jetzt erst genug Kraft aufbringen, um aufzustehen und die Treppe zum Gästezimmer hinunterzugehen, in dem Jonas schläft, wenn er uns besucht.

Ich knie mich hin und ziehe die Hutschachtel unter dem Bett hervor. Ich habe sie hier versteckt, damit Peter sie nicht findet. Und damit ich sie nicht mehr sehen muss?

Jetzt öffne ich den Deckel und entferne das Seidenpapier, damit der Gegenstand darin entblößt wird.

Die Pistole ist alt. Sie sieht aus, als käme sie aus einem Nazifilm. Jonas hatte als Kind eine ähnliche aus Plastik.

Vorsichtig berühre ich die Waffe. Streichle ihre einzelnen Teile mit den Fingerspitzen wie Robin seine Puppe.

Das Metall fühlt sich kalt an.

Schwer.

Kann man das Gewicht eines Gegenstandes spüren, indem man ihn einfach nur berührt?

Nach einer Weile habe ich genug Willenskraft gesammelt, um sie hochzuheben. Es fühlt sich an, als müsste ich dabei einen Schlag bekommen, aber nichts dergleichen passiert. Meine Finger legen sich um den Griff, und ich denke, wie seltsam es ist. Dass etwas so Kleines solche Macht haben kann. Denn so ist es doch. Wer dieses Stück Metall besitzt, kann wem auch immer das Kostbarste nehmen, was man hat.

Die Gunst, am Leben zu sein.

Ich halte die Waffe nur ganz kurz. Einige Sekunden. Dann streift mein Finger zufällig den Abzug, und eine Welle des Unbehagens überkommt mich.

Schnell lege ich die Pistole in meine Handtasche, die ich dafür hierhergenommen habe. Denn dort sollte die Pistole vermutlich sein?

Ich denke daran, was der Katzenmörder gesagt hat. Dass ich die Pistole brauchen werde.

Was bedeutet das überhaupt?

Als ich dort neben dem Bett knie, wende ich mich nach oben und richte mich an Gott oder wer auch immer dort oben ist und möglicherweise zuhört.

»Was möchtest du, dass ich damit mache?«, frage ich.

Aber wie gewöhnlich antwortet niemand.

In biblischen Zeiten ergriff Gott auf eine Art und Weise Partei, wie er es heute nicht mehr macht. Damals schickte er Seuchen über die Feinde seiner Auserwählten. Er teilte das Meer, damit sein Volk trockenen Fußes hindurchgehen konnte. Ließ es dann aber über die Verfolger hereinbrechen, damit sie ertrinken.

Jetzt sind wir alle Kinder Gottes. So heißt es zumindest. Aber heutzutage tut sich das Meer für keinen von uns auf.

Jetzt müssen wir unsere Brücken selbst bauen.

ES FÜHLT SICH SELTSAM AN, Samgården zu betreten. Als würde ich nicht mehr hierhingehören, obwohl ich nicht gekündigt habe und nur einen Tag verpasst habe.

In der Tür meines Büros bleibe ich stehen und schaue hinein. Mein Schreibtisch ist ein einziges Durcheinander. Ich habe letzten Freitag angefangen aufzuräumen. Ich weiß, dass ich das getan habe. Aber ich muss den Faden verloren haben. Das passiert mir leicht. Peter sagt, er könnte meinen Tag rekonstruieren, indem er einfach meinen Spuren folgt: den zurückgelassenen Teetassen, den unordentlich herumliegenden Decken und den aufgeschlagenen Zeitungen.

Ich glaube nicht, dass es ihn stört. Er räumt mir hinterher, so wie ich für meinen Bruder aufräume. Es gibt verschiedene Arten, jemandem seine Liebe zu zeigen.

Ich lasse den Anblick meines chaotischen Schreibtisches hinter mir und gehe weiter den Flur hinunter zu Irinas Büro.

Sie ist da, sitzt an ihrem Computer und schreibt etwas. Ihr Gesicht verrät, dass sie sich damit schwertut. Als ich an die Glasscheibe ihrer geschlossenen Tür klopfe, zuckt sie zusammen.

»Was machst du hier?«, ruft sie, als sie die Tür öffnet. »Solltest du diese Woche nicht diesem James Bond aus Stockholm helfen?«

Ich nicke. »Ja. Aber wenn ich etwas darüber erzähle, muss ich dich aus dem Weg räumen.«

»Du wärst ein gutes Bond-Girl«, sagt sie, als hätte sie meinen Scherz nicht gehört. »Du musst nur noch ein wenig daran arbeiten, das Ding in deinem Kopf leer zu kriegen, was man Gehirn nennt.«

»Danke. Wahrscheinlich.«

»Aber mal im Ernst ...« Sie setzt sich wieder an den Schreibtisch und sieht mich an. »... du hilfst also der Polizei wegen des ermordeten Mädchens?«

»Ich schätze schon.«

»Was machst du?«, fragt sie. »Ich meine, wobei brauchen sie deine Hilfe?«

Natürlich fragt sie das.

»Ich weiß es nicht wirklich«, weiche ich aus.

»Haben wir deswegen neulich die Bettler besucht?«

»Nein, das war etwas anderes.«

Ich verstumme, weil ich nicht richtig weiß, was ich sagen soll.

Sie sieht mich weiter an, und ihre Miene verrät, dass sie kapiert hat, dass etwas mit mir nicht so ist, wie es sein soll. Womit sie ja recht hat.

Und dann schwappt alles auf einmal über. All die Gefühle, die ich in den letzten Tagen ordentlich in mir verstauen wollte.

»Ich will dich nicht weiter stören«, sage ich hastig. »Du musst weiterarbeiten. Ich wollte nur ...«

Ich stürze hinaus. Renne. Durch den Flur, an den Arbeitszimmern der anderen vorbei. Die Wände hallen vom Klackern meiner Absätze. Weiter die Treppe hinunter, durch den Eingang, raus zum Parkplatz. Ein einziger Gedanke beherrscht mich, nämlich dass ich atmen muss. Dass ich keine Luft mehr in die Lunge bekomme.

Ich schließe mein Auto auf und setze mich hinein. Umklammere die Armlehne. Konzentriere mich. Denn ich weiß, es gibt nur eines, was mir in solchen Zuständen hilft: sie auszusitzen. Dabeizubleiben. Die Panik ebbt ab, weil sie nur eine Reaktion ist, sie ist nicht dafür gemacht, von Dauer zu sein.

In den Armen habe ich meine Handtasche. Ich krame in ihr herum, bis ich an den Fingerspitzen kaltes Metall fühle. Dann greife ich die Pistole, wie gestern, nehme sie hoch, sehe sie an. Das Unbehagen, das ich dabei gespürt habe, ist nicht verschwunden. Nicht im Geringsten.

Das hier ist ein Tor, denke ich aus irgendeinem Grund. Eine Tür, durch die man durchgeht. Es lässt nicht so sehr die Kugel davonschießen, sondern vielmehr denjenigen, der den Abzug betätigt. Er fliegt auf die andere Seite. Wenn man sich mit dem Ding hier verbündet, kann man nie mehr umkehren.

Ich zucke zusammen, als sich die Tür vom Beifahrersitz öffnet. Es ist Irina. Natürlich ist sie es. Man kann nicht so davonstürmen, ohne dass jemand wie Irina einem folgt.

Sie sieht natürlich die Pistole, weil ich sie nicht schnell genug verstecken kann. Aber sie schreckt nicht zurück. Stattdessen steigt sie ein und setzt sich neben mich. Wartet, während sich mein Atem langsam beruhigt.

»Hast du die von der Polizei?«, fragt sie.

Ich schüttle den Kopf.

»Wo hast du sie dann her?«

»Von jemand anderem.«

»Okay?«

Sie redet mit mir, als wäre ich ein Kind, ein kleines Mädchen in einer Familie, die sie überprüfen soll. Ein Mädchen, das nicht ausdrücken kann, was sie durchmacht.

»Wer hat sie dir dann gegeben?«

»Das kann ich nicht sagen.«

»Warum hast du sie in der Hand?«

»Weil sie mir keine Ruhe lässt.« Ich sehe Irina an, weil ich will, dass sie es versteht. »Es gibt keinen Ort, an den ich sie legen kann, ohne dass sie mir keine Ruhe lässt …«, sage ich. »Und ich muss sie in der Nähe haben.«

Erst als ich die Worte ausspreche, erkenne ich, dass ich mich tatsächlich so fühle.

»Ist sie geladen?«, fragt sie.

Dieser Gedanke ist mir nicht einmal gekommen.

»Darf ich?«, fragt sie und greift vorsichtig nach der Waffe. Sie sieht in ihrer Hand sehr viel kleiner aus. So als wäre sie nicht echt, sondern eine von Jonas' Spielzeugpistolen, die Peter ihm gekauft hat, obwohl ich dagegen war.

Irina hält die Pistole so wie ich, aber weiter von sich weg, sie richtet den Lauf nach vorne und zielt, indem sie ein Auge zukneift.

»Verdammt«, sagt sie und hält die Pistole schief, wie man es in amerikanischen Filmen macht. Dann scheint auch sie zu bemerken, welche Anziehungskraft sie hat, was die Pistole mit einem macht, weil sie sie mir schnell zurückgibt. »Es ist am besten, wenn du …«, murmelt sie.

»Kannst du mir helfen?«, frage ich und stecke die Pistole wieder in die Tasche. »Ich weiß nicht, wie man das macht. Wie sie funktioniert. Und ich *muss* es erfahren.«

»Du musst es erfahren? Warum?«

Auch jetzt antworte ich nicht, weil ich schon zu viel gesagt habe.

»Kannst du mir noch ein bisschen mehr Kontext geben?«, bittet sie. »Will die Polizei das hier?«

Ich versuche, mit einem Blick zu erklären, was ich nicht laut sagen kann.

Irina seufzt.

»Ist Peter nicht Jäger? Kann er dir nicht helfen?«

»Er soll nicht wissen, dass ich die hier habe.«

Endlich sieht sie mich so an, wie ich will. »Das hat nichts mit der Polizei zu tun, oder?«

Ich schüttle den Kopf.

Sie fragt nicht weiter. Obwohl sie jedes Recht dazu hat. Stattdessen sieht sie mich wieder an, als wäre ich ein hilfloses Kind. Vermutlich denkt sie, dass ich von jemandem bedroht werde. Das kommt bei unserer Arbeit manchmal vor. Und es ist nahe genug an der Wahrheit.

Irina scheint eine Entscheidung zu treffen. Schnallt sich an.

»Ich kenne einen Ort«, sagt sie.

WIR FAHREN ÜBER DIE BRÜCKE der E4. Am Kreisverkehr nach Sörböle sagt sie, ich solle abbiegen. Die Läden und Geschäftsräume der Innenstadt gehen in dicht nebeneinanderstehende Häuser über, Wohnkomplexe wie der, in dem Tobias wohnt. Sie lotst mich durch sie hindurch bis in eine Nebenstraße, wo sie mir bedeutet, dass ich anhalten soll.

»Da«, sagt sie und zeigt auf etwas.

Über einem Kellereingang hängt ein Schild, auf dem *Jakt & Fiske* steht.

»Ich kenne einen Typen, der manchmal hier arbeitet. Er sieht genauso aus wie Matt Bomer. Wenn ich für das hier heute Abend mit ihm schlafen muss, ist es deine Schuld.«

Ich weiß nicht, wen Irina meint, aber sie lacht einfach nur.

»Ich habe keine Ahnung, ob Adde heute hier ist«, fährt sie fort. »Und der Besitzer ist wohl so ein Waffen-Nerd, dem man nicht in einer dunklen Gasse begegnen will. Obwohl Adde behauptet, dass er nett ist. Und keiner, der unangenehme Fragen stellt ...«

Es ist ein seltsamer Ort für einen Laden, und ich kann meine Eindrücke beim Hereinkommen nur schwer sortieren. Die Räumlichkeit ist unordentlich, fast schon chaotisch. Nicht ausgepackte Munition stapelt sich, in einer Ecke gibt es Jagdkleidung, und in verglasten Vitrinen, die nicht auf gleicher Höhe montiert sind, hängen Gewehre. Ein Universum, das nicht meins ist.

Der ganze Ort weckt Unbehagen in mir. Es fühlt sich an, als müsste ich mich übergeben, schaffe es aber nicht.

Ein Mann steht hinter einem Ladentisch und sieht uns an. Ich vermute, dass es der Besitzer ist und nicht Irinas Freund. Offenbar haben wir ihn bei dem, was er gerade gemacht hat, aus dem Konzept gebracht, schließlich sind wir wahrscheinlich nicht seine gewöhnliche Kundschaft.

Er ist muskulös und gut trainiert, auf die Art, die etwas Manisches an sich hat. In den Vierzigern vielleicht.

»Hey, Matte«, begrüßt ihn Irina und geht an den Tresen.

»Ich bin's, Irina. Ich bin mit Adde ein paarmal hergekommen.«

Er erkennt sie zwar nicht, aber er weiß, wer Adde ist, und entspannt sich ein wenig.

»Vielleicht kannst du uns bei einer Sache helfen«, sagt sie und bedeutet mir, dass ich die Pistole aus der Tasche holen soll.

»Wir wollen nur wissen, was das hier für eine ist.«

Ich nehme den Metallklumpen heraus und halte ihn ihm hin. Bevor er ihn entgegennimmt, streift er einen Augenblick lang meinen Blick.

Ich nehme zwei kleine Mädchen in identischen Sommerkleidern in ihm wahr. Es sind seine. Aber die Erinnerung ist verjährt, sie sind jetzt älter, er trifft sie so gut wie nie.

Einmal hat er einen Welpen für sie gekauft, den er nach ein paar Monaten töten musste, weil er krank war. Die Mädchen haben geweint, als er es ihnen gesagt hat, aber es ist ihm nicht deshalb im Gedächtnis geblieben. Er erschoss den Welpen mit einer antiken Pistole, viel älter als diese hier, weil er wissen wollte, wie sie sich in der Praxis anfühlt. Die Pistole funktionierte nicht so, wie sie sollte, und der Schuss traf nicht dort, wo er hinzielte. Der Hund starb trotzdem fast sofort, aber er denkt oft an ihn, wenn er einsam ist.

Seine Aufmerksamkeit wendet sich von mir zur Pistole. Er mustert sie wie wir vorhin, aber auf eine andere Art und Weise. So als wüsste er, was er tut. Mit raschen Handgriffen dreht und wendet er sie. Drückt das Magazin heraus, mustert es ebenfalls und klickt es wieder hinein. Fasst den Griff. Hält sie, fühlt. Schaut durch die Kimme.

»Wo habt ihr die denn aufgegabelt?«

Er klingt eher neugierig als verurteilend. Auch jetzt sieht er nur mich an.

»Wir haben sie bei Åhléns gekauft«, sagt Irina.

Er grinst. »Aha, so ist das also.«

»Was ist es für eine?«, frage ich.

»Irgendeine Luger. Ich bin mir nicht sicher, welche. Das muss ich noch genauer prüfen. Die Seriennummer ist abgeschliffen worden.«

Aus irgendeinem Grund zeigt er sie mir, eine aufgeraute kleine Fläche, wo offensichtlich etwas gestanden hat.

»Wir haben die Nummer zu Hause aufgeschrieben«, sagt Irina.

»Am gleichen Ort, wo ihr auch die Lizenz habt?«

»Ja, genau. Wir haben sie auf die Lizenz geschrieben.«

Er grinst wieder. Dann wendet er sich noch mal an mich. »Aus den Fünfzigern, würde ich sagen. Nichts Ungewöhnliches. Man sichert sie hier«, sagt er und zeigt es mir. »Und man löst das Magazin, indem man …« Auch das führt er mir vor. »Dann muss man nur noch …«, und damit beendet er die Demonstration.

»Funktioniert sie?«, fragt Irina.

»Sie ist in gutem Zustand«, antwortet er und dreht sie so wie eben hin und her. »Wer hat sie geschmiert?«

»Der Typ bei Åhléns«, erwidert Irina, aber jetzt ist das Spiel offenbar vorbei.

»Spaß beiseite, woher habt ihr die?«

Er sieht wieder nur mich an. Schaut mir tief in die Augen, wie ich es immer mache, so, dass man nicht entkommen kann.

»Ich muss mich einfach sicher fühlen können«, murmele ich.

Es ist keine Antwort auf seine Frage. Aber sie reicht ihm offenbar.

Er nickt. Unterbricht den Blickkontakt. »Im Magazin sind nur sechs Patronen«, sagt er und gibt mir die Pistole mit dem Handgriff voran zurück. »Haben Sie zu Hause noch mehr?«

Ich schüttle den Kopf. »Das ist nicht nötig«, erwidere ich.

»Doch. Man muss eine Waffe mehrmals zur Übung abfeuern, bevor man bereit ist, sie zu benutzen.« Er sieht mich vielsagend an. »Wenn es darauf ankommt, fällt es direkt auf, wenn man eine Waffe nicht beherrscht. Und gerade dann muss man vielleicht wirklich abdrücken.«

Genau wie Irina denkt er, dass mich jemand bedroht hat und mir etwas antun will. Ein alter Ex oder so.

Wie oft hat er das hier schon erlebt?

Er bemerkt meinen Widerwillen.

»Wenn Sie so wirken, als wüssten Sie, was Sie tun, müssen Sie höchstwahrscheinlich gar nicht abfeuern«, sagt er. »Derjenige, der Sie bedroht, spürt es, weicht unterbewusst zurück und lässt Sie in Frieden.«

Er geht weg, kramt in einem Schrank und kommt dann mit einer kleinen weißen Schachtel zurück.

»Hier. Das ist die gesamte Munition, die ich habe. Nehmen Sie sie«, sagt er und gibt mir die Schachtel. »Damit Sie üben können. Damit Sie nicht …«

»Es ist nicht so, wie Sie glauben«, protestiere ich, aber er bringt mich mit einem Blick zum Schweigen.

»Ganz egal, warum Sie sich die Pistole angeschafft haben«, sagt er. »Sie müssen sie beherrschen, nicht andersherum. So ist es immer mit Waffen. Wenn man sie nicht beherrscht, geht die Sache schief.«

Er sieht mir noch einmal in die Augen, so als würde er seiner Meinung nach genau verstehen, was ich durchmache.

»Manchmal gibt es keinen anderen Ausweg«, sagt er.

DIE STRASSE ZWISCHEN SKELLEFTEÅ und Umeå muss eine der unerfreulichsten in Schweden sein. Skellefteå hat die Kosten für seinen Straßenabschnitt auf sich genommen, Umeå ebenso, aber die kleinen Gemeinden zwischen ihnen können nur eine schmale, gewundene Straße durch unveränderlichen Nadelwald anbieten, auf der es sich hinter osteuropäischen Sattelzügen gefährlich staut.

Mange und ich sind auf dem Weg nach Umeå, um mit der Eigentümerin des Autos zu reden, das der Katzenmörder gesehen hat. Wir gleiten durch die Landschaft, in einem moderneren Auto, als ich es gewohnt bin. Darin zu fahren, fühlt sich ein wenig wie Fliegen an.

Mange hat im Radio das träge Vormittagsprogramm eines Senders mit viel Werbung eingestellt, hört aber anscheinend gar nicht zu. Stattdessen scheint er im Kopf Dinge durchzugehen. Zwischendurch berührt er unbewusst seine Lippen, wie wenn ein schlafender Hund im Traum mit den Beinen zuckt. Vielleicht prägt er sich etwas ein.

Wir sind schon länger unterwegs und an Ånäset vorbeigefahren, als Mange plötzlich seine Position verändert und ihm scheinbar bewusst wird, dass auch ich im Auto sitze.

»Bist du nervös?«, fragt er.

Ich weiß nicht, warum er ausgerechnet diese Frage stellt.

Vielleicht merkt er, dass ich mich nicht richtig entspannen kann.

»Nein«, erwidere ich.

»Wie gesagt, sie hat das Auto direkt nach dem Mord als gestohlen gemeldet«, sagt er. »Und sie ist die ganze Zeit in Umeå gewesen, also steht sie eigentlich nicht unter Verdacht. Aber es gibt trotzdem eine Spur, die ich überprüfen will.«

»Was für eine?«

»Wir reden später darüber«, sagt er ausweichend.

Ich sehe ihn fragend an, aber er scheint sich wieder in sich zurückgezogen zu haben, also lasse ich ihn in Ruhe.

Nach einer Weile kommt er zurück. Er wechselt den Radiosender, doch es macht kaum einen Unterschied.

»Es muss ganz schön einsam sein, wenn man so arbeitet wie du, oder nicht?«, frage ich, weil ich darüber nachgedacht habe.

Er zuckt mit den Schultern. »Es ist, wie es ist. Man gewöhnt sich daran.«

»Bist du immer im ganzen Land unterwegs und löst Fälle, die für andere nicht lösbar sind?«

Mange verzieht den Mund. »Nein, meistens bin ich zu Hause in Solna.«

»Wartet da in der Großstadt eine Frau auf dich?«

Ich weiß nicht, warum ich frage. Weil ich auch darüber nachgedacht habe?

Er hält die Antwort zurück. »Was siehst du?«, fragt er.

Wenn ich meinen Geist in die Richtung ausstrecke, nehme ich eine Reihe von vorbeiflimmernden Frauengesichtern wahr. Er ist ungewöhnlich leicht zu lesen. Frauen unterschiedlichen Alters, in unterschiedlichen Abschnitten seines Lebens, Teenager, ältere, sie sehen ihn alle so an, als würden sie mehr sehen.

Aber ich bin mir nicht sicher, was sie ihm bedeuten, wer sie sind und was sie sehen.

»Du weißt, dass es so nicht funktioniert«, weiche ich aus.

Mange seufzt leicht. Vielleicht merkt er, dass es nur die halbe Wahrheit ist. »Ich habe im Radio etwas über einen Wal gehört«, sagt er.

»Okay?«

»Die Forscher sind ihm mehr als fünfundzwanzig Jahre lang gefolgt. Er schwimmt in den Weltmeeren herum und singt, wie Wale es so machen.«

»Wie auf dieser Platte, die in den Neunzigern jeder hatte?«

»Ja, genau. Aber diesem einen Wal antwortet niemand, weil er auf der falschen Frequenz singt. Die anderen Wale können ihn nicht hören.«

»Also du bist dieser Wal?«, frage ich. »Einsam und unverstanden mitten in einem unendlichen Meer?«

Er macht eine vielsagende Geste.

Ich mag die Geschichte, werde heute Abend an sie denken, wenn ich noch wach bin und alles andere verstummt ist. Trotzdem ziehe ich ihn auf: »Und Frauen stehen also auf diese Trauergeschichte?«

Das bringt ihn zum Lachen. Es kommt so richtig von Herzen.

»Nicht alle Wale haben so viel Glück wie Peter«, sagt er, als er sich wieder beruhigt hat.

MANCHMAL DENKE ICH AN EIN Experiment aus den Siebzigern. Du hast sicher davon gehört. Eine Anzahl von Kindern bekam eine Süßigkeit, und wenn sie fünfzehn Minuten mit dem Essen warten konnten, bekamen sie noch eine.

Ein einfaches Experiment. Einfach auszuwerten. Einige konnten warten, andere nicht.

Daran ist nichts Ungewöhnliches.

Aber als man der Testgruppe dreißig Jahre später noch einmal nachging, hatten diejenigen, die warten konnten, häufiger gute Berufe, gute Wohnungen und ein Leben fern von Problemen. Diejenigen, die nicht warten konnten, fand man öfter in anderen Gesellschaftsschichten wieder.

Der Stadtteil, durch den wir auf dem Weg zu der Frau fahren, kommt mir bekannt vor, obwohl ich noch nie hier gewesen bin. In jeder Stadt werden Blocksiedlungen wie diese gebaut, wo diejenigen, die nicht auf das Bonbon warten konnten, zusammengepfercht werden. Dabei gibt es nichts Auffälliges, nichts dürfte verraten, auf welcher Sprosse der sozialen Leiter sich die Bewohner befinden. Ziegel sind Ziegel, Baum ist Baum, trotzdem erkennt man es anhand dieser kleinen Merkmale, manchmal ohne zu wissen, wie.

Wir fahren an riesigen Häuserkolossen mit vorhanglosen Wohnungen vorbei und passieren kleine Reihenmietshäuser, die ohne vernünftige Gärten nebeneinander aufgefädelt sind.

Die Schule, an der wir vorbeikommen, ist groß, *zu* groß, Horden von Schülern spielen lärmend auf dem Asphalt davor. Ich weiß es eher, als dass ich es sehe: Alle Kinder dort brauchen mehr Unterstützung, als sie bekommen.

Auf einem Parkplatz, der zu einer Gruppe niedriger Miethäuser rund um einen Innenhof gehört, steigen wir aus. Mange zögert kurz, bevor er sich entscheidet, zu welchem der Häuser wir gehen sollen. Ich folge ihm die Treppe hinauf zu einem Laubengang, oder vielleicht ist es ein Balkon, weil nur eine Tür zu ihm gehört. Der Beton ist schmutzig, eine Mülltüte steht vor der Tür, und neben einem Sprossenstuhl liegen Zigarettenstummel um eine mit Regen gefüllte Konservendose herum verteilt.

Ich frage mich, wenn man sich schon nicht darum kümmert, was man anderen zeigt, was macht man erst mit den Sachen, die nur einen selbst betreffen?

Mange drückt auf die Klingel, und drinnen hört man ihren Ton. Er muss mehrmals läuten, bevor die Besitzerin des Autos, das der Katzenmörder gesehen hat, öffnet.

Sie ist jung. Peter würde sie wahrscheinlich als hübsch bezeichnen, allerdings hat er da einen anderen Blick auf die Menschen als ich. Ihr Haar ist blondiert, ihr Pullover eng, damit ihre Brust hervorgehoben wird, und ihr Gesicht so stark geschminkt, als wollte sie ihre eigenen Züge verwischen.

Sie stellt sich mit verschränkten Armen in die Tür, so als wollte sie sich bedecken.

»Sind Sie die Polizisten, die kommen sollten?«, fragt sie.

Mange antwortet zustimmend. Er stellt uns vor, ohne ihr die Hand zu reichen, vielleicht halten ihn ihre verschränkten Arme davon ab. Oder er holt eine andere Version seiner selbst heraus. Er klingt jetzt formeller.

»Wie Sie wissen, ist Ihr Auto im Zusammenhang mit einem schweren Verbrechen gesehen worden«, sagt er, als würde er es irgendwo ablesen. »Ich würde Sie bitten, uns alles zu erzählen, was Sie wissen und das zu einer Lösung des Falles beitragen kann.«

Sie schaut zum Parkplatz. »Ich hatte gehofft, dass Sie es gefunden haben«, sagt sie.

»Nein.« Er wirft ihr einen sichtlich entschlossenen Blick zu, der sie die Augen niederschlagen lässt.

»Wie ich den anderen Polizisten schon erzählt habe, stand das Auto *da*«, sagt sie und zeigt zum Parkplatz, auf eines der leeren Vierecke.

Mange nimmt seinen Block und beginnt, sich Notizen zu machen.

Sie tritt auf der Stelle, während er schreibt. Wir machen sie nervös.

»Wann ist es verschwunden?«, fragt Mange.

»Letzten Freitag.«

Auch das notiert er.

Mir wird plötzlich bewusst, dass Mange den Block nicht nur benutzt, um ihre Worte festzuhalten. Beim Schreiben entsteht eine Stille, eine Stille, die zu lang wird. Die Personen, mit denen er spricht, wollen sie beenden, und dadurch sagen sie mehr, als sie vorhatten.

»Das glaube ich zumindest«, fügt die Frau hinzu, als die Stille ihrer Meinung nach zu lang wird. »Mir ist es nicht selber aufgefallen, dass es weg war. Ein Nachbar hat ... Ich fahre so gut wie nie Auto. Ich habe gerade keinen Job.«

Als Mange nicht antwortet, sondern einfach weiterschreibt, fährt sie fort: »Hier wurden schon früher Autos gestohlen. Einige haben extra Lenkradschlösser eingebaut. Das hätte ich vielleicht auch machen sollen. Hier treiben sich Jugendliche herum, die nichts Sinnvolles zu tun haben. Vielleicht war es einer von ihnen.«

»Sie haben einen Sohn?«, fragt Mange, als hätte er nicht zugehört oder als würde ihn ihr Alltag nicht kümmern.

»Ja«, sagt sie und sieht mich an. »Jesper. Aber er ist jünger. Erst acht.«

»Was können Sie zum Vater Ihres Sohnes sagen?«

»Milan und ich sind nicht zusammen«, erwidert sie etwas zu schnell. Die Frau sieht wieder hinüber zum Parkplatz, dieses Mal, ohne etwas Bestimmtes mit dem Blick zu fixieren. »Wenn Sie ihn fragen, waren wir das auch nie. Ich bin nur aus Versehen schwanger geworden.«

Man merkt, dass in ihren Worten vieles ungesagt bleibt. Aber das gehört nicht hierher. Oder vielleicht doch.

»Was wissen Sie sonst noch über diesen Milan Petrescu?«, fragt Mange.

»Milan wohnt in Stockholm, in Husby. Schon seit vielen Jahren. Er ist abgehauen, als Jesper klein war. Ich kümmere mich um unseren Sohn. Immer schon.«

»Er heißt Petrescu?« Ich kann es nicht lassen nachzufragen, als sie still geworden ist.

Der Name. Dieses Spiel, das Peter und ich gespielt haben, als wir dem Mädchen im Boot ein Leben gegeben haben. So haben wir ihren Freund genannt.

»Ja?«, erwidert sie fragend.

Sie sehen mich beide an.

»Nicht so wichtig«, murmele ich, während das Unbehagen von damals zurückkehrt. Oder vielleicht ist es nur die Erinnerung daran.

»Ist er aus Rumänien?«, fragt Mange die Frau.

»Ja.«

»Haben Sie immer noch Kontakt?«

»Er ist Jespers Vater. Natürlich haben wir Kontakt.«

Sie geht in Verteidigungshaltung. Ihre Arme sind bereits verschränkt, jetzt werden sie noch enger, fast so, als würde sie sich selbst umarmen wollen.

»Also kommt er manchmal hierher hoch?«, fragt Mange.

»Ja, das tut er. Manchmal.«

»Wie oft?«

»Ein paarmal im Jahr.«

Sie senkt den Blick, schaut auf den verschmutzten Beton. Sie wünscht sich, dass er öfter kommen würde. Dass er immer noch hier wohnen würde, bei ihnen. Sie ist wortkarg, aber ihr Gesicht und Körper ergänzen das, was ihr Mund weglässt.

»Allerdings ruft er Jesper ziemlich oft an«, legt sie nach.

Frauen, die zurückgelassen werden und sich allein um ein Kind kümmern müssen, verteidigen oft die Männer, die nicht geblieben sind. Irgendwie haben sie den Eindruck, dass sie sich die Schuld teilen.

Vielleicht weil nur sie allein sehen können, wie groß sie ist?

»Ist er in den letzten Wochen hier gewesen?«

»Nein.«

»Nicht im Zusammenhang mit dem Verschwinden des Autos?«

Sie schüttelt den Kopf. »Das letzte Mal an Weihnachten.«

Sie steht hier mit ihren verschränkten Armen und umarmt sich selbst, und mir kommt der Gedanke, dass sie trotz allem schön *ist*. Nicht so, wie Peter finden würde, sondern auf diese andere Art, wie Menschen werden, wenn sie viel durchgemacht, aber trotzdem nicht aufgegeben haben.

Ich bin hier, um sie zu lesen, also versuche ich es, versuche, in sie hineinzusehen.

Ich erahne das Mädchen, das an einem Küchenfenster sitzt und auf seine Mutter wartet, die abends lange arbeitet. Die Teenagerin, die noch mehr Schminke trägt als jetzt und auf alle erdenklichen Arten rebelliert: Sie schwänzt, trinkt, schreit, fühlt sich zu Männern hingezogen, die sie schlecht behandeln. Denn wie soll man die Menschen, die einen lieben sollten, sonst dazu bringen, es zu tun?

Ich weiß nicht, warum ich plötzlich so deutlich mit ihr fühle. Weil ich genau wie sie hätte werden können, wenn ich nicht in mein Leben mit Peter gestolpert wäre?

Mange schlägt seinen Notizblock zu, und ich werde in die Gegenwart zurückgeholt, zum Balkon mit dem Durcheinander von eingetrockneten Fußabdrücken. Offenbar sind wir bereits fertig.

»Falls wir Kontakt zu ihm aufnehmen wollen«, fragt Mange, »wissen Sie, wo er wohnt?«

Aus irgendeinem Grund lacht sie plötzlich. »Nein. Warum sollte ich ihn besuchen?«

»Dann eine Telefonnummer?«

»Er wechselt sie ständig. Ich habe nicht mal seine neue«, sagt sie. »Wenn ich versuche, ihn anzurufen, kommt so eine Stimme, die sagt, dass die Nummer nicht mehr benutzt wird.«

Auch hinter diesen Worten steckt viel, was nicht zu unserer Geschichte gehört. In ihrem Gesicht spielen sich Dramen ab. Aber Mange zeigt noch einmal, dass ihre Gefühle nicht hierhingehören.

Er wendet sich zu mir, wie um mich zu fragen, ob ich etwas hinzuzufügen habe. Ob ich etwas sehe, das wir benutzen können.

Ich schüttle den Kopf, weil ich tatsächlich nichts habe. Alles, was ich in Verbindung mit dem Auto wahrnehmen kann, ist ein Apfel. Ein großer roter Apfel, der auf ihrer Spüle liegt, umgeben von fettverschmierten Tellern und ungespülten Kakaogläsern. Ich weiß nicht, warum, aber jedes Mal, wenn Mange nach dem Auto oder Petrescu fragt, taucht er auf.

Der Apfel liegt dort mitten auf der Spüle, als hätte er sich verirrt. Wie im Märchen ist er angebissen, vielleicht von ihm, das Fruchtfleisch ist braun geworden.

Es stört sie mehr, als ich begreifen kann.

DAS IST ALLES. WIR FAHREN hundertsiebzig Kilometer, um ein paar Minuten lang mit einer Frau zu reden, einige Fragen über einen alten Exfreund zu stellen und einige nichtssagende Antworten zu bekommen. Aber mir kommt es so vor, als wollte Mange ihre Antworten eher abgleichen. Als wüsste er bereits alles, was sie zu erzählen hatte.

Ebenso jäh, wie wir dort angekommen sind, düsen wir wieder ab. Aber nicht nach Hause. Mange fährt uns hinaus aus der Stadt. Die Siebzigerzone geht über in eine Achtzigerstrecke.

»Wir fahren kurz bei einem Typen vorbei, den ich kenne«, sagt Mange, als er bemerkt, dass ich mich irritiert umsehe.

»Okay?«

»Er ist Polizist. Göran ist ein wenig steif, aber als ich realisiert habe, dass der Ex der Frau aus Rumänien ist, habe ich ihn angerufen und gebeten, sich ein wenig schlauzumachen. Göran hatte während seiner Arbeit mit Banden aus Osteuropa zu tun.«

»Also könnte Petrescu etwas mit dieser Sache zu tun haben?«, frage ich.

»*Drehe jeden kleinen Stein um* oder wie auch immer du es ausgedrückt hast«, sagt Mange. Er weicht mit einem plötzlichen Schwenker einem großen Frostschaden auf der Straße aus. »Hast du etwas in ihr gesehen?«, fragt er, als das Auto wieder auf Kurs ist.

»Sie will immer noch mit ihm zusammen sein«, sage ich. »Ich glaube, sie schlafen miteinander, wenn er hier ist.«

Ich würde gerne darüber sprechen, über sie, so wie ich und Peter es tun, wenn er zuhört und ich brainstorme. Aber Mange macht nicht mit.

»Das könnte sein«, meint er und schaut weiter auf die Straße.

»Hast du noch etwas anderes gesehen? Was mehr mit dem hier zu tun hat?«

»Einen Apfel.«

Ich spreche es laut aus, bevor ich mich bremsen kann. Jetzt löst er den Blick von der Straße und sieht mich fragend an. Natürlich.

»Also«, stammele ich. »Immer wenn sie an das Auto gedacht hat, hat sie einen Apfel vor sich gesehen.«

»Einen Apfel?«

»Ja. Er lag auf der Spüle.« Ich höre, wie albern es klingt. »Sie war sehr aufgewühlt, wenn sie daran gedacht hat«, versuche ich zu erklären und fühle mich noch dümmer.

Ich bereue, dass ich etwas darüber gesagt habe. Und Mange sieht mich weiterhin fragend an, so lange, dass ich ihn fast bitten will, sich wegzudrehen und wieder auf die Straße zu schauen, damit wir nicht in den Gegenverkehr fahren.

»Wann war das?«, fragt er. »War es in Verbindung mit dem Autodiebstahl?«

»Ich weiß es nicht.«

»Okay«, murmelt er. »Was bedeutet es dann?«

»Vermutlich nichts. Ich habe dir ja gesagt, wie das mit dem ist, was ich sehe.«

»Ja, du hast es erwähnt.« Mange ist eine Weile still. »Fühlt sich super an, dass ich meine Vorgesetzten manipuliert habe, um mir von dir helfen zu lassen«, sagt er dann.

Er sagt es tatsächlich. Dann lacht er, um seine Worte abzumildern, aber sie bleiben hängen, in der Luft vor mir.

Ich kann mich nicht erinnern, wann ich mich zuletzt so vernichtet gefühlt habe. Meine Wangen werden heiß, und meine Augen füllen sich mit Tränen.

»Ich kann hier und jetzt aussteigen, wenn du willst«, es gelingt mir nur gerade so, meine Stimme unter Kontrolle zu halten.

Mange dreht sich wieder zu mir und bemerkt erst jetzt, wie ich reagiere.

»Mach nicht so ein Gesicht, das war doch nur ein Scherz.«

Er umrundet noch einen Frostschaden.

»Wir fahren jetzt zu Göran und hören uns an, was er zu sagen hat.«

Das ist die einzige Entschuldigung, die ich bekomme.

MANGES KOLLEGE WOHNT IN EINEM Dorf direkt außerhalb von Umeå. Mit dem Auto sind es nur ein paar Minuten von dem Stadtteil, den wir gerade besucht haben, trotzdem trennt vieles diese beiden Orte. Die kleinen Merkmale, von denen ich gesprochen habe, werden manchmal so groß, dass jeder sie sehen kann. Wir fahren an der frisch renovierten kleinen Schule des Dorfes vorbei. Gepflegte alte Höfe, wie sie für Västerbotten typisch sind, gehen im neueren Teil des Dorfes über in moderne Einfamilienhäuser, die von Architekten eigens geplant und mit Panoramafenstern ausgestattet wurden. Das hier ist ein Ort für die Kinder, die auf das Bonbon warten konnten.

Ich möchte etwas über das Gefühl sagen, das ich an solchen Orten bekomme: dass es anscheinend mindestens genauso wichtig ist, glücklich zu *wirken*, wie es tatsächlich zu sein. Dass man sich die Träume kauft, welche die Gesellschaft für uns bestimmt hat, anstatt seine eigenen zu verfolgen.

Und riesige Panoramafenster passen nicht, wenn der Nachbar nur dreißig Meter entfernt wohnt, sehe nur ich das so?

»Es scheint, als hätten wir Umeås Speckgürtel erreicht«, ist das, was von meinen Gedanken schließlich aus meinem Mund kommt.

»Du sagst es so, als wäre es etwas Schlechtes«, bemerkt Mange.

»Ach nein, wirklich?«

»Ich habe vergessen, dass du Sozialarbeiterin bist, keine Polizistin.«

Ich bin mir nicht sicher, was er damit meint.

»Es stört mich einfach, dass es Gegenden gibt, in die nicht jeder reindarf«, erkläre ich. »Ich meine, wie viele Menschen mit niedrigem Bildungsniveau dürfen so wohnen? Wie viele mit Migrationshintergrund haben die Möglichkeit hierherzuziehen? Ich frage mich, wie die Gesellschaft aussehen würde, wenn wir uns nicht so von anderen absondern dürften, wie wir es tun.«

»Wie viele Leute mit Migrationshintergrund gibt es dort, wo ihr wohnt?«

»Das ist etwas anderes.«

»Ist es das?«

Ich weiß, dass es einen Grund dafür gibt, aber ich muss eine Weile nachdenken, um ihn zu finden.

»Wir haben niemanden ausgeschlossen«, rechtfertige ich mich. »Es ist nur schwierig, wenn … man so weit außerhalb der Stadt wohnt.«

»Die Bewohner hier haben auch niemanden ausgeschlossen.«

»Die Häuser hier kosten vier, fünf Millionen Kronen«, entgegne ich. »In unserem Dorf kosten sie nur ein Zehntel davon. Ist das etwa kein Unterschied? Wie soll sich jemand, der aus seinem Heimatland geflohen ist, hier ein Haus leisten?«

»Ich mische mich nicht ein«, sagt Mange.

Er spielt nur mit mir, also erwidere ich nichts mehr.

»Ich bin Polizist«, murmelt er nach einer Weile. »Wenn du mich fragst, gibt es an Speckgürteln nichts auszusetzen.«

Wir biegen in eine Straße ein, in der sich große SUVs neben Wohnwagen unter Carports drängen, und halten vor einem der Einfamilienhäuser an. Das Haus seines Kollegen ist groß und in einer viel zu dunklen Farbe angestrichen, die wahrscheinlich gerade modern ist, aber der Zaun, der das Grundstück einrahmt, verleiht dem Hof trotzdem ein heimeliges Gefühl.

Ich kann Kinder hinterm Haus spielen hören, vermutlich auf so einem großen Trampolin.

Der Polizist, den wir treffen sollen, kommt uns entgegen. Er ist älter, als ich erwartet hatte, vielleicht in Peters Alter. Oder es ist nur sein Magnum-Schnurrbart, der ihn älter macht. Oder seine schlechte Haltung. Er hat einen Pinsel in der Hand. Wahrscheinlich hat er vergessen, ihn wegzulegen.

Die beiden Polizisten umarmen sich, obwohl dieser Göran nicht wie jemand wirkt, der so etwas macht.

»Lange nicht gesehen«, sagt Mange.

»Ja, wirklich.«

Mange zeigt auf mich. »Das hier ist Ramona. Sie hilft bei den Ermittlungen.«

Göran nickt, nimmt den Pinsel in die andere Hand und hält mir die frei gewordene hin, ohne mich richtig anzusehen. »Ich würde euch ja hereinbitten«, sagt er zu Mange. »Aber wie ich am Telefon gesagt habe, ist es heute ein wenig voll.«

»Du hast es dir nun mal so ausgesucht, neue Frau, neue Kids, neue Falten.«

Göran grinst.

Sie reden eine Weile über Belangloses und tauschen Phrasen aus, die so leer sind, dass ich problemlos am Gespräch teilnehmen könnte. Sie stehen sich doch nicht so nahe, wie sie vorgeben.

»Ich habe mich für dich nach diesem *Milan Petrescu* erkundigt«, sagt Göran, als die Phrasen versiegen.

»Ja?«

»Er hält sich bedeckt, dein Freund. Keiner unserer Kontakte kennt ihn.«

Mange sieht enttäuscht aus. »Kein einziger?«

»Ich kann noch ein paar andere fragen, die ich kenne. Aber nicht einmal Marko hatte von ihm gehört, also ...«

Mange lässt die Schultern hängen, vermutlich hatte er sich mehr von dieser Spur erhofft, als er sich hat anmerken lassen.

»Also ist Petrescu sauber?«, fragt er trotzdem.

»Einige dieser Rumänen sind mit Kleinigkeiten beschäftigt, also fliegen sie unter dem Radar«, sagt Göran. »Aber dann sollte er wohl kaum derjenige sein, den ihr hier sucht.«

Mange seufzt.

»Verdammt noch mal ...«

»Ob du es glaubst oder nicht, aber es gibt tatsächlich Osteuropäer, die sich im Rahmen des Gesetzes bewegen.«

Sie lachen.

Anstatt das infrage zu stellen und zu sagen, dass es verallgemeinernd und rassistisch ist, lächele auch ich.

»Könnte er nicht einen anderen Namen benutzt haben?«, frage ich.

Denn so könnte es schließlich sein, oder?

Göran sieht verständnislos aus, so als hätte ich etwas in einer fremden Sprache gesagt.

»Kriminelle verkehren in bestimmten Kreisen«, erklärt Mange. »Es ist einfach so. Die polizeiliche Erfassung von Schwerverbrechern in Schweden ist ziemlich sorgfältig. Wenn er seit zehn Jahren hier wohnt, wäre es schon äußerst bemerkenswert, wenn er so lange unauffällig geblieben wäre.«

Göran sieht mich einen Moment lang prüfend an, bevor er sich wieder an Mange wendet, um noch mehr zu sagen.

»Könnte er nicht erst in den letzten Jahren damit angefangen haben?«, schlage ich vor.

Görans Blick kehrt zu mir zurück. Er sieht mich wieder so verständnislos an. Doch jetzt gibt er sich nicht damit zufrieden.

»Dein Name war Ramona?«

»Ja.«

»Darf man fragen, wer du bist?«

Ich sehe Mange unsicher an. »Ich bin Sozialarbeiterin«, stammle ich.

Auch Göran wendet sich jetzt an Mange. »Kannst du mir erklären, warum du eine Sozialarbeiterin in dieser Ermittlung brauchst?«

Mange zuckt mit den Schultern und versucht, das Kameradschaftsgefühl wiederherzustellen, das sie gerade vorgespielt haben. »Du weißt, wie es ist.«

Aber Göran will davon nichts wissen. Er schüttelt den Kopf. »Diese Frau hier ist also eine neue *Jenny*?«

»Jenny war ein Fehler«, murmelt Mange.

»*Fehler* ist nur einer von vielen Begriffen, wie man diese Weissagerin nennen kann, die du bei unserer letzten Zusammenarbeit zurate gezogen hast ...«

Ich weiß nicht, worüber sie reden, sehe aber, dass die Bemerkung Mange hart trifft.

»Jenny mag eine Wichtigtuerin gewesen sein«, entgegnet er gereizt. »Aber wir hatten uns festgefahren. Wir wussten beide, dass wir nicht weiterkommen würden. Und Ramona ist etwas ganz anderes. Ich zweifle keine Sekunde an ihr.«

»Okay, wenn du das sagst.« Göran klingt spöttisch, und er sieht mich weiter an. So, dass ich mich unwohl fühle. Wie soll ich es dir erklären, er *leckt* mich irgendwie mit seinen Augen ab, sein Blick bedrängt mich, dringt unter meine Kleidung, in mich hinein, als hätte er das Recht dazu, seit er erkannt hat, dass ich keine richtige Polizistin bin. »Also, was kannst du?«, fragt er schließlich, ohne zu bemerken oder sich darum zu scheren, was sein Blick mit mir macht. »Kannst du auch an der Handschrift erkennen, wer etwas geschrieben hat?«

Er lacht abweisend, und mir fällt nichts ein, was ich sagen könnte. Aber er wollte ohnehin keine Antwort. Er schüttelt einfach nur wieder den Kopf.

Ich versuche zurückzustarren, zu sehen, wahrzunehmen, etwas in ihm zu finden, mit dem ich ihm eine verpassen kann wie bei Mange vor dem Restaurant. Aber er ist für mich verschlossen, versiegelt, sein Blick hypnotisiert mich.

Schließlich lässt er mich los.

»Tja, es ist ja nicht mein Geld, das du mit dieser Sache verschwendest«, sagt er zu Mange und lächelt, als wären sie jetzt wieder Freunde. Dann wendet er sich an mich.

»Viel Glück. Hoffentlich bekommst du ein hübsches Sümmchen, wenn du ihm *hilfst*, den Fall zu lösen.«

WIR BRECHEN AUF. SCHWEIGEND.
Mange fährt schnell, er denkt immer noch an Görans Worte,
ich merke es an seinen Lenkbewegungen, seiner Fahrweise. Als
die Schilder wieder siebzig anzeigen, verringert er die Geschwindigkeit nicht ansatzweise.

»Sind alle Polizisten so?«, frage ich.

»Alle Polizisten? Also meinst du, dass auch ich so bin wie er?«

»Nein, ich meine nicht *alle*. Nur alle, wie heißt das denn,
Kommissare.«

»Ich bin auch Kommissar.« Er sieht mich sauer an.

»Du bist anders«, rede ich mich heraus. »Ich habe nicht gemeint, dass ...«

Ich bereue, etwas gesagt zu haben.

Eine Weile lang schweigt Mange und starrt auf die Straße.

»Göran ist gut«, sagt er dann. »Man braucht so Leute wie
ihn. Die erst mal hinterfragen, wenn man mit irgendwelchen
Ideen kommt ...«

»Braucht man sie wirklich?«

»Ja.«

Vielleicht merkt er, wie schnell er fährt, denn er senkt die
Geschwindigkeit ein wenig.

»In der katholischen Kirche gab es früher ein Amt, das Ad-
vocatus Diaboli hieß. Weißt du, was das war?«, fragt er.

»Vermutlich das, wonach es sich anhört?«

»Ja. Wenn jemand heiliggesprochen werden sollte, hat man auch eine Person dorthin geschickt, die alle Wunder infrage stellen sollte, die angeblich vollbracht worden sind. Jemand, der verhindern sollte, dass Menschen fälschlicherweise zu Heiligen werden.« Er scheint über seine Worte nachzudenken. »Häufig braucht man jemanden, der das sagt, was der Teufel gesagt hätte«, fasst er zusammen.

Auch daran werde ich heute Abend denken.

»Bist du katholisch?«, frage ich.

Mange lacht. »Hier und jetzt«, erwidert er. »Es gibt nichts anderes.«

Ich lächele ebenfalls, nicht weil ich ihm zustimme, sondern vor allem, weil es sich befreiend anfühlt. Das Unbehagen, mit dem Göran uns losgeschickt hat, verschwindet langsam. Wir fahren jetzt nach Hause. Ein paar Stunden noch wird der Asphalt unter uns dahinfliegen, dann können wir diese Menschen für immer vergessen.

Aber dann fällt mir auf, dass wir uns nicht auf die E4 zubewegen. Wir sind wieder abgebogen, auf dem Weg zu der Frau mit dem gestohlenen Auto. Ich weiß es, als wir an der großen Schule vorbeifahren.

»Was machst du?«, frage ich.

»Ich dachte mir, wir fahren zurück zu *Blondinbella* und fragen sie nach dem Apfel, den du gesehen hast.«

»Nein«, widerspreche ich. »Warum denn? Ihr habt doch gerade gesagt, dass ihr Ex damit nichts zu tun hat.«

»Ja, ich weiß. Ich bin wohl einfach nur neugierig.«

»Worauf?«

Er schaut entschuldigend, und da fällt der Groschen.

»Stellst du mich jetzt auch infrage?«, rufe ich. »Geht es darum?«

Ich will, dass Mange verneint und sagt, Görans Worte seien ihm egal. Aber stattdessen zögert er mit seiner Antwort.

»Ich weiß, dass du direkt in mich hineingesehen hast«, räumt er ein, nachdem er etwas zu lange nach Worten gesucht hat. »Aber wie du gesagt hast, scheint es nicht jedes Mal so zu sein. Ich will einfach nur wissen, was du bei den anderen Malen siehst, wenn es nicht so deutlich ist.«

Falls das überhaupt möglich ist, fühle ich mich noch vernichteter als vorhin.

UND SO STEHEN WIR WIEDER auf dem sandigen Balkon. Mange klingelt. Dann tritt er einen Schritt zurück und bedeutet mir, dass ich jetzt nach vorne treten und mich blamieren soll.

Ich tue es.

Die junge Frau öffnet die Tür. Zuerst sieht sie überrascht aus. Sie nimmt die gleiche Position ein wie zuvor. Die Arme verschränkt. Dieser Widerwillen in ihrem Gesicht kehrt allmählich zurück.

»Was wollen Sie denn jetzt noch mal?«, fragt sie.

»Entschuldigen Sie vielmals«, sage ich. »Wir werden Sie nicht lange stören. Wir haben nur noch eine Frage.«

Sie sieht nicht so verängstigt aus, wenn ich es bin, die redet.

»Ja?«, erwidert sie.

Aber ich bringe es nicht über mich, laut auszusprechen, was Mange von mir verlangt.

»Was möchten Sie wissen?«, drängt sie, als ich zu lange still bin.

»Der Apfel«, sagt Mange, als ich weiter schweige. »Der Apfel auf dem Spülbecken?«

Ich fühle mich genauso dumm wie vorhin, als ich es Mange erzählt habe.

»Auf Ihrer Spüle lag ein Apfel«, erkläre ich. »Ich weiß nicht, wann. Aber es fühlt sich so an, als ob … ja … als ob er etwas für Sie bedeutet hat? Etwas, das mit dem Auto und Petrescu zu tun hat?«

Ich komme ins Faseln und werde immer leiser.

Die Frau sagt nichts.

Ich bin kurz davor, um Entschuldigung zu bitten. Zu sagen, dass wir jetzt gehen werden, dass wir nicht hätten zurückkommen dürfen, dass ich es gar nicht wollte, dass Mange mich dazu gezwungen hat.

Aber dann wird mir bewusst, dass mein Gefasel etwas bei ihr ausgelöst hat. Ihr Gesicht hat sich verändert, sie kann die Maske nicht länger aufrechterhalten, mit der sie es überklebt hat.

»War er es doch?«, stößt sie hervor. »Hat er das Auto genommen?« Sie flüstert beinahe. »Hat er in jener Nacht seinen Apfel hier vergessen hat?«

»Meinen Sie Petrescu?«, frage ich. »Ist er doch hier gewesen?«

Aber sie scheint mich nicht zu hören. Stattdessen sieht sie Mange an. »Arbeitet er für *sie*?«

In ihren flehenden Augen scheint die Hoffnung zu keimen, dass er alle Antworten hat.

»Was glauben Sie, für wen er arbeitet?«, fragt Mange zurück.

Aber sie scheint ihn genauso wenig zu hören. »Er hat geschworen, dass er es nicht tut«, sagt sie, wahrscheinlich vor allem zu sich selbst. »Er hat geschworen, dass er sich von solchen Leuten fernhält. Dass er niemals …«

Ich weiß nicht, was ich sagen soll oder was das hier bedeutet, also drehe ich mich Hilfe suchend zu Mange um.

Er tritt einen Schritt nach vorne und legt ihr die Hand auf die Schulter. »Ich glaube, dass Sie uns auf das Präsidium begleiten sollten«, sagt er.

ALS JONAS KLEIN WAR, SIND wir einmal im Vergnügungspark Gröna Lund gewesen. Jetzt, im Nachhinein, frage ich mich, warum wir eigentlich dort hingefahren sind, denn Jonas hat Karusselle noch nie gemocht. Schon als er kaum größer als ein Dreikäsehoch war und wir auf dem Skellefteåfestival gewesen sind, sah er die langen Metallarme, die um die Sitzkörbe rotierten, und kam zu dem Schluss, dass sie zerbrechen könnten. Wie gesagt, er ist wie ich.

Damals probierte er trotzdem, mit ihnen zu fahren, hatte aber panische Angst, so sehr, dass es nicht mehr normal war.

Trotzdem sind wir ein paar Jahre später nach Gröna Lund gefahren. Wir hatten vermutlich gedacht, er hätte es vergessen, sei älter geworden, habe sich verändert. Dass er Spaß haben würde und unvergessliche Erinnerungen sammeln könnte, wie man sie seinen Kindern ermöglichen will.

Aber er hatte sich nicht verändert.

Er hat sich die Metallkonstruktionen angesehen und wollte nicht.

Peter war enttäuscht, versuchte es zwar zu verbergen, aber natürlich bemerkte es Jonas und tat sein Bestes, um uns das zu geben, was wir haben wollten. Er lief durch das Spukhaus, obwohl er sich auch nicht gerne gruselte, und stieg die Treppe zum Lustiga Huset hinauf. Dort drinnen, im Saal mit den

Zerrspiegeln, dachte ich, er würde eine Panikattacke bekommen.

Danach wollte er nichts mehr machen. Niedergeschlagen gingen wir, jeder mit einem Eis, den Kai auf Djurgården entlang und an den verankerten Booten und Schiffen vorbei, ohne einen Blick auf sie zu werfen.

Am Abend fragte ich ihn, was im Spiegelsaal passiert war. Er wusste es nicht genau. Lange suchte er nach einer Antwort.

»Ich hatte einfach das Gefühl, dass auf der anderen Seite vom Glas Menschen waren, die mich angesehen haben«, sagte er.

»Und wenn schon, warum wäre das so schlimm?«

Darauf konnte er nicht antworten. Vermutlich lag es an dem Unbehagen, das sich schon den ganzen Tag bei ihm aufgestaut hatte, für das er irgendwo ein Ventil brauchte. Als ich ihn vor ein paar Jahren danach gefragt habe, sagte er, er könne sich an nichts davon erinnern.

Jetzt stehe ich auf der anderen Seite eines Einwegspiegels und betrachte einen Menschen, der mich nicht sieht und nicht weiß, dass ich da bin. Der Vernehmungsraum, in dem sich die Frau befindet, schließt direkt an einen kleineren Raum an, der hauptsächlich an eine Abstellkammer erinnert. Von dort aus kann man denjenigen betrachten, der hierhergebracht wurde.

Die Welt, in der ich gelandet bin, fühlt sich wieder so an wie im Fernsehen.

Die Frau namens Linda sitzt an einem Vernehmungstisch, an den normalerweise Diebe oder Mörder gesetzt werden. So muss es wohl sein. Ihr Gesicht ist blass. Die Spiegelwand verzerrt das, was ich sehe, aber nicht so wie im Lustiga Huset. Das Licht im Vernehmungsraum macht sie einfach nur grau, leblos, als wäre es ein Raum, in dem man zwar die Schuhe anbehält, seine Seele aber vor der Tür lässt.

Mange und Göran sind bei ihr. Aus einem Lautsprecher über dem Spiegel höre ich, was sie sagen. Der Ton knistert stärker als im Fernsehen, ansonsten ist auch das wie bei *CSI*. Mange sitzt auf einem Stuhl auf der anderen Tischseite, seine Körpersprache ist offen. Göran lehnt an der Wand, die Arme verschränkt, als würde er abwarten einzuspringen. Aber sie spielen nicht *Good Cop, Bad Cop*, das ist nicht notwendig.

Linda versteckt nichts. Sie erzählt von Petrescu. Vom Apfel auf der Spüle. Sie hinterfragt nicht, woher wir das wissen können. Nach jeder Frage richtet sie sich an das Diktafon auf dem Tisch vor ihr und lehnt sich nach vorne, wie es Leute machen, die nicht gewohnt sind, vernommen zu werden.

»Als ich eines Morgens aufgestanden bin, war der Apfel einfach da«, sagt sie. »Und *ich* habe ihn nicht da liegen lassen.« Sie sieht, dass die beiden Polizisten die Tragweite ihrer Worte nicht richtig verstehen. »Petrescu liebt Äpfel«, erklärt sie dem Diktafon. »Er isst sie ständig, lässt überall die Kerngehäuse liegen.«

Vermutlich hat sie das gestört, als sie noch zusammengelebt haben. Ich erahne es in ihrem Inneren: das Kerngehäuse eines Apfels, das auf dem Sofa verfault war, sie steht mit einem Lappen davor und versucht, den Fleck zu entfernen.

»Als ich dann gemerkt habe, dass das Auto weg ist, habe ich immer mehr geglaubt, dass er es genommen haben muss. Und als die Polizei das erste Mal an die Tür geklopft und erzählt hat, dass es in Verbindung mit einem Mord gesehen wurde, war es so, als ob ich …«

Sie findet einen Apfel auf ihrer Spüle, also hat ihr Ex ihr Auto genommen und ist in unverzeihliche Dinge verwickelt.

Der Gedankensprung ist nicht logisch. Aber für sie ist er es.

Manchmal kann man die Beziehung anderer Menschen zueinander nur schwer verstehen.

Sie spürt die Skepsis der Polizisten.

»Wer sollte den Apfel sonst liegen gelassen haben?«, fragt sie. »Jesper? Wo sollte er ihn hergehabt haben? Und warum sollte er ihn dort abgelegt haben? Und das herausgebissene Stück ist größer als sein Mund.«

Göran verdreht die Augen, wie er es mir gegenüber schon früher am Tag gemacht hat.

»Haben Sie mit Petrescu darüber gesprochen?«, fragt Mange.

»Was sagt er?«

»Ich habe doch seine Nummer nicht mehr.«

Linda sieht aus, als wäre sie kurz davor zu weinen. Ich kann nicht erkennen, ob es daran liegt, dass sie mit zwei griesgrämigen Polizisten in einem Vernehmungsraum sitzt, die sie ansehen, als hätte sie einen Fehler gemacht. Oder ob sie der Inhalt ihrer Worte niederdrückt: dass sie nicht einmal den Mann, den sie insgeheim immer noch liebt, anrufen und nach einem Apfel fragen kann.

»Wenn er es war, warum haben Sie das Auto dann als gestohlen gemeldet?«, fragt Göran.

»Ich bin mir ja nicht *sicher*, dass er es war.«

Göran seufzt Mange zu. Er will weg von hier, zurück nach Hause, zu seinem Pinsel und der millionenschweren Villa in seinem Speckgürtel.

Aber Mange ist verständnisvoller. »Als wir zurückgekommen sind und nach dem Apfel gefragt haben, haben Sie etwas darüber gesagt, dass er für *sie* arbeitet«, sagt er. »Was haben Sie damit gemeint?«

Sie sucht nach den richtigen Worten. »Es ist eigentlich mehr ein Gefühl«, sagt sie. »Milan hat Freunde in Stockholm. Manchmal glaube ich, dass er sich mit Leuten abgibt, mit denen er nichts zu tun haben sollte.«

»Haben Sie welche von ihnen getroffen, an die Sie jetzt denken?«

Sie schüttelt den Kopf. »Nein.«

»Hat er denn ein paar Namen erwähnt, die Sie wiedererkennen würden?«

Sie wirkt wieder dem Weinen nahe und richtet sich nur an Mange, weil er wenigstens den Eindruck macht, es verstehen zu wollen. »Es ... es ist eigentlich mehr ein Gefühl«, wiederholt sie.

Linda sieht Mange flehend an, aber es ist Göran, der jetzt das Wort führt. Er nennt einige Namen, die er scheinbar zufällig auswählt, von den Kriminellen, um die es sich seiner Meinung nach am ehesten handeln könnte. Die Namen klingen ausländisch, nach Ostblockstaaten, man muss an jugoslawische Kriegsverbrecher denken oder an die Namen von Literaturnobelpreisträgern.

Sie schüttelt den Kopf, ohne ihn anzusehen. »Ich kenne keine Namen«, sagt sie. »Ich habe nur ...«

Göran holt einen Ordner und beginnt, einen Haufen Bilder chaotisch vor ihr auszubreiten. Dann sieht er sie auffordernd an.

Ich kann die Gesichter auf den Bildern nicht erkennen, aber ich merke, dass sie ihr Angst machen. Sie begreift, was für Menschen es sind. Trotzdem wendet sie den Blick nicht ab. Schaut ihnen in die Augen, die den Anschein erwecken, zurückzustarren. Aber immer wieder schüttelt sie vorsichtig den Kopf, sie sind ihr fremd.

Mange steht auf und geht zu ihrer Tischseite, setzt sich neben sie. »Ich weiß, dass es schwer ist«, sagt er. »Göran ist es gewohnt, Schwerverbrecher zu verhören, und kann Leute wie Sie und mich leicht verunsichern.«

Das sagt er tatsächlich. Und er wirft Göran keinen vielsagenden Blick zu, um den Seitenhieb abzumildern, nach dem es sich anhört.

»Aber versuchen Sie trotzdem, irgendetwas zu finden, das Ihr Gefühl bestärkt. Einfach irgendetwas. Woher kommt es? Trauen Sie sich, es zu erzählen, auch wenn es sich albern, dumm oder intim anfühlt. Wir sind Profis. Was Sie sagen, wird diesen Raum nicht verlassen.«

Linda zögert. Da ist tatsächlich etwas in ihr, das ihr Gefühl ausgelöst hat.

Das, woran sie denkt, ist vor ein paar Tagen passiert. Als sie und ihr Sohn nach Stockholm gefahren sind, um Petrescu zu treffen. Er hatte sie dorthin eingeladen. Das ist wirklich passiert.

Auf dem Flug dorthin ist sie nervös, weil sie nicht weiß, wie sie das Ganze deuten soll. Aber als er sie am Bahnhof trifft, fühlt es sich gut an, er behandelt sie so, als ob sie sich gerade erst kennengelernt hätten. Nun gut, er konzentriert sich hauptsächlich auf den Jungen, aber das macht nichts, weil er sich wie ein *richtiger* Vater benimmt.

Auch sie gehen zu Gröna Lund, ermöglichen dem Kind diese Erinnerungen, die Peter und ich Jonas nicht geben konnten. Zuckerwatte, schwindelige Bäuche, Gejohle vor Schreck oder Freude. Zwischen den Fahrten bummeln sie und Petrescu Seite an Seite herum, während der Junge, *ihr Sohn*, zur nächsten Attraktion vorrennt.

Petrescu lächelt, als er ihren Blick trifft, lässt sie in seinen Augen ertrinken, aus denen sie noch nie auftauchen konnte.

Sein Haar ist länger als zu ihrer Zeit als Paar und riecht nach einer Art künstlicher Pomade, aber es gefällt ihr, es passt zu ihm.

Abends kommt er mit in ihr Hotel, sagt, dass er bei ihnen bleiben wolle. Ihr Sohn schläft sofort in seinem Klappbett ein. Auch sie ist müde, sagt aber nicht Nein, als Petrescu sie haben will, nur Meter von ihrem schlafenden Sohn entfernt. Er ist wie immer, warm und abwesend, aber auf eine gute Art, er atmet heftig, ist voll und ganz in sie vertieft, in ihren Körper.

Als sie danach in dem gewaltigen Hotelbett liegen, unbekleidet, aber ohne sich nackt zu fühlen, und Petrescu sagt, wie schön sie ist, in seiner typischen Art sich auszudrücken, mit dem Akzent, der eigensinnigen Wortstellung, da ist es so, als würde sie ein Stück über dem Boden schweben, er ist es, der sie emporgehoben hat.

Aber dann, noch während sie dort liegen und schweben, wendet sich das Blatt.

Sein Handy klingelt, und er streckt sich danach. Als er sieht, wer es ist, verändert sich sein Gesicht, die Wärme verschwindet. Trotzdem nimmt er ab. Sagt einsilbige Phrasen in der Sprache, die sie nicht versteht. Das Gespräch ist kurz, dauert nur einige Sekunden, aber als es vorbei ist, steht er auf und zieht sich an. Er sagt, er komme bald zurück, er müsse nur eine Sache erledigen.

»Wo gehst du so spät hin?«, protestiert sie.

Er wimmelt sie ab, wiederholt, dass er bald zurückkommen werde, dass sie so lange schlafen solle. Seine sonst so feurigen Augen sind erloschen, sie sind vollkommen kalt, als er zur Tür hinausgeht.

Danach liegt sie dort im Hotelzimmer, das sich überhaupt nicht mehr luxuriös anfühlt, nur noch fremd, und schaut auf die Uhr an der Wand. Sie folgt den Zeigern, die über das Zifferblatt kriechen.

Erst am frühen Morgen hört sie ihn an der Tür. Es beruhigt sie tatsächlich in gewisser Weise, weil sie sich nicht sicher war, ob er überhaupt zurückkommen würde. Sie hört ihn schleichen, offenbar glaubt er, dass sie schläft. Er zieht sich aus, duscht, kriecht neben sie ins Bett und schläft beinahe sofort ein.

Sie sagt nichts, lässt ihn nicht wissen, dass sie wach ist. Warum nicht? Jetzt liegt sie schließlich wieder dort, neben ihm, aber ebenso einsam wie zuvor, als er gegangen ist. Das Gefühl des Schwebens will sich nicht wieder einstellen. Sie kann die Frage nicht loswerden, die ihr durch den Kopf geht: *Wo ist er gewesen?*

Schließlich klettert sie aus dem Bett und geht zu seiner Kleidung, die über einem Stuhl hängt. Sie zieht sein Handy aus seiner Hosentasche. Er könnte jederzeit aufwachen, aber trotzdem.

Sie schaut sich seine SMS an. Sie weiß nicht, warum sie es macht, hat einfach das Gefühl, dass sie das Recht dazu hat. Was sie zuvor in diesem Bett geteilt haben, bedeutet immerhin etwas.

Aber es gibt keine Nachrichten. Alle wurden gelöscht, selbst diejenigen, die er ihr geschrieben hatte, die intimen, wegen denen sie sich getraut hatte hierherzukommen.

Auch die Anruferliste ist leer, bis auf die Nummer, die vorhin angerufen hatte, er hatte noch keine Zeit, sie zu löschen.

Şoim steht neben der Nummer.

Sie spricht seine Sprache nicht, also kann sie nicht wissen, ob es ein Vorname ist, eines Mann, einer Frau, ein Kosename.

Sie traut sich nicht anzurufen, daher googelt sie das Wort.

Danach ist sie genauso schlau wie vorher.

Şoim bedeutet auf Rumänisch Falke.

DIE SPIEGELKAMMER, IN DER ICH mich befinde, hat keine Lüftung. Seit ich sie betreten habe, habe ich die Luft wiedergekäut, dieselbe Luft eingeatmet, die ich ausgeatmet habe, und jetzt fühlt es sich so an, als wäre kein Sauerstoff mehr übrig.

Ich betrachte die Frau durch die graue Glasscheibe. Sie kann ihnen nichts geben. Nichts, was mit dem Mädchen zu tun hat. Trotzdem lassen sie sie nicht gehen. Sie muss hier sitzen und über einen Mann reden, der sie auf eine Art behandelt hat, die verboten gehört. Männer wie er wissen, wie man eine Frau gleichzeitig hochhebt und fallen lässt.

Sie lassen sie nicht zurückkehren. In ihr Leben, zu ihrem Sohn, dem Jungen, der sie mehr braucht, als recht ist, wegen des Mannes, über den sie sprechen.

Ja, der Sohn.

Wie geht es ihm mit alldem, was über seinem Kopf in der Welt der Erwachsenen vor sich geht?

So kommt es, dass ich den Abstellraum verlasse, obwohl die Vernehmung noch nicht vorbei ist. Ich gehe zurück in den langen Flur, durch den wir gekommen sind, folge ihm und gerate in einen anderen Flur. Eine Weile irre ich im Präsidium herum, begleitet vom Geräusch meiner klackernden Schritte, bis ich vor einem kleinen Raum stehen bleibe.

Ja, hier war es.

Ich sehe durch das kleine Fenster der Tür. Auf dem Boden sitzt der Junge. Jesper. Lindas Sohn. Auch er musste mit zur Polizeistation kommen, als seine Mutter hierhergebracht wurde. Sie hatte niemanden, bei dem sie ihn lassen konnte. Es ist so bezeichnend für die Gesellschaft, die wir erschaffen haben. Das hier ist die Zeit der Eremiten, denke ich. Leute wie Linda haben sich nicht einmal dazu entschieden, sie wurde einfach nur in einem Land und einer Zeit geboren, in der wir zugelassen haben, dass das Sicherheitsnetz dünner wird.

Ihr Sohn sammelt ein paar knallbunte Bauklötze auf. Eigentlich ist er zu alt für so etwas, aber er spielt auch nicht mit ihnen, er stapelt sie nur aufeinander, baut einen Turm. Als er keine Klötze mehr hat, reißt er den Turm um und baut an derselben Stelle einen neuen.

Ich frage mich, wie viele Türme er mittlerweile gebaut hat.

Ich öffne die Tür zu dem spartanischen Spielzimmer und wende mich an Jonny-Jimmy, der mit seinem Handy auf einem Sofa sitzt und auf den Jungen aufpassen soll.

»Entschuldigung«, sage ich. »Aber Jesper und ich müssen jetzt einfach Eis essen fahren.«

JONNY-JIMMY FÄHRT UNS ZU EINEM Café in der Nähe. Nur einen Steinwurf von dem Platz entfernt, der wohl der Rådhustorget sein muss, fährt er in eine Fußgängerzone und hält vor dem Café an, damit wir aussteigen können.

»Meine Freundin lernt hier immer«, sagt er zu mir. »Sie sagt, es wäre das beste Lokal in der Stadt.«

»Danke, Daniel.«

Ich glaube, er hatte erwähnt, dass das sein Name war.

Er fährt nicht sofort wieder weg. Stattdessen wendet er sich an den Jungen.

»Weißt du, was? Ramona hat mir gesagt, dass sie dir das größte Eis kaufen will, das es hier gibt«, behauptet er und zwinkert mir zu.

In dem jungen Polizisten kann ich erahnen, wie er mit anderen Kindern spielt, sie machen eine Schneeballschlacht oder so etwas. Die Kinder sind nicht seine eigenen, ich glaube, dass er sie gerade erst kennengelernt hat. Seine Freundin, von der er gesprochen hat, steht daneben und schaut zu, sie friert, aber er hört nicht auf. Er spielt mit ihnen, dass sie brüllen vor Lachen.

Jesper und ich setzen uns an einen Tisch am Fenster, er mit einem großen Eisbecher, ich mit einem schwarzen Kaffee.

Das Café ist ziemlich gut besucht, obwohl es ein Nachmittag

unter der Woche ist. Eine Mischung aus Studenten mit Laptops und Rentnern mit Stöcken. In einer Ecke sitzt eine Gruppe Männer mittleren Alters mit Migrationshintergrund und diskutiert angeregt. Im Hintergrund läuft fein abgestimmte, unpersönliche Popmusik, die beruhigend wirken soll.

»Bist du schon einmal hier gewesen, Jesper?«, frage ich.

Der Junge schüttelt den Kopf.

»Es ist viel billiger, zu Hause Kuchen zu essen«, murmelt er.

Vielleicht ist es das Eis, das ihn veranlasst, mich zu akzeptieren, jedenfalls fängt er an zu reden, als es vor ihm steht. Nicht über den Tag, das Präsidium oder die Vernehmung seiner Mutter, sondern über nachvollziehbarere Dinge, solche, die einen Achtjährigen interessieren. Er berichtet von dem Computerspiel, das er gerade spielt, dem Film, den er gestern gesehen hat. Die ganze Zeit isst er langsam und methodisch sein Eis, fischt immer das heraus, was gerade zu schmelzen beginnt, als ob er nicht will, dass es sich verändert.

»Weißt du, warum ihr heute zur Polizei kommen musstet?«, frage ich nach einer Weile.

Er nickt kaum merklich, aber antwortet nicht, sondern sammelt einfach nur das bereits geschmolzene Eis auf. Es ist fast so, als würde er es streicheln.

»Wir müssen nicht darüber reden, wenn du nicht willst«, ergänze ich.

Jesper brummt, ohne mich anzusehen. »Du bist keine richtige Polizistin, oder?«, fragt er dann.

»Wie kommst du darauf?«

»Das bist du nicht, oder?«

»Nein, ich helfe ihnen nur.«

Er sieht zufrieden aus. »Ich hab's gewusst.«

»Ich bin Sozialarbeiterin«, sage ich.

Er weiß nicht, was das ist.

»Ich helfe Familien. Kindern. Und Eltern. Leuten, die es schwer haben.«

»Eine Sozialtante?«, fragt er.

»Ja, eine *Sozialtante*.«

»Du musst uns nicht helfen«, sagt er etwas zu schnell.

»Das werde ich nicht.«

Ich lasse ihn eine Zeit lang mit seinem Eis in Ruhe.

»Weißt du, warum die Polizei mit deiner Mama reden wollte?«, frage ich noch einmal, nachdem ein oder zwei Minuten vergangen sind.

Auch jetzt nickt er. »Wegen Papa.« Jesper streift eine Seite des Eises mit seinem Löffel, so als würde er ein Kunstwerk schaffen. »Und wegen den Falken«, fügt er hinzu.

»Wer ist das?«

Er denkt eine Weile nach. »Das sind Papas Brüder«, sagt er. »Aber sie sind keine richtigen Brüder. Sondern anders.«

Einen Moment lang sitzt er mit dem Löffel in der Luft da und denkt nach.

»Ich hab keinen Bruder. Aber ich weiß trotzdem, wie es ist, sagt Papa.«

Jesper sieht immer noch nachdenklich aus.

»Aber man darf niemandem von den Falken erzählen«, fällt ihm ein. »Verstehst du?«

»Warum nicht?«

»Der Polizei gefällt nicht, was sie machen.«

Es klingt, als würde er etwas wiederholen, was sein Vater gesagt hat.

»Nicht?«

Ich merke, wie ich mich näher zu ihm lehne und darauf warte, dass er mir noch mehr geben wird. Aber es kommt nichts. Vielleicht weiß er nicht, wovon er redet, wiederholt nur das, was sein Vater gesagt hat.

»Arbeitet dein Papa mit den Falken in Stockholm?«, frage ich ungeschickt, aber scheinbar versteht er nicht, was ich meine, also lässt er die Frage im Raum stehen, ohne sie zu beantworten.

Danach sitzen wir lange schweigend da. So lange, dass die Geräusche um uns herum zu uns durchdringen, das Gemurmel, die Musik. Ich will ihn dazu bringen, weiterzuerzählen, zu dem zurückzukehren, was er gerade angeschnitten hat, also frage ich schließlich:

»Wie ist es, einen Bruder zu haben?«

Ich habe vorhin gemerkt, dass es ihm wichtig ist, und tatsächlich antwortet er sofort: »Brüder sind füreinander da.«

Dann sieht er leicht unsicher aus, so als würde er versuchen, sich an noch mehr zu erinnern, was sein Vater darüber gesagt hat, es aber nicht schaffen.

»Hast du einen Bruder?«, fragt er stattdessen.

»Ja. Einen kleinen Bruder. Obwohl er viel größer ist als ich. Fast einen Meter neunzig.«

»Würdest du alles für ihn tun?«

Ich denke einen Augenblick lang nach. »Ja, das würde ich wahrscheinlich.«

»Dann muss ich es nicht erklären«, sagt er.

Jesper konzentriert sich wieder auf sein Eis. Ich weiß nicht, wie ich ihn wieder in die Richtung lenken soll, in der ich ihn haben will, den Faden wieder aufnehmen, aber er tut es von sich aus.

»Wer war das Mädchen?«, fragt er, ohne aufzusehen.

»Welches Mädchen?«

»Das im Auto«, sagt er.

»In welchem Auto?«

Ich versuche, ihm zu folgen, aber er sieht mich verständnislos an, als gäbe es nur ein Auto.

»Das Auto deiner Mutter?«, frage ich. »Das gestohlen wurde?«

»Es ist nicht gestohlen worden.«

Er sieht mich an, als wäre es die selbstverständlichste Sache der Welt.

»Hat dein Papa das Auto?«

»Ja, wer sonst?«

»Hat er den Apfel liegen lassen?«, frage ich, aber der Junge weiß nichts davon, also lässt er die Frage einfach im Raum stehen.

»Du darfst Mama nicht erzählen, dass er das Auto hat«, sagt Jesper. »Er wollte es zurückbringen. Am nächsten Tag oder so. Ich weiß nicht, warum er es noch nicht gemacht hat.«

»Also hat dein Papa das Auto?«, frage ich noch einmal. »Das ist es doch, was du sagst? Und er hatte ein Mädchen dabei, als er das Auto geholt hat?«

Ich versuche zu begreifen, was Jesper erzählt, aber ich bin zu ungeschickt. Er merkt, was ich mache.

»Man darf nicht darüber reden«, entgegnet Jesper und macht zu. »Papa *kann mir vertrauen.*«

»Warst du da, als er das Auto geholt hat?«, frage ich.

Er antwortet nicht.

»Wie hat das Mädchen ausgesehen?«, versuche ich es erneut. »War sie jung? Es ist kein Petzen, wenn du nur erzählst, wie sie ausgesehen hat.«

Ich versuche es auf jede erdenkliche Möglichkeit.

»Bitte, Jesper, es ist wichtig.«

Aber er hat dichtgemacht.

MAN LIEBT UND BEGEHRT. Fühlt Kummer, Freude, Glück. Nichts ist so stark wie in dem Moment, in dem es passiert.

Aber alles wird schwächer. Die Jahre kommen und kühlen die Erinnerungen ab, sodass man sie berühren kann, ohne sich zu verbrennen. Im Nachhinein haben Glück und Unglück den gleichen Schimmer und die gleiche Bedeutung. So ist es häufig.

Aber manchmal.

Da gibt es Erinnerungen, die sich weigern abzukühlen.

Die Ersten, von denen ich erzählt habe, waren Mattias und Felicia. Erinnerst du dich an sie, die Kinder, die ich ihrer Mutter weggenommen habe?

Ich glaube schon. Du erinnerst dich, wie ausgeliefert sie waren. Dass sie ihre Mutter verteidigt haben. Sicherheit in einem Zeichentrickfilm gesucht haben.

Ich habe dir damals aber nicht die ganze Geschichte erzählt. Eine Geschichte hat keinen festen Anfang, kein festes Ende. Man darf sich selbst entscheiden, wie man die Episoden oder Puzzlestücke zusammenfügt und eine Handlung erschafft. Je nachdem, was man erzählt, wo man beginnt und wo man endet, was man aufgreift und was nicht, kann man die Gestalt der Geschichte ändern. Man kann sie schön oder schmerzhaft machen.

Falsch.

Die Frau legte Berufung gegen meinen Beschluss ein, und er wurde zurückgenommen. Ich war zu jung und hatte keine ausreichenden Gründe für meine Entscheidung, also bekam ich eine Standpauke, sie eine neue Sozialtante und ihre Kinder zurück.

Sie bekam sie zurück.

Ein paar Jahre später sah ich sie in der Stadt. Sie saßen in einem Café, wie ich und Jesper jetzt, jeder mit einer Hefeschnecke ohne Pistazien, und ich stand draußen auf der Straße und betrachtete sie.

Sie sahen aus wie eine *Familie*. Dieses Wort kam mir in den Sinn, als ich wie eine fest verankerte Boje in dem wallenden Menschenstrom auf der Straße stand. Einer von ihnen sagte etwas, und alle begannen zu lachen, auf diese wunderbare Weise, dass man keine Luft mehr bekommt.

Wie gesagt, wir können uns entscheiden, wie unsere Geschichten sein sollen. Ich kann hier aufhören zu erzählen. Es gibt eine Handlung, kein loses Ende, das weiter an einem nagt. Oder ich erzähle weiter. Lasse ein Jahrzehnt verstreichen. Setze uns auf dem Bergsby-Friedhof ab. Mattias und ich sehen zu, wie der Friedhofswärter Erde auf einen Sarg schaufelt. Es ist Nachmittag, und der Himmel weint, Regen rinnt über die grauen Grabsteine um uns herum.

Ich beuge mich nach vorne und lasse die Rose in meiner Hand, die ich so stark festgehalten habe, dass sie sich auf der Haut abzeichnet, in das Loch fallen. Die regendurchnässte Erde ist schwarz und klebrig. Als die Rose darin landet und sich ein paarmal dreht, ist es, als würde sie verschwinden.

»Tut mir leid«, sage ich zu ihr im Sarg. »Tut mir leid, dass du den Pfad beschreiten musstest.«

Der Priester sieht mich an, als erwarte er eine Erklärung, was ich meine, aber ich sage nichts weiter. Sogar Mattias schielt in meine Richtung, aber auch er fragt nicht nach. Wie gesagt, wir alle haben unsere Puzzlestücke, die wir zu einer Handlung zusammenfügen müssen, er hat andere als ich.

Er steht etwas zu nah neben mir, unsere nasse Kleidung streift aneinander.

Der Priester sieht langsam ungeduldig aus, er wartet darauf, dass auch Mattias seine Rose fallen und vom Loch verschlucken lässt, damit wir gehen können. Aber Mattias wird sie behalten. Ich sehe es ihm an.

Auch an dieser Stelle können wir aufhören zu erzählen. Aber es fühlt sich nicht genauso natürlich an. Es gibt zu viele Fragezeichen. Liegt Felicia dort im Grab oder ihre Mutter?

Und der Pfad, die Rose, was zwischen dem Lachen im Café und dem Grab passiert ist, zu viel bleibt unerklärt. Man muss nicht alles erzählen, aber man muss gerade genug preisgeben, damit der Zuhörer die Lücken selbst ausfüllen kann.

JESPER UND ICH BLEIBEN IM Café sitzen, bis Mange mit der Mutter des Jungen dort hinkommt, ich in meine Gedanken versunken, Jesper in seine. Linda hat verweinte Augen, als sie sich im Lokal nach ihrem Sohn umschaut, aber sie steht zu sehr unter Stress und sieht ihn erst, als Mange ihr die Hand auf die Schulter legt und auf uns zeigt. Da eilt sie zu uns und umarmt Jesper von hinten. Sie kann einfach nicht anders. Ich weiß nicht, ob sie es für sich selbst oder für ihn tut.

»Mein Kleiner«, sagt sie.

Ihre Stimme bricht beinahe.

Aber er ist gedanklich nicht dort, wo sie ihn vermutet.

»Ich durfte das teuerste Eis haben!«, ruft Jesper ein wenig überdreht. »Das mit allem drauf. Und Ramona weiß gar nichts über Gaming. Sie kennt nicht einmal *Sims*!«

Linda sieht mich verwirrt an. Ich kann nicht erkennen, ob sie dankbar ist, dass ich ihn aus der grauen Polizeistation herausgeholt habe, oder wütend, weil er nicht dort war und auf sie gewartet hat, als sie aus dem Vernehmungsraum gekommen ist.

»Aha«, sagt sie und trocknet sich die Augen. »Jetzt müssen wir aber auf jeden Fall gehen.«

Er protestiert nicht, schabt einfach nur das letzte Eis zusammen und steht auf.

»Wir fahren Sie natürlich«, sagt Mange.

»Wir nehmen den Bus«, entgegnet sie demonstrativ kurz angebunden.

»Vielen Dank für das Eis«, sagt Jesper. Aus irgendeinem Grund geht er um den Tisch und umarmt mich, bevor sie verschwinden.

Mange setzt sich auf den Platz des Jungen und lehnt sich zurück, wie es die Kinder in der letzten Reihe eines Klassenzimmers machen, auf diese Art, von der man Rückenschmerzen bekommt.

»Du bist verschwunden«, sagt er. »Als wir aus der Vernehmung kamen, warst du weg.«

»Ja. Ich hatte einfach das Gefühl, dass …«

»Dass dabei nichts herauskommt? Dass wir wieder am Anfang stehen?«

Ich kann nicht erkennen, ob er sauer auf mich ist oder nur generell unzufrieden.

»… dass ich nicht gebraucht wurde«, sage ich. »Und dann habe ich an den Jungen gedacht und …«

»Du wurdest für einen Moment wieder zur Sozialarbeiterin.«

Vielleicht will er mir einen Seitenhieb versetzen.

»Hat sie etwas gesagt, das ihr gebrauchen könnt?«, frage ich.

Er breitet die Arme aus. »Ich hätte genauso gut hier sitzen und mit dem Jungen Eis essen können.«

»Petrescu hat das Auto genommen«, sage ich.

Manges Gesicht verändert sich.

»Er ist in den Tod des Mädchens verwickelt«, fahre ich fort.

»Hast du es in ihr gesehen?«

»Jesper hat es gerade gesagt.«

»*Der Junge* hat es gesagt?«

Mange schaut instinktiv zur Tür, obwohl Jesper schon längst durch sie verschwunden ist. Dann dreht er sich wieder zu mir.

»Was hat er gesagt?«

»Eigentlich nichts«, antworte ich. »Er hat ziemlich schnell wieder dichtgemacht. Aber vorher hat er noch gesagt, dass Petrescu das Auto genommen hat. Und dass er ein Mädchen bei sich hatte.«

»Ein Mädchen. Das, das ermordet wurde?«

»Das weiß ich nicht. Ich glaube schon.«

Mange hat wieder seinen Block bereit.

»Jesper hat auch etwas über Falken gesagt«, fahre ich fort.

»*Falken?*«

Wie bei Henning liegt der Block so, dass ich alles lesen kann, was Mange aufschreibt, während ich erzähle. Die einzelnen Stichworte sind ebenso nichtssagend wie beim letzten Mal, ich weiß nicht, was sie ihm seiner Meinung nach später sagen sollen.

Falken. Brüder. Mädchen. Füreinaner da sein.

Beim Letzten verschreibt er sich, vergisst das d, aber ich weise ihn nicht darauf hin.

Dann denkt er lange nach, betrachtet die Wörter, will sie anscheinend im Kopf mit den vergangenen Stunden zusammenbringen. Er greift nach meinem kalt gewordenen Kaffee und fragt mich mit einem Blick um Erlaubnis, bevor er den letzten Schluck hinunterkippt.

»Wir müssen den Jungen vernehmen«, beschließt er. »Er hat schließlich die Antworten.«

»Wir wissen beide, dass man kein Kind vernimmt. Nicht einfach so.«

Er reibt sich das Gesicht. »Nein, ich weiß.«

»Außerdem würde es nichts ergeben«, fahre ich fort. »In einer Vernehmung mit der Polizei und jemandem von der Kinder- und Jugendpsychiatrie würde Jesper keinen Ton von sich geben. Er weiß, dass man niemanden *verpfeift*.«

Mange reibt sich jetzt die Schläfen. »Und wenn ihr euch noch einmal zu zweit treffen würdet? So redet wie eben?«

»Das eher«, stimme ich zu. »Vielleicht sagt er versehentlich mehr, wenn wir uns noch einmal so treffen.«

Mange setzt sich auf. »Dann machen wir es so.« Er scheint sich plötzlich entschieden zu haben, wie wir mit alldem, was wir gerade erfahren haben, umgehen sollen.

»Janne wird sich darum kümmern«, sagt er. »Und wir machen es über die Kinder- und Jugendpsychiatrie, damit es anschließend keine Probleme gibt.«

»Nur die nötigsten Personen dürfen erfahren, dass ich mit ihm spreche«, entgegne ich. »Männer wie diese Falken schrecken vor nichts zurück. Wenn sie davon Wind bekommen, dass der Junge etwas über sie weiß, könnte er der Nächste sein, den sie …«

Ich will, dass Mange mir widerspricht und sagt, dass der Junge wahrscheinlich sicher ist. Aber stattdessen nickt er zustimmend. »Du kannst entscheiden, wie wir es machen«, sagt er.

»Nicht einmal Jesper darf merken, warum ich da bin.«

Mange versinkt wieder in seinen Gedanken. Bleibt ziemlich lange dort. Dann kommt er zurück und sieht in die Tasse, als würde er sich wünschen, dass noch ein Rest übrig wäre.

»Ich muss zurück zum Präsidium«, sagt er. »Mit dem Graben anfangen. Ich fahre dich zu einem Hotel, dann kannst du uns Zimmer buchen und dich solange ausruhen.«

»Sollten wir jetzt nicht nach Hause fahren?«, frage ich, obwohl ich bereits verstanden habe, dass Jespers Worte alles verändert haben.

Mange fixiert einen Mann im Lokal, der aufsteht und seine Kleidung zusammensucht, zumindest geht sein Blick in diese Richtung.

»Manchmal kommt es so«, sagt er.

»Muss ich denn auch bleiben? Reicht es nicht, wenn du …?«

»Ich hätte es am liebsten, wenn du auch bleibst. Weil du gehört hast, was der Junge gesagt hat …«

Er wendet den Blick von dem Mann ab. Dreht sich wieder zu mir.

»Ich fahre dich zum Hotel«, sagt er.

Im freien Fall, denke ich.

ICH MAG HOTELS NICHT. IRGENDETWAS ist komisch an der Atmosphäre dort, man weiß, dass die Leute hier Entscheidungen getroffen haben, die sie nicht hätten treffen sollen. Nach einem langen Tag mit Meetings, Alkohol und im Grunde fremden Leuten entsteht die Illusion, dass man die Konsequenzen seines Handelns zurücklassen kann, dass das, was hier passiert, nicht zum normalen Leben dazugehört.

Aber wenn man am nächsten Morgen auscheckt, kommt es trotzdem mit.

Mange hält mit dem Auto vor einem sehr hohen Hotelgebäude unten am Fluss an, im Stadtzentrum, es kann nicht weit vom Café entfernt sein, vermutlich hätte man genauso schnell zu Fuß hier sein können.

Er gibt mir eine Mastercard.

»Buch das Zimmer damit«, sagt er. »Sie ist von der Polizei, also halt dich bei der Minibar zurück.«

Ich habe keine Kraft, sein Lächeln zu erwidern.

An der Rezeption steht eine extrem stark geschminkte junge Frau und sagt, das Hotel habe keine freien Einzelzimmer mehr. Irgendetwas wegen einer Konferenz. Es gibt ein freies Doppelzimmer und ein paar kleinere Suites. Ich weiß nicht, was ich mit der Karte buchen darf, also nehme ich einfach das Doppelzimmer für uns beide.

Aber ich bereue es, sobald ich den Empfangstresen verlassen habe. Ich hätte schließlich zu einem anderen Hotel gehen und dort nachsehen sollen. Oder Mange anrufen und ihn fragen, was ich machen soll. Als ich mit der Schlüsselkarte in der Hand auf den Aufzug warte, fühle ich Scham in meinem Körper brennen. Denn ich merke, wie ich hoffe, dass er bei seiner Ankunft hier zu müde sein wird, um noch etwas zu ändern.

Ich fühle mich nicht sicher, wenn ich allein schlafe.

Ich fahre hoch zum Zimmer, es wirkt sauber, schön, altmodisch und klaustrophobisch. Ich lege die Handtasche auf das stramm bezogene Doppelbett, das sich nicht auseinanderschieben lässt, ganz egal, wie sehr ich auch an ihm ziehe, dann setze ich mich auf die Tagesdecke und lasse die Wände näher heranrücken.

Ich überlege, Peter anzurufen, damit er mich beruhigen kann, lasse es dann aber. Er ist zu weit weg, kann hier nichts für mich tun, seine Stimme im knisternden Telefon wird sich nur noch entfernter anfühlen.

Stattdessen gehe ich zum Fenster. Weit unten sehe ich Menschen über die groben Steinplatten vor dem Hoteleingang eilen.

Ich mag es, Leute so aus der Ferne zu betrachten. Mit dem Abstand verschwinden alle Besonderheiten, Menschen werden unpersönlich, fließen ineinander und werden zu einem Fluss, in dem man ruhen kann.

Ich stehe dort und lasse mich vom Strom der Passanten beruhigen, gleichzeitig sehne ich mich nach zu Hause. Ich vermisse die Aussicht von unserem Küchenfenster, den Anblick des Sees, sein wechselndes Erscheinungsbild, das mir eine völlig andere Art von Ruhe gibt, wenn ich abends dort stehe und die Eindrücke des Tages verarbeite.

Im Menschenstrom unten sehe ich plötzlich eine junge Frau vorbeigehen. Sie hat langes Haar und trägt ein mattgrünes Kleid, das zu kalt für so einen Tag sein muss. Einen Augenblick lang versetzt es mir einen Stich, wie es manchmal passiert. Ich denke kurz, dass *sie* es ist, bis mich die Einsicht einholt: Sie kann es nicht sein. Sie ist schließlich tot.

Nein, ich rede nicht über das Mädchen im Boot. Es gibt noch andere, deren Tod ich ebenso schwer akzeptieren kann.

Felicia.

Ich sehe sie manchmal immer noch, obwohl ich im Regen an ihrem Grab gestanden und sie um Verzeihung gebeten habe.

Sie hat nie aufgehört, zu mir zu kommen. Wenn ich an Frauen in dem Alter vorbeigehe, in dem sie sein müsste, wenn sie noch am Leben wäre, flimmert sie unvermeidbar vorbei. Es braucht nicht viel, damit sie auftaucht, eine ähnliche Körperhaltung, ein schüchternes Lächeln, eine enttäuschte Miene, und sie ist bei mir.

DIE FRAU HAT SIE ZURÜCKBEKOMMEN.
Sie haben wie eine Familie gelacht.
Die Frau hat gewonnen, ich habe verloren.
Das habe ich gedacht.

Die Jahre vergingen, so viele, wie eine Hand Finger hat, schon begann das sechste Jahr. Trotzdem besuchte ich sie weiter. Nicht wie zuvor, sondern anders. Wenn ich Überstunden gemacht hatte und sowieso spät zu Hause war. Wenn die Dunkelheit hereingebrochen war und ich mich in ihr verstecken konnte. Dann stellte ich mich neben die Birke vor ihrem Fenster und schaute unbemerkt zu ihnen hinein.

Ich schaute hinein in das Leben, das ich ihnen wegnehmen sollte. Besuchte ich sie deswegen immer weiter? Es ist so eine Sache mit dem Verstehen.

Wer ich bin. Worin meine Aufgabe besteht.

Manchmal saßen sie am Tisch und aßen, andere Male spielten sie, schauten fern, ihre Stimmen waren stumm, die Körper zu weit entfernt, um sie zu hören, aber sie taten alles, was Familien tun.

Ich stand in der Dunkelheit und redete mir ein, dass ich zwar versucht hatte, ihr die Kinder wegzunehmen, es aber nur *halbherzig* getan hatte. Ich hatte die Entscheidung getroffen, aber nicht dafür gekämpft. Als die anderen Beteiligten den

Grund für meine Entscheidung infrage gestellt hatten, ließ ich sie all das rückgängig machen, was meinem Gefühl zufolge *sein musste.*

Vielleicht wartete ich eigentlich auf ein Zeichen, dass alles in die Brüche gehen würde.

Das Bild, das ich von meinem Platz unter der Birke sah, veränderte sich allmählich. Langsam. Die Flaschen der Frau kehrten zurück, am Wochenende standen sie auf der Spüle. Dann auch mitten in der Woche.

Und sie begannen, sich anders zu benehmen. Einander gegenüber. Sie spielten nicht mehr so richtig zusammen, ich konnte es durch die Fenster sehen, wie sie zu Einheiten wurden, die nicht verbunden waren.

Ich stand vor der Wohnung und redete mir ein, dass alle Familien so sind. Kinder ziehen sich zurück, wenn sie älter werden. Es hatte nichts mit den Flaschen zu tun.

Das dachte ich, obwohl ich eigentlich wusste, dass das Gegenteil der Fall war.

Eines Abends entdeckte ich einen Pfad, der von der Birke ausging. Von Tennisschuhen ausgetreten, schlängelte er sich durch den Schnee zum Waldstück hinter dem Haus. Er endete an einem verfallenen Schuppen, der am Waldrand stand.

Ich folgte dem Pfad, zog die knarzende Tür auf und dachte, dass das Dach über mir zusammenbrechen würde, wenn ich hineinging.

Langsam gewöhnten sich meine Augen an die Dunkelheit, und in einer Ecke saß sie. Vermutlich hatte sie genauso viel Angst wie ich, denn sie versuchte, geräuschlos zu atmen.

»Felicia?«, fragte ich. »Was machst du hier?«

Wenn man weiß, wie die Dinge sein müssen. Sich aber nicht traut, darauf zu vertrauen. Man zu jung ist. Sodass man es halbherzig macht. Damit jemand anderes dann endgültig die Verantwortung übernehmen muss.

Man duckt sich neben das Mädchen, setzt sich nicht, wie man soll, weil es kalt ist und man nass werden würde.

Man sagt: »Felicia, was machst du hier?«

Anstatt nichts zu sagen, zu warten, dem Ganzen Zeit zu lassen, zu erkennen, dass die Frage zu aufdringlich ist, sie erzeugt Distanz, bringt einen nicht näher heran.

Man sagt:

»Du riechst nach Alkohol.«

Anstatt zu fragen, was sie *will*. Wenn man ihr den Horizont öffnen und näherbringen könnte, wohin sollte sie sich stattdessen wenden? Die Flasche ist nicht die erste Wahl eines jungen Teenagers.

Man bringt sie dazu, von dort wegzukommen, als würde es auch nur im Geringsten helfen, als würde sie nicht am nächsten Tag zurückkehren. Denn nichts ändert sich, nur weil man sie an jenem Abend von dort weggeholt hat.

Man legt ihr den Arm um die Schultern und sagt:

»Lass dich nicht auf die Leute ein, mit denen du dich abgibst, sie tun dir nicht gut. Finde andere, das hab ich auch geschafft.«

Man beherrscht sie nicht, jene Worte, die Samen der Hoffnung säen.

»Flüchte dich nicht in so etwas«, sagt man und schüttet die Flasche aus, die man konfisziert hat. »So etwas hilft dir nicht wirklich.«

Aber was hilft dann?

Man sagt es nicht.

»Ich darf mich nicht länger einmischen«, sagt man. »Wie heißt meine Nachfolgerin? Ruf sie an. Sie wird dir helfen.«

*

All diese Geschichten und die Frage, wo man mit dem Erzählen anfangen und wo man enden soll.

Welche Einzelteile sind wichtig für das Ganze, für den Fortgang, und welche erzählt man nur, weil sie wichtig für einen selbst sind?

Vielleicht war sie Letzteres. Manchmal denke ich es. Ohne sie würde ich nicht immer noch machen, was ich mache.

Immer noch zuhören. Immer noch helfen wollen.

Immer noch der Stimme in meinem Kopf folgen und tun, was ihr zufolge notwendig ist?

Denn ich weiß schließlich, was passiert, wenn ich es nicht tue.

UMEÅ IST ZU DIESER ZEIT am Abend ziemlich verlassen, außer in den Straßencafés, wo sich die Leute unter den Heizstrahlern drängen. Mange wartet an einem freien Tisch vor einem pubähnlichen Restaurant auf mich. Die Sonne steht tief, und die hohen Häuser der Innenstadt werfen auf alles ihre Schatten, trotzdem ist es überraschend warm, als ich mich ihm gegenüber hinsetze.

»Es fühlt sich ein bisschen seltsam an, hier zu sein«, sage ich.

»Weißt du, Umeå ist Feindesland. Der große Bruder. Auch wenn wir sie im Eishockey schlagen.«

»Ich glaube, ich bevorzuge Skellefteå«, sagt Mange.

»Wirklich?«

»Man versucht dort nicht, eine Art Stockholm light zu sein«, sagt er.

»Woher weißt du so viel über Umeå?«

Ich frage nach, obwohl ich es bereits kapiert habe, wie Mange die Polizisten hier kennen kann. Warum er sich hier so gut zurechtfindet.

»Sie hieß Terese«, sagt er.

»Wann bist du hier gewesen?«

»Vor zwei Jahren. Oder drei.«

Er denkt ein wenig nach. »Drei«, entscheidet er.

»Wie lange warst du hier?«

»Lange.«

Ich frage nicht nach Terese, wie es lief, was mit ihr passiert ist, weil ich merke, dass er nicht darüber reden will.

Er trinkt einen Schluck von seinem dunklen Bier und zeigt mir mit einer Handbewegung, dass ein Glas Wein auf mich wartet. Er schmeckt nicht besonders. Aber vermutlich ist er teurer als der, den ich ausgesucht hätte.

»Sogar die Preise hier versuchen, Stockholm nachzueifern«, sagt er.

»Ich kann bezahlen.«

»Nein, nein, so habe ich es wirklich nicht gemeint.«

Wir sitzen eine Weile da, keiner von uns scheint zu wissen, was er sagen soll. Ich nippe am Wein, behaupte auf seine Nachfrage, er würde gut schmecken. Er bietet mir an, sein Bier zu probieren, wir sehen uns um.

»Entschuldige, dass ich von der Vernehmung weggegangen bin«, sage ich. »Das habe ich noch nicht gesagt.«

»Können wir das später besprechen?«, fragt Mange. »Alles, was mit der Arbeit zu tun hat? Können wir heute Abend nicht einfach hier sitzen und so tun, als ob wir zwei normale Menschen wären?«

»Sind wir das nicht?«

Er lächelt mich an, als ob ich Peter wäre, und kippt die Hälfte seines Bieres auf einmal hinunter.

WIR HABEN EINEN SEHR SCHÖNEN Abend dort auf der Terrasse. Trotz allem, was im Hintergrund los ist, trotz alledem, was in uns vorgeht. Es ist Jahre her, dass Peter und ich es so nett hatten. Zum ersten Mal, seit wir an den Strand gefahren sind und sie dort in dem Boot gesehen haben, lichtet sich die graue Membran, die sich über mich gelegt hat.

Die Schatten werden länger, der Sonnenuntergang lässt den Abend hereinbrechen, aber die Heizstrahler über uns erlauben es uns, noch sitzen zu bleiben. Mange bittet den Kellner, mir eine Decke zu holen. Sie ist eklig, aber ich nehme sie trotzdem an.

Es ist schön, mit jemandem zu reden, der sich noch keine Meinung über mich gebildet hat. Mange weiß, dass ich *sehe*, aber sonst weiß er kaum etwas von mir. Es bringt mich dazu, über Gedanken zu sprechen, die ich sonst in mir behalten hätte.

Könnte es sein, dass man mit neuen Menschen die Möglichkeit hat, zu einer anderen Person zu werden?

Auch er ist heute Abend anders. Ohne seinen Polizeimantel kommt sein eigentliches Ich zum Vorschein, so sehe ich das jedenfalls.

Eine Weile reden wir darüber, worüber Menschen eben so miteinander reden. Filme, Wein, Dinge, von denen sich herausstellt, dass weder er noch ich besonders viel davon verstehen, aber glauben, dass der andere es tut. Dann finden wir den Weg zu den Themen und Gedanken, bei denen wir lieber sein wollen. Er führt uns dorthin.

Als wir eine Zeit lang über *Downton Abbey* diskutiert haben, gelacht haben, weil Peter mehr von der Serie gefesselt war als ich, lehnt Mange sich zurück, als hätte er es plötzlich satt.

»Du bist so eine, die Sachen in sich trägt, die nicht richtig Platz haben, oder?«, fragt er.

Mir gefällt seine Formulierung. Aber als ich mit meiner Antwort zögere, weil ich nachdenke, rudert er zurück.

»Entschuldige, das meinte ich nicht negativ.«

Aber er liest mich falsch. Ich merke, dass ich antworten möchte. »Trägt nicht jeder etwas in sich, das nicht wirklich in ihm Platz hat?«, entgegne ich, ohne es eigentlich zu glauben.

Ich denke noch einen Moment nach. Denn es gibt so viele Fäden, an denen ich ziehen könnte, um sie zu entwirren, so viele Fäden, denen ich folgen könnte, dass ich nicht weiß, welchen ich nehmen soll.

»Warum bist du Sozialarbeiterin?«, fragt er, als wollte er mir helfen.

»Also muss es einen Grund geben, warum man eine *Sozialtante* wird?« Ich lächele.

»Nein, aber ich glaube, dass du einen hast«, sagt er.

»Einen. Oder viele.«

Dann fange ich an zu erzählen, entscheide mich für eine von all den Geschichten in mir, die sich weigern, Ruhe zu geben.

»Meine Mutter hatte etwas Rastloses an sich«, sage ich. »Sie hat den Job gewechselt, wenn sie einen hatte; Männer, Wohnungen, alles, das austauschbar war, ist nach einer Weile verschwunden. Ich und mein Bruder mussten akzeptieren, dass wir manchmal von vorne anfangen und neue Freunde finden mussten. Ich weiß nicht, wie alt ich war, als ich erkannte, dass meine Mutter den wahren Grund für ihre Unzufriedenheit nicht loswerden konnte ...«

Ich mache eine Kunstpause, bevor ich weitererzähle:

»... das Leben mit meinem Bruder und mir.«

»Hat es sich so angefühlt?«

»Es war so.«

Mange scheint nicht richtig überzeugt zu sein, also fahre ich fort.

»Jetzt, wo sie uns los ist, lebt sie seit über zwanzig Jahren mit dem gleichen Mann zusammen«, versuche ich, meine Behauptung zu beweisen. »Und sie sind in dieser ganzen Zeit nicht ein Mal umgezogen.«

Er nickt und trinkt einen Schluck von seinem Bier. »Viel zu viele Leute haben eine schwere Kindheit«, sagt er.

Es stört mich etwas, dass er es offenbar nicht richtig versteht. Mir nicht richtig abkauft, wie es mir tatsächlich ging.

»Du siehst mich jetzt, wie ich heute bin, und denkst: So schlecht kann es ihr nicht gegangen sein«, sage ich. »So als könnte ich keine schwierige Kindheit gehabt haben, nur weil ich mich jetzt anständig anziehe und mich ordentlich benehme.«

»Tut mir leid«, erwidert er. »Man denkt so etwas leicht.«

Er will noch mehr sagen, seine Entschuldigung ausführen, tut es dann aber doch nicht.

»Erzähl weiter«, sagt er. »Ich will wissen, welche Einflüsse dich geprägt haben.«

»Ich habe mir immer Rückzugsorte gesucht«, erkläre ich. »Als Kind konnte ich sehr gut Klavier spielen. Damals waren die örtlichen Musikschulen für alle da. Nicht so wie jetzt, wo nur Kinder mit engagierten Eltern ein Instrument lernen dürfen.«

Spontan scheint er mir widersprechen zu wollen, tut es aber nicht.

»Früher bin ich nach dem Unterricht für gewöhnlich in der Schule geblieben«, erzähle ich. »Wenn meine Mutter einen Mann hatte, konnte man gut zu Hause sein. Aber wenn sie Single war ... dann suchte ich mir eben andere Orte aus, die ich zu meinen gemacht habe.«

»Was für Orte?«, fragt er.

»Auf der Brännanskolan war es eines der großen Fenster vor dem Musiksaal. Ich hätte aber auch einen anderen nehmen können«, erkläre ich. »Wo war nicht wichtig, verstehst du? Sondern einfach nur, überhaupt einen Ort zu haben. Ich habe dort gesessen und ein Buch gelesen oder Hausaufgaben gemacht, aber was ich eigentlich gemacht habe, war, nicht nach Hause zu gehen.«

Mange nickt, sieht aber weg, vielleicht starre ich ihn zu intensiv an.

»Unser Musiklehrer damals hieß Staffan. Einmal kam er zu mir an das Fenster und hat gesagt, dass ich reinkommen und auf dem Klavier spielen darf, während er Arbeiten korrigiert. Er hätte bemerkt, dass ich Talent habe, hat er gesagt. Im Unterricht. Aber was Staffan eigentlich meinte, war, dass er mich gesehen hat.«

»Also war er nett?«, fragt Mange, als habe er etwas anderes erwartet.

»Ja, das war er. Staffan hat nichts Besonderes gemacht, sondern mich einfach nur reingelassen und Klavier spielen lassen. Wir haben kaum geredet. Ein paar Tage später hat er es genauso gemacht, und dann noch weitere Male. Schließlich gab er mir einen Schlüssel zum Musiksaal, damit ich dort rumsitzen und so lange spielen konnte, wie ich wollte.«

Ich werde still. Weil ich merke, dass die Geschichte nicht in die richtige Richtung führt. Sie ist schön, ich mag sie, aber es steckt nicht das in ihr, was ich sagen wollte.

»Also bist du wegen dem, was dieser Lehrer in deinem Leben verändert hat, Sozialarbeiterin geworden?«, fragt Mange, wie ich mir bereits gedacht habe. »Du wolltest auch Kindern helfen können, die es schwer haben?«

Ich könnte nicken und sagen, dass es so ist.

Aber es ist nicht die ganze Wahrheit.

Wie gesagt, die Geschichte führt nicht in die richtige Richtung. Wir haben jetzt zwei Klaviere zu Hause, eines im Schlafzimmer und ein elektrisches im Wohnzimmer, das Peter gekauft hat, damit ich die Lautstärke senken und üben kann, wann ich will. Aber ich mache es nie, ich spiele nicht mehr. Peter klimpert manchmal, und Jonas ist ziemlich gut gewesen, wenn er geübt hat, aber ich kann nicht länger als ein paar Augenblicke vor den Tasten sitzen, bevor sich das Gefühl von damals einschleicht. Ich werde zum Mädchen im leeren Musiksaal, das gespielt hat, um nicht nach Hause gehen zu müssen.

Anstatt auf Manges Frage zu antworten, versuche ich es mit einer anderen Geschichte. Ich entscheide mich für die, die ich bisher nur Peter und sonst niemandem erzählt habe. Nicht einmal Jonas.

»Als ich dreizehn war, hat meine Mutter mich rausgeschmissen«, sage ich.

Damit habe ich ihn offenbar endlich eingefangen. Etwas passiert in seinem Gesicht. Vielleicht hat sich meine Stimme geändert in dem Wissen, was ich erzählen werde.

»Ich durfte am nächsten Tag zurückkommen, ich bin kein Straßenkind geworden, so war es nicht«, räume ich ein. »Aber damals habe ich das nicht gewusst. Ich habe mich an dem Abend obdachlos gefühlt.«

Mange nickt, versteht, dass er nichts sagen muss, dass er es nicht soll, dass es mich nur zum Schweigen bringen könnte.

»Es war ein Samstag, also bin ich in die Stadt gegangen.« Ich lache, ohne dass es zu der Situation passt. Vielleicht will ich die Geschichte vor mir selbst entkräften. »Ich bin dort rumgelaufen und habe Gruppen von Leuten gesehen, die *zusammengehört haben*. Alle anderen schienen jemanden zu haben, zu dem sie gehörten, während ich ganz alleine war. Ich hätte genauso gut auf dem Mars rumlaufen und Außerirdische in ihrem Alltag beobachten können, so ausgeschlossen habe ich mich gefühlt.«

Mange lächelt über meinen Vergleich, trotzdem zögere ich, ob ich weitererzählen soll. Wenn ich es tue, überschreite ich eine Grenze, dann entblöße ich mich, Stück für Stück, bis ich hier vollkommen nackt vor ihm sitze.

Trotzdem fahre ich fort. Vielleicht liegt es am Wein.

»Als ich auf den Marktplatz gekommen bin, haben dort ein paar Typen gestanden und sich unterhalten. Einer von ihnen hat mich wiedererkannt. Ein paar Jahre zuvor waren wir Nachbarn gewesen. Die Sozialwohnung, die meine Familie damals gehabt hat, lag neben Einfamilienhäusern, in denen normale Leute gelebt haben.«

»Normale Leute?«

Er traut sich zu fragen.

»Leute, denen es so ging wie dir«, erwidere ich. »Die jeden Abend eine warme Mahlzeit hatten, ins Ausland gefahren sind, gepicknickt haben, all das gemacht haben, wonach ich mich gesehnt habe, ohne zu wissen, dass es das überhaupt gab.«

Mange nickt.

»Jocke war ein paar Jahre älter als ich«, erzähle ich weiter. »Fuhr so einen selbst gebauten Traktor, für den man nur den Mopedführerschein braucht. Er hatte oft eine große Hockeytasche dabei, die er in den riesigen Volvo seiner Eltern eingeladen hat.«

So beschreibe ich ihn Mange. Alles andere lasse ich weg. Sein Aussehen. Dass er groß war, scheinbar immer in neuen Klamotten und mit diesem schiefen Pony, den er sich hinter das Ohr klemmte.

»Er hat mich dort auf dem Marktplatz angelächelt«, erzähle ich. »Ich habe gesehen, wie seine Freunde die Augen verdreht haben, als er zu mir gekommen ist, aber ich habe mich entschieden, es zu ignorieren, den Kopf auszuschalten. Die Alternative war schließlich, weiter auf dem Mars herumzulaufen.«

Ich trinke noch einen Schluck von meinem Wein. Er ist sehr süß, ist das überhaupt noch Wein?

»Also habe ich ihn den Rest des Abends begleitet«, fahre ich fort. »Ich habe ihn das Haar aus meinem Gesicht streichen lassen, vom Bier getrunken, das er mir gegeben hat, viel zu viel, ich konnte spüren, wie die Welt sich gedreht hat. Aber es hat mir gefallen, weil ich mich jedes Mal auf ihn stützen durfte, wenn ich gewankt habe. Als er fand, ich hätte genug gehabt, meinte er, dass er einen Ort kennen würde. *Nicht alle Hotels sind superteuer.*« Es kostet mich Überwindung, weiterzusprechen.

»Also ging ich mit ihm mit und ließ ihn mit mir machen, was ich noch nie vorher gemacht hatte.«

Ich verstumme dort vor dem Restaurant, sitze eine Weile nur da und lasse mich dann von dem Gemurmel von dem Ort zurückholen, an den ich mich begeben habe. Aber Mange scheint nichts dagegen zu haben, so lange zu warten, bis ich bereit bin weiterzuerzählen.

»Am nächsten Morgen bin ich allein und mit hämmernden Kopfschmerzen in einem versifften kleinen Hotelzimmer aufgewacht. Jocke war abgehauen, so wie ich es insgeheim schon vorausgesehen hatte. Er hatte eine Freundin, ein paarmal am Abend hatte er sich fast verplappert. Ich hatte es in ihm gesehen. Aber trotzdem bin ich mit ihm dorthin gegangen. Denn *was wäre, wenn. Was wäre, wenn* sein Zuspruch und seine Unterstützung echt waren.«

Mange gibt mir eine Serviette. »Hier.«

»Ich weine nicht. Ich …«

Ich drücke mir die Serviette gegen die Augen und knülle sie dann zusammen.

»Eigentlich ist es keine große Sache«, sage ich. »So etwas passiert tausendmal am Tag. Frauen fallen auf die Lügen von Männern herein. So ist nun mal die Welt.«

»Aber du warst keine Frau.«

Nein, das war ich wohl nicht.

»Heutzutage nennt man so etwas eine Vergewaltigung«, sagt er. »Du warst minderjährig und betrunken. Meine Nichte ist dreizehn, und sie … ja, sie hat vor Kurzem noch mit Puppen gespielt.«

»Eventuell war ich auch schon vierzehn«, sage ich. »Ich weiß nur, dass ich ein einsamer Mensch war, der nirgendwo hinkonnte. Vielleicht spielt das Alter keine Rolle.«

Aber das tut es nun mal, natürlich spielt das Alter eine Rolle. Trotzdem nickt Mange.

»Leuchtet ein, dass du jetzt als Erwachsene bedürftigen Menschen helfen willst«, sagt er.

Er banalisiert es, macht es so einfach.

Aber vielleicht ist es auch gar nicht komplizierter?

Wir reden nicht weiter über meine Geschichte. Um uns herum nimmt der Abend seinen Lauf. Das Gemurmel. Die Wärme der Strahler über uns. Die Leute am Nebentisch lachen. Sie sind nah, aber trotzdem weit weg. Wir lassen den Kellner noch ein Bier und ein Glas Wein bringen, und Mange tastet sich zu dem vor, was ich an jenem Abend in ihm gesehen habe, als ich Peter vor dem Restaurant abholen sollte.

Er will, dass ich es weiß, sagt er. Alles. Nicht nur *die Spitze des Eisberges*, wie er es formuliert.

Er spricht lange von seiner Mutter. Auch er entblößt sich. Er weint, dort draußen vorm Restaurant, aber es scheint ihn nicht zu kümmern, dass alle um uns herum es sehen können.

Mange thematisiert nicht so sehr das, was er und sein Bruder im Altenheim gemacht haben, nicht wirklich. Er erzählt vor allem von seiner Mutter, was er an ihr geschätzt hat, was sie zu Lebzeiten gemacht hat. Aber vielleicht gehört ihre Person ebenso sehr zur Geschichte wie der kurze Augenblick, den er und sein Bruder niemals vergessen können.

»Es war das Richtige«, sagt er, als die Geschichte zu Ende ist. »Was wir gemacht haben. Ich würde es wieder tun. Trotzdem bereue ich es. Ich bereue es unfassbar. Verstehst du?«

»Ich glaube, ja.«

Die Sonne ist schon lange untergegangen. Mehrere der umliegenden Tische sind jetzt leer. Aber wir bleiben sitzen, wir sind dort, wo wir sein wollen.

WIR SIND ZIEMLICH BETRUNKEN, als wir ins Hotel kommen. Er sagt nichts darüber, dass ich nur ein Zimmer für uns beide gebucht habe, ich erkläre es, aber er scheint nicht zuzuhören, legt einfach nur seine Tasche auf die eine Seite des Bettes, das ich mit der zusammengerollten Extradecke aus dem Schrank geteilt habe.

Er zieht sein Hemd aus und geht zum Badezimmer, ich versuche, seinen Rücken nicht anzusehen, der muskulöser ist, als ich erwartet habe.

Mir kommt der Gedanke, auf dem Sessel zu schlafen. Oder er könnte es tun, wenn ich ihn bitte.

Aber das tue ich nicht.

Er putzt sich die Zähne, während ich Peter anrufe, und wir reden miteinander, ohne dass ich sage, dass ich und sein Freund heute Nacht ein Bett teilen werden, es bleibt einfach unerwähnt.

Mange kommt zurück, legt sich auf seine Seite des Bettes und schaltet das Licht aus. Ich putze mir auch die Zähne, mit einer spitzen und harten Bürste, die eingeschweißt auf einem Regal lag, dann gehe auch ich zum Bett, auf meine Seite, und mache die letzte Lampe aus.

»Gute Nacht«, sage ich.

»Gute Nacht.«

Zuerst überlege ich, angezogen zu schlafen. Aber ich habe für morgen keine Wechselkleidung dabei, was mir total gegen den Strich geht, also ziehe ich mich aus, bevor ich unter die Decke krieche.

Ich weiß nicht, wie viel er sieht, aber ich tue es trotzdem. Warum sollte es schlimmer sein, seinen Körper zu entblößen als seine Seele?

Mange liegt wach. Ich höre es an seinen Atemzügen. Sie sind nicht so ruhig, wie wenn der Schlaf die Gedanken vertrieben hat. Wenn er Peter wäre, würde ich mich jetzt näher zu ihm legen, mich in den Arm nehmen lassen.

»Wir wissen jetzt vielleicht, wer das Mädchen ist«, sagt er in den Raum hinein. Er muss an meinem Atem gemerkt haben, dass ich auch keine Ruhe finde.

Es dauert einige Sekunden, bis ich verstehe, wovon er redet.

»Eine Frau, die ein Wohnheim für die Opfer von Menschenhandel betreibt, meint, ihr Phantombild erkannt zu haben«, fährt er fort.

Es ist, als würde mich eine Schwärze füllen, obwohl wir eigentlich bereits verstanden haben, wie sie hier gelandet ist, ermordet in einem Land, das nicht ihres war.

»Also war das Mädchen …?«

»Wir wissen noch nicht sicher, ob sie sich prostituiert hat«, sagt Mange. »Aber wahrscheinlich. Wir können dem morgen weiter nachgehen.«

Eine Weile liegen wir still in der Dunkelheit herum, in der sich das Zimmer jetzt langsam wie eine graue Silhouette abzeichnet.

»Warum hast du heute Abend nichts gesagt?«, frage ich.

»Ich hatte es gerade erst erfahren«, erklärt er. »Direkt bevor ich dich getroffen habe. Und ich wollte einfach … über etwas anderes reden.«

Wir liegen da mit dem einen Meter zwischen uns, was sich sowohl zu nah als auch sehr weit weg anfühlt.

»Wie hieß sie?«, frage ich.

Ich bin sicher, dass er Natascha sagen wird. Denn das ist schließlich ihr Name, jetzt schon ziemlich lange.

»Anja«, sagt er.

Ich weiß nicht, ob ich enttäuscht bin. Vermutlich schon ein wenig.

»Ich kann mich nicht an den Nachnamen erinnern«, überlegt er. »Irgendetwas Rumänisches. Göran und die anderen prüfen es gerade.«

»Weißt du noch etwas über sie?«, frage ich. »Wie alt war sie?«

Ich stelle die gleichen Fragen wie Peter und ich bei unserem Spiel.

»Ich weiß nicht«, entgegnet Mange. »Aber ich denke, wir fliegen morgen runter und sprechen mit der Frau vom Wohnheim.«

»Okay.«

Ich komme morgen also auch nicht nach Hause.

Der Falke, denke ich.

Im freien Fall.

Dann sagen wir nichts mehr. Ich liege ziemlich lange da und lausche seinem Atem, wie er durch die Stille rudert wie ein Boot, seine glatte Oberfläche kräuselt. Ich mache das oft mit Peter, höre zu, spüre, wie sich sein Körper hebt, es schenkt mir Ruhe, ein Gefühl von Geborgenheit. Aber das hier ist nicht das Gleiche, Manges Atemzüge sind nicht so beruhigend wie Peters. Sie stehen für etwas anderes.

»Weinst du wieder?«, frage ich.

Er antwortet nicht.

Eine Weile höre ich den Tränen dieses erwachsenen Mannes zu. Denn er weint tatsächlich, und ich weiß nicht, was ich machen soll. Ich verstehe ja, woran er denkt. Nicht an Natascha, Anja, sondern wieder an seine Mutter. Wieder an das Altenheim. Für ihn beginnen und enden alle Geschichten dort. »Es wird alles gut«, sage ich in die Dunkelheit des Zimmers, vielleicht zu uns beiden. »Du musst nicht weinen. Ihr habt nichts falsch gemacht.«

Aber er hört nicht auf. Natürlich hört er nicht auf.

Ich weiß nicht, was ich machen soll. Ich habe nichts an, also wickele ich mich in die Decke ein, entscheide, dass es ausreicht, und nehme die Barriere zwischen uns weg.

»Alles wird gut«, wiederhole ich, fasse Mange und drehe ihn von mir weg, bevor ich ihn umarme, mich wie einen Löffel an ihn lege, zwischen uns die Decke. Ich umarme ihn fest und wiederhole die gleichen Phrasen. »Es wird alles gut werden. Ihr habt nichts falsch gemacht.«

Es ist nichts Sexuelles daran. Ich glaube nicht. Ich mache ihn zu Jonas. Unzählige Male habe ich so mit meinem Sohn gelegen, als er ein Kind war und nicht schlafen konnte, weil er an Dinge gedacht hat, an die er nicht denken sollte.

Manges Hände fassen meine Arme und drücken fest zu, fast schon so, dass es wehtut.

Ich glaube, dass er allmählich ruhig wird, wie Jonas sich immer beruhigt hat, wenn wir so nebeneinandergelegen haben. Auch mich entspannt seine Nähe. Zusammen können wir eng umschlungen in den Schlaf gleiten, wie Mutter und Sohn oder wie ein Liebespaar, nachdem wir uns einander hingegeben haben.

DIESE KURZEN SEKUNDEN, IN DENEN man aufwacht und nicht weiß, wo man ist, als gäbe es einen Raum zwischen den beiden Zuständen, den man durchqueren muss, um in das Land der Wachen zu gelangen.

Auch zu Hause durchquere ich diesen Raum, aber schnell. Dort fühle ich die kalte Luft vom leicht geöffneten Fenster, höre Peters tiefe Atemzüge, und dann weiß ich es wieder. Alles fügt sich zusammen, es ist früh am Morgen, die Welt noch nicht wirklich da, aber ich bin dort, wo ich sein soll.

Jetzt öffne ich die Augen, und nichts fühlt sich so an wie sonst. Das Licht ist falsch, das Zimmer, das Bett. Das Bewusstsein kehrt mit einem Ruck zu mir zurück. Mit aufgerissenen Augen liege ich dort, während die Sinne mich einholen.

Der Wein wirbelt mir immer noch durch den Kopf. Die Erinnerungen von gestern. Lange warte ich einfach nur ab, bis sie sich sortiert haben.

Das Bett neben mir ist leer. Manges Seite, die auch meine Seite war, als wir einschliefen. Er liegt nicht mehr dort. Aber auf der Decke hat er einen kleinen Zettel hinterlassen.

Das Ticket ist gebucht, steht darauf.

Ich stehe auf, dusche, ziehe mir die Kleidung von gestern an, scheuere mir mit der harten Zahnbürste die Zähne ab und fahre mit dem Fahrstuhl nach unten. Ganz hinten im Früh-

stücksraum finde ich ihn mit einem Kaffee und einem vollge-
krümelten Teller, auf dem vermutlich ein einzelnes Butterbrot
gelegen hat.

Ich bin unsicher, wie ich mich heute zu ihm verhalten soll.
Ob uns das, was gestern passiert ist, nähergebracht hat. Oder
ob es *zu* nahe geworden ist, sodass wir jetzt einen Schritt zu-
rücktreten müssen?

Mange hat es für uns entschieden. Ich fühle sofort, dass er
sich zurückgezogen, seinen Polizeimantel angezogen und diesen kleinen Abstand wiederhergestellt hat, den es davor zwischen uns gab.

Trotzdem versuche ich es.

»Guten Morgen«, zwitschere ich.

»Guten Morgen«, murmelt er, ohne seinen Gesichtsausdruck oder seine Position zu ändern.

»Hast du gut geschlafen?«

»Hol dir Frühstück«, sagt er und ignoriert meine Frage.
»Wir müssen heute eine Menge machen. Und bald bist du
schon am Flughafen.«

»Wo genau soll ich hin?«

Ich erinnere mich und gleichzeitig auch nicht.

»Zur Frau von der Menschenhandelunterkunft, die Anja erkannt hat«, erwidert er.

Er verwendet den Namen, den wir gestern bekommen haben, *Anja*. Ich tue mich schwer damit. Peter und ich haben ihr
einen Namen gegeben, ihr ein Leben aufgebaut. Jetzt muss ich
mich einfach daran gewöhnen, dass er nicht gestimmt hat.

»Soll ich allein hinfliegen?«, frage ich. »Wolltest du nicht
mitkommen?«

So habe ich es in Erinnerung.

Mange trinkt einen Schluck von seinem Kaffee.

»Als Mann bin ich dort wahrscheinlich nicht erwünscht. Also ist es besser, wenn du alleine hinfliegst, dann kann ich regeln, wie wir Petrescu zu fassen bekommen.«

Er sieht mir an, dass ich protestieren will.

»Flieg einfach runter und sprich mit ihr«, sagt er. »Lass dir bestätigen, dass es das richtige Mädchen ist, und hör dir an, ob die Frau noch mehr zu erzählen hat. Das ist alles. Wir könnten auch eine Polizistin schicken, aber ich möchte gerne, dass du es machst, für den Fall, dass du noch mehr in ihr wahrnimmst.«

Er merkt, dass ich trotzdem nicht will, also nagelt er mich mit seinem Blick fest.

»Es ist bereits alles geregelt, ein Taxi wird am Flughafen Arlanda auf dich warten. Du musst einfach nur den Flug erwischen. Und dabei helfe ich dir.«

Mange bleibt am Tisch sitzen, während ich frühstücke, aber wir reden nicht. Er richtet seine Aufmerksamkeit nur auf sein Handy, tätigt Anrufe, lässt sich von ihnen und ihren Stimmen Gesellschaft leisten statt von mir.

»Wie fühlst du dich heute?«, frage ich trotzdem, als er ein Gespräch beendet und noch nicht geschafft hat, ein neues zu beginnen.

»Gut«, sagt er, ohne aufzusehen.

»Sicher?«

Er deutet an, dass er wieder telefonieren wird.

Wir haben gestern nichts Falsches getan.

Trotzdem gibt er mir das Gefühl, dass wir einen Fehler gemacht haben.

ES IST SO, WIE MANGE gesagt hat. Am Ausgang des Flughafens Arlanda steht ein Chauffeur und hält ein Schild mit meinem Namen hoch. Er nimmt mich mit zu seinem Auto, fragt nicht nach der Adresse, offenbar kennt er sie bereits. Dann fahren wir in Richtung Innenstadt. Ins Zentrum des Geschehens.

Es ist so anders als mein Zuhause, das Dorf. Wetter und Wind, Kälte, Schnee, Sonne, nichts davon spielt hier eine Rolle, hier besteht die Umwelt aus Menschen.

Ich sehe sie überall. In den Verkehrsströmen, die sich um die Gebäude winden, treiben Metallkanus voller Menschen. Wir fahren an belebten Fußgängerzonen vorbei, überall Leute in Eile, immer in Eile, und dazwischen: Häuser um Häuser, in deren Fenstern niemand zu sehen ist, und trotzdem weiß ich, dass sie voller Menschen sind.

Ich kann nicht anders, als an mein Bild von neulich zu denken, als ich mich über Menschenhandel informiert hatte. Dass jeder Einwohner von Stockholm durch ein auf dieser Welt entführtes Kind ausgetauscht werden könnte.

Noch einmal, es lässt sich nicht begreifen.

Wir fahren in die Stadt hinein, dann wieder aus ihr heraus. Der Charakter der Häuser ändert sich, sie lichten sich ein wenig. An der zentralen Einkaufsstraße eines Vororts, dessen Namen ich nicht verstanden habe, macht der Chauffeur halt und sieht mich so an, als würde er jetzt von mir erwarten auszusteigen.

Ich habe keine Ahnung, wohin er mich gebracht hat, aber er sieht mich so teilnahmslos an, dass ich nicht nachfrage, sondern einfach nur Manges Karte hinüberreiche, bezahle und aussteige.

Die Gegend sieht ziemlich wohlhabend aus. Aus irgendeinem Grund habe ich angenommen, dass die Unterkunft für Opfer von Menschenhandel in der Anonymität der Großstadt versteckt sein würde, in einem Wohnbezirk aus dem Millionenprogramm, getarnt als einer von vielen Treppenaufgängen, mit scheuen Nachbarn, die sich nicht kennen. Hier gibt es Einfamilienhäuser mit Apfelbäumen und Zäunen, die sie gegen die im Großen und Ganzen unbefahrenen Straßen abschirmen.

Eine Frau in einem roten Mantel nähert sich. Vermutlich hat sie auf mich gewartet, weil sie zu mir kommt und mich anspricht.

»Sind Sie Ramona?«

Ihre Stimme ist bewusst sanft.

Als ich nicke, verzieht sie den Mund zu einem breiten Lächeln, das die Augen nicht richtig erreicht, und streckt mir ihre Hand entgegen.

»Ich bin Anna. Entschuldigen Sie, dass ich Sie gebeten habe, mich hier draußen am Supermarkt zu treffen. Aber es ist wichtig, dass die falschen Leute nicht erfahren, wo wir uns aufhalten.«

»Kein Problem.«

»Die Unterkunft liegt ein Stück von hier entfernt. Normalerweise empfangen wir keine fremden Besucher. Aber unter diesen Umständen …«

»Wir müssen nicht …«, entgegne ich. »Wir können woanders reden.«

Vielleicht will ich nicht dorthin gehen, falls ich unbeabsichtigt etwas sehe, das ich nicht mehr loswerde, auch wenn ich den Ort verlasse. Aber sie schüttelt den Kopf.

»Das ist in Ordnung«, sagt sie. »Ich habe sie darauf vorbereitet, dass Sie kommen werden. Wir möchten sehr gerne helfen, wenn wir können.«

Wir gehen in die entgegengesetzte Richtung, als ich gedacht habe, nicht zu älteren dreistöckigen Backsteinhäusern ein Stück entfernt, sondern mitten hinein zwischen die Einfamilienhäuser.

Anna redet. Sie fragt, ob ich aus Skellefteå komme. Sie habe Freunde, die dort wohnen, sagt sie.

Sie ist ziemlich klein, blond, bedeutend jünger, als ich erwartet habe, überhaupt nicht die Äbtissinnenfigur, die ich vor mir gesehen habe. In einer Prügelei mit jemandem aus der Unterwelt hätte sie keine Chance.

Ich nehme widersprüchliche Bilder in ihr wahr, bei denen ich mich frage, wie es ihr gelingt, sie auseinanderzuhalten. Jene aus der einen Welt, mit Familie, Mann und Kindern, zwei Mädchen, die in einer geschmackvoll eingerichteten Wohnung mit Hamstern spielen, die Kirche, in die sie manchmal gehen, nicht weil sie das Gefühl haben, es tun zu müssen, sondern weil sie wollen. Gleichzeitig erahne ich Bilder aus einer anderen Welt in ihr, einer dunkleren, die sie betreten und auch zu ihrer gemacht hat. Wegen dieser bin ich hier.

Die beiden Welten vertragen sich in ihr, so als hätte sie eine innere Mauer, die sie trennt.

DAS HAUS, ZU DEM SIE mich bringt, unterscheidet sich nicht von den anderen in der Straße. An der Vorderseite gibt es einen kleinen Garten, nicht annähernd so groß wie meiner zu Hause, aber die Vegetation in den Beeten ist hier bedeutend weiter. Am Zaun sehe ich einige Tulpen. Sie sind schon beinahe verblüht und hängen schlaff zu Boden.

Wir gehen hinein und durch das Haus weiter zu einem kleinen Zimmer, das scheinbar als Büro benutzt wird. Unterwegs begegnen wir niemandem, vielleicht halten sich die Bewohner von uns fern.

»Die Frauen, die zu uns kommen, haben ein extrem schlechtes Selbstwertgefühl«, sagt Anna mit ihrer weichen Stimme. »Die meisten sind so daran gewöhnt, als unbedeutend zu gelten, dass sie keine eigene Meinung mehr haben. Wir gehen mit den Neuankömmlingen oft in den Supermarkt und lassen sie dann entscheiden, was wir kaufen. Schon alleine so etwas wie das Obst auszusuchen, kann eine Herausforderung für jemanden darstellen, dem jegliches Selbstwertgefühl genommen wurde.«

Anna macht eine Pause, als wäre sie unsicher, ob sie das weiter ausführen soll.

»Eine der Frauen kam vor ein paar Tagen freudestrahlend zu mir. *Ich weiß jetzt, dass ich Erdbeeren mag*, hat sie gesagt. Die

Entdeckung, dass *sie* etwas lecker fand, war für sie eine große Sache.«

Anna hängt dem Gedanken noch einige Sekunden nach, als wüsste sie noch nicht, was sie damit machen soll, bis sie sich davon befreit und wieder ihr breites Lächeln aufsetzt. Sie bedeutet mir, dass ich mich auf den Besucherstuhl setzen soll. Auch sie setzt sich an einen kleinen überladenen Schreibtisch und gibt mir ein ausgedrucktes Foto von einem Stapel.

Auf dem Foto ist eine leicht bekleidete Frau in einer aufreizenden Pose zu sehen. Es wurde in einem Studio aufgenommen, das Licht und der Hintergrund verraten es. Neben dem Foto ist eine Infobox mit einigen Angaben über sie. Körper- und Körbchengröße, ob sie sich Hausbesuche vorstellen könnte. Der Ausdruck sieht so aus, als würde er von irgendeiner Website stammen.

»Ist das hier das Mädchen, das oben in Skellefteå gefunden wurde?«, fragt Anna.

Ich nicke. Es ist Natascha. *Anja.* Und dabei auch wieder nicht. Denn das unschuldige Opfer in dem grünen Wasser hat nichts mit dem Mädchen auf dem Bild zu tun, das in knapper Unterwäsche verführerisch in die Kamera schaut. Ich weiß, dass ich nicht so denken sollte, tue es aber trotzdem.

Dass es Anja ist, macht uns beide traurig. Als hätten wir trotz allem noch Hoffnung gehabt.

»Hat sie hier gewohnt?«, frage ich.

»Nein, wir sind eine kleine Organisation, es gibt sehr viele betroffene Frauen, die wir nicht erreichen.«

Wieder verschwindet sie in ihren Gedanken, und als sie zurückkommt, lächelt sie wieder. Dieses aufgesetzte Lächeln.

Wie könnte es auch anders sein?

ANNA BEGINNT ZU ERZÄHLEN. FÄNGT von vorne an, spricht auf eine Art und Weise, die den Eindruck erweckt, dass sie all das schon mal früher gesagt hat, dass ein Teil ihres Lebens daraus besteht, so etwas Menschen zu berichten, die es wissen sollten. »Viele der Prostituierten werden früh in ihrem Leben in diese Richtung geführt«, sagt sie beinahe mechanisch. »Einige Kinder sind Missbrauch ausgesetzt. Es ist einfach so, wir werden es nie ganz ausrotten können. Und dieser Missbrauch geschieht oft regelmäßig. Er führt dazu, dass gerade die Abende, an denen sie nicht berührt werden, die Angst noch vergrößern. Jede ungestörte Nacht ist schließlich eine näher am nächsten Missbrauch.«

Sie macht eine Pause, wartet auf mich, vergewissert sich, dass ich bei ihr bin.

Ich nicke zustimmend.

»Wenn der Missbrauch Fakt ist, lässt die Angst nach. Weil es für dieses Mal vorbei ist, jetzt dauert es einige Tage bis zum nächsten Übergriff.«

Wieder sieht sie mich an, und ich nicke noch einmal. Ich verstehe.

»Man lernt etwas von dem, was man erlebt«, betont sie. »Wenn also die Jahre vergehen und die Mädchen zu Frauen werden, wissen sie, was sie machen müssen, um die Angst zu lindern.«

Sie sieht mich bedeutungsvoll an.

»Sie lassen sich ausnutzen.«

Anna macht noch eine Pause. Vielleicht hat sie gelernt, dass man an dieser Stelle eine braucht.

»Der Menschenhandel wird allerdings von anderen Mechanismen gesteuert«, fährt sie fort. »Im Falle Afrikas handelt es sich meistens um regelrechte Entführungen. Die Zuhälter machen den Mädchen deutlich, dass sie keine andere Wahl haben: *Wenn du das nicht für uns machst, töten wir deine Schwester. Wenn du flüchtest, sterben deine Eltern.*«

»Also ist Anja so hier reingeraten? Sie wurde gezwungen?«

Ich ringe damit, mein Bild von Natascha – von *Anja* – zu behalten, sie das Mädchen im Boot sein zu lassen, nicht das auf dem Bild.

»Anja war aus Rumänien, von dort werden die Mädchen eher hergelockt«, sagt Anna. »Kennen Sie den Ausdruck *Lover Boy*?«

Ich schüttle den Kopf.

»Das ist sozusagen ein Mann, der sich zum Freund des angehenden Opfers macht. Er stellt sich vor ein Gymnasium und wählt ein Mädchen aus, zu dem er Kontakt aufnimmt. Dann macht er ihr Geschenke. Führt sie aus. Lässt das Mädchen glauben, dass es Liebe ist.« Sie hält kurz inne. »Der nächste Schritt ist für uns Schweden etwas schwerer nachzuvollziehen«, fährt sie fort. »Aber im Osten gibt es das Sicherheitsnetz nicht, das wir hier haben. Wenn man kein Geld mehr hat, landet man auf der Straße. Jeder dort weiß das. Wenn der Lover Boy also sagt: *Du bist so schön, wenn wir nach Schweden fahren und du das hier ein paarmal machst, können wir uns ein Haus kaufen und sind sicher*, dann ist es sehr schwierig für sie, Nein zu sagen.«

»Anja wurde also reingelegt, damit sie hierherkommt?«

Anna nickt.

»Sogar die Frauen, die freiwillig mitkommen, haben keine Ahnung, worauf sie sich einlassen. Sie landen in einem Hotel. Oft müssen sie in dem Raum wohnen, in dem sie ausgenutzt werden. Manchmal werden sie rumgefahren. Ein paar der Freier wollen selbst entscheiden, wo sie es tun. Ihnen wird alles genommen, und sie werden nur als Werkzeuge gesehen, um Geld zu verdienen. Und die Lover Boys verschwinden. Oft haben sie in ihrem Heimatland eine Familie, zu der sie zurückfahren. Andere übernehmen den Job und fahren die Mädchen rum.«

Es klopft vorsichtig an der Tür. Eine junge Frau mit einem Tablett und verängstigtem Blick kommt herein. Sie ist dunkelhäutig und schön, älter als Anja. Vielleicht fünfundzwanzig.

Anna lächelt wieder so breit, aber dieses Mal verändert sich etwas in ihren Augen. Sie bekommen eine Wärme, so als wenn eine Mutter ihre Tochter ansieht.

»Oh, thank you«, strahlt sie.

Ich versuche auch zu lächeln, aber aus dem Innern der jungen Frau strömen Bilder, die mich instinktiv den Blick abwenden lassen. Sie stellt das Tablett mit Kaffeetassen ab und verschwindet wortlos aus dem Zimmer.

»Thank you so much, Chinelo«, ruft Anna ihr nach. »Just what we needed.« – »Sie ist schüchtern, weil Sie hier sind«, erklärt sie, als die Frau die Tür hinter sich geschlossen hat. »Normalerweise ist sie gesprächiger.«

Anna nimmt eine der Tassen und nippt an ihr, also mache ich das Gleiche. Der Kaffee ist viel zu schwach, ich werde ihn nicht trinken können.

»Wie sind Sie mit Anja in Kontakt gekommen?«, frage ich.

Ihr Lächeln verschwindet. Sie betrachtet das Bild auf dem Schreibtisch.

»Da war etwas an ihr«, sagt sie. »Als ich das Bild gesehen habe, hatte ich sofort so ein Gefühl.«

Anna scheint nachzudenken, versucht sich zu erinnern, was diese Reaktion bei ihr ausgelöst hat.

»Vielleicht lag es nur daran, dass sie so jung aussah«, erklärt sie und setzt sich anders hin. »Anja ist auf einer Website aufgetaucht. In diesem Moment gibt es auf schwedischen Seiten sicher hundert Bilder von Mädchen, die ausgenutzt werden können. In Deutschland Tausende. Die Seiten werden abgeschaltet, aber genauso schnell gibt es neue. Die Zuhälter wissen, wie sie sich verbergen, und wir können nicht viel tun. Es ist in Schweden nicht illegal, Sex zu verkaufen, sondern nur, ihn zu kaufen.«

Ich sehe, dass Anna noch mehr dazu zu sagen hätte, es aber bleiben lässt.

»Unsere Organisation hat damit eigentlich nichts zu tun«, fährt sie fort. »Aber wenn ein Mädchen aus einem Inserat minderjährig aussieht, bucht die Prostitutionsarbeitsgruppe der Polizei ein Treffen mit ihr. Manchmal nehmen sie uns mit. Das Mädchen kommt zu einem Hotel und erwartet einen Freier, aber stattdessen sitzen wir dort und erzählen ihr, dass es einen Ausweg gibt.«

»Also retten Sie sie?«

»Manchmal ja. Aber manchmal…«

Sie verschwindet wieder in ihren Gedanken. Erst nach einer Weile redet sie weiter.

»Die Mädchen sind in der Regel vollkommen isoliert und verloren in einem fremden Land, über das sie nichts wissen.

Die Flucht fühlt sich für einige so unüberwindlich an, dass sie unmöglich wird. Und wohin sollten sie flüchten? Sie haben schließlich gelernt, dass man niemandem vertrauen kann.«

»So haben Sie Anja also getroffen?«, frage ich. »Durch so ein Treffen?«

Anna nickt. »Die Polizei meldet sich für gewöhnlich bei uns. Aber als ich dieses Mädchen gesehen habe, war es so, als ob ...«

Sie seufzt. »Da war etwas mit ihr«, sagt Anna noch einmal. »Also habe ich Adam von der Prostitutionsarbeitsgruppe angerufen und darum gebeten, zu ihr zu fahren. Hier war ich es tatsächlich, die sie gefunden hat. Für gewöhnlich ...«

»Wann war das?«, frage ich.

»Vor ein paar Wochen. Adam ist nett, also hat er es organisiert.«

»Was ist passiert?«, frage ich.

Anna macht wieder eine Pause, aber diesmal so, als wüsste sie nicht, was sie sagen soll. Das hier gehört nicht zu ihrer gewöhnlichen Geschichte.

»Diese Mädchen werden sehr scharf von ihren Lover Boys unter Kontrolle gehalten. Ein wenig funktionieren sie auch wie Leibwächter, so seltsam das auch klingen mag. Es werden immerhin ziemlich viel Geld und Mühe in jedes Mädchen gesteckt. Sie können nicht erlauben, dass ein Freier zu weit geht.«

»Also war jemand bei Anja, als Sie ...?«, frage ich.

»Ja. Und er hat sofort verstanden, was vor sich ging, und sie von dort weggebracht. Wir hatten nie die Möglichkeit, mit ihr zu reden.«

Anna verstummt. So als würde es ihr letzten Endes zu nahe gehen.

»Wer war bei ihr?«, frage ich.

»Ein Rumäne. Mit langen Haaren und durchdringendem Blick.«

»Würden Sie ihn wiedererkennen, wenn Sie ein Bild von ihm sehen?«

»Ich glaube schon«, antwortet Anna.

Ich habe kein Foto von Petrescu, verspreche aber, dass wir ihr eines zuschicken, sobald wir es haben.

»Stecken Organisationen dahinter?«, frage ich.

»Ja, es kann eine ziemlich große Organisation mit einer deutlichen Hierarchie sein. Die Anführer können zehn bis fünfzehn Lover Boys unter sich haben. Und dann braucht man einen Koordinator, falls die Freier wollen, dass das Mädchen an einen bestimmten Ort kommt, und Chauffeure, die sie begleiten. Ja, man könnte sagen, eine Organisation.«

»Kennen Sie eine Gruppe, die sich selbst die Falken nennt?«

»Die Falken?«

»Ja?«

Sie scheint nachzudenken.

»Üblich ist es, glaube ich, nicht, dass sie sich derartige Namen geben. Aber ich kann mich umhören. Möglicherweise haben sie inoffizielle Namen für ihre Netzwerke.«

Für ein paar Sekunden herrscht wieder Stille, aber dieses Mal zieht sie sich in die Länge, vielleicht ist das Wichtige jetzt gesagt.

»Ich mag Ihre Halskette«, bricht Anna schließlich das Schweigen.

Vermutlich habe ich an ihr herumgespielt. Ich weiß, dass ich das mache, wenn mich meine Gedanken irgendwohin führen, wo ich nicht sein will.

»Ist das ein Kreuz?«, fragt sie.

Ich halte es ihr so hin, dass sie es sehen kann.

»Es ist nichts Besonderes«, erwidere ich. »Ja, es ist ein Kreuz. Ich habe keine Ahnung, wer es gemacht hat oder ob es überhaupt echtes Silber ist. Ich habe es von meinem Mann bekommen. Er ist nicht gerade ein Experte, was Schmuck angeht.«

Sie lächelt, diesmal nicht aufgesetzt, sondern mit Wärme. »Es ist auf jeden Fall schön. Sind Sie gläubig?«

Ich denke einen Moment nach. »Ich wäre es gerne.«

»Das macht es einfacher«, sagt Anna. »Der Glaube, meine ich. Wenn man unseren Job macht.«

Sie stellt meine Arbeit mit ihrer gleich.

»Manchmal glaube ich, dass er es schwerer macht«, widerspreche ich.

Sie sieht mich interessiert an. »Was meinen Sie damit?«

»Die Dinge so zu akzeptieren, wie sie tatsächlich sind, wenn es doch jemanden gibt, der die Macht hat, sie zu stoppen.«

Sie nickt. »So kann man es auch sehen.«

Ihr Lächeln geht in dieses aufgesetzte über, ohne dass sich etwas anderes als der Ausdruck ihrer Augen ändert.

ES IST NACHMITTAG, ALS DAS Flugzeug in Skellefteå landet. Peter wartet in der Ankunftshalle auf mich. Ich sehe ihn sofort, so als wären alle anderen Menschen nur Statisten und er der einzige in Farbe. Verstehst du, was ich meine?

Ich gebe ihm eine lange Umarmung. Er erwidert sie, drückt mich fest, und ich werde mir bewusst, dass ich zu Hause bin.

»Soll ich deinen Koffer holen?«, fragt er.

»Ich habe keinen.«

Da löst er sich vorsichtig von mir. »Dann brauchen wir ja nicht hier zu warten.«

Peter hat heute frei, er sammelt alle seine Überstunden im Bergwerk für freie Tage, an denen er trotzdem zur gleichen Zeit aufsteht wie sonst. Vermutlich hatte er heute andere Pläne, als mich abzuholen, also lasse ich ihn los. Bis auf seine Hand, die bekommt er nicht zurück, und so gehen wir Händchen haltend zum Auto.

Der Flughafen liegt ziemlich weit von Skellefteå entfernt und unser Zuhause ist auf der anderen Seite der Stadt, bis dahin fahren wir jedoch erst mal auf geflicktem Asphalt durch verschiedene Dörfer.

Er fragt nach Umeå und Stockholm, nach *Anja*, und ich erzähle. Ich weiß nicht, wie viel ich auslasse und wie viel er aufnimmt, aber es scheint ihn nicht besonders aufzuregen.

Vielleicht hatte auch er schon mit diesem Schicksal gerechnet. Seine Nachfragen enden ziemlich bald.

Ich überlege, von mir und Mange zu erzählen, was wir gestern Abend geteilt haben, aber dann beschließe ich, dass er es nur falsch auffassen würde. Es in Worte zu fassen, würde es zu *etwas* machen, das es nicht war.

Ich schaue Peter verstohlen an. Den Mann, mit dem ich mein Leben teile.

Er sieht langsam älter aus. Falten haben sich um seine Augen und in seine Stirn gegraben, sein Haar ist nicht mehr so dicht wie früher. Wenn wir manchmal von Dingen fantasieren, die vielleicht in der fernen Zukunft warten, sehe ich, dass er plötzlich verstummt. Vielleicht denkt er, dass er lange vor mir tot sein wird.

Ich weiß nicht, warum mich das so in Panik versetzt.

*

Ist es uns vorherbestimmt, mit einer bestimmten Person zusammen zu sein?

Oder leben wir einfach nur so, dass uns das so vorkommt? Die Körper dürfen zusammenkommen, und ebenso die Sinne, mit ihrer Wahrnehmung der Zeit und der Erinnerungen, den Erlebnissen und Konflikten, und so wird die Illusion Wirklichkeit, in uns würden zwei Hälften zu einem Ganzen vereint?

Peter und ich. Wir haben uns zueinander hingezogen gefühlt. Ich war jung und auf der Suche nach einer Vaterfigur. Er ein Mann und von meinem Aussehen angezogen. Genau so war es, das erkenne ich jetzt. Und dann bin ich mit Jonas schwanger geworden, bevor wir infrage stellen konnten, ob wir zusammen sein sollten. Der Weg ist vorgezeichnet gewesen, und wir sind ihm gefolgt.

Nur einmal haben wir es getan. Es infrage gestellt. Jonas war damals zwei, und wir hatten diesen Streit. Es ist jetzt lange her, aber trotzdem trage ich ihn noch mit mir herum.

Wir zogen dorthin, wo wir jetzt wohnen, lebten das Leben, das wir immer noch leben. Wenn wir in die Zukunft blickten, sahen wir das hier. Und über allem lag ein Gefühl, dass das Leben vorbei war, obwohl es gerade erst angefangen hatte. Dachte er auch so?

Wovon handelte der Streit?

Ich glaube, es war meine Schuld. Wir waren auf einer Party mit meinen damaligen Freunden, dummen Zwanzigjährigen, mit denen Peter Nachsicht hatte. Es gab zu viel Alkohol, und sie glichen erwachsenen Jugendlichen, die miteinander flirteten ohne Seele, Liebe und Zukunft im Unterton.

Peter war nie eifersüchtig auf meine männlichen Bekannten, nicht so wie ich auf die wenigen Frauen, die er kannte. Er merkte wahrscheinlich, dass sie sich nicht mit ihm messen konnten. Aber auf dieser Party war auch ein anderer älterer Mann. Vielleicht in Peters Alter. Er sei Künstler, sagte er.

»Jemand hat erzählt, du spielst Gitarre?«, fragte ich, als ich neben ihm auf einem Sofa saß.

Er verdrehte die Augen und erklärte, dass man das nicht so sagen könne. Das Schaffen, Künstlerische sei etwas anderes. Manche hätten es einfach, es durchdringe alles, was sie machen. Das spezifische Werkzeug, das sie nutzen, sei nur ein Kanal für das Schaffen. Also Gitarre, schön und gut.

Ich erröte, wenn ich daran zurückdenke. Weil ich jetzt sehe, was er gemacht hat. Er hat sein Spiel gespielt, und ich habe zugehört. Ich habe ihn reden lassen, ein wenig zu lange.

Nein, ich habe keine Sekunde daran gedacht, dass er und ich ... Aber ich bin ihm verfallen. Ein bisschen zumindest.

Und Peter sah es. Vielleicht schmerzte es so sehr, weil er sich in ihm wiedererkannte? Peter hatte auch seine Erfahrenheit benutzt, um mich zu bekommen. Nicht auf die gleiche Weise, aber trotzdem.

Wir stritten uns, als wir nach Hause kamen. Ich betrunken, er nicht. Wir haben Dinge gesagt, die wir zuvor nicht sagen konnten, weil wir einfach dem Weg gefolgt waren, dem Weg, von dem wir nicht abbiegen konnten.

Er nannte mich kalt. Selbstsüchtig. Unreif. Ich kann mich nicht erinnern, was ich über ihn gesagt habe. Dinge, die nicht besonders wahr waren, ihn aber ebenso hart treffen sollten wie mich seine Worte.

Am Ende nahm er das Auto und fuhr einfach weg. Drei Tage lang lebte ich in zwei parallelen Linien des Universums, ohne zu wissen, welche real war. Ob wir zusammen waren oder nicht, denn er kam nicht zurück.

Ich war jung, wütend und verletzt. Also habe ich mir eingeredet, dass es in Ordnung wäre, *falls* es vorbei war.

Jonas quengelte und war anstrengend, vermutlich begriff er, was vor sich ging, und wurde von meiner Panik angesteckt, als ich mir ausmalte, wie ich weiter ohne Peter leben würde.

Als er schließlich zurückkam, fragte ich nicht, wo er gewesen war. Und wir haben uns nie ausgesprochen. Er kam, und wir stürzten uns aufeinander. So wie wir es noch nie zuvor getan hatten. Beinahe gewaltsam. Wir konnten uns nicht nahe genug sein.

Als wir fertig waren, stand der zweijährige Jonas in der Tür und sah uns an.

Er verstand nicht, was er gesehen hatte. Und war zu jung, um sich heute an etwas zu erinnern.

Aber trotzdem. Ich fühle mich verwundbar, wenn ich daran zurückdenke.

Es gibt keine Kontrolle, wenn Liebe oder Wut zu stark von einem Besitz ergreifen.

PETER SCHLÄFT. UND ICH SITZE mit meiner Teetasse am Küchentisch und betrachte das Bild von Anja, das ich von der Frau in der Unterkunft für Opfer von Menschenhandel bekommen habe.

Wie gesagt ist es vermutlich in einer Art Studio aufgenommen worden. Die Absicht dahinter ist, dass sie sexy aussieht, sie steht in einer aufreizenden Pose, die den entblößten Körper hervorhebt, aber ich finde das Foto total abtörnend.

Wer kann hiervon erregt sein?

Peter hat auf seinem Handy ein Bild von mir, das er benutzt, wenn er ein paar Tage nicht mit mir zusammen sein kann. Ich weiß, dass er es dafür nutzt, wenn ich nicht kann oder will.

Das Bild von mir ist ganz anders als das hier. Natürlich, auch ich bin leicht bekleidet, habe nur ein Höschen und einen BH an, aber ich posiere nicht. Ich sitze an unserem Klavier, nachdem er und ich … Aus irgendeinem Grund bin ich zum Klavier gegangen, als wir fertig gewesen sind, und das Zimmer war so warm, dass ich mich nicht direkt wieder angezogen habe.

Nein, ich posiere nicht, im Gegenteil, mein magerer Körper ist beinahe gebeugt. Aber die Art und Weise, wie ich in die Kamera schaue, macht mich schön. Er muss gerade etwas zu mir gesagt haben, weil ich ihn direkt ansehe. Der Blick, den ich ihm zuwerfe, sagt, dass wir etwas teilen, selbst dann, wenn wir

Schicht um Schicht alles abgelegt haben, womit man sich kaschiert.

Als ich dort am Küchentisch sitze, flimmert Mange vorbei. Nur flüchtig, seine Wärme, sein Geruch, wie wir dort im Hotel liegen und ich seinen weinenden Körper halte.

Hat Peter auch solche Erinnerungen?, denke ich. Solche, die nichts bedeuten, nicht für uns, nicht für das, was Peter und ich teilen, die mich aber trotzdem in einen Abgrund stoßen würden, falls Peter sie mir erzählt?

Peter wacht davon auf, dass ich ihm über den Brustkorb streichle. Er sagt nichts. Lässt mich weitermachen. Meine Hand tastet sich nach unten, dorthin, wo nur ich ihn berühren darf. Er ist kaum richtig wach, aber sein Körper, sein Glied macht sofort mit, sie wollen das Gleiche wie ich.

Sind alle Männer so, immer bereit?

Ich setze mich auf ihn. Lausche seinem Atem, wie er kräftiger wird, als er aufwacht, als wir uns vereinen.

»Sei mir nahe«, flüstere ich.

Auch jetzt sagt er nichts, drückt mich einfach näher an sich. Genau hier sind wir schon einmal gewesen, er weiß, was er tun muss. Er dreht mich und drückt mich mit seinem Körper in die Matratze, langsam, schwer, hart, dann schneller, während er seine Arme um mich geschlungen hält und mich so umarmt, dass ich beinahe keine Luft bekomme.

Er weiß, dass ich mich durch sein Gewicht sicher fühle. Der Abstand zwischen uns, alles, was nicht er und ich ist, löst sich auf, wenn man nicht erkennen kann, wo mein Körper endet und seiner beginnt.

DIE SONNE SCHEINT, TROTZDEM IST der Morgen kalt. In der Luft liegt genauso viel von dem, was der Winter hinterlassen hat, wie dem sich langsam einschleichenden Sommer.

Ich stehe an der Straße und schaue hinüber zum Haus des Katzenmörders. Im gelben Gras der Wiese kann man vereinzelt neues Leben erkennen. Knospen sind in den unbeschnittenen Beerensträuchern vor einem der Schuppen ausgeschlagen, und auch hier thronen einige Frühblüher auf einer Böschung, wo es ein wenig wärmer ist.

Ich sehe dorthin, wo *sie* wohnt. Maria. Die Frau, die mir die Waffe gegeben und gesagt hat, dass ich sie brauchen werde.

Was bedeutet das überhaupt?

Kann es etwas anderes bedeuten, als ich denke?

Ich will nicht hier sein. Will sie nicht treffen. Aber ich muss wohl. Ich kann nicht länger so tun, als ob sie nicht existieren würde. Denn irgendetwas passiert gerade mit meiner Fähigkeit. Sie drängt sich mir auf, wächst wie ein Krebsgeschwür, ich fühle es. Und die Frau, die hier wohnt, weiß etwas, was ich nicht weiß.

Also nehme ich mich zusammen und lenke meine Schritte die Auffahrt entlang, die wie zwei unregelmäßig gezeichnete Streifen zu dem heruntergekommenen Haus hinführt.

Der Katzenmörder öffnet die Tür. Henning.

Er sieht weder erfreut noch überrascht aus, mich zu sehen.

»Aha, da bist du ja«, sagt er.

»Entschuldige, wenn ich störe.«

»Sie hat auf dich gewartet.«

»Ich wusste nicht ... dass ...«

»Sie hat heute keinen guten Tag«, sagt er.

Dann bedeutet er mir, dass ich hereinkommen soll. Zu dem zerkratzten Küchentisch, an dem wir das letzte Mal gesessen haben. Er stellt etwas von diesem wässrigen Kaffee hin, den sie hier trinken. Niemand scheint zu verstehen, dass Kaffee stark sein muss, damit er seinen Zweck erfüllt. Auch einen ähnlichen Rührkuchen holt er hervor, vielleicht ist es derselbe wie beim letzten Mal, weil jetzt nur noch ein kleiner Teil übrig ist. Aber wahrscheinlich nicht, denn er sieht nicht trocken aus.

»Sie hat keinen guten Tag«, wiederholt er noch einmal.

Ich weiß nicht, was das bedeutet.

Henning gießt mir Kaffee ein, ohne zu fragen, geschweige denn, selbst welchen zu nehmen, dann setzt er sich und schaut aus dem Fenster. Ich kann nicht erkennen, was er denkt, *ob* er etwas denkt oder ob er einfach kein fremdes Auto verpassen will, falls zufällig eines vorbeifährt. Ein Collegeblock liegt dort auf der Seite.

»Sie wird nicht mehr in Anspruch genommen«, sagt er.

»Von wem wird sie nicht mehr in Anspruch genommen?«, frage ich.

»Vielleicht sollst du jetzt übernehmen.«

Ich versuche, ihn zu verstehen. »Übernehmen? Hat sie der Polizei auch geholfen?«

Er lacht.

»Nein, nicht der Polizei. Was wissen die schon?«

Er steht auf, geht zum Küchenschrank und holt eine kleine Kupferschale mit Zuckerstückchen heraus, die er mit zum Tisch nimmt und mir anbietet.

»Wem hilft sie?«, frage ich noch einmal.

»Das muss sie selbst erklären«, entgegnet er. »Du verstehst vielleicht besser als ich, wovon sie redet.« Henning setzt sich nicht, schaut aber weiter auf die Straße. »Es zehrt an ihr«, sagt er. »Was sie gesehen hat. Und was sie machen musste. Ich hoffe, dass es jetzt ...«

»Was musste sie denn machen?«, frage ich, obwohl ich es in gewisser Hinsicht bereits weiß.

»Ich glaube, sie hat gespürt, dass du heute kommen würdest«, sagt er. »Weil sie heute Morgen so manches gesagt hat.« Er seufzt kaum merklich.

»Was hat sie gesagt?«

Anstatt zu antworten, dreht er sich zum Flur. »Es ist besser, wenn sie es erzählt«, wiederholt er. »Ich werde nachsehen, ob sie genug Kraft hat, um mit dir zu sprechen.«

Ich bleibe sitzen und höre am Knarren der Treppe, wo er sich gerade befindet, dann wird es vom Quietschen einer Tür im Obergeschoss abgelöst.

Es dauert einen Moment, bevor die Treppe mit einem Knarren verrät, dass er wieder auf dem Weg nach unten ist.

»Sie will dich treffen«, sagt der Katzenmörder, als er zurückkommt.

ICH GEHE NACH OBEN. Das knarrende Geräusch der Treppe folgt mir zu einem großen Schlafzimmer mit Dachschräge. Die Fenster in den Wandstücken sind so klein, dass sie kaum Licht hereinlassen. Die Luft im Zimmer ist stickig, muffig, sie will nicht freiwillig in meine Lunge. Die Jalousien sind heruntergezogen, aber als ich hereinkomme, flattern ein paar Spitzengardinen leicht im Wind, als wären sie kleine Engel, die von hier wegfliegen wollen.

Mitten im Zimmer befindet sich ein Bett, und darin liegt sie. Am Kopfende steht ein Hocker, also gehe ich dorthin und setze mich, wie an ein Krankenbett.

»Maria«, sage ich.

Sie schlägt die Augen auf. Ihr Blick tastet im Halbdunkeln herum, als sie zu erkennen versucht, wo sie ist, wer neben ihr sitzt.

»Natalie?«

Ich frage nicht, wer Natalie ist, weil ich es in ihr wahrnehme. Die alte Frau ist jung, sie liegt in einem Bett, so wie jetzt, aber ihr neugeborenes Kind lebt nicht. Es ist viel zu klein, seine Haut ist blau. Als wäre es aus Porzellan.

»Die Nabelschnur hat sich um den Hals gelegt«, sagt die Krankenschwester. »Wir können nichts tun.«

Seitdem hat Maria das tote Kind mit sich herumgetragen, es in einer Parallelwelt aufwachsen lassen, die sie nicht erreicht. Natürlich ähnelt sie mir.

»Ich bin es nur, Ramona«, erwidere ich.

»Du bist die Frau, die am Wasser wohnt?«

»Ja. In dem Haus am nächsten zum See.«

»Ich bin dir gefolgt«, sagt sie. »Lange. Du bist wie ich.«

»Was sind wir?«

Sie schweigt lange. »Du und ich sind Spielfiguren«, sagt sie. »Leute, die machen, was von uns erwartet wird. Wir Menschen glauben gerne, dass wir uns entscheiden können, dass wir frei sind, aber das sind wir nicht.«

»Wer sagt uns denn, wie die Dinge sein müssen?«

»Es gibt kein *Wer*. So funktioniert es nicht.«

»Wie funktioniert es dann?«

»Du musst Ausschau nach schwarzen Vögeln halten«, entgegnet sie.

»Nach schwarzen Vögeln? Falken?«

Die alte Frau antwortet nicht darauf, schließt stattdessen die Augen. Sie ist lange still, sodass ich schon denke, dass sie eingeschlafen ist. »Uns ist eine Fähigkeit gegeben worden«, sagt sie schließlich. »Aber wir müssen einen hohen Preis dafür zahlen.«

»Ich habe nie darum gebeten, sehen zu können.« Meine Stimme klingt fast verärgert.

»Kannst du mir etwas zu trinken geben?«, bittet sie.

Auf dem Nachttisch steht ein Glas. Seine Farbe verleiht dem Wasser die gleiche grüne Nuance, wie sie die Pfütze hatte, in der das Mädchen gelegen hat. Ich führe das Glas zu ihrem Mund. Sie trinkt in kleinen Schlucken, es ist kaum der Rede wert.

»Wem helfen wir?«, dränge ich. »Gott?«

»So etwas gibt es nicht. Niemand hat so eine Macht.«

Ein kleiner Wassertropfen läuft ihr aus dem Mundwinkel. Ich fange ihn mit meinem Finger auf, als ob sie ein Kind wäre.

»Du und ich tun das, was gemacht werden muss, damit die Dunkelheit nicht die Oberhand gewinnt«, sagt sie.

»Also geht es um Gut und Böse?«

Ich frage weiter, obwohl ich merke, dass sie auch nicht mehr Antworten hat als ich. Vielleicht höre ich hier einfach nur einer verwirrten Frau zu. Erst jetzt kommt mir dieser Gedanke. Dass ich so verzweifelt bin, dass ich versuche, ihre wirren Wörter in Wahrheiten zu verwandeln. Denn wenn auch sie keine Antworten hat, stehe ich ja wieder allein da.

»Derjenige, den wir Gott nennen, kann sich nicht dazu herablassen, alles Notwendige zu tun, damit das Licht eintreten kann«, sagt sie und schließt wieder die Augen. »Andere müssen diese Rolle übernehmen.«

Sie hustet. Bittet mich um mehr Wasser.

»Schwarze Vögel«, wiederholt sie, als sie getrunken hat.

»Was meinst du damit, Maria?«

»Du musst Ausschau nach schwarzen Vögeln halten. Dort ist das, was du sehen sollst.«

»Meinst du Falken?«, frage ich noch einmal.

Sie schüttelt den Kopf.

»Ich verstehe nicht«, sage ich.

»Wir verstehen erst im Nachhinein, hast du das noch nicht festgestellt? Häufig nicht einmal dann.«

»Du hast mir eine Pistole gegeben«, wechsle ich das Thema. »Warum?«

Ein tiefer Atemzug, vielleicht ein Seufzen. »Man kann nicht entkommen«, erklärt sie.

»Werde ich sie benutzen müssen?«

Ich frage, obwohl ich nicht weiß, wie viel ihre Antwort wert ist.

Das Kissen bewegt sich leicht, als wollte sie ihre Position ändern.

»Bitte jemanden, es dir zu zeigen«, erwidert sie. »Wie sie funktioniert. Was man mit ihr macht. Du musst es wissen.«

Sie schmatzt, als hätte sie wieder einen trockenen Mund. Noch einmal führe ich ihr das Glas mit dem grünen Wasser an die Lippen.

»Gegen wen muss ich die Pistole benutzen?«

Sie trinkt. »Du wirst dich entscheiden müssen«, sagt Maria, nachdem sie geschluckt hat.

»Was bedeutet das?«

»Ich wünsche mir inständig, dass die Dinge anders wären, Natalie. So inständig wünsche ich mir das.«

Nachdem ich das Haus verlassen habe, muss ich mich in den Graben übergeben. Ich habe nichts gefrühstückt, bevor ich hergekommen bin, also kommt nichts heraus. Nur gelber Schleim. Und diese stickige Luft aus dem Zimmer, die mein Körper nicht länger in sich haben will.

VOR EINIGEN JAHREN WAR ICH dabei, als ein junger Mann in einem Eifersuchtsdrama seine Freundin erschossen hat. Ich bin dorthin gerufen worden, um mit dem Vater des jungen Mannes zu reden. Die Eltern des Mädchens waren bereits in der Psychiatrie, aber irgendjemand hatte beschlossen, dass es für den Vater des jungen Mannes reichen würde, mit mir zu reden.

So funktioniert es aber nicht.

Der Mann war höflich. Allem Anschein nach war er sich im Klaren darüber, was passiert war. Sein Sohn hatte ihn danach angerufen, erzählte der Mann, also war er zur Wohnung des Sohnes gefahren und hatte sie dort liegen sehen.

»Ich habe nichts gemacht«, sagte er zu mir. »Ich habe kein Kleinholz aus ihm gemacht, wie ich es mir auf dem Weg dorthin überlegt hatte, habe ihm keinen Verstand in den hitzigen Schädel gehämmert. Ich wollte es zwar, tat es aber nicht.« Der Blick des Vaters bat um Verständnis. »Und ich habe ihm nicht geholfen davonzukommen. Auch das hatte ich vor.«

Sogar dieser Mann sah, wie sich das Universum in zwei geteilt hatte.

»Sehen Sie den Teppich dort?«, fragte er.

Er zeigte zu einem großen gefälschten Afghanenteppich vor dem Sofa. Ich weiß nicht mehr, wie er aussah, nur noch, dass er nicht dorthin passte, er harmonierte nicht mit dem Sofa, dem Fernseher und dem Tisch.

»Ich habe mir gedacht, wir würden Tilde darin einwickeln. Zum Wald fahren und sie dort vergraben, wo man sie nicht finden würde.«

Der Mann hielt einige Sekunden inne, als würde er es in seiner Fantasie noch einmal erwägen.

»Sie war ja schon tot. Warum sollte das Leben meines Sohnes auch vorbei sein?«

Diese Fragen, auf die es keine gute Antwort gibt.

»Aber stattdessen habe ich ihm gesagt, er soll die Pistole in die Schrottschublade legen«, sagte der Mann.

»In die Schrottschublade?«

»Zu Hause legen wir all das, was nirgendwo sonst hinpasst, in die oberste Schublade eines Schränkchens in der Küche. Sie wissen schon, Büroklammern, Klebeband, Schnur? Johan hat auch so eine Schublade, seit er ausgezogen ist. Ich habe ihm gesagt, er soll die Waffe dorthin legen. *Ich ertrage es nicht, sie zu sehen*, habe ich gesagt.«

Sein Gesicht zuckte, als könnte er sich nicht entscheiden, ob er lachen oder in Tränen ausbrechen sollte.

»Tilde durfte liegen bleiben, aber die Pistole haben wir weggelegt.«

Ich verstand es damals nicht. Warum er so reagierte. Aber jetzt tue ich es. Die Pistole, die Maria mir gegeben hat, ist nicht stumm. Wohin ich sie auch lege, sie scheint nach mir zu rufen, fordert meine Aufmerksamkeit ein. Sie ist ein brennendes Holzscheit, ich kann nicht verhindern, dass mein Blick von ihr angezogen wird.

Als ich von Maria nach Hause komme, gehe ich ins Gästezimmer und hole die Schachtel unterm Bett hervor, ich habe die Pistole wieder dorthin gelegt, nachdem ich aus dem Waffenladen zurückgekommen war. Habe sie wieder vor mir selbst versteckt.

Jetzt nehme ich die Waffe, halte sie so wie Irina, kneife ein Auge zu und ziele in den Raum. Versuche, mir vage vorzustellen, dass jemand vor der Mündung steht.

Aber es ist nicht möglich. Sobald meine Fantasie einen Körper Gestalt annehmen lässt, lasse ich den Arm sinken, ich mache es automatisch, als wäre der Gedanke, jemandem zu schaden, mehr, als ich ertragen könnte.

Dann sitze ich nur noch da und schnappe wieder nach Luft wie ein gefangener Fisch in einem Boot, der nicht genügend Sauerstoff bekommt.

Ich denke daran, was Maria gesagt hat. Was auch der Mann im Waffenladen geäußert hat. Dass ich jemanden bitten muss, mir die Waffe zu zeigen, lernen muss, wie man es macht, ansonsten wird dieses Ding seinen Zweck nicht erfüllen, ansonsten wird es nur für *mich* gefährlich sein.

Also stehe ich auf, stecke sie in die Handtasche, gehe zum Auto, lasse den Motor an und fahre los.

Ich weiß, an wen ich mich wenden werde.

VOR DEM BÜRO DES BERGWERKS parke ich das Auto und stelle den Motor ab. Auch heute übertönt das eintönige Hämmern des Brechers alle anderen Geräusche. Sein Schlagen ist wie das eines großen Herzens, als hätten sie zu tief gegraben und die Seele des Berges aufgeweckt, die seit Menschengedenken dort geschlummert hatte.

Ich bleibe mit dem Handy in der Hand im Auto sitzen und drücke auf Peters Namen.

Er antwortet nicht. Ich werde fast sofort mit seiner Mailbox verbunden.

Ich kann seine eingesprochene Ansage auswendig. Er zögert, bevor er seinen Nachnamen nennt. Es dauert ein paar Millisekunden, bis er sich entscheidet, ob er seinen ganzen Namen sagen soll oder nicht, aber es klingt so, als würde er ihm nicht sofort einfallen.

Erst als seine Stimme verschwindet und ein Piepen zu hören ist, lege ich auf. Ich mache es immer so, lasse ihn ausreden, bevor ich das Gespräch wegdrücke, sodass sich kurze Zischer in seiner Voicemail ansammeln.

Eigentlich weiß ich nicht, warum ich ihn angerufen habe. Er ist heute nicht hier, sondern in Aitik, bei einem Termin, von dem er heute früh gesprochen hat, und wenn er das ist, legt er für gewöhnlich sein Telefon zur Seite.

Außerdem ist es nicht Peter, den ich hier treffen will.

Ich öffne die Autotür und steige aus. Der hämmernde Herzschlag ist außerhalb des Wagens noch deutlicher zu hören, aber die Luft ist angenehm, kühl, nicht kalt, Quellwolken gleiten vor die Sonne und wieder weg und wechseln sich damit ab, ihre Wärme abzuschirmen, eine frühe Fliege irrt vorbei. Eigentlich ist es schön draußen, ein Tag, der daran erinnert, was der Sommer bald bringen wird. Aber dieser ganze Ort fühlt sich jetzt nur noch karg und bedrohlich an, wenn Peter nicht dabei ist.

Eine der Türen zum Büro geht auf, und einige Männer kommen heraus. Sie gehen zu den Autos unter einem Vordach, während sie leise miteinander lachen.

Ich erkenne einen von ihnen.

»Erkki«, rufe ich.

Er schaut auf, geht von den anderen weg und kommt auf mich zu.

»Na, wenn sich Schneewittchen da mal nicht wieder in unsere Grube verirrt hat.«

Er bezeichnet mich genauso wie Irina.

Er lächelt weiter, während seine Augen mich mustern, ein wenig so wie Görans, aber trotzdem ganz anders.

»Gut, dass ich dich gesehen habe«, sage ich.

»Was machst du hier? Der Professor ist doch heute unterwegs?«

»Ja, Peter ist nicht hier. Er ist in Aitik.«

Erkki scheint ein paar Sekunden lang zu verarbeiten, was es bedeutet. »Also bist du als Polizistin hier?«

»Nein, ich bin ... *ich selbst*.« Ich lache auf. »Ich suche nur nach jemandem.«

»Ach wirklich?« Er tut so, als würde es ihn nichts angehen.

»Er heißt Robin. Ein junger Mann in deinem Alter. Er war letztes Mal im Speiseraum?«

»Robin Andersson? Der Eishockey-Narr aus Tarsmyran?«

»Ich kenne seinen Nachnamen nicht, aber ja.«

Erkki wartet darauf, dass ich erzähle, warum ich ihn treffen will.

»Er ist in die Klasse meines Sohnes gegangen«, schiebe ich als Erklärung vor. »Ich wollte nur über eine Sache mit ihm reden.«

Erkki nickt, obwohl er immer noch fragend aussieht. »Ich habe ihn heute hier rumlaufen sehen«, sagt er. »Wenn du willst, kann ich ihn auf dem Funkgerät anrufen? Ansonsten kommt er sicher bald hierher, die Tageslohnsklaven machen in ...«, Erkki schaut auf die Uhr, »zwanzig Minuten Feierabend.«

»Du brauchst nichts über Funk auszurufen«, erkläre ich. »Ich hab's nicht eilig. Ich kann warten.«

»In Ordnung, wenn du nicht willst.« Erkki sieht mich weiter so an, als würde er auf Antworten warten, die er nicht bekommt. Als ich ihm trotzdem keine gebe, schaut er noch einmal auf die Uhr. »Ich muss weiter«, entschuldigt er sich. »Aber wenn ich Robin treffe, kann ich ihm sagen, dass du auf ihn wartest?«

»Gerne. Und, Erkki?«

»Ja?«

»Sag Peter nicht, dass ich hier war.«

Eine Sekunde lang sieht er unsicher aus. Dann schüttelt er es ab. »Ich mische mich nicht in die Sachen anderer Leute ein«, sagt er und geht weg, ohne dass ich es so erklären kann, dass er es versteht.

DU VERSTEHST ES SICHER AUCH nicht. Was ich hier mache. Warum ich zum Bergwerk gefahren bin, um Robin zu treffen.

Wie so oft gibt es nicht nur eine Antwort.

Die einfache, die ich gegeben hätte, wenn Erkki weitergebohrt hätte, ist, dass er mir zusetzt. Dass ich Robin nicht loslassen konnte, seit ich ihn getroffen habe. Die Unausgeglichenheit zwischen uns. Noch heute trägt er die Puppe bei sich, die ich ihm vor Jahren gegeben habe. Während ich mich beim besten Willen nicht erinnern kann, *warum*, *wann* oder auch nur *wie* wir uns getroffen haben.

Aber es gibt auch noch eine andere Antwort, warum ich ihn treffen will. Eine, die ich Erkki nicht geben kann, weil ich nicht will, dass andere es über mich wissen: Als die Schwester des Katzenmörders über die Pistole gesprochen hat, habe ich Robin vor mir gesehen. Ich habe einfach *gewusst*, dass ich ihn aufsuchen und um Hilfe bitten sollte, um den Umgang mit ihr zu lernen.

Frag mich nicht, warum.

Wie gesagt, Gott, oder wer auch immer lenkt, teilt mir nicht den Grund dessen mit, was von mir erwartet wird.

*

Robin sieht fragend aus, als er auf mich zukommt. Er scheint gerade geduscht zu haben, hat eine Cap des Eishockeyvereins

AIK auf seine nassen Haare gedrückt, und ein blauer und etwas zu großer Kapuzenpullover verstärkt seine plumpe Haltung.

Er hat so viel von Jonas an sich, denke ich wieder.

»Erkki meinte, dass ich hierherkommen soll«, sagt er. »Dass du mit mir reden wolltest?«

»Ja, wenn das für dich in Ordnung ist.«

Seine Arme hängen schlaff herunter, als würden sie nicht zum Körper gehören. Sein Mund ist leicht geöffnet, einen Spaltbreit, so wie man es eigentlich nicht machen soll.

»Worüber willst du reden?«, fragt er.

»Es klingt vielleicht etwas komisch«, beginne ich.

Er verzieht keine Miene.

»Ich habe eine Pistole.«

Ich spreche es direkt an.

Jetzt schließt Robin seinen Mund. Seine Arme verlassen die Seiten, die Hände finden zueinander.

»Ich muss einfach nur ausprobieren, mit ihr zu schießen«, sage ich schnell. »Üben. Damit ich mit Sicherheit weiß, dass ich treffen kann. Falls ich es müsste. Und du bist doch Jäger?«

Er zögert. Natürlich. Weil er mich nicht kennt. Ich bin für ihn nur die Mutter eines Klassenkameraden, zu dem er vor hundert Jahren ein wenig Kontakt hatte. Aber dann ist da noch das mit der Puppe, das, woran er sich erinnert, ich aber nicht.

Und es bestimmt seine Antwort.

Wie ich es mir gedacht habe.

Die eine Hand verschwindet in der Tasche, in der vermutlich die Puppe steckt, zumindest glaube ich das und stelle mir vor, dass er jetzt vorsichtig ihr Kleid streichelt.

»Ist der Professor nicht auch Jäger?«, fragt er.

»Schon. Aber ich will, dass du es mir beibringst.«

Mein Wunsch ist befremdlich, er sollte ausweichen, sagen, dass meine Bitte zu abwegig ist.

Aber er tut es nicht.

»Wir können jetzt gleich zum Schießplatz fahren, wenn du willst«, sagt er. »Zu dieser Uhrzeit ist es dort immer leer.«

PETER HAT SCHON MEHRMALS VOM Schießplatz gesprochen. Er ist jedes Frühjahr dort und übt für seine Jagdprüfung. Ich habe mir dabei eine große *gun range* ausgemalt wie in den Polizeiserien, jetzt stellt er sich als sandiger kleiner Platz mit einem Wall auf der einen Seite heraus. Hier und dort sind Sträucher aus Unterholz ausgeschlagen, ein baufälliger Blechschuppen steht ein Stück von dem Ort entfernt, an dem wir parken. Ein Sinnbild dafür, wie ein Ort wird, wenn keine Frau ihre Spuren dort hinterlässt. Vor dem Wall gibt es eine klobige Vorrichtung, mit der Zielscheiben bewegt werden können.

Eine Weile stehe ich dort und versuche, den Ort zu erfassen, mich nicht fehl am Platz zu fühlen, nicht von hier wegfahren zu wollen, während Robin routiniert zum Schuppen geht und mit einer großen Elchscheibe herauskommt.

»Du kannst hierauf zielen«, sagt er.

»Habt ihr keine Figur, die wie ein Mensch aussieht?«

In amerikanischen Serien schießen sie immer auf solche.

»Ein Mensch?« Wieder sieht er mich komisch an.

»Frag nicht«, sage ich. »Ich kann es nicht erklären, ich will es einfach so.«

Auch jetzt akzeptiert er die Situation auf eine Art, die sich nicht normal anfühlt.

Das unterscheidet ihn von Jonas. Glaube ich. Mein Sohn ist auch in gewisser Weise fügsam, manchmal so, dass es schon an

Selbstvernichtung grenzt, aber zu diesem Zeitpunkt hätte er mich gestoppt und eine Erklärung verlangt, was wir hier gerade machen.

Robin holt von irgendwo ein Messer und schneidet den Karton. Er ist nicht besonders geschickt darin, als er fertig ist, ähnelt die Zielscheibe einem grob entstellten Menschenkörper. Dem Glöckner von Notre-Dame. Dem Elefantenmenschen.

»So?«

»Das ist gut. Danke.«

Er hängt sie auf, tritt zur Seite und sieht zu, wie ich die Pistole aus der Tasche nehme und mich einige Meter vom Ziel entfernt aufstelle. Da erst erhebt er Einspruch.

»So nahe kannst du nicht stehen. Aus dieser Entfernung würde sogar ein Blinder treffen.«

Aber ich gehe nicht rückwärts. Denn diesen Abstand werde ich haben, wenn es so weit ist. Ein paar Meter. Ich weiß es gewissermaßen einfach.

Ich stelle mich breitbeinig hin. Halte die Pistole mit beiden Händen. Ziele wieder so wie Irina, wie der Mann im Waffenladen, ziele so, dass ich den entstellten Menschen mitten in den Brustkorb treffen werde. Ich zwinge meinen Arm, oben zu bleiben.

Dann schließe ich die Augen und drücke ab.

Als ich die Augen öffne, steht der Kartonmensch noch genauso unbeschadet dort.

Robin sieht mich schafsköpfig an.

Dann mache ich das Gleiche noch einmal. Stelle mich hin, ziele, drücke ab.

Auch jetzt verfehle ich das Ziel.

Ich schieße ein drittes Mal.

Ein viertes.

»Vielleicht stimmt was nicht mit der Pistole«, sagt Robin.

Er kommt zu mir und nimmt die Waffe, beäugt sie so, wie es anscheinend alle Leute tun, die Ahnung von Waffen haben, bevor er sie ein wenig lustlos in die Hand nimmt, auf den Elefantenmenschen zielt und abdrückt. Plötzlich hat der Karton ein großes Loch, wo gerade noch der Brustkorb war.

Robin gibt mir die Pistole zurück.

»Benutz die Kimme«, sagt er. »Und mach die Augen nicht zu früh zu.«

Ich schieße ein fünftes Mal, ohne zu treffen. Ein sechstes. Aber jetzt klickt es einfach nur.

»Es sind wohl keine Patronen mehr im Magazin«, sagt er. Er wartet einen Augenblick darauf, dass ich weitere heraushole.

»Waren das alle, die du hast?«

»Nein, im Auto habe ich noch mehr«, sage ich.

Aber keiner von uns macht Anstalten, sie zu holen.

Robins Arme hängen an den Seiten herunter. Er ist Jonas so ähnlich. Und gleichzeitig auch nicht.

»Warum habe ich dir die Puppe gegeben?«, frage ich.

Ich kann die Unausgeglichenheit zwischen uns nicht abschütteln.

Erst jetzt erwacht etwas in ihm.

»Erinnerst du dich wirklich nicht?«

»Ich versuche es.«

Sein Gesicht verändert sich nicht, aber ich glaube, er ist enttäuscht.

»War es in der Schule?«, sage ich. »Draußen auf dem Schulhof?«

Das hat er schließlich gesagt. Ich kämpfe damit, es in ihm zu sehen, kann aber nichts ausmachen.

Er schüttelt stumm den Kopf. Begreift, dass ich nur rate.

»Ich will mich wirklich daran erinnern«, sage ich noch einmal.

»Weißt du noch, *warum* ich damals traurig war?«

»Erzähl es mir bitte.«

Als Robin versteht, dass ich mich nicht an ein einziges Detail dieses Treffens erinnern kann, das ihm so wichtig ist, sieht er aus, als würde er gleich anfangen zu weinen. Es fließen zwar keine Tränen, junge Männer wie er weinen nicht, aber seine Hand verlässt die Tasche und wischt sich schnell über die Augen, wie zur Sicherheit.

Ich trete einen Schritt näher und lege ihm die Hand auf den Arm.

»Ich habe ein schlechtes Gedächtnis«, sage ich. »Wenn du es mir in Erinnerung rufst, werde ich mich erinnern. Da bin ich mir sicher.«

Er will mir glauben. »Es war so, als ob du alles wüsstest«, erzählt er. »Das ist eigentlich alles. So als ob du auf irgendeine magische Weise meine Gedanken lesen konntest.«

»Und was hast du gedacht?«

Ich möchte, dass Robin mir den Schlüssel gibt, dieses eine Detail, das die Erinnerung für mich aufschließt. Aber er tut es nicht. Vielleicht gibt es ihn nicht.

»Und dann hast du mir die Puppe gegeben«, fährt er einfach fort. »Du hast gesagt, sie würde zuhören. Es hat sich angefühlt, als ob du irgendwie zu mir *gesandt* wurdest? Als wärst du, keine Ahnung, ein Engel? Obwohl du Schwarz getragen hast und so.«

Er schaut zu Boden, als würde ich ihn dazu bringen, sich für seine Gefühle zu schämen.

Ich deute an, dass ich ihn umarmen will. Ich finde keine Worte, was kann ich also sonst tun?

Er lässt mich, ich darf meine Arme um ihn legen, ihn an mich drücken.

Zuerst ist er starr, dann beantwortet er die Umarmung unbeholfen.

NORMALERWEISE HALTEN MENSCHEN IHRE Gefühle unter Verschluss. Wir hüten sie, wollen nicht, dass jemand erahnen kann, was wir in unserem Innersten denken.

Aber manchmal brodelt es *zu* stark, und was wir in uns haben, kocht über, der Verschluss fällt herunter.

Robins Inneres ist vollständig offen für mich, als wir dort stehen. Seine Gefühle laufen Amok, sie reißen Löcher in die verschlossensten Winkel seines Bewusstseins.

Sein Alter variiert. Die Orte.

Er ist in der Schule.

Zu Hause.

Auf der Arbeit.

Aber bei jeder Szene habe ich den gleichen Gedanken, das Gefühl, das ich bekomme, verändert sich nicht. Es ist so, als wäre er immer nur *fast* dabei.

Ich weiß nicht, ob du verstehst, was ich meine. Die Leute um ihn herum sind immer etwas schneller, etwas aufgeweckter, wo er auch hinkommt, wann immer ich ihn sehe, wird er unerbittlich an den äußeren Rand abgeschoben zu denen, die nichts sagen, zu denen, die nur zusehen, zu denen, deren Umrisse so verschwommen werden, dass sie sich beinahe auflösen.

»Vielleicht wurde ich zu dir gesandt«, sage ich. »Lass deine Erinnerung nicht von meinem schlechten Gedächtnis zerstören.«

Sogar seine Umarmung erinnert mich an Jonas. Er umklammert mich fest, so als würde es zu viel bedeuten.

Vielleicht müssen alle jungen Männer manchmal so umarmt werden, als wären sie wieder Kinder, und in den Armen gewiegt werden, während ihnen gleichzeitig jemand Dinge sagt, die sie hören müssen.

»Ich freue mich, dass ich dir helfen konnte«, sage ich.

Robin drückt seine Arme noch fester um mich. »Ich freue mich, dass wir uns getroffen haben«, sagt er.

Der Augenblick ist schön. Wir stehen auf einem Schießplatz, ich halte eine Pistole in meiner Hand und umarme einen verlorenen jungen Mann. Aber die Zeit, der Ort, wer wir sind, all das spielt eine untergeordnete Rolle. Wir könnten auch andere Leute sein, irgendwo anders stehen, uns aus einem anderen Grund getroffen haben. Die Einzelheiten an sich sind nicht wichtig, sondern was sie mit uns machen.

Aber mitten in dem Schönen spüre ich, dass ihm meine Nähe etwas zu bewusst ist. Dass ich eine Frau bin. Dass er mich attraktiv findet.

Ich habe den Eindruck, dass er eine Erektion bekommt. Vielleicht ist er einer Frau noch nie so nah gewesen?

Aber das war er. Bilder flimmern in ihm vorbei, flüchtig, wie Irrlichter, sodass ich sie fast nicht zu fassen bekomme.

Er schläft mit einer Frau, sie ist jung. Er ist viel größer als sie, liegt auf ihr, merkt nicht, dass sein Gewicht sie verletzen könnte. Und noch etwas anderes stimmt nicht. Sie weigert sich, ihn anzusehen, das ist es. Sie schaut weg, zu einem kleinen Fenster, als wollte sie nicht bei ihm sein.

Ich sollte die Umarmung unterbrechen, nicht zulassen, dass ich das hier in ihm sehe, aber er hält mich so sehr, als würde er sich an mir festklammern.

Robin merkt nicht, dass das Mädchen ihn nicht ansieht. Er wühlt einfach weiter in ihr, sein Gesäß schaukelt auf und ab wie ein Schwimmer, wie ein Hund, der ein Bein rammelt.

Etwas an dieser Szene ist unnatürlich. An ihnen beiden. Und plötzlich erkenne ich sie. Plötzlich sehe ich, wer sie ist.

»Anja«, sage ich.

Ich versuche, mich zu befreien, aber er hält mich weiter fest. Ich muss mich anstrengen, bevor er mich widerwillig loslässt.

Instinktiv gehe ich einige Schritte von ihm zurück.

»Du warst einer von ihnen«, sage ich. »Du warst einer von denen, die sie missbraucht haben, bevor sie gestorben ist.«

Robin sieht zuerst verständnislos aus. Dann ängstlich. »Nein. Ich hab nichts getan.« Er tritt auf der Stelle herum, so als würde er von hier wegwollen, aber von meinem Blick festgehalten werden.

»Du warst einer von denen, die ihren Körper gekauft haben«, klage ich ihn an. »Und jetzt ist sie tot.«

»Nein, ich würde niemals …«

Es gelingt ihm, unseren Augenkontakt abzubrechen, und er geht mit schnellen Schritten zu seinem Auto. Ich folge ihm.

»Du musst es mir erzählen«, dränge ich. »Was ist passiert? Wer hat sie getötet? Du warst dort. Du weißt es doch.«

Er bleibt nicht stehen, sondern beschleunigt seinen Schritt noch weiter.

Robin hat so geparkt, dass vor seiner Fahrertür eine Pfütze ist. Eine Weile steht er in ihr und kämpft damit, den Autoschlüssel aus der Tasche zu bekommen, aber sie ist eng, er muss reißen und zerren, um ihn herauszuziehen.

»Bist du es gewesen?«, frage ich seinen Rücken. »Hast du sie ertränkt?«

Er steigt ein und fährt so energisch los, dass Schotter durch die Luft fliegt.

ICH SPRINGE NICHT IN MEIN Auto und folge ihm. Er fährt viel zu schnell. Bis ich mich hinter das Steuer gesetzt habe, wird er nicht mehr einzuholen sein.

Stattdessen bleibe ich dort stehen, wo sein Auto gerade noch war, neben den Spuren der rotierenden Reifen, die ihn von hier weggebracht haben. Ich sehe ihm und dem verschwundenen Auto nicht nach, stattdessen fällt mein Blick auf die Wasserpfütze vor mir. Er hat etwas verloren, als er damit gekämpft hat, die Schlüssel aus seiner Tasche zu bekommen.

Ich gehe hin und fische es heraus.

Es ist die Puppe.

Eva.

Sie sieht mich mit ihren weit aufgerissenen Augen an, lächelt ihr eingefrorenes Lächeln, während trübes Wasser von ihrem durchnässten Kleid läuft. Ich mache es wie Robin und streiche mit dem Finger über ihren Bauch. Ich verstehe, warum er es tut, irgendwie ist es beruhigend. Die Bewegung. Das Gefühl des Stoffes an meinem Finger.

Mit ihr in der Hand gehe ich zu meinem Auto und öffne das Handschuhfach. Dorthin habe ich die Schachtel mit Patronen gelegt, die ich von dem Mann im Waffenladen bekommen habe. Ich schiebe Eva in meine Manteltasche und öffne die Schachtel, um ganz sicher zu sein, dass sie da sind. Die kleinen Metallzylinder. Die mehr Macht enthalten, als sie sollten.

Ich ziehe einen von ihnen heraus und stecke ihn in das Magazin. Der Mann im Waffenladen hat mir gezeigt, wie man die Pistole lädt, und offenbar erinnern sich meine Finger, weil sie die Patronen, ohne zu zögern, an den richtigen Platz manövrieren.

Dann sitze ich dort. Kämpfe damit, Luft in die Lunge zu bekommen, während ich Metallzylinder um Metallzylinder in das Innere der Pistole stecke.

Es wird so deutlich, dort im Auto, auf dem Schießplatz, mit der Waffe in der Hand.

Dass man manchmal nicht davonkommt.

ALS ICH FERTIG GELADEN HABE, lege ich die Waffe in die Handtasche. Ich nehme mein Handy und rufe die Anruferliste auf, Peters und Manges Namen, die sich abwechseln. Ich muss schließlich Mange anrufen und erzählen, was ich erfahren habe.

Peters Name steht ganz oben, Mange hat gestern nicht angerufen. Ich weiß nicht, warum ich in diesem Moment daran denke, aber es fällt mir tatsächlich erst jetzt auf. An allen anderen Abenden hat er sich gemeldet, seit er mich angeworben hat, einfach nur um zu sagen, ob er mich am nächsten Tag braucht oder nicht.

Ich weiß, dass er es wahrscheinlich einfach nur vergessen hat, trotzdem flimmert vor meinem inneren Auge wieder das Hotelzimmer vorbei, sein Körper, wie wir dort gelegen haben. Das, was nichts bedeutet. Das tut es auch nicht. Es kann eine Menge anderer Gründe haben, warum er sich nicht gemeldet hat.

Ich schiebe den Gedanken zur Seite und will gerade auf seinen Namen drücken, um anzurufen und zu erzählen, was ich über Robin erfahren habe, zu erzählen, was die Ermittlungen vollständig verändern wird, als etwas Unerklärliches passiert.

Mein Handy klingelt.

Für gewöhnlich nehme ich bei unbekannten Nummern nicht ab. Ich habe keine Darlehen, die ich zusammenlegen will, habe nicht vor, ein besseres Abonnement abzuschließen, aber jetzt drücke ich trotzdem auf den grünen Hörer. Vielleicht hoffe ich ja, dass es Peter ist, der mich im Bergwerk, zu dem er gefahren ist, von einem anderen Telefon aus anruft, manchmal macht er das.

Aber als ich das Handy ans Ohr halte, höre ich eine Frauenstimme.

»Gut, dass du noch nicht gefahren bist«, sagt sie.

Die Frau wartet nicht darauf, dass ich antworte.

»Ich wollte mich nur versichern, dass das hier unter uns bleibt«, sagt sie. »Okay? Du darfst es den anderen auf keinen Fall erzählen.«

»Was erzählen?«, frage ich.

»Das, was ich dir gerade *gesagt* habe.« Die Stimme klingt entrüstet. »Über *die Situation*, quasi? Bitte noch nicht weitererzählen. Es reicht, dass du es weißt.«

Sie wartet auf meine Reaktion.

»Sie haben vermutlich die falsche Nummer angerufen«, sage ich.

Einen Augenblick lang ist es am anderen Ende still. »Ist da nicht Mandi?«, fragt die Frau.

»Nein, hier gibt es keine Mandi.«

»Also, wie seltsam«, sagt die Frau. »Ich habe schließlich in der Liste auf ihren Namen gedrückt.«

»Sie müssen irgendwie falsch verbunden worden sein«, schlage ich vor.

»Ja.« Sie klingt verdutzt. »Entschuldigen Sie vielmals. Ich wollte meine Schwägerin anrufen. Sie … Ich … ich habe gar nicht gedacht, dass so etwas noch vorkommt.«

»Ich auch nicht«, pflichte ich ihr bei.

Die Frau ist ein paar Sekunden lang still. »Ich bekomme ein Kind«, bricht es aus ihr heraus. »Ich habe es gerade erst erfahren.«

Sie kann sich nicht zurückhalten.

»Herzlichen Glückwunsch«, sage ich.

»Noch mal, entschuldigen Sie bitte.«

Die Frau legt auf.

Ich lasse einige Sekunden verstreichen. Sie ruft nicht zurück, vermutlich wurde ihr nächstes Gespräch richtig verbunden. Wahrscheinlich tratscht sie bereits mit ihrer Schwägerin, während ich hier noch mit dem Handy in der Hand sitze und spüre, wie ich falle.

Denn sicher erkennst auch du, was das hier war?

Natürlich weißt du inzwischen, wie es funktioniert?

Es war nicht falsch verbunden.

Und gleichzeitig doch.

Wie könnte es etwas anderes sein als eine Nachricht für mich, von Gott, von dem, der uns als Spielfiguren benutzt: *Erzähle den anderen nicht, was du gerade erfahren hast.*

Ich verstehe es nicht.

Ich soll der Polizei also nicht sagen, was ich in Robin gesehen habe.

Warum nicht?

IV

ALS JONAS UNGEFÄHR FÜNF WAR, habe ich einmal eine Blutvergiftung gehabt. Mehrere Tage lang habe ich vollkommen flachgelegen. Ich hatte kaum genug Kraft, um aufzustehen und zur Toilette zu gehen. Peter versuchte, Jonas in diesen Tagen von mir fernzuhalten, damit ich mich ausruhen konnte. Aber er kam immer wieder, stand in der Tür und sah mich an. Wenn Peter nicht in der Nähe war, schlich er herein, kletterte aufs Bett und musterte mich.

Ich würde gern glauben, dass er Angst hatte, ich würde sterben, dass er kam, um auf mich aufzupassen. Aber in seinem Gesicht war keine Angst zu erkennen. Eher Faszination. So als wollte er dort sein, falls ich für immer die Augen schließe, damit er es nicht verpasst, wenn es geschieht. Er verstand nicht, was es bedeutet, dass ich nicht mehr zurückkommen würde.

Ich fragte ihn viel später, was er damals gedacht hatte, aber Jonas sagt, er könne sich nicht daran erinnern.

»Ich wollte natürlich nicht, dass du stirbst, Mama.«

Natürlich nicht, weil er es jetzt nicht will. Wir legen uns die Dinge im Nachhinein zurecht, damit wir uns so an sie erinnern, wie sie gewesen sein sollten.

Und es läuft ja doch nicht so. Dass man lebt und stirbt und es dann vorbei ist.

Ich weiß jetzt, dass man in seinem Leben hier auf der Erde mehrmals stirbt.

AM NÄCHSTEN MORGEN WACHE ICH spät auf. Es ist Samstag, und Peter ist schon lange weg, um sich um das zu kümmern, was er heute zu erledigen hat.

Die Sonne scheint durch das leicht geöffnete Fenster, sogar der Gesang der Vögel dringt in mich ein, als ich dort liege. Zu Beginn des Frühjahrs habe ich sie nicht gehört. Oder nicht zugehört? Jetzt vermischen sich die Laute der einzelnen Arten zu einer chaotischen Symphonie aus Klängen. Es ist die Zeit des Jahres, in der die Zugvögel zurückkehren, jetzt werden sie schnell ihr Leben aufbauen, einen Partner finden, brüten, überleben, alles wird sich noch einmal im Kreis bewegen.

Ich nehme meinen Morgenmantel und gehe in die Küche, gieße mir eine Tasse von Peters Kaffee ein und stelle mich ans Fenster. Draußen ist heute alles blau, der Himmel, das Wasser. Der See kräuselt sich leicht, und ich denke, dass es bestimmt warm ist, es sieht aus wie Sommer.

So viel ist mir in den letzten Wochen auferlegt worden. Ich habe standgehalten, getan, was ich konnte, damit es nicht tiefer in mich eindringt und ich daran zerbreche. Aber jetzt, mit dem See vor meinen Augen und dem Vogelgesang im Gedächtnis meiner Ohren, spüre ich eine Ruhe, die ich nicht richtig beschreiben kann. Irgendwie kann ich den bösen Gedanken nun erlauben zu kommen, sie dorthin gehen lassen, wohin sie wollen, ohne mir den Atem zu rauben.

Manche Erinnerungsbilder haben sich mir schon eine ganze Zeit lang aufgedrängt, und jetzt kann ich sie betreten, eine Weile in ihnen bleiben und sehen, was es dort zu holen gibt. Wenn man die Erinnerungen reden lässt, tun sie es auch.

Die erste Erinnerung, bei der ich verweile, ist die mit Anja, wie sie nackt und geschändet in dem morschen Ruderboot liegt. Natürlich kommt sie zuerst.

Aber jetzt, wo ich sie nicht mehr instinktiv verdränge, tritt auch der Hintergrund hervor. Und wie so oft stellt sich heraus, dass gerade die kleinen, unscheinbaren Dinge erzählen, was man eigentlich wissen will.

In der Erinnerung gibt es ein Detail, das bisher immer nur durchgerutscht ist und dem ich vorher keine Bedeutung beigemessen habe: Das Mädchen ist in einem Boot am Strand von *unserem See* gefunden worden.

Das nächste Erinnerungsbild, dem ich Raum gebe, ist das, was ich in Robin gesehen habe, wie er Anja missbraucht, wie sein bleicher Hintern sie in einem fremden Zimmer in die Matratze drückt.

Das Zimmer, denke ich jetzt. *Wo findet der Missbrauch statt?*

Hinter dem Bett erahne ich eine blau angestrichene Wand aus grobem Holz. Es sieht so aus, als befänden sie sich in einer alten Hütte.

Ich füge dem eine dritte Erinnerung hinzu, in der Maria mit abwesendem Blick etwas über schwarze Vögel sagt.

Ich füge die Erinnerungen zusammen, lasse sie verschmelzen, zu einer Einheit werden, sodass sie zusammen einen Abzählvers bilden, den ich probehalber ausspreche:

»Schwarze Vögel in einer Hütte an unserem See.«

Kleine Windböen spielen auf der Wasseroberfläche, ein paar Kohlmeisen fliegen herbei und setzen sich auf den Apfelbaum vor dem Küchenfenster.
Ich sage es noch einmal laut vor mich hin.
»Schwarze Vögel in einer Hütte an unserem See.«
Ich verstehe nicht, was es bedeutet. Was ich damit machen soll.
Soll ich etwas damit machen?

Ich gehe zu meinem Auto und fahre in Richtung Maltesviken, als würde ich glauben, dass ich es dort besser verstehe.
Auf dem Weg dorthin wiederhole ich den Vers, flüstere ihn wie ein Mantra, als würde mir seine Bedeutung den Weg weisen.

KURZ BEVOR ICH AM MALTESVIKEN ankomme, führt ein Weg in den Wald. So ist es hier überall. Kleine Wege aus Schotter oder Sand, mit diesem Grasstreifen zwischen den Reifenspuren, manchmal mit einer rostigen Schranke, die den Zugang versperrt. Die Wege biegen zu Orten ab, die nichts mit mir zu tun haben.

Als Jonas jung war und ein Moped hatte, ist er oft unterwegs gewesen und hat diese kleinen Wege erforscht, wie ein Entdeckungsreisender. Er kolorierte gewissermaßen eine graue Karte, entdeckte neue Orte, die vorher schon mal jemand entdeckt hat.

Als ich ihn damals danach fragte, sagte er, dass die meisten Wege zu nichts Besonderem führen. Einer Wiese, einer verfallenen Scheune, einem Wendeplatz im Wald.

Jetzt blinke ich trotzdem und biege ab zu einem dieser Orte, an denen man normalerweise einfach vorbeifährt.

Ich bin schon einmal hier entlanggefahren. Ich kann nicht sagen, wann oder warum, sondern nur, dass ich hier war. Die Jahre sind vergangen, aber die Erinnerung kommt beim Fahren zurück, ich sehe gewissermaßen alles gleichzeitig: die Gegenwart und wie es hier damals aussah.

Der Weg macht eine scharfe Kurve, dann fällt er steil ab. Nach einigen Hundert Metern taucht die erste Hütte am Waldrand hinter einer großen Wiese auf, die an den See grenzt. Als ich das letzte Mal hier gewesen bin, war die Wiese frisch gemäht, jetzt ist sie struppig vom hohen Gras des Vorjahres. Vielleicht wird sie nicht mehr bewirtschaftet, vielleicht darf sie bald wieder überwuchert werden, erst mit Sträuchern, dann Bäumen und schließlich Wald. Hier in der Gegend gibt es viele Orte, die einmal richtig gelebt haben, Lebensmittelpunkt der Menschen waren.

Jetzt ist das anders.

Immer mehr Höfe hier werden zu *Sommerhäusern*, verlassenen Buden im Besitz von Norwegern oder Stadtbewohnern aus Skellefteå, die nur im Hochsommer hierherkommen, wenn die Natur ergrünt, der See warm ist und sie ihre freien Wochen haben, auf die sie gehetzt hinleben.

In der gesamten restlichen Zeit sind diese Orte hier blasse Kopien dessen, was sie einmal gewesen sind.

Ich schaue hinüber zur Hütte am Waldrand. Es ist eine kleine Kate. Lange Risse ziehen sich durch das falunrote Holz, so als bekämen auch Häuser im Laufe der Jahre Falten.

Der Strand ist nur einen Steinwurf entfernt. Das Haus liegt genauso nah am Wasser wie unseres, mit einem Fernglas kann man von hier aus vermutlich unsere Bucht sehen, der See ist nicht so groß, wie ich glaube.

Schwarze Vögel in einer Hütte an unserem See.

Ich wiederhole es noch einmal.

Es könnte diese Hütte sein. Oder die nächste. Es kann genauso gut die nächste sein.

Ich fahre ein paar Meter weiter, sodass ich an der Hütte vorbeikomme, folge ihr mit den Augen, wie sie aus meinem Blickfeld verschwindet und im Rückspiegel auftaucht.

Schwarze Vögel.
Suche ich nach Raben? Krähen?
Amseln?

Ich spähe den Weg hinunter, als würde ich hoffen, dass die nächste Hütte von schwarzen Vögeln bedeckt ist, die irgendwann angeflogen kamen und sich überall niedergelassen haben, auf dem Dach, den Leisten und Erkern, und jetzt auf mich warten, wie in diesem Hitchcock-Film, allerdings andersherum: Sie sind nicht hier, um mich anzugreifen, sondern um mir den Weg zu weisen und damit die Prophezeiung in meinem banalen Abzählvers zu erfüllen.

Aber sosehr ich auch Ausschau halte, nirgends sind Vögel zu sehen. Vögel beschäftigen sich nicht mit so etwas. Sie singen in ihren Bäumen, sammeln Zweige, kämpfen gegeneinander, plustern sich auf, rennen in den Hamsterrädern, die Darwin für sie aufgestellt hat. Vögel haben keine Zeit, den Mord an einem Mädchen zu lösen, alles, was sie können, ist, um ihr eigenes Überleben zu ringen.

Ich werfe einen letzten Blick zu der Kate im Rückspiegel. Eine ihrer Wände ist von einer Kletterpflanze bedeckt, deren Blätter noch nicht ausgetrieben haben.

Es ist schön. Die Natur strebt zum Chaos, wir Menschen zur Ordnung. Eigentlich sind wir nicht miteinander kompatibel und treffen uns nur zwischendurch, dann wird das Chaos in ein Muster oder einen Rahmen eingeordnet und vermittelt uns ein Gefühl von Harmonie.

Ich überlege, ob wir uns nicht ähnliche Kletterpflanzen für unser Haus besorgen sollten, vielleicht für den Fahrradschuppen? Die Wand zur Straße hin sieht so, wie sie jetzt ist, trostlos aus.

»Was mache ich hier eigentlich?«, sage ich laut zu mir selbst.

Plötzlich scheint mir bewusst zu werden, wo ich bin und was ich hier mache. Ich sehe mich nach Gartentipps um und suche währenddessen nach einer Hütte, in der ein Mädchen verkauft und missbraucht wurde, bevor man sie an einem Strand in der Nähe ertränkt hat.

Hier kann es nicht gewesen sein. Peter ist mit der Polizei hier gewesen und ist an dem Abend, nachdem Anja gefunden wurde, von Haus zu Haus gefahren, um mit den Anwohnern zu reden.

Als ich meine Sinne weite, weiß ich es wieder, weiß, was sie sich vorgenommen hatten, Peter hat es erzählt, obwohl er es eigentlich nicht durfte und ich es eigentlich auch nicht hören wollte.

Wir lagen nahe beieinander im Bett, er redete, und ich hörte zu, eher seinem Atem als dem, was er sagte, aber trotzdem. Sie sind in Manges dunklem Auto hier vorbeigefahren und haben nach etwas Verdächtigem gesucht. Der Inhalt seines Berichts machte mich niedergeschlagen, aber wir lachten auch über Mange, *den Stockholmer*, wie er damals hieß. Peter hatte ihn auf Anhieb gemocht, aber anfangs hatte sich Mange noch seltsame Vorstellungen über den Ort gemacht, an dem er gelandet war. Mehrmals hatte er meinen Mann gefragt, was *hier oben* zählt, so als könnte man ein Drittel Schwedens zu einer einheitlichen Gruppe zusammenfassen. Die Art Fragen machten ihn in meinen Augen zu einer Karikatur, zu diesem Großstädter aus dem Sketch mit dem Komiker Sven Melander, der Gras für grünen Asphalt hält und nicht das Gleichgewicht auf ihm halten kann. Als ich diesen Vergleich zog, hat Peter lange gelacht. Aber nicht, weil er Mange verurteilt. Man kann im Scherz auf jemanden herab- und gleichzeitig zu ihm aufsehen.

Und jetzt weiß ich, dass Mange es nicht so gemeint haben konnte. Mit Terese und seiner Zeit in Umeå passt es nicht zusammen. Also waren wir diejenigen mit Vorurteilen.

Wie auch immer, sie sind hierhergefahren, so wie ich jetzt, haben aber nichts gesehen, weil es nichts zu sehen gab. In den bewohnten Häusern hier ist das Durchschnittsalter der Leute vielleicht fünfundsechzig Jahre?

Diejenigen, die hier in der Gegend an die Tür gekommen sind, wussten jedenfalls nichts von einem toten Mädchen.

WENN MAN DIE PERSPEKTIVE VERÄNDERT, sieht man andere Dinge. Es genügt, den Winkel nur ein bisschen zu variieren, um alles in ein neues Licht zu rücken.

Als ich das Auto wende, um nach Hause zu fahren, sehe ich, dass die Kletterpflanzen an der Wand der Kate sterben. Direkt von vorne vermitteln sie einen ganz anderen Eindruck, so als wäre die Wand stellenweise von Feuer zerstört worden. Lange knotige Arme strecken sich an der Wand entlang nach oben, wie um den Flammen zu entkommen.

Ich halte an und betrachte die tote Wand. Mir kommt der Gedanke, dass nichts so ist, wie man es erwartet. Das Wichtige sollte doch schreien und nicht flüstern, nicht verborgen sein.

Aber viel zu oft ist es andersherum.

Nächstes Jahr werden hier keine Kletterpflanzen mehr übrig sein.

Direkt unter dem Dach der Kate umschließen die sterbenden Zweige ein Fenster. Es gehört zum Obergeschoss. Das Fenster ist nicht groß, so wie im Schlafzimmer der Schwester des Katzenmörders, durch die Scheibe kann kaum Licht eindringen.

Auf dem Fensterbrett kann ich trotzdem Topfpflanzen erahnen, die blühen, obwohl vermutlich lange niemand hier gewesen ist, vielleicht den ganzen Winter nicht. Die Pflanzen müssen aus Stoff sein, die auch dann Blüten tragen, wenn die

Dunkelheit sich um sie wickelt, wenn die Kälte alles andere zur Ruhe gebettet hat.

Neben ihnen steht noch etwas anderes auf der Fensterbank.

Ich weiß nicht recht, warum, aber ich sitze eine ganze Weile im Auto und kneife die Augen zusammen, versuche zu erkennen, was es ist, aber es gelingt mir nicht. Ich kann es nicht loslassen, also steige ich letzten Endes aus und gehe zum Haus, um besser sehen zu können.

Es ist eine Porzellanfigur, entscheide ich beim Näherkommen. Nicht besonders groß, nur ihre Spitze reicht über den Fensterrahmen. Ich muss mich direkt an die sterbende Wand stellen, um vollständig zu sehen, was die Figur darstellt.

Es ist ein Schwanenpaar. Ihre langen Hälse schlingen sich umeinander, als würden sie tanzen oder als wären sie in einen intimen Liebesakt vertieft.

Es ist nichts Bemerkenswertes an der Figur. Sie ist weder besonders detailliert noch schön oder hässlich. Was mich dazu bringt, stehen zu bleiben und sie anzusehen, ist das, was mit ihnen nicht stimmt.

Die Farbe der Schwäne.

Sie sind nicht weiß.

Sie sind schwarz.

VOR EIN PAAR JAHREN HABE ich einem jungen Mann geholfen. Eigentlich bin ich nicht dort gewesen, um mit ihm zu reden, es war seine Mutter, die aus der Spur geraten war. Sie hatte sie in ein verlassenes Dorf geschleppt, sich in einem Zimmer eingeschlossen und ließ seine autistische Schwester verhungern. Es klingt krank, aber selbst verirrte Menschen sehen oft gute Gründe für das, was sie tun.

Nach jedem Besuch bei der Mutter traf ich mich auch mit dem Sohn, und wir redeten miteinander, obwohl wir es eigentlich nicht sollten.

Er hieß Niklas.

Etwas an ihm war anders. Ich höre bei meiner Arbeit oft Menschen zu und lasse sie Dinge erzählen, die sie in sich verborgen halten, mit dem sie so lange gelebt haben, dass es sie zerfrisst. Aber Niklas brachte auch mich zum Reden. Zu ihm sagte ich Sachen, bei denen ich mir auf dem Rückweg nicht sicher war, ob ich es bereute oder ob ich froh darüber war, es mit jemandem teilen zu können, der zuhörte.

Er wartete für gewöhnlich an einem Teich auf mich, der ein Stück von ihrem Wohnort entfernt lag.

In dem Teich lebte ein Schwan. Wir nannten ihn Alexander, weil er so majestätisch war. Wir fütterten ihn immer mit mitgebrachtem Brot, ich habe zwar irgendwo gehört, dass man das nicht tun soll, aber wir machten es trotzdem.

Ich denke oft an Niklas. Den jungen Mann mit dem Schwan. Vielleicht auf eine Art und Weise, wie ich es nicht tun sollte. In unbeobachteten Momenten brennen die Gedanken durch, bevor ich sie aufhalten kann, und bauen ein gemeinsames Leben mit ihm auf. Ein Leben, das nichts mit der Wirklichkeit zu tun hat oder mit dem, was Peter und ich teilen, du darfst nicht denken, dass ich so bin.

Aber trotzdem. Die Gedanken suchen Niklas auf, betreten ein alternatives Universum, das nichts mit diesem hier zu tun hat, und in der Fantasie fülle ich wieder die Lücken, die eigentlich nicht möglich sind. Ich stelle mir einfach vor, nur in Gedanken, wie es sein würde. Er und ich.

In manchen Menschen steckt so viel.

Sie haben Platz für Sehnsucht, Wärme, Scham, alles in einem.

Als ich dort vor der Kate stehe und zu den Porzellanschwänen im Fenster hochschaue, taucht Niklas in mir auf.

Wenn er hier wäre, würde ich sagen, dass mich die Schwäne an Alexander erinnern. Er würde verstehen, was ich meine, aber trotzdem antworten, dass es nicht Alexander sein kann. Schwäne leben in Paaren, würde er sagen. Sie finden jemanden und bleiben dann ihr Leben lang mit ihm zusammen. Anders als Menschen.

Alexander war allein, er hatte niemanden.

Nur uns.

ICH GEHE ZUR TREPPE VOR der Haustür. Lausche auf Lebenszeichen, Anhaltspunkte, Gründe, warum ich hierhergeführt wurde.

Aber ich kann nichts erkennen. Die Tür ist abgeschlossen, durch das alte Holz dringen keine Geräusche zu mir heraus. Ich höre nur den See, sein Rauschen, wenn die Wellen gegen die Buchten und Strände schlagen. Je mehr ich lausche, desto lauter klingt es, der See ertränkt alle anderen Laute, wie der Brecher im Bergwerk. Als würde er mich davor warnen, in das Haus zu gehen, warnen, das, was mich dort drinnen erwartet, werde mir nicht guttun.

Trotzdem hebe ich die Fußmatte hoch, um nachzuschauen, ob der Schlüssel unter ihr liegt. Viele hier in der Gegend machen es noch so, sie lassen den Weg in ihr Zuhause offen, als würden sie denken, das Böse reiche nicht bis hierher, hätte uns nicht gezwungen, uns gegen andere abzuriegeln.

Aber unter der Fußmatte ist kein Schlüssel. Auch nicht auf der Leiste über der Tür oder an der Kante der Außenlampe oder an einem Nagel im Schuppen, sogar dort sehe ich nach.

Schließlich gebe ich auf und kehre zum Haus zurück. Ich stelle mich wieder an die sterbende Wand. Unter dem kleinen Fenster mit den Porzellanschwänen gibt es ein größeres Fenster zum Untergeschoss. Die Zweige der sterbenden Pflanzen sind auch um dieses Fenster herum verdrängt worden, sodass sein Glas ein Viereck aus einer blauen Himmelsspiegelung mitten im stellenweisen Dahinwelken bildet. Ich trete vor, drücke meine hohlen Hände gegen die kühle Oberfläche und versuche, mit zusammengekniffenen Augen zu erahnen, was auf der anderen Seite ist. Aber ich sehe nichts, weil mir mein eigenes verschwommenes Spiegelbild den Weg versperrt, als würde selbst ich mich daran hindern wollen weiterzukommen.

Aber genau das ist doch die Idee, ich soll in die Hütte, oder nicht?

Eine Windböe zieht über den See, wellt die Oberfläche dort, wo sie vorbeikommt, während ich in der Handtasche nach der Waffe wühle, die mir gegeben wurde. Ich hole die Pistole heraus und halte sie genau so wie die Leute, die sich damit auskennen, ich wiege sie, mustere sie, ganz nach Vorschrift, so als wäre ihr Aussehen veränderlich.

Die Mündung ist jetzt rußig. Das wurde sie sicher, als Robin und ich geschossen haben. Bei *CSI* suchen sie nach Spuren von Schießpulver auf den Händen verdächtiger Täter. Ich betrachte meine langen und schmalen Finger, sehe aber nichts. Vorsichtig reibe ich die rußige Mündung mit dem Ärmel meines Mantels ab, aber das Schwarze verschwindet nicht.

Dann hebe ich die Waffe und schlage sie, so hart ich kann, gegen die Scheibe mit dem blauen Himmel.

DAS GLAS ZERBRICHT MIT EINEM ohrenbetäubenden Klirren. Dann ist wieder alles still, bis auf den See und den Wind. Ein wenig schafsköpfig stehe ich dort und schaue mir an, was ich angerichtet habe. Aus dem Fensterrahmen ragen längliche Scherben wie blinde Karten fremder Länder. Ich schlage sie weg, nehme Anlauf und springe hoch, winde mich durch die Öffnung nach innen, auf einen Küchentisch, der auf der anderen Seite steht. So schnell wie möglich ziehe ich mich auf den Boden und dann rückwärts in eine Ecke zurück. Lange stehe ich dort und ziele einfach nur mit der Pistole in das dunkle Zimmer vor mir, höre mich selbst heftig atmen. Mein Herz schlägt so stark, dass sich die Pistole in seinem Takt bewegt. Ich versuche, auf etwas Fremdes zu lauschen, auf Schritte, die nicht meine sind, unbekannte Atemzüge, irgendwelche Spuren, dass jemand hier ist, dem ich gleich begegnen werde.

Aber nichts ist zu hören.

Schließlich lasse ich die Pistole sinken. Das Haus ist leer. Wenn man auf seine Sinne hört, weiß man es. Ich gehe ein paar prüfende Schritte über den Boden und die Glassplitter, die unter meinen Absätzen knirschen.

Ich mag die Einrichtung hier. Das ist es, woran ich denke, als ich in der Hütte herumlaufe, in die ich eingebrochen bin. Ich sollte keine Notiz vom Holzboden, den Möbeln und Tapeten nehmen, trotzdem tue ich es. Wenn man die Kontrolle verliert, sucht man nach vertrauten Dingen. Alles in der großen Küche ist alt und abgenutzt, allerdings mit Absicht. Nicht wie beim Katzenmörder und Maria, wo die Dinge einfach verschleißen durften. Indem man einer Sache Alter verleiht, kann man sie zeitlos machen.

Vorsichtig streichle ich mit der Hand über eine alte Lampe, deren Stoff sich so spröde anfühlt, dass ich denke, er würde durch meine Berührung reißen.

Ich gehe weiter ins Haus hinein, an der abgeblätterten Kommode im Flur vorbei, die von vergangenen Zeiten flüstert, von Erinnerungen, die in der Zeitspanne eines einzelnen Menschen nicht genügend Platz haben. Im Wohnzimmer bleibe ich vor einem großen Sofa stehen, das sowohl alt als auch modern ist. Ich habe schon immer so eines gewollt, mit einer Rückenlehne bis zum Nacken.

Aber ich bleibe nicht vor dem Sofa stehen, um es zu bewundern.

Auf seinem blassen Stoff sitzt ein Mädchen.

DAS MÄDCHEN, DAS ICH SEHE, ist nicht dort, nicht wirklich. Aber sie tritt ebenso deutlich in Erscheinung, als ob sie es wäre. Sie sitzt zusammengekauert auf dem Sofa, ihre Beine unter sich, wie man es tut, wenn man friert oder wenn man zu klein ist und die Beine sonst nach vorne abstehen.

Sie hat nur Unterwäsche an und atmet heftig, kurze, schnelle Züge, nicht diese langen, sanften von Peter, wenn sich seine Brust beim Schlafen hebt und senkt. Sie ist ruhelos, man merkt es vielleicht am deutlichsten an ihren Händen, die sie gewaltsam ringt, als wollte sie etwas entfernen, das sie berührt haben. Oder etwas, das sie – wie sie weiß – berühren *werden*.

Sie sieht an mir vorbei, ihre Aufmerksamkeit ist auf die Küche gerichtet, aus der ich gerade gekommen bin. Jetzt sind dort Stimmen zu hören. Die Männer, die kommen sollten, sind jetzt hier. Sie reden dort mit Petrescu.

Sie lauscht. Sie kann kein Schwedisch, sollte also nicht verstehen, was sie sagen. Aber sie tut es trotzdem.

So fängt es immer an, unbekannte Männer, unverständliche Worte, sie geben Petrescu Geld, und dann wenden sie sich ihr zu.

Ihre Finger kratzen jetzt an ihren lackierten Nägeln. Jeden Augenblick wird der erste hereinkommen und sie holen, sie mit nach oben ins Schlafzimmer nehmen, das sie noch nicht gesehen hat, er wird sich ihrem Körper nähern, unbeholfen oder rücksichtslos, sie weiß noch nicht, wie er sein wird, nur dass es jetzt kurz bevorsteht, sie kann schon mit dem Rückwärtszählen beginnen, bei zwanzig loslegen, und wenn sie bis null kommt, kann sie einfach wieder von vorne anfangen.

Eine ganze Weile stehe ich da und betrachte sie. Das Mädchen, das eigentlich nicht da ist.

Sie ist stark geschminkt, trägt Unterwäsche und sieht genauso aus wie auf dem Bild, das ich nicht mag, das ich von der Frau in der Unterkunft für die Opfer von Menschenhandel bekommen habe. Aber gleichzeitig auch wieder nicht. Man kann nicht das gesamte Wesen eines Menschen auf einem Foto einfangen, es bildet nicht alles ab, die Seele wartet irgendwo außerhalb.

Sie ist so jung. Ich komme nicht darüber hinweg. Höchstens achtzehn oder neunzehn Jahre, in vielerlei Hinsicht immer noch ein Kind. Und trotzdem sitzt sie dort auf dem schönen Sofa und wartet darauf, dass sich fremde Männer an ihr vergehen.

Und dieses Mal wird etwas schiefgehen. Sie selbst weiß es nicht, ich aber schon. Einer der Männer in der Küche wird sie im See unter Wasser drücken, bis sie einatmet und sich selbst erstickt.

»Wie kann ich dir helfen, Anja?«, frage ich, obwohl das, was ich sehe, nicht echt ist, obwohl die Zeit eine undurchdringbare Barriere zwischen uns bildet und meine Sprache nicht die ihre ist.

Trotzdem dreht sie sich bei meinen Worten zu mir.

»Geh nach oben«, sagt sie. »Was du sehen sollst, wartet dort auf dich.«

Sie sagt nichts weiter. Dreht den Kopf nur wieder zur Küche und zerkratzt ihre Fingernägel.

DAS ZIMMER, IN DAS ICH hinaufkomme, ähnelt dem, in dem die Schwester des Katzenmörders gelegen hat. Die gleiche Dachschräge, das gleiche Gefühl des Eingesperrtseins. Das kleine Fenster mit den Stoffblumen und der Porzellanfigur spendet kaum Licht.

Ein großes Bett bildet den Großteil der Einrichtung. Darüber ein dünner Baldachin, an den Seiten ein Paar ziemlich kleiner Nachttische und eine Kommode neben der Tür, das ist alles. Eine weiße Tagesdecke liegt zusammen mit ein paar ausgefransten Kissen auf dem Bett.

Ich schaue mich um, verstehe aber nicht, was ich dort sehen soll.

»Was entgeht mir hier?«, frage ich ins Zimmer hinein.

Und dann ist sie wieder da. Aus dem Nichts liegt sie auf dem Bett, das plötzlich zerwühlt ist, das Laken zerknittert, das Zimmer dunkel, und auf sie drängen sich die Männer, die gerade noch unten zu hören waren, Robin und die anderen, ich sehe sie alle gleichzeitig, sie verschwimmen ineinander, die Gestalten wechseln, während sie sie einer nach dem anderen vergewaltigen, unterschiedliche weiße Hintern lösen sich gegenseitig ab, bleiche Rücken, von Caps zerzauste Haare.

Was ich hier wahrnehme, ist schon geschehen, ich kann es nicht mehr beeinflussen. Trotzdem knie ich mich neben das Bett, versuche, ihre Hand zu fassen, um ihr zu zeigen, dass ich hier bin, dass sie nicht allein ist, dass ich sie von hier wegzerren und dem hier ein Ende machen will.

Aber meine Hand kann ihre nicht berühren.

»Was soll ich sehen?«, frage ich. »Hilf mir, damit ich dir helfen kann.«

Sie antwortet dieses Mal nicht. Aber ihr Blick ist aufs Fenster gerichtet. Zur Porzellanfigur mit den schwarzen Schwänen, aus irgendeinem Grund verstehe ich, dass sie sie ansieht. Was die Männer auf ihr auch tun, sie weigert sich, die Figur aus den Augen zu lassen.

Ich stehe auf, trete ans Fenster und nehme sie in die Hand, finde selbst dann noch, dass sie nichts Bemerkenswertes an sich hat. Ich glaube nicht, dass sie handgemacht ist, sondern einfach etwas, das man beim Warenhaus Åhléns für ein paar Zehn-Kronen-Stücke kaufen kann.

Die Figur stellt nicht das dar, was ich zuerst gedacht habe. Es sind Schwäne, aber aus der Nähe habe ich nicht mehr das Gefühl, dass es ein Liebesakt ist. Der größere Schwan streckt seinen Hals zum Himmel, als wollte er wegfliegen, während der andere sich um ihn schlingt, um ihn zurückzuhalten.

Ich kann nur schwer begreifen, warum das Mädchen so auf die Figur fixiert ist. Ich nehme sie mit und gehe zurück zum Bett.

»Warum schaust du die hier an?«, frage ich.

»Sie erzählt eine Geschichte«, antwortet sie.

»Eine Geschichte?«

Ihr nackter Körper wird von der formlosen Masse aus Männern in die Matratze gedrückt, aber es ist so, als würde sie es nicht bemerken.

»In den Hotelzimmern, zu denen sie mich bringen, gibt es nichts Menschliches, an das man sich halten kann«, sagt sie.

»Aber hier hat sich jemand dafür *entschieden*, Schwäne zu haben.«

»Warum ist das wichtig?«, frage ich.

Das Mädchen antwortet lange Zeit nicht. Sie liegt einfach nur dort, die Männer auf ihr wechseln sich ab.

»Wenn alles Menschliche um dich herum endet, hörst sogar du selbst auf, ein Mensch zu sein«, sagt sie.

Und die Szene vor mir verschwindet.

VOR EINIGEN JAHREN BEKAM ICH einmal den Auftrag, einer Familie zu helfen. Sie wohnten außerhalb von Hjoggböle, einem Dorf wie unserem, nur eben ein anderes. Menschen, die genauso gut wir hätten sein können.

Der Rasen vor ihrem Haus war zu lang. Verlorene Erwachsene bedingen verlorene Kinder, ich habe schon darüber gesprochen. Ohne Führung wird der Weg, dem man folgen soll, nicht nachvollziehbar.

Niemandem in der Familie ging es gut, aber vor allem der Sohn hatte den Halt verloren. Seine Eltern erzählten, wie schlecht er sich in der Schule benahm. Der Sohn selbst erzählte davon, wie sein Vater ihn geschlagen hatte, obwohl er nicht getan hatte, wofür er beschuldigt worden war.

Alles hat einen Anfang, einen Ursprung, der manchmal weit in der Vergangenheit liegt, doch wenn man in der Tiefe gräbt, findet man ihn.

Ich war damals jung und fertig ausgebildet, aber nicht *fertig* als Sozialarbeiterin oder als Mensch.

»Warum hast du es niemandem gesagt?«, fragte ich den Jungen, als er von den Fehlentscheidungen seiner Eltern erzählte. »Warum hast du nicht Alarm geschlagen?«, und damit machte ich ihn mitverantwortlich.

Ich denke manchmal daran. Will in jenen Augenblick zurückreisen, etwas anderes sagen, überhaupt nichts sagen.

Der Junge dachte vermutlich das Gleiche wie ich, weil er keine Antwort darauf hatte.

Ich weiß eigentlich nicht, warum ich das hier erzähle. Du verstehst es wahrscheinlich trotzdem. Anna von der Unterkunft für die Opfer von Menschenhandel hat schließlich bereits erklärt, wie es funktioniert.

Für Kinder. Für Frauen unter den Schwingen der Falken.

Es reicht nicht, fliehen zu wollen, man braucht etwas, *zu dem* man fliehen kann.

Ich denke daran, als ich allein die Treppe heruntergehe, fort von dem Zimmer, den ein Teil von Anja niemals verlassen wird.

DRAUSSEN AUF DEM RASEN STEHT ein kleiner angestrichener Tisch mit zwei Stühlen, dort warte ich auf die anderen. Ich setze mich auf den Tisch, nicht auf die Stühle – denn sogar hier ist sie. Nicht auf die gleiche Weise wie eben, ich erahne sie hier nur, vielleicht am ehesten aufgrund der Zigarettenstummel, die im struppigen Gras liegen. Sie sitzt hier mit Petrescu, ich erkenne ihn aus Lindas Erinnerungen wieder. Diesmal ist sie angezogen, trägt einen gelben Strickpullover. Sie rauchen, kurz bevor alles schiefgehen wird, bevor er oder einer der anderen sie zur Bucht führt und sie dort zurücklässt.

Ich schaue auf den See hinaus. Lausche seinem stillen Rauschen, den unzähligen Wellen.

Etwas Eigenartiges ist in das Wesen der Zeit eingewebt. Zuvor habe ich es eine *Linie*, eine *Barriere* genannt. *Nebel* ist auch möglich. Ein Dunstschleier, durch den man nicht nach vorne sehen kann, nur zurückblicken, erahnen, woher man gekommen ist.

Unser Blick ist nach vorne gerichtet, während wir auf dem Seil tanzen, das für uns aufgespannt wurde, wir schauen in den Nebel, versuchen, das Unerkennbare vor uns zu erkennen. Hier saß sie, rauchte, kniff die Augen zusammen, als die Sonne zwischen den Wolken Verstecken spielte, hörte die Wellen schlagen, ohne zu wissen, was nur Minuten entfernt im Schleier auf sie wartete.

Ich erschaudere. Als wollte der Körper abschütteln, was ich gerade sehen musste.

Sie verändert sich, denke ich wieder.

Meine Fähigkeit. Das, was ich kann.

Ich habe noch nie zuvor erlebt, dass sich ein Ort für mich öffnet, dass er mir zeigt, was er im Dunst der Vergangenheit verhüllt.

Nur Menschen machen das. Wenn Raum und Mensch übereinstimmen, so wie jetzt hier, kommen sie mir zwangsläufig zu nahe, dann habe ich keine Möglichkeit, mich zu wehren.

Aber vielleicht passiert es deswegen.

Damit ich mich dieses Mal nicht wehren kann?

PETER KOMMT ALS ERSTER. Er setzt sich neben mich auf den Tisch. Legt mir den Arm um die Schultern und drückt mich so fest, dass es schon fast schmerzt, er weiß, dass ich es so möchte. »Ich habe Mange angerufen, wie du gesagt hast«, erklärt er. »Es ins Rollen gebracht. Sie sind auf dem Weg hierher.«

Er stellt keine der Fragen, die in ihm rumoren müssen. Stattdessen streichelt er mir leicht über das Haar, fasst eine Strähne und folgt ihr mit den Fingern, er weiß, dass mir auch das gefällt. Seine Hand ist warm, aus irgendeinem Grund sind seine Hände das immer.

»Wir können wegfahren«, schlägt er vor. »Wir müssen nicht hier warten. Ich habe ihnen den Weg erklärt. Die anderen können ohne uns nach Beweisen suchen.«

»Wir bleiben«, entgegne ich. »Das tun wir.«

»Sicher?«

Ich nicke. »Das ist schon in Ordnung.«

Er umarmt mich wieder fester, und so sitzen wir schweigend, wie neulich nachts, und sind uns nahe. Wir lassen unsere Beine am Abgrund zum Ungreifbaren baumeln.

ES IST EIN WENIG SO, wie als Anja gefunden wurde. Nicht ganz so viele Autos und Polizisten wie damals, aber beinahe. Ich habe wieder das Gefühl, dass es mehr sind, als nötig ist.

Ich versuche zu erkennen, ob es die gleichen Menschen wie damals sind. Aber es ist schwierig. Leute, mit denen ich nicht rede, verschwimmen für gewöhnlich miteinander. Mange und Christian sind natürlich hier. Jonte ebenfalls, der Jonny-Jimmy, der uns am ersten Tag gefahren hat. Ein Mann mit schütterem Haar und Säufernase kommt mir bekannt vor. Ich erinnere mich daran, wie betrübt sein Gesichtsausdruck war und wie sorgfältig er zu sein schien. Auch jetzt ist er es wieder. Er dirigiert die Jonny-Jimmys, und als sie den Schuppen untersuchen sollen, befiehlt er ihnen, sich gegenseitig Deckung zu geben und mit gezogenen Pistolen dorthin zu gehen, obwohl sie eigentlich begriffen haben müssen, dass dort niemand ist.

Ich habe das Gefühl, dass er übertreibt und so tut, als wäre er in einem Fernsehkrimi. Aber in Wirklichkeit ist es wahrscheinlich andersherum. Hollywood und die Beck-Filme kopieren das hier. Es gibt keinen Ort mehr, wohin die Tentakel des Bösen aus diesen Filmen nicht reichen.

Hinterm Schuppen senkt sich eine Böschung mit hohem Gras und Brennnesseln vom letzten Jahr. Ein paar Elstern haben seit meiner Ankunft dort gekreist, jetzt verschwinden sie, weil Jonte und ein weiterer Jonny-Jimmy dort herumlaufen und mit den Füßen nach verborgenen Sachen zwischen den chaotisch gefallenen Halmen suchen.

Der Anblick von Jonte und dem anderen erinnert mich an etwas, das ich manchmal in Jonas wahrnehme, eine Episode von jenen, die ich in ihm sehe, aber nicht verstehe. In dieser ist er jung, läuft in ähnlich langem Gras herum und sucht nach einer Jacke. Sie gehört Vera, seiner späteren Jugendliebe, die sein Herz brechen wird, immer wieder, sie wird ihn mindestens genauso prägen wie ich. Aber davon hat er noch keine Ahnung, als er dort herumläuft.

Die Szene ist seltsam, weil er zwar nach der Jacke sucht, sie aber eigentlich nicht finden will. Und wenn er sie findet, weiß er nicht, was er damit tun will, ob er sie aufhebt oder liegen lässt.

Ich kann Jonas nicht nach der Bedeutung dessen fragen, was ich sehe, weil ich meine Fähigkeit vor ihm geheim halte. Aber er erinnert sich daran, wenn er an Vera denkt. Und errötet jedes Mal, wenn es in ihm hochkommt.

Jonte ist im Gras stehen geblieben. Er sagt etwas zu dem anderen Jonny-Jimmy, der zu ihm geht. Einen Moment lang stehen sie dort und schauen.

Kurz denke ich, sie hätten Veras Jacke gefunden, nach der mein Sohn vor all den Jahren gesucht hat. Und dass alles, was geschieht, miteinander zusammenhängt, wie in einem Netz, wir sehen es nur nicht, weil wir ihm zu nahe sind.

Jonte hat ein Kleidungsstück gefunden. Aber nicht Veras Jacke. Das, wonach er sich bückt und was er mit der behandschuhten Hand hochhebt, ist ein Pullover.

Ich erkenne ihn.

Es ist der Pullover, den Anja kurz vor ihrer Ermordung getragen hat.

SIE RUFEN MANGE, DER AUF dem Hof steht. Als er Jonte den Pullover hochhalten sieht, begreift er sofort, dass es etwas Wichtiges ist. Er geht schnell Christian holen, die Säufernase kommt ebenfalls mit ihren Jonny-Jimmys, ja, einfach alle, wie beim Eröffnungsstoß eines Billardspiels, wenn die Kugeln ins Rollen gebracht werden.

Sogar ich stehe auf, Peter ebenso, und wie die letzten beiden Kugeln rollen auch wir dorthin.

Sie haben einen Kreis um Jonte gebildet. Ich versuche, zwischen ihre Schultern hindurchzusehen, um einen genaueren Blick auf den Pullover erhaschen zu können.

Er ist schmutzig und formlos. Wenn sie noch leben würde, hätte sie ihn nicht mehr tragen können. Ich weiß nicht, warum mich das so mitnimmt, ebenso wie die Tatsache, dass er so klein ist. Es sieht fast nach einer Kindergröße aus, obwohl dieses Pullovermodell von der Passform her ein wenig weiter getragen wird.

Mange sieht sich um, bis er mich hinter sich erblickt. Da bedeutet er den anderen, dass sie mich durchlassen sollen.

»Gehört der Anja?«, fragt er, als ich nach vorne trete.

»Ja, es ist ihrer.«

»Warum liegt er hier?«

»Sie hat ihn am Strand getragen«, erkläre ich. »Petrescu hat ihre Kleidung hier hingeworfen, bevor er weggefahren ist, damit sie nicht gefunden wird.«

Als Mange fragt, weiß ich es. Und ich sehe, dass es Petrescu ist, der die Kleidungsstücke wegwirft, er will, dass sie verschwinden.

»Petrescu?«, wiederholt Mange.

Ich nicke.

Petrescu steht mit einem Bündel Kleidung auf dem Hof. Einen Augenblick lang zögert er, dann geht er zur Böschung, wo der gemähte Rasen endet, so als wollte er mit seinen Schuhen nicht das hohe Gras betreten. Dann schleudert er sie mit einer kreisenden Bewegung weg, so weit er kann, wie ein Diskuswerfer.

»Hier liegt also noch mehr Kleidung von ihr?«, fragt Mange.

»Ja, alles, was sie am Strand getragen hat, ist hier. Alles wurde hier weggeworfen.«

Die Säufernase bedeutet Jonte und dem anderen Jonny-Jimmy, dass sie weitersuchen sollen.

Die Hose taucht direkt neben dem Pullover auf, eine Bluse mit einem Aufdruck, den ich nicht genauer erkennen kann, liegt etwas weiter entfernt, ein Paar Schuhe, eine weiße Jacke und ein zu großer BH, er passt nicht zu der restlichen Kleidung.

Die Säufernase steckt alles in große Tüten, beschriftet sie und platziert Kegel an den Orten, wo die Kleidungsstücke gefunden wurden, als würde er glauben, dass sie in einem bestimmten Muster gelandet sind.

»Siehst du noch etwas?«, fragt Mange, während wir die methodische und langsame Arbeit der Säufernase beobachten. Bei der Frage drehen sich alle zu mir.

»Was mit der Kleidung zu tun hat?«, vergewissere ich mich.

»Ja. Oder allgemein. Was auch immer. Irgendwas, das du noch *wahrnimmst*? Etwas, das für uns von Nutzen sein kann?«

»Ich weiß nicht mehr als das, was ich gesagt habe«, entgegne ich etwas zu schnell. »Sie wurde dort drinnen missbraucht. Das ist alles, was ich weiß. Und dann noch das mit der Kleidung.«

Sie sehen mich weiter an, als würden sie merken, dass ich lüge, als stünde mir Robins Name auf der Stirn geschrieben. Aber offensichtlich tut er das nicht, weil Mange nickt.

»Okay. Gut.«

Er will mich gerade gehen lassen.

»Oder, eine Sache gibt es noch«, sage ich.

Ein vages Detail, das mir in den Sinn kam, als Peter und ich auf dem Tisch über den Zigarettenstummeln gesessen haben und ich mich an ihm genauso festgeklammert habe wie an dem Gefühl, dass ich dem Licht und nicht der Dunkelheit diene.

»Sie hat mit Petrescu draußen bei den Gartenmöbeln gesessen und geraucht. Da, wo Peter und ich gewartet haben.«

»Ja?«

»Sie haben morgens geraucht. Und die Freier waren nicht mehr hier.«

Christian versteht es sofort. »Sie hat also noch gelebt, als die Freier gefahren sind?«, fragt er.

»Ja. So muss es doch gewesen sein?«

Mange und Christian sehen sich an. »Und sie hat mit Petrescu dort gesessen?«, hakt Mange nach.

»Ich glaube schon. Auf dem Boden liegen Stummel. Ihr könnt sie überprüfen.«

Die Billardkugeln rollen wieder, diesmal zum Tisch und zu den Stühlen. Die Säufernase zaubert neue Tüten herbei, dieses Mal kleinere, in die er die Zigarettenreste steckt.

Peter und ich sind auf sie draufgetreten, auf fast alle, auf einem Stummel kann ich sogar noch das Muster von Peters Schuhsohle erkennen, aber die Säufernase sagt nichts dazu. Er sieht zufrieden aus, vielleicht ist es egal.

»Du siehst müde aus«, sagt Mange zu mir, als sich die Kugeln wieder auf dem Hof verteilen.

So deutet er es also.

»Ja, mir ist ein wenig schwindlig.«

Mange lächelt aufmunternd. »Du kannst bald fahren. Aber ich möchte gerne, dass du bleibst, bis wir die letzten Dinge überprüft haben.«

»Natürlich.«

»Ich hoffe, du verstehst, wie unbezahlbar du bist?«

Er lächelt mich wieder an, und ich denke, dass die Hotelnacht vielleicht trotz allem nicht zwischen uns steht.

Aber als ich seinem Blick begegne und sein Lächeln erwidere, weicht er mir ein wenig zu schnell aus.

ES DÄMMERT, ALS WIR ENDLICH fahren dürfen. Peter nimmt mich mit. Ich habe ihn darum gebeten. Ein Jonny-Jimmy kommt später mit meinem Auto, das war kein Problem.

Erst jetzt, als wir den Ort verlassen und ich mich entspanne, spüre ich, wie hungrig ich bin. Meine Hände zittern beinahe, ich habe seit gestern Abend nichts gegessen.

Auch Peter hat kein Mittagessen gehabt. Es setzt ihm mehr zu als mir, er hängt fast über dem Steuer, als er versucht, sich auf die Straße zu konzentrieren.

Ich strecke die Hand aus und streichle seine Schulter, wie er es sonst bei mir macht. Er richtet sich ein wenig auf, als wollte er für mich vorgeben, stark zu sein.

»Danke«, sage ich. Ich erkläre nicht, wofür.

Wir kommen zu dem Bergkamm, wo der Kahlschlag wieder freie Sicht auf den See unten im Tal erlaubt.

Zu dieser Zeit am Abend ist es schön. Der Himmel über uns ist vollkommen rosa, die Farben spiegeln sich im Wasser und erschaffen eine verschwommene Zwillingswelt.

Aber gerade in diesem Moment fühlt sich das Schöne einfach nur falsch an. Als würde Gott uns täuschen. Wir sollen die Farben hier betrachten und denken: *Die Welt ist doch trotzdem ziemlich schön. Und all das ignorieren, was nicht schön ist?*

»Ist Gott uns wohlgesinnt?«, frage ich.

Peter reagiert erst nicht auf die Frage. Vielleicht hat er schon erwartet, dass etwas Ähnliches von mir kommen würde. »Natürlich, das versteht sich von selbst«, erwidert er.

»Tut es das wirklich?«

»Was dem Mädchen zugestoßen ist, hat nichts mit Gott zu tun. Nichts von alldem hier hat etwas damit zu tun«, sagt er.

»Was hat dann mit Gott zu tun?«

Normalerweise provozieren solche Gespräche meinen Mann. Für ihn hat alles seine Ordnung, Dinge zu hinterfragen kann sie nur zerstören, unterbewusst denkt er so. Aber jetzt seufzt er nur leicht. »Gott ist Liebe«, sagt er.

»Jetzt berufst du dich auf eine der fertigen Antworten der Kirche.«

»Vielleicht weil sie stimmt?«

Ich schüttle unwillig mit dem Kopf. »Wenn Gott Liebe ist, dann ist es doch so, wie ich gesagt habe, dann hat er mit dem meisten hier auf der Erde nichts zu tun. Dann sitzt er nur dort oben und schaut zu.«

»Da liegst du falsch«, sagt Peter. »Gerade in der Dunkelheit braucht man die Liebe am allermeisten.«

Ich erkenne dieses Gespräch wieder. Irgendwann vor langer Zeit habe ich es mit Jonas geführt. Aber damals sind die Rollen vertauscht gewesen, und ich habe das gesagt, was Peter jetzt sagt, Jonas war derjenige, der Licht brauchte. Offenbar war Peter damals dabei und hat es sich gemerkt.

»Es ist so einfach zu glauben, dass Gott Erdbeben, Dürre und Überschwemmungen schickt und dass er Menschen tötet«, sagt er, so wie ich es gemacht habe. »Aber das ist die falsche Sichtweise. Wir dürfen uns die Welt ohnehin nur einen Augenblick ausleihen, wir können nicht davon ausgehen, dass wir alle hier leben dürfen, bis wir alt werden.«

»Also ist es für Gott okay, dass Anja niemals erwachsen werden durfte?«, frage ich.

»Natürlich ist es das nicht.«

Ich warte darauf, dass Peter weiterredet, aber er tut es nicht, vielleicht verlief das Gespräch von Jonas und mir hier in eine andere Richtung.

»Es passt einfach nicht zusammen«, sage ich und schüttle den Kopf, über ihn, über mich.

Wir holen einen alten Volvo ein, so einen, der im Wind heult. Ich überlege, einen Kommentar darüber zu machen. Dass die Straßen früher voll von solchen Autos waren, dass sie aber jetzt verschwunden sind, sie wurden schrittweise ausgetauscht, so langsam, dass man es nicht bemerkt hat. Aber Peter schert einfach aus und überholt ihn, lässt ihn hinter uns.

»Warum gehen wir nicht mehr in die Kirche?«, frage ich.

»Jetzt kommen hier aber alle Fragen auf einmal.«

»Früher waren wir regelmäßig dort«, fahre ich fort. »Du bist deine gesamte Kindheit über in die Kirche gegangen. Jetzt spielt es für dich scheinbar keine Rolle mehr, ob es einen Gott gibt oder nicht.«

»Du wolltest doch nicht mehr gehen«, sagt er.

»Ja, weil es dir egal ist.«

Vielleicht mache ich es zu einer Anschuldigung, aber er protestiert nicht. »Gott findet man nicht nur in der Kirche«, sagt er.

»Ja, ich weiß, *Gott findet man ebenso in einem Sonnenaufgang und einer Blumenwiese.*«

Ich mache mich ein wenig darüber lustig, wie er es immer ausdrückt, also antwortet Peter nicht.

Er sieht etwas gekränkt aus. Ich sollte es auf sich beruhen lassen. Aber ich bin noch nicht bereit, das Gespräch zu beenden.

»Ist Gott uns wirklich wohlgesinnt?«, beharre ich.

Peter versteht die Frage immer noch nicht. »Ja, das ist er«, entgegnet er beinahe sauer. »Wie sollte es sonst sein?«

Es gibt so viele Möglichkeiten, wie es sonst sein könnte. Wenn man einfach nur auf die letzten Tage zurückschaut, gibt es gewisse Dinge, die dafürsprechen.

Aber ich sage es nicht. Denn wenn wir diese Diskussion fortführen, werde ich allein sein. Er wird mir nicht hinunter in die Dunkelheit folgen, wird sich instinktiv weigern.

Denn ebendort entstehen Erinnerungen, die nirgends richtig Platz haben.

AM MONTAGMORGEN KLOPFT ES ziemlich früh an der Tür. Ich habe wie gesagt keine Fälle bei Samgården, während die Ermittlungen andauern, also bin ich im Bett liegen geblieben und wieder eingeschlafen. Heute konnte ich das.

Es klopft noch einmal. Peter ist vor Langem zur Arbeit gefahren, also kann ich ihn nicht bitten aufzumachen. Ich gehe in meinem Morgenmantel zum Fenster und schaue hinaus. Manges Auto steht in der Auffahrt. Zuerst gedenke ich, ihn warten zu lassen, mich anzuziehen und fertig zu machen, aber dann klopft er noch einmal, und so gehe ich nach unten und öffne.

Mange bemerkt, dass ich noch nicht angezogen bin, sagt aber nichts, er sieht nur ein wenig verlegen aus. Der Morgenmantel ist ziemlich kurz und dünn, sein Blick verrät es mir.

»Es ist definitiv so, wie du gesagt hast«, beginnt er und versucht, mich nicht anzusehen. »Petrescu hat sie zur Hütte gebracht. Wir haben bestätigen können, dass es die Kleidungsstücke des Opfers sind. Und die DNA eines fünften Mannes wurde auf ihnen gefunden. Auch Spermaspuren von ihm. Sehr wahrscheinlich wird sich zeigen, dass es Petrescus sind.«

Es ist heute windig. Als ich aus dem Küchenfenster hinausgesehen habe, war es zwar schon hell, der See aber dunkel, viele seiner Wellen mit schäumenden grauen Rändern auf den Kämmen. Schaumkronen, so nennt man es doch?

»Die Hütte gehört einem älteren Paar in Sunnanå«, fährt Mange fort. »Christian redet gerade mit ihnen. Wir werden sehen, ob sie was zu sagen haben.«

Er sieht mich an und wendet wieder den Blick ab, vielleicht ist er versehentlich dorthin runtergewandert, wo er nicht sein sollte.

»Was machst du hier?«, frage ich und ziehe den Morgenmantel enger um mich. »Warum hilfst du Christian nicht?«

Mange ist wieder auf Kurs. »Weil wir endlich grünes Licht bekommen haben. Wir können mit Petrescus Sohn in Umeå reden.« Er seufzt leicht. »Blondinbella war widerspenstiger als notwendig«, sagt er als Erklärung für die Verzögerung, obwohl ich nicht gefragt habe. »Und die Kinder- und Jugendpsychiatrie hatte offenbar nicht verstanden, dass wir es beim ersten Mal auf die Reihe bekommen wollen, obwohl wir recht deutlich damit waren, dass … Aber, ja. Jetzt erwarten sie uns dort auf jeden Fall gegen Mittag.«

»Was, wir fahren heute?«

»Ja, sobald du fertig bist. Alles ist so geplant, wie du es vorgeschlagen hast.«

Ich will trotzdem protestieren. Es hinauszögern, sagen, dass ich morgen vermutlich mehr … Aber dann denke ich, dass man sich sowieso nicht auf ein Gespräch mit einem Kind vorbereiten kann. Nach ein paar Minuten verwirft man immer alles, was man sich sorgfältig überlegt hat. Es geht darum zu folgen, dem Kind zuzuhören und darauf zu reagieren.

»In Ordnung«, sage ich. »Gib mir fünfzehn Minuten.«

»Auf jeden Fall.«

Ich will gerade weggehen und mich umziehen, als Mange mich aufhält.

»Kann ich kurz noch was fragen«, sagt er. »Ist das ein Tattoo?«

Er schaut auf das Dekolleté des Morgenmantels, das meine Haut entblößt. Spontan ziehe ich ihn noch einmal enger um mich, bedecke mich mit dem Stoff.

»Entschuldige«, sagt er verlegen. »Ich wollte nicht ... Ich habe es im Hotel gesehen, als du geschlafen hast, konnte aber damals nicht fragen.«

Ich entspanne mich, obwohl ich vielleicht das Gegenteil tun sollte, entscheide, dass es okay ist, dass ich mir nicht anmerken lassen werde, dass er mit seiner indiskreten Bemerkung eigentlich eine Grenze überschreitet.

»Es ist ein Muttermal«, antworte ich. »Ein Fleck.«

»Er sieht aus wie ein Tattoo.«

»Alle sagen das. Also die, die es sehen dürfen.«

Jetzt bin ich diejenige, die rot wird, weil ich höre, dass es so klang, als würde ich etwas anderes meinen.

Mange kommt ein wenig näher und schiebt den Stoff zur Seite. Er tut es tatsächlich, und ich lasse ihn.

»Es sieht aus wie ein Vogel«, sagt er. »Ein Falke oder so etwas.«

»Jeder sieht etwas anderes. Wie bei einem Rorschachtest.«

Eine Weile betrachtet er das Muttermal in meinem Dekolleté. Dann ist es so, als würden wir uns selbst dabei ertappen.

Er tritt einen Schritt zurück. Ich ziehe den Morgenmantel wieder enger um mich.

»Normalerweise zeige ich es nicht«, sage ich. »Ich knöpfe meine Hemden immer bis oben zu. Damit es niemand sehen kann.«

»Was stellt es deiner Meinung nach dar?«, fragt Mange.

»Nichts. Es ist nur ein Fleck.«

»Irgendetwas siehst du doch?«

Vielleicht lasse ich mich nur deshalb darauf ein, weil ich ihn schon so oft abgewiesen habe. »Ich war immer der Meinung, dass es wie ein Gesicht aussieht«, gestehe ich. »Also, im Profil. Von jemandem, der böse ist.«

»Jemand Böses?«

Ich fühle mich dumm, wie immer, wenn ich mich ein wenig öffne. Trotzdem schiebe ich den Bund des Morgenmantels wieder zur Seite, damit er den Fleck noch einmal sehen kann.

»Ich kann verstehen, was du meinst«, sagt er nach einer Weile.

»Peter sieht auch einen Vogel«, räume ich ein.

»Dann ist es vielleicht so, wie du sagst. Mit diesem Test.«

»Es ist nur ein Fleck.«

Ich löse mich von ihm.

Mange wartet, während ich mich fertig mache. Mir kommt der Gedanke, dass er ganz anders ist, wenn wir allein sind. Wenn er seine Rolle als Polizist verlässt, wird er zu jemand anderem.

Jemandem, dem ich mich näher fühle.

WIR FAHREN WIEDER NACH UMEÅ, in die gleiche Gegend wie beim letzten Mal, aber jetzt zu der großen Schule, an der wir damals nur vorbeigefahren sind. Schon auf dem Parkplatz kann ich das schrille Gebrüll der spielenden Kinder hören. Offenbar ist Mittagspause, denn sie rennen überall auf dem Schulhof herum, jagen Bälle oder sich gegenseitig, in Gruppen, die an Horden von Affen erinnern, diese kleinen, wie heißen sie, Makaken? Die den Touristen Kameras klauen, wenn sie nicht aufpassen.

Vor dem Eingang steht Linda, die Mutter des Jungen, zusammen mit einer Frau, sie warten auf uns. Linda sieht sehr unglücklich aus und tritt auf der Stelle, als würde sie frieren. Sie trägt einen gelben Pullover, so einen wie Anja trug, oder eigentlich nicht, dieser hier ist dünner und enger. In der Hand hält sie eine Zigarette, die sie immer wieder zum Mund führt.

Die Frau neben ihr kommt die letzten Meter auf uns zu und streckt uns ihre Hand entgegen.

»Hallo, ich bin Petra«, sagt sie. »Wir haben miteinander telefoniert.«

Das Letzte ist an Mange gerichtet. Sie ist die Sozialarbeiterin, die das hier geregelt hat.

Sie redet sofort los, wiederholt alle Anweisungen, die ich Mange gegeben habe, doch bei ihr klingt es jetzt so, als wären es ihre Vorgaben.

»Jesper ist hier auf dem Schulhof. Er weiß Bescheid, dass Sie auf dem Weg sind, um ihn zu treffen«, sagt sie zu mir. »Wir haben nicht gesagt, *warum* Sie hier sind. Wir haben es so vage wie möglich gehalten, damit er nicht versteht, worum es geht, und dann zumacht.«

»Okay, gut«, sage ich.

Sie macht eine Geste in Richtung Schulhof.

»Das ist alles. Er ist dort hinten an der Schaukel. Sie können sofort zu ihm gehen, wenn Sie wollen. Er ist bereit.«

»Danke«, sage ich.

Ich will mich gerade dorthin aufmachen, aber dann werfe ich einen letzten Blick auf Linda.

Sie steht einige Meter entfernt und sieht so aus, als würde sie nicht zuhören, als würde es sie nicht betreffen, obwohl es das in hohem Maße tut.

Der enge Pullover hebt ihren Körper hervor, die Schminke verdeckt ihr Gesicht. Ihre Zigarette ist aufgeraucht, trotzdem führt sie den Stummel weiterhin zum Mund, versucht, alles aus ihm herauszuholen.

»Ist es denn in Ordnung für Sie?«, frage ich. »Dass Jesper mit mir spricht?«

Sie fängt sich wieder, wirft den Stummel auf den Boden und tritt ihn aus, wahrscheinlich denkt sie nicht daran, dass wir auf einem Schulhof stehen.

»Es ist ja nicht so, als ob ich eine Wahl hätte«, erwidert sie.

»Sie dürfen Nein sagen«, stelle ich klar. »Wirklich.«

Ich kann spüren, wie Mange sich windet.

Linda holt ihre Zigarettenschachtel heraus und nimmt sich eine neue.

»Nein, machen Sie nur weiter. Bringen Sie Jesper dazu, seinen Vater zu verraten. Das macht nichts. Ist ja nichts, was er später mit sich herumträgt, wenn er älter wird und es versteht.«

»Linda«, sagt Petra.

»Ich weiß, ich weiß«, sagt sie.

Ich sehe, dass die Finger der jungen Frau leicht zittern, als sie damit kämpft, die Zigarette anzuzünden.

»Es ist einfach nur verdammt schwer, das hier durchzustehen«, sagt sie. »Ich glaube nicht, dass Sie auch nur annähernd verstehen, wie das ist ...«

Petra geht zu Linda und legt den Arm um sie, als ihre zitternde Stimme verstummt.

»Ramona ist ein Profi«, behauptet Petra, obwohl sie mich nicht kennt. »Sie wird Jesper in keiner Weise unter Druck setzen, er wird nicht merken, was er erzählt. Wenn er nichts sagen will, muss er es nicht tun.«

Linda schüttelt nur den Kopf, als würden wir rein gar nichts verstehen.

Und das tun wir auch nicht.

Sie redet nicht über den Jungen. Sie hält ihn wie einen Schild vor sich, als etwas, dem man die Schuld geben kann, aber in Wirklichkeit ist es ihre eigene Rolle in dem Ganzen, die schmerzt. Das Gefühl, dass all das hier ihre Schuld ist.

»Man sucht sich nicht aus, wen man liebt«, sage ich leise zu ihr.

Zuerst denke ich, dass Linda mich nicht gehört hat. Sie hat es geschafft, ihre Zigarette anzuzünden, und atmet Rauch aus, den der Wind auflöst. In ihrer Haltung liegt Resignation, und sie schweigt. Aber sie sieht mich mit einer Art Einvernehmen an.

»Geben Sie mir Ihr Handy«, bitte ich sie. Ich bekomme es und speichere meine Nummer ein. »Rufen Sie mich an, Linda«, sage ich. »Wann Sie wollen.«

Ich weiß nicht, warum ich das tue.

Einige Sekunden lang sieht sie mich genauso an wie vorher, so als würde sie mir zutrauen, dass ich es vielleicht trotz allem verstehe.

Dann dreht sie sich weg.

Und ich gehe zu den kreischenden Affen.

DIE SCHULE IST NOCH GRÖSSER, als sie letztes Mal gewirkt hat. Die kreischenden Affen sind überall. Ich stelle mich neben die Schaukel und betrachte die, die dort spielen.

Die Kinder schwingen hoch und runter, in dieser wohlbekannten, aber trotzdem schon weit entfernten Pendelbewegung. Ich kann immer noch das Gewicht des Reifens aus meiner Kindheit spüren, das glatte Gummi, von dem man manchmal heruntergerutscht ist, den Geruch, den die Metallketten auf den Händen hinterlassen haben, den Sand, der sich gleichzeitig weich und hart anfühlte, wenn man abgesprungen ist, und den Stromstoß, der bei der Landung durch die Beine gefahren ist.

So viel geht bereits während des Lebens verloren, so viel bleibt nur in einem selbst zurück.

Mir wird bewusst, dass er mich ansieht. Er schaukelt nicht, wiegt sich nur mit dem Körper vor und zurück, vielleicht hat er nicht mitgemacht, weil er auf mich gewartet hat. Als sich unsere Blicke treffen, ist er sicher, dass ich es bin.

Er lächelt tatsächlich, ein wenig vorsichtig, und kommt zu mir.

»Hallo«, sagt er.

»Hallo, Jesper.«

»Petra hat gesagt, dass du kommst.«

»Ja. Und jetzt bin ich hier.«

Jesper wartet ab, scheint über etwas nachzudenken. Da er ein Kind ist, behält er es nicht für sich. »Bist du hier, um meiner Familie zu helfen?«, fragt er.

»Ja, das kann man so sagen. Jetzt bin ich das wohl.« Dieses Mal protestiert er nicht.

»Aber vor allem wollte ich noch ein bisschen mehr mit dir reden«, sage ich.

»Warum?«

»Ich fand es nett beim letzten Mal. Als wir Eis gegessen haben und so.«

»Das können wir jetzt auch machen«, schlägt er vor.

»Na klar. Gleich dahinten ist ein Supermarkt. Sollen wir dort hingehen? Eis essen, während deine Klassenkameraden Matheaufgaben machen?«

Ich lächele, um zu zeigen, dass es ein Scherz ist, und er verzieht auch ein wenig den Mund, ebenso vorsichtig wie gerade.

»Aber die haben gleich Geschichte«, sagt er.

»Okay. Wir essen Eis, während sie etwas über alte Könige lernen.«

Wir gehen zum Supermarkt, ich kaufe ihm ein Daim-Eis, dann setzen wir uns auf eine Bank vor dem Laden. Der Himmel über uns ist von einem dünnen Flaum bedeckt, weshalb die Sonne blass erscheint. Es ist heute windig. Kleine Federwolken eilen dort oben vorüber, rasch, als ob jemand hinter ihnen her ist.

Als wir dort sitzen, sind keine Menschen zu sehen, und das Gegröle vom Schulhof ist nicht mehr zu hören. Oben in einem Baum jagen sich ein paar Eichhörnchen, abgesehen davon könnten wir auch allein im Universum sein.

Jesper hat das Eis aufgemacht, macht aber keine Anstalten, ein Gespräch zu beginnen.

»Es gibt kein Tier, das so schnell ist wie ein Falke im Sturz-flug«, sage ich als Brücke zu dem, worüber ich reden will.

Er nickt. »Ich weiß.«

»Sie können über zweihundert Kilometer in der Stunde flie-gen«, fahre ich fort.

»Nicht fliegen«, korrigiert er mich. »Sie sind *im Sturzflug.* Kein Vogel kann so schnell fliegen.«

Offensichtlich hat auch er sich über Falken schlaugemacht.

»Hast du schon mal einen gesehen? Also ich meine, einen richtigen Falken?«, frage ich.

Jesper schüttelt den Kopf. »Nein, wir wohnen doch in der Stadt. Hier gibt es solche Tiere nicht.«

»Ich wohne auf dem Land, da habe ich einen gesehen. Vor ein paar Tagen erst. Er ist über den See geflogen.«

Sein Blick ist auf die Eichhörnchen im Baum gerichtet. Ich kann nicht erkennen, ob sie spielen oder sich streiten. »War er groß?«, fragt er.

»Der Falke? Ja. Er gehörte zu einer der größten Arten. So ei-nen sollte es hier eigentlich nicht geben. Ich weiß nicht, warum er hierhergeflogen ist.«

Ich überlege, von der Nacht zu erzählen, in der Peter und ich draußen gesessen und ihn gesehen haben, aber Jesper scheint es nicht zu interessieren. Er bricht ein Stück der Schokolade ab und leckt sorgfältig am weichen Eis unter ihr. »Ich weiß, wo-rüber du eigentlich reden willst«, sagt er.

»Das tust du?«

»Mama hat es erzählt. Was Papa macht.«

»Was hat sie gesagt?«

»Dass er Geld bekommt, weil er gemein zu Mädchen ist. Dass das die Falken machen.«

Jespers Gesicht ist nicht anzusehen, was er darüber denkt,

auch seine Stimme verrät nicht, wie er die Bedeutung seiner Worte einschätzt.

»Nur weil er nicht nett zu Mädchen ist, bedeutet das nicht, dass er nicht länger der ist, der er für dich ist«, sage ich.

Ich bleibe vage und rede damit so, dass er es nicht versteht. Er ist ein Kind, er kann nicht so abstrakt denken. Dass Petrescu sowohl Vater als auch Zuhälter sein kann.

Es ist nicht einmal relevant.

»Mama sagt, dass die Falken gefährlich sind«, erzählt er.

»Dass wir uns in Acht nehmen müssen. Wenn Papa ein Falke geworden ist, dann ist er auch …«

Jesper beendet den Satz nicht.

Ein Auto fährt langsam auf der Straße weiter unten vorbei. Eine junge Frau mit Kurzhaarfrisur sitzt am Steuer. Sie sieht teilnahmslos aus. Sie hat keine Ahnung, was hier vor sich geht, was im Leben eines Jungen geschieht.

»Aber Papa ist nicht gefährlich«, sagt er. »Das Mädchen, das er dabeihatte, ist gestorben, aber das ist nicht seine Schuld.«

»War es das nicht?«

»Nein. Es sind *Freier* gekommen. Einer von ihnen hat es getan.«

Ich reagiere auf die Wortwahl. *Freier*. Das Wort kommt nicht von ihm. Auch jetzt wiederholt er Sachen, die er von jemand anderem gehört hat.

»Hat dein Papa das gesagt?«, frage ich. »Hast du mit ihm gesprochen?«

Jesper nickt dem Eis zu. »Ja, er hat angerufen. Er hat gesagt, dass er mich vermisst. Dass er mich treffen will, aber dass es kompliziert ist wegen dem, was mit dem Mädchen passiert ist.«

»Also hat er dich angerufen, und ihr habt geredet?«

»Ja, vorgestern. Papa hat gesagt, dass er bald zu Besuch kommt.«

»Hat er erzählt, was mit dem Mädchen passiert ist?«

Ich bin zu übereifrig, aber dieses Mal macht es nichts.

»Einer der Freier hat sie getötet«, sagt er noch einmal. »Papa wollte sie beschützen, hat es aber nicht geschafft.« Jesper dreht sich zu mir. »Mama hat unrecht, Papas Arbeit ist es, Mädchen vor gemeinen Freiern zu *beschützen*. Das macht er.«

Sein Blick bittet mich, das, was er sagt, zu bestätigen.

»Und das ist doch das Gegenteil von gemein sein«, fügt er hinzu.

Ich weiß nicht, was ich antworten soll.

Mir fällt oft auf, was für unterschiedliche Voraussetzungen wir im Leben bekommen. Der Junge hier ist acht Jahre alt, und sein Vater ist Berufsverbrecher. Er kennt keine andere Lebensweise. Für ihn ist all das hier normal.

Und er hat bereits damit begonnen, das zu tun, was Kinder in seiner Lage machen: nach Wegen zu suchen, denjenigen zu verteidigen, der eigentlich ihn verteidigen sollte. Er hat angefangen, die Taten seines Vaters zu entschuldigen, denn was ist die Alternative?

Jesper knabbert am Rand seiner Eistüte, vorsichtig, als wäre er eine kleine Maus.

»Haben sie sie begraben?«, fragt er.

»Das Mädchen? Ich weiß es nicht. Warum?«

»Ach nichts, hab mich nur gefragt.« Er scheint wieder nachzudenken. »Sie kommt nicht aus Schweden«, sagt er. »Sie kennt keinen, der hier wohnt. Und Papa muss sich verstecken, also kann er auch nicht zur Beerdigung gehen.«

Jesper macht sich Sorgen, dass niemand zur Trauerfeier des Mädchens kommen wird. Sein Bild der Wirklichkeit beginnt zu zerspringen, trotzdem denkt er an so etwas. Man kann es seltsam finden, aber ich glaube nicht, dass es das ist.

»Was ist passiert, als dein Papa das Auto geholt hat?«, frage ich.

Er antwortet nicht, aber es ist nicht wie beim letzten Mal, keine Stille, weil er sich das Reden absichtlich verkneift. Etwas anderes hält ihn davon ab, es zu erzählen.

»Für die Polizei ist es wichtig zu wissen, was passiert ist«, sage ich. »Damit sie denjenigen finden kann, der das in Wirklichkeit gemacht hat.«

Ich habe Angst, dass ich wieder zu plump bin, aber er scheint es mir abzukaufen.

»Eigentlich wollte er gar nicht kommen«, murmelt er. »Mama wusste nichts, sie hat geschlafen. Aber ich war wach. Erst dachte ich, dass es Diebe sind. Aber als Papa in mein Zimmer geschaut hat, habe ich gesehen, dass er es ist. Papa hat sich gefreut, dass ich wach war, das hat er gesagt.«

»Was hat er bei euch gemacht?«

»Er hat das Auto gebraucht. Sein eigenes war kaputtgegangen. Und er musste sofort weiterfahren.« Jesper beißt ein kleines Stück Schokolade ab. »Mama hat ihren Autoschlüssel in der Handtasche«, sagt er. »Papa wollte, dass ich mich in ihr Schlafzimmer schleiche und ihn hole. Mama durfte nicht wissen, dass er da war. Aber es gibt noch einen Schlüssel in der Schublade von der Kommode. Also konnte er den nehmen.«

»Da hast du gut mitgedacht«, sage ich.

»Mama hat nicht mal gemerkt, dass der Schlüssel weg ist«, sagt er und sieht gleichzeitig schuldig und zufrieden aus. Aber der Ausdruck verschwindet fast sofort wieder. »Papa hat gesagt, dass er mit dem Auto zurückkommt«, fährt er fort. »Er hat es schon früher ausgeliehen. Es ist auch sein Auto.«

»Ja, so kann man das sehen.«

»Aber dann ist es schiefgegangen.« Jesper konzentriert sich wieder auf sein Eis. »Papa konnte nicht bleiben«, erzählt er. »Er hat gesagt, ich soll wieder ins Bett gehen, ich durfte nicht mit nach draußen kommen. Aber ich habe es trotzdem gemacht. Und als er mich auf dem Parkplatz gesehen hat, wurde er sehr sauer. Er hat nicht geschrien, aber nur, damit keiner aufwacht.«

An dieser Stelle hört der Junge auf zu erzählen, für ihn ist das der Kern der Geschichte, dass er seinen Vater wütend gemacht hat.

»Und da hast du das Mädchen gesehen?«, frage ich.

Jesper nickt. »Die, die jetzt tot ist«, sagt er.

Er beugt sich wieder vor, leckt am Eis. Und mir wird noch einmal bewusst, wie es für einen Achtjährigen vollkommen normal sein kann, über so etwas zu reden.

»Wie schien es ihr zu gehen?«, frage ich. »Da im Auto?«

»Gut.«

»Wirklich? Hat sie nicht traurig ausgesehen?«

Es ist eine sehr plumpe Frage, ich weiß nicht, was heute mit mir los ist. Aber Jesper reagiert auch jetzt nicht darauf.

»Keine Ahnung. Sie hat da einfach nur gesessen. Papa wollte nicht, dass ich sie sehe, er hat versucht, sich mir in den Weg zu stellen. Aber ich habe sie trotzdem gesehen.« Er überlegt kurz. »Sie hat mich angelächelt«, fügt er hinzu.

»Hat sie?«

»Ja. Als Papa sauer war. Da hat sie gelächelt.«

»Warum das denn?«

»Ich glaube, um mich wieder froh zu machen.« Jesper scheint darüber nachzudenken.

»Was ist dann passiert?«, frage ich.

»Ich bin reingegangen, wie er gesagt hat.«

»Und sie sind weggefahren?«

»Ja.«

Das Eis geht langsam zu Ende. Jesper steckt sich den letzten Rest der Waffel in den Mund und kaut so, dass es knackt. Dann hält er Ausschau nach den Eichhörnchen, die jetzt verschwunden sind. Er scheint es nicht eilig zu haben, zur Schule zurückzugehen.

Ich sehe ihn an und lasse ihn vor meinem inneren Auge älter werden, zu einem Teenager reifen und später zu einem jungen Mann.

Es fällt mir schwer, im Universum eine Linie zu sehen, in der er nicht verloren geht.

ICH HABE ES BEREITS ERWÄHNT. Dass man nicht weiß, was in der eigenen Kindheit schiefläuft, bevor die Jahre vergangen sind und es zu spät ist.

Oft habe ich Jonas als Maßstab benutzt, ich vergleiche seine Voraussetzungen mit denen anderer Personen, die ich treffe. Mit Jespers, Niklas', mit *meinen*.

Auch heute noch betrachte ich manchmal meinen Sohn, wenn er mit Peter zusammen ist, wenn sie einfach nur dasitzen, am Küchentisch, im Boot oder auf der Terrasse, und es nicht nötig haben, die Stille mit Worten zu füllen, um nicht auseinanderzudriften. Ich denke, was ich hier an den beiden sehe, ist das Einzige, was für ein Kind wirklich eine Rolle spielt. *Sicherheit.* Dass man irgendwo ein Zuhause bekommt, wo man hingehört. Alle anderen Mängel kann man ausgleichen.

Ich weiß nicht, warum es scheinbar so schwierig ist, das einem Kind zu geben.

*

Am Tag nach meinem Treffen mit Jesper in Umeå ruft Irina mich mittags an.

Mich überfällt immer ein paar Sekunden ein frohes Kribbeln, wenn das Handy vibriert und ich ihren Namen auf dem Display sehe. Ein bisschen wie damals in der Schule, wenn der beliebteste Junge angefangen hat, mit einem zu reden. Dieses Gefühl des Auserwähltseins.

Nein, ich bin nicht verliebt in sie. Es fällt mir nur schwer, Nähe zu anderen Menschen aufzubauen. Vielleicht weiß ich zu viel über sie, erzähle zu wenig von mir selbst, und dann macht es einfach nicht klick zwischen uns. Aber Irina scheint das nicht zu merken.

»Wie geht's unserem Schneewittchen?«, fragt sie, als ich abnehme.

»Nenn mich nicht so«, sage ich, obwohl ich es eigentlich mag.

»Wo bist du? Unterwegs wegen Polizeisachen?«

»Ich bin zu Hause. Warum?«

Ich möchte von ihr den Vorschlag hören, ob wir nicht mittags zusammen essen gehen sollen und wie schon so manches Mal mit einem Caesar Salad bei Viktors sitzen, während sie vom Ausgehen und von Liebesproblemen quasselt und damit deutlich macht, dass sie in einer Welt lebt, die ich vor Langem verlassen habe.

Aber sie ruft nicht aus diesem Grund an.

»Ich bin gerade in der Stadt und mache ein paar Erledigungen«, erklärt sie. »Und ich glaube, dein Bruder liegt ausgeknockt auf einer der Bänke vor der Einkaufspassage.«

»Ausgeknockt?«

»Ja, also, er schläft hier. Auf einer Bank mitten in der Stadt.«

Irina schweigt, wartet auf etwas, das ich offenbar sagen sollte, aber ich habe keine Ahnung, was das sein könnte.

»Ich bin mir nicht sicher, ob er es ist«, fährt sie fort. »Aber er sieht aus wie auf den Bildern, die du auf Facebook hast.«

Ich frage nicht, ob er betrunken aussieht, weil ich schwer davon ausgehe.

»Ich komme«, sage ich.

»Du musst doch so weit fahren. Ich kann ihn ja wecken und schauen, wie es ihm geht? Vielleicht ist er nicht ganz so dicht.«

»Nein, ich komme. Das musst du nicht machen.«

»Okay, ich verstehe.«

Sie scheint zu denken, dass noch mehr hinter meinen Worten steckt als die Sorge, dass sie ihre Mittagspause nicht für meinen alkoholisierten Bruder verschwenden muss.

»Ich sitze hier bei ihm, bis du kommst«, sagt Irina. »Damit niemand sein Portemonnaie klaut oder so etwas.«

»Das brauchst du nicht«, wiederhole ich.

»Alles in Ordnung. Ich kann meinen Terminplan etwas ummodeln.«

Die Bänke, von denen Irina gesprochen hat, stehen mitten im Zentrum von Skellefteå, in der Fußgängerzone entlang der Hauptverkehrsstraße. Sie stehen unter ein paar großen, auf sie herabhängenden Bäumen, die eine kleine Oase im Menschenfluss der Innenstadt bilden. Auf eine von ihnen hat er sich hingelegt. Irina sitzt neben seinem schlafenden Körper.

Sie sind dort auf den Bänken ein ungleiches Paar. Mein Bruder ist groß und dick, Irina klein und dunkelhaarig, es fühlt sich an, als wären sie nicht von derselben Art. Irina hat sich neben seinem Kopf niedergelassen und ihre Beine untergeschlagen, sie scrollt auf ihrem Handy, so als hätte sie genauso gut in der Kaffeeküche von Samgården sein können.

Als ich zu ihnen komme, steht sie auf und umarmt mich kurz, wie sie es macht, wenn wir uns auf der Arbeit sehen.

»Es ist dein Bruder, oder?«, vergewissert sie sich. »Nicht dass ich den falschen Alkoholiker bewacht habe.«

Sie ist kurz davor zu lachen, ertappt sich aber selbst dabei, dass ihre Wortwahl und der Scherz unpassend sind. Aber sie versucht nicht, sich zu korrigieren.

»Ja, er ist es«, sage ich.

Eine Weile betrachten wir den schlafenden Mann. Ich sollte mich vielleicht für meinen Bruder schämen, dafür, dass ich ihn nicht zum ersten Mal so auffinde. Es wird auch nicht das letzte Mal sein.

Aber ich tue es nicht. Manche Sachen sind einfach, wie sie sind, das dürfen sie auch mal sein.

»Wie sollen wir ihn aufwecken?«, fragt Irina.

»Es ist vermutlich am besten, wenn ich es selbst mache«, entgegne ich. »Ich weiß, wie er dann sein wird. Wenn er getrunken hat und man ihn … ja. Er kann ziemlich unangenehm werden.«

»Ist es dann nicht besser, wenn ich ihn aufwecke?«, schlägt sie vor. »Dann wird er vielleicht nicht …«

»Nein, es ist am besten, wenn ich es mache.«

Sie nickt und schaut kurz auf ihr Handy, wahrscheinlich auf die Uhr.

»Du bekommst das hier also im Alleingang hin?«, fragt sie.

»Ja, egal, wie blau er ist, scheint er immer noch laufen zu können.« Ich lächele, als ob es lustig wäre.

»Übung macht den Meister«, sagt sie.

»Wahrscheinlich.«

Sie schaut wieder auf ihr Handy. »Ich muss los. Aber ruf mich an, wenn du mich brauchst. Versprochen? Ich bin nicht besonders weit weg.«

»Es wird schon werden«, sage ich. »Worte perlen an einem ab.«

Sie sieht etwas verständnislos aus, gibt mir zum Abschied aber eine Umarmung, so, wie wenn wir unsere Salate gegessen haben.

ICH SETZE MICH DORTHIN, WO Irina gesessen hat, und betrachte meinen schlafenden Bruder. Mir geht durch den Kopf, dass es mit manchen Menschen komisch ist. Obwohl die Jahre kommen und gehen und das meiste mit sich nehmen, wird der gewaltige Mann hier mein *kleiner Bruder* bleiben, den ich beschützen muss. Alles andere mag sich ändern, aber das nicht. Ich werde ihn immer so sehen.

Eine Menge Erinnerungen flimmern vorbei, wie er und ich Kinder gewesen sind und gewartet haben, dass unsere Mutter nach Hause kommt.

In meiner Kindheit sind die Rollen vertauscht gewesen. Meine Mutter lief spätabends nicht rastlos auf und ab und wartete auf mich, weil ich nicht rechtzeitig nach Hause gekommen bin. Sondern ich wartete auf sie.

Sobald ich *beinahe* alt genug war, um mich um meinen Bruder zu kümmern, begann sie, am Wochenende auszugehen. In der Regel blieb sie lange weg und kam spät nach Hause, oft mit einem Typen, den sie aufgerissen hatte. Irgendein junger Mann, den sie als Trophäe betrachten konnte. Jemand, der nicht mehr da war, wenn es Morgen wurde.

Ich lag in meinem Zimmer und hörte, wie sie hereinschlenderten und versuchten, leise zu sein, ohne es zu schaffen, Lachen, Kichern, danach ihr Stöhnen und Wimmern aus dem Schlafzimmer. Eine schwer zu definierende Zeitspanne später schlug für gewöhnlich die Wohnungstür zu, wenn der Typ vom Abend ging.

Ich kann nicht sagen, wie oft es passierte. In meiner Erinnerung war es jedes Wochenende, aber ich habe auch andere Erinnerungen, die dem widersprechen. In denen sitzen wir freitags wie eine normale Familie auf dem Sofa, sie ist dabei, und alles ist gut.

Tobias und ich haben eigentlich nie über unsere Kindheit gesprochen. Über die Umzüge. Die Abwesenheit unserer Mutter. Ich habe das Thema nie angeschnitten und er auch nicht. Ich weiß nicht, wie er die Abende ohne sie erlebt hat. Ob er sich genauso daran erinnert wie ich. Oder sogar als etwas Schönes darauf zurückblickt? Als Augenblicke, in denen er und seine Schwester Chips aßen und fernsahen, bis er einschlief?

Ich streichele meinem schlafenden Bruder leicht über den Pony, wie ich es damals immer gemacht habe, bevor ich ihn vom Sofa zu seinem Bett getragen habe. Sein Haar ist zottelig und ungekämmt, aber es stinkt nicht, ich glaube, er hat es erst vor Kurzem gewaschen.

Um die Bank herum liegen keine leeren Bierdosen, die erklären, warum er sich hier hingelegt hat und eingeschlafen ist, vielleicht hat er sie weggeworfen oder schon ausgetrunken, bevor er hier hergekommen ist.

Es ist Mittagszeit, also eilen eine Menge Leute vorbei. Die Türen der Läden gehen auf und zu, wenn sie mit ihren Tüten hinein- und hinausgehen. In jedem schlecht gekleideten Mann mittleren Alters, jeder müden Mutter mit zwei Kindern, jeder Gruppe von Jugendlichen, die vorbeischlendert, finden Parallelwelten Platz, an denen ich keinen Anteil habe. Es liegt sowohl etwas Beruhigendes als auch Vernichtendes darin.

Ich entwirre eine der Haarsträhnen meines Bruders. Eine weitere Erinnerung taucht auf. Als Kinder haben wir oft hier gesessen, auf genau dieser Bank, und gewartet.

Bestehen alle Erinnerungen an meine Mutter darin, dass ich auf sie warte?

Ein bestimmtes Mal kommt mir in den Sinn. Wir sitzen hier und warten. Ich trage die goldfarbene Uhr, die ich zum Geburtstag bekommen habe, und schaue immer wieder darauf.

Schließlich kommt sie. Sie entschuldigt sich, aber sie habe zufällig einen alten *Freund* getroffen, und sie hätten ein Eis gegessen und ein wenig geredet.

Gerade weil sie Eis gegessen hatten, fühlte es sich wie ein riesiger Verrat an. Warum hat sie uns nicht zuerst geholt, dann hätten wir beim Warten auch Eis essen können, anstatt hier zu sitzen und über all das zu brüten, was ihr zugestoßen sein könnte?

Jetzt realisiere ich, dass es nicht so ein *Freund* war, sondern einer der Abendmänner, der nicht geblieben ist und der nicht in die Welt passte, die sie mit uns teilte.

Vielleicht bin ich ungerecht. Denn wie gesagt, unsere Mutter war ja da. Sie hat mit uns vor dem Fernseher gesessen, Fischstäbchen gebraten, und in der ersten Klasse hat sie mir das Ballerinakostüm gekauft, das alle Mädchen haben wollten, aber nur wenige bekommen haben. Und dann die Levis-Jeans, nach der ich sie in der Mittelstufe gefragt habe.

Aber Menschen sind keine Maschinen. Wie ich vorhin sagte, wir brauchen Sicherheit, einen Ort, an dem wir uns zu Hause fühlen, denn ohne Sicherheit ist alles andere nichts wert.

Ich denke an das eine Mal, von dem ich Mange erzählt habe, als ich dreizehn war und sie mich rausgeworfen hatte und ich meine Unschuld in einem versifften Hotelzimmer verlor.

Ich habe ihm damals nicht die ganze Geschichte erzählt. Ich habe mich vor ihm entblößt, aber die letzte Schicht meiner Würde konnte ich doch nicht ablegen.

Es ist so gewesen, wie ich es ihm erzählt habe. Ich bin allein in diesem Hotelzimmer aufgewacht. Aber wie um mir meine Minderwertigkeit unmissverständlich zu demonstrieren, hatte Jocke einen Hundert-Kronen-Schein auf dem Nachttisch hinterlassen.

Ich weiß, vielleicht hat er es nicht so gemeint. Vielleicht wollte er, dass ich mir von dem Geld Frühstück kaufe, es war nicht im Zimmer inbegriffen.

Aber so habe ich es nicht aufgefasst. Für mich war es ein deutliches Signal, wie viel ich von mir selbst halten sollte.

Ich schaue hinüber zur Fußgängerzone, lasse die Welt um uns herum in mein Bewusstsein eindringen. Die vorbeieilenden Menschen. Die Läden, ihre Türen, die geöffnet und geschlossen werden.

Was mich heutzutage am meisten stört, ist, dass ich den Hunderter genommen habe, als ich das Zimmer verließ. Ich habe ihn genommen und mit ihm das Gefühl, das er mir einflößte. Jedes Mal, wenn ich mich in den folgenden Jahren einem Jungen hingegeben habe, denn das habe ich getan, wusste ich genau, wie viel ich wert war.

So war es, bis Peter kam und … ja.

Mich auf eine andere Weise gesehen hat?

Ich wecke meinen Bruder dort auf der Bank.

»Tobbe«, sage ich und rüttele leicht an seiner Schulter. »Tobbe.« Sogar das mache ich genauso wie damals als Kind.

Er wacht auf und wird wütend bei meinem Anblick. Wie ich es gewusst habe.

»Was zur Hölle«, sagt Tobias, als er feststellt, wo er ist. Er redet so laut, wie Betrunkene es tun.

»Du kannst hier nicht schlafen«, erkläre ich. »Das verstehst du doch bestimmt?«

»Ja und? Auf keiner der Bänke sitzt jemand.«

»Weil du hier liegst.«

»Nein, weil es so verdammt kalt ist.«

Jetzt, wo er wach ist, zittert er.

»Wir können einen Abstecher zum H&M machen«, sage ich, weil er weder besonders sauer klingt noch betrunken, er nuschelt kaum. »Deine Jacke hat ihre besten Zeiten hinter sich.«

»Ach was, die tut es doch noch.«

Die Bündchen sind abgetragen, und sie sieht verranzt aus. Ich habe sie gekauft, hier in der Galerie, letztes Jahr. Oder vorletztes Jahr. Oder ist es noch länger her? Wie gesagt, die Zeit ist so flüchtig wie Gas.

»Wir können schauen, ob es eine neue gibt, die dir passt«, sage ich.

»Oder irgendetwas futtern«, gähnt er.

»Das können wir auch machen.«

Als ich aufstehe, tut er es auch, ohne zu schwanken. Er reckt sich und gähnt. Dann folgt er mir zu den rot leuchtenden Buchstaben ein Stück weiter in der Fußgängerzone.

DIE NACHT HAT ETWAS AN SICH. Mit ihrer Stille, die einen wie eine dämpfende Decke umschließt. Die Morgendämmerung kommt oft wie eine Erlösung, trotzdem bekomme ich das Gefühl, dass ich eigentlich der zurückweichenden Dunkelheit gehöre. In den frühen Morgenstunden liegt eine Ruhe, eine Gelassenheit, die ich sonst nie spüre. Eine Unwirklichkeit? So als wäre es egal, was man tut, wenn der Tag ruht, es wird nichts bedeuten, wenn die Dämmerung anbricht.

Mein Handy klingelt spät in dieser Nacht. Es ist fast ein Uhr, Peter ist sicher schon vor zwei Stunden ins Bett gegangen, aber ich bin immer noch wach.

Ich habe darauf gewartet, dass es klingeln wird. Habe es neben mich auf den Tisch gelegt und den Rufton leiser gestellt, damit ich es höre, Peter aber nicht. Danach konnte ich mich schwer auf etwas anderes konzentrieren.

Ich erkenne die Nummer auf dem Display nicht, als das Handy schließlich klingelt. Trotzdem nehme ich ab, wie im Auto am Schießstand, weil ich einfach weiß, dass ich es soll.

So wie damals ist eine Frauenstimme am anderen Ende. Aber es ist nicht die gleiche, und diesmal ist niemand falsch verbunden.

»Ramona?«, sagt die Stimme.

Sie flüstert, wie um mir sofort zu verstehen zu geben, dass etwas nicht in Ordnung ist.

»Mit wem spreche ich?«, frage ich. Auch ich rede leise, obwohl Peters Schlafzimmertür geschlossen ist und mich hier niemand sonst hören könnte.

»Hier ist Linda«, sagt die Stimme.

Jespers Mutter. Ich habe ihr meine Nummer gegeben.

»Geht es Ihnen gut, Linda?«, frage ich.

Das tut es nicht. Aber sie ruft nicht deswegen an.

»Er ist hier«, sagt sie.

»Petrescu?«

»Ja, er ist heute Abend gekommen. Ich habe mich nicht getraut, früher anzurufen. Er ist draußen auf dem Balkon und raucht.«

Ich will fragen, was sie will, aber sie kommt mir zuvor.

»Stimmt das wirklich?«, fragt sie. »Ist er ein Zuhälter?«

Ich zögere so lange mit meiner Antwort, dass ich nichts mehr sagen muss.

»Also ist er es?«

»Ich glaube, dass Sie es in Ihrem Innern wissen«, sage ich.

Die Atemzüge eines Menschen verraten so viel. Es klingt fast so, als würde Linda rennen, obwohl sie sich nicht bewegt.

»Und hat er ... sie ertränkt?«

Ihre Stimme ist sehr schwach, sie will keine Antwort auf die Frage bekommen.

»Ich glaube schon«, erwidere ich. »Er war noch bei ihr, als die Freier gefahren sind. Und er hat ihre Kleidung ...«

Ihr Atem verrät, dass sie zittert. Denn manchmal wird das eigene Leben umgeschrieben. Was in der Gegenwart geschieht, reißt sogar das auf, was gewesen ist, rüttelt am Fundament, auf dem alles andere ruht, sodass nichts übrig bleibt, an dem man sich festhalten kann.

»Er ist hier«, sagt Linda noch einmal.

Und erst jetzt verstehe ich, was sie von mir will. Sie ist nicht fähig, die Worte selbst auszusprechen.

»Soll ich die Polizei zu Ihrer Wohnung schicken?«, frage ich.

»Er soll damit nicht weitermachen dürfen«, entgegnet sie.

»Dann lege ich jetzt auf und rufe sie sofort an?«

Aus irgendeinem Grund frage ich um Erlaubnis.

»Ja, machen Sie das.«

»Ist Jesper bei Ihnen?«

»Er schläft in seinem Zimmer.«

»Und Sie?«

»Ich verstecke mich, wenn die Polizei kommt. Machen Sie sich um uns keine Sorgen. Er würde mir oder Jesper nie etwas antun.«

Ich kann nicht erkennen, ob sie es wirklich glaubt oder ob sie es sich selbst einredet.

»Danke, Linda«, sage ich. »Sie tun das Richtige, auch wenn es sich nicht so anfühlt.«

Aber sie hat bereits aufgelegt.

Vielleicht musste sie schnell machen, weil Petrescu gerade wieder hereingekommen ist.

ICH SITZE IM AUTO UND BIN auf dem Weg nach Umeå. Es ist jetzt zwei Uhr, der Nebel der Dunkelheit liegt über der Welt und macht sie schwarz-weiß. Die Unwirklichkeit, über die ich gesprochen habe, durchdringt alles.

Die Straße ist leer, als würde nur ich existieren, Kilometer um Kilometer fahre ich durch ein großes Nichts. Bei Lövånger kommt ein Auto und düst lärmend an mir vorbei, ich habe den Eindruck, dass es Mange und Christian sind.

Ich lasse sie verschwinden, vielleicht will ich, dass alles vorbei ist, wenn ich dort ankomme.

Aber das ist es nicht. Als ich auf Lindas Parkplatz fahre, will die Polizei gerade hineingehen und ihn aus der Wohnung holen.

Ich weiß nicht, warum sie es nicht schon längst gemacht haben. Vielleicht hat es gedauert, die Beamten zu mobilisieren, die solche Einsätze machen, manche Jobs kann nicht jeder ausführen.

Die Männer, die in voller Beck-Montur unten am Treppenaufgang stehen, der von den Straßenlaternen beleuchtet wird, sehen gleichzeitig nervös und selbstsicher aus. Durch die Kühle und Feuchtigkeit der Nachtluft kommt blasser Rauch aus ihren Mündern, während sie gedämpft miteinander kommunizieren.

Mange und Christian haben hinter einem Schuppen auf dem Hof Schutz gesucht, ich eile hinüber zu ihnen und sehe zu, wie die Becks die Treppe hochschleichen, auf eine einstudierte Weise, die Unbehagen in mir auslöst. Als sie auf dem Balkon in Position stehen, gibt einer von ihnen ein Signal und reißt die Tür auf, die nicht abgeschlossen ist, und sie stürmen hinein.

Dann ist lange nichts zu hören.

Ich versuche zu erkennen, was dort drinnen vor sich geht. Das Universum teilt sich in unterschiedliche Realitätslinien auf, unterschiedliche Fernsehkrimis, die ich gesehen habe. In einer von ihnen kämpfen die Polizisten und Petrescu jetzt in der Wohnung. In einer anderen hat Petrescu Linda als Geisel genommen. Er drückt ihr eine Waffe gegen die Schläfe und ist bereit, sich für das zu rächen, was sie ihm angetan hat. Die Polizisten stehen daneben und wissen nicht, was sie tun sollen.

»Wie lange das dauert«, sage ich, aber weder Mange noch Christian antworten. Vielleicht sehen sie ähnliche Szenarien vor ihrem inneren Auge.

Eigentlich vergeht wohl gar nicht besonders viel Zeit, bis sie mit Petrescu in Gewahrsam herauskommen.

Er sieht schlaftrunken aus. Die Arme sind hinter dem Rücken in Handschellen gelegt, und er hat nur eine Jeans an, die nicht ordentlich zugeknöpft ist, einer der Polizisten trägt sein Hemd. Sein Haar hängt ihm ins Gesicht, ohne dass er es korrigieren kann, und die Polizisten helfen ihm eher die Treppe herunter, als ihn vor sich herzuschieben.

Er ist kleiner, als ich geglaubt habe. Wenn man jemandem Macht zuschreibt, macht man ihn in Gedanken unvermeidlich größer. Er ist auch nicht so gut aussehend, wie ich zuvor gedacht habe. Das Haar ist leicht fettig wie bei diesen halbstarken Aufreißertypen am Strand, und er ist nicht besonders muskulös, sein Oberkörper ist fast dürr. Eigentlich machen ihn nur seine Augen attraktiv, aber die sind zugegebenermaßen wirklich fesselnd. Ich verfange mich in ihnen, als er mich im Vorbeigehen flüchtig ansieht, dabei ist sein Blick neutral, weil er nicht weiß, wer ich bin.

Sie bringen ihn zu einem der Polizeiautos. Mange und Christian gehen dorthin und reden mit dem Anführer der Becks, unsicher folge ich ihnen. Sie sehen erleichtert aus und werfen sich Musketierblicke zu, in die selbst ich jetzt einbezogen werde.

»Das lief doch gut«, sagt Christian zu uns, als der Anführer der Becks weitergeht.

»Ja, er hat geschlafen. Es war vorbei, bevor er wusste, was los ist.«

»Wo war Linda, als sie ihn geholt haben?«, frage ich. »Und Jesper?«

»Linda war in der Küche«, antwortet Mange. »Und der Junge hat in seinem Zimmer geschlafen.«

»Sie war in der Küche? Also hat sie alles gesehen?«

Meine Stimme verrät, dass ich nicht wirklich zufrieden damit bin.

Mange sieht Christian an, als wollte er Unterstützung bekommen.

»Ja? Die Frau war zu keinem Zeitpunkt in Gefahr«, entgegnet er.

»Ach so, das war sie nicht?«

Mange steckt so in seiner Blase, dass ihm noch nicht einmal jetzt bewusst wird, wie es für sie gewesen sein muss. Sie war es, die mich angerufen hat, sie hat Petrescu das hier angetan. Ich weiß, dass sie so denkt. Und jetzt musste sie in der ersten Reihe sitzen und zusehen, wie es wahr wird.

»Also hat Linda alles mitangesehen?«, wiederhole ich hartnäckig. »Sie hat gesehen, wie das SWAT-Team hereingestürmt ist und den Vater ihres Sohnes überwältigt hat, weil *sie* angerufen und erzählt hat, wo er war?«

Mange seufzt. »Man kann bei solchen Einsätzen nicht alles berücksichtigen.«

»Es war keine Schuldzuweisung«, sage ich, obwohl es das vielleicht war.

Ich nehme an, er hat recht, denn wie hätten sie das hier sonst machen sollen? Ich will wahrscheinlich nur, dass er ein kleines Zeichen gibt, den Blick senkt, irgendwas, mit dem er zugibt, dass es nicht so schmerzfrei verlief, wie er glaubt.

Aber er tut nichts dergleichen. Er sieht einfach nur zufrieden aus.

»Sind Linda und Jesper noch da drinnen?«, frage ich.

»Ich vermute mal schon.«

»Dann sehe ich jetzt nach, wie es ihnen geht«, sage ich.

Manges Lächeln verschwindet.

»Wir werden natürlich jemanden anrufen, der kommen kann und sie unterstützt«, räumt er ein. »Selbstverständlich. Aber nicht jetzt. Ich will dich vor Ort haben, wenn wir Petrescu verhören.«

»Klar. Ich warte nur mit ihr, bis dieser *Jemand* kommt.«

»Nein, halt dich jetzt nicht damit auf.«

Das sagt er tatsächlich.

Ich lasse es an mir abperlen.

»Ich gehe und *bin kurz mal Sozialarbeiterin*«, sage ich.

DIE WOHNUNGSTÜR STEHT OFFEN, seit sie ihn herausgeholt haben. Die Küche fühlt sich fast genauso kalt an wie die Nacht draußen, trotzdem sitzt Linda immer noch in einem dünnen aufreizenden Nachthemd am Tisch. Oder heißt so etwas dann Negligé?

Ihr Blick ist aufs Fenster gerichtet. Mir wird bewusst, dass sie schon lange hier sitzt, vielleicht seitdem sie angerufen hat?

»Warum fahren sie nicht mit ihm weg?«, fragt sie, als sie mich bemerkt.

Ich stelle mich hinter sie und folge ihrem Blick. Das Auto, zu dem Petrescu gebracht wurde, steht immer noch auf dem Parkplatz. Ein Blaulicht rotiert auf seinem Dach und beleuchtet die Fassaden des Innenhofs, als wäre das hier eine große Outdoor-Disco. Neben dem Auto stehen einige Polizisten beieinander, Mange ist einer von ihnen, ihrer Körpersprache nach zu urteilen scheinen sie über etwas Wichtiges zu diskutieren.

»Sie fahren bestimmt gleich«, sage ich.

Sie beobachtet sie weiter, wird sich nicht entspannen können, bevor er nicht verschwunden ist.

»Wo ist Jesper?«, frage ich.

Ich erwarte vermutlich, dass sie zusammenzuckt, dass sie ihn in alldem hier vergessen hat und gleich in sein Zimmer stürmen wird. Aber so ist es nicht.

»Wenn er erst einmal eingeschlafen ist, können ihn eintausend Kanonen nicht wecken«, entgegnet sie in Richtung der Scheibe.

Also setze ich mich neben sie, nehme ihre Hand und zeige ihr so, dass ich mit ihr warten werde. Lindas Finger fühlen sich eiskalt an, der dünne Stoff ihres Nachthemds schenkt keine Wärme.

»Ich will, dass er wegfährt«, sagt sie. »Dass er verschwindet. Ich halte das nicht länger aus.«

Noch einmal, es verbirgt sich so viel zwischen den Zeilen von dem, was diese junge Frau sagt.

»Er ist bald aus Ihrem Leben verschwunden«, sage ich.

Es bringt sie zum Weinen. Aber es sind keine Tränen der Erleichterung. So läuft das nicht mit der Liebe.

Ich tätschele ihr die Hand. »Sie haben das Richtige getan«, wiederhole ich.

»Ich habe mit ihm geschlafen«, sagt Linda.

»Das ist in Ordnung.« Ich weiß nicht, warum ich diese Worte wähle.

»Vorhin«, ergänzt sie.

Ein paar Polizisten kommen herein, sie werden vermutlich die Wohnung absperren, nach Beweisen suchen, so ein blauweißes Polizeiband spannen. Aber es ist so, als würde sie sie nicht bemerken. Und sie verschwinden ebenso schnell, wie sie gekommen sind.

»Ich habe Sie angerufen, als er draußen geraucht hat«, sagt sie. »Dann ist er zurückgekommen, und wir haben miteinander geschlafen.«

Ihr Körper zieht sich zusammen. Als würde sie sich schämen. Mir wird bewusst, dass sie es initiiert hat. Ein letztes Mal noch?

»Aber es war nicht so wie sonst«, sagt Linda. »Ich habe nur darauf gewartet, dass Sie hereingestürmt kommen.«

Sie umklammert meine Hand so fest, dass es beinahe schmerzt. Was auch immer sich der Mann draußen im Polizeiauto hat zuschulden kommen lassen, was immer er Menschen angetan hat, diese Frau hier gehört ihm.

Für immer.

So oft gibt es kein klares Richtig und Falsch, man hat keine Anleitung, kein Handbuch, auf das man sich verlassen kann. Es bleibt einem nichts anderes übrig, als seinem Bauchgefühl zu folgen, dorthin, wo immer es einen hinführt, und hoffen, dass es das Richtige ist.

Als das Auto schließlich rollt, als wir es über den Parkplatz auf die kleine Straße hinausfahren sehen, die zu der größeren führt, und es aus dem Blickfeld verschwindet, helfe ich Linda, aufzustehen, mit der Hand, die ihre bereits hält.

Sie weiß nicht, wohin ich sie bringe, folgt mir aber trotzdem, als wäre ihr eigener Wille komplett aufgebraucht.

Ich führe sie ins Badezimmer. Dort auf der Matte helfe ich ihr aus dem Nachthemd, lasse sie in die Badewanne steigen, stelle das Wasser an, drehe die Armatur auf fast zu heiß und reiche ihr den Duschkopf, damit sie den warmen Schwall über sich strömen lassen kann. Dann knie ich neben ihr und halte ihre Hand, lasse sie weinen, hemmungslos, die Tränen dürfen sich mit dem dampfenden Wasser vereinen, das an ihrem Körper herunterläuft. Ich habe die Tür geschlossen, alles andere ausgesperrt, sodass das Gefühl entsteht, dass nichts außer uns und diesem kleinen Zimmer existiert.

Es macht mir nichts aus, dass das Wasser auch mich bespritzt und sie nackt ist. Ich habe sie zu Jonas gemacht, alle verletzlichen Menschen, die ich treffe, scheinen in ihn hineinzupassen, und in Anbetracht meines Sohnes kann ich nichts anderes tun, als auf diese Weise hier zu sitzen.

In Gedanken kehre ich zu jener Nacht zurück, als er vier war und auf seinen ganzen Pyjama gebrochen hatte. Damals habe ich ähnlich gesessen, kniend neben der Badewanne, während er Wasser über sich und mich laufen ließ, bis er zu weinen aufhörte.

Ganz wie damals gehe ich, als die Tränen nachlassen, und hole frische Kleidung aus dem Schrank. Ich mache heißen Kakao, helfe ihr, sich anzuziehen, führe sie zum Sofa im Wohnzimmer und decke sie zu.

Und ganz wie er lässt sie mich.

Die Kleidung, die ich geholt habe, passt nicht. Die Hose sitzt schlaff und der Pullover viel zu eng, er kneift, so als wollte sie trotz allem, was sie durchmacht, unbedingt ihre Brüste zeigen. Aber es spielt keine Rolle.

Ich reiche ihr die Tasse mit Kakao.

»Erzählen Sie, wie Petrescu und Sie sich kennengelernt haben«, schlage ich vor.

Man sollte meinen, das wäre jetzt das völlig falsche Thema, aber das ist es nicht, ich weiß es seit vorhin. Es wird ihr Sicherheit geben, sie muss mitten hinein, ins Auge des Sturms. Und diese Geschichte ist bekanntes Terrain, sie mag sie.

»In Bukarest«, sagt Linda. »Vor *hundert* Jahren. Ich bin mit meiner Cousine gereist. Er ist zu uns gekommen, als wir draußen vor einem Café saßen.«

Tatsächlich lächelt sie ein wenig, als würde sie sich selbst vergessen, wenn die Erinnerung ihren Platz einnehmen darf.

»Was war so besonders an ihm?«, frage ich.

Ich denke, dass sie seine Augen nennen wird, aber sie tut es nicht.

»Er hat nur mit mir geredet, obwohl meine Cousine wie Victoria Silvstedt aussieht«, erklärt sie.

Ich finde, dass es traurig klingt, aber sie lächelt wieder ein bisschen.

Auch jetzt sitzt sie zum Fenster gewandt. Draußen ist es fast vollkommen dunkel, auf dieser Seite der Wohnung gibt es keine beleuchtete Straße. Man kann nur einen dunklen Himmel über Baumumrissen erahnen.

»Er war damals ein anderer«, erzählt Linda. »Zu der Zeit.«

Sie waren damals eine andere, denke ich, spreche es aber nicht aus.

Sie sieht ungeschminkt noch jünger aus. Bleicher. Vermutlich gehen die Leute davon aus, dass sie stärker ist, als sie ist, weil sie die ganze Zeit versucht, so zu wirken.

Mein Handy klingelt. Es ist Mange, er will, dass ich komme. Aber ich lasse es klingeln, weil ich sie schließlich nicht so zurücklassen kann.

»Er wusste genau, was er sagen musste«, erzählt sie dem Fenster. »Wahrscheinlich hat er die gleichen Dinge zu mir gesagt wie zu den Mädchen, die er hierhergelockt hat. Er hat an mir geübt. Dadurch gelernt.«

Ich nehme noch einmal ihre Hand. »Ein Mensch hat mehrere Seiten«, sage ich.

Es klingt, als würde ich ihn verteidigen, aber eigentlich schütze ich sie.

»Erzählen Sie von dem Apfel«, bitte ich sie, obwohl ich es schon weiß. »Woher wussten Sie, dass er das Auto genommen hatte, als Sie den Apfel auf der Spüle gesehen haben?«

Ich denke, dass ihr Gefühl der Sicherheit anhält, wenn sie

eine weitere Erinnerung teilt, an der man sich festhalten kann, eine Erinnerung, die das aufhalten kann, was von ihren Gedanken Besitz ergreift.

Aber sie scheint nicht darüber reden zu wollen.

»Wer hätte ihn sonst dort liegen lassen sollen?«, entgegnet sie.

Ich weiß zu wenig über beide, also nicke ich.

»Wie lange hat er es *getan*?«, fragt sie stattdessen. »Wie viele Mädchen hat er hierhergebracht?«

»Das weiß ich nicht«, antworte ich.

Linda schaut weiter aus dem dunklen Fenster. Vielleicht sieht sie dort draußen Dinge, die ich nicht sehen kann, weil sie weiß, dass sie dort sind und sie sich deshalb ins Gedächtnis rufen kann.

»Ich habe es nicht mitbekommen«, gesteht sie. »Zu wem Milan geworden ist. Alles, was ich über ihn weiß, habe ich mir in den letzten Tagen von Jesper erzählen lassen. Milan hat wohl immer mit ihm geredet und nicht erkannt, dass Jesper langsam alt genug ist und angefangen hat, es zu verstehen.«

»Sie scheinen guten Kontakt zu haben«, sage ich, ohne zu wissen, warum.

»Es war *sein* Mädchen, oder?«, fragt Linda. »Das er ertränkt hat?«

»Es scheint so.«

»Er muss der ideale Lover Boy gewesen sein«, sagt sie in Richtung Fenster. »So werden sie genannt, wussten Sie das?«

»Ja«, antworte ich und frage mich, wo sie den Ausdruck gehört hat. Von Mange bei der Vernehmung, von der ich weggegangen bin? Oder hat sie ihn selbst gegoogelt?

»Gut aussehend. Höflich«, fährt sie fort. »Er spricht sogar Schwedisch. Dank mir.«

Vielleicht schaut sie gar nicht nach draußen, sondern betrachtet in der Scheibe nur ihr eigenes blasses Spiegelbild, weil sie das Gesicht verzieht, ihre Mimik *testet*, bevor sie sich über die Stirn reibt. Mein Handy fängt noch einmal an zu summen.

»Ich muss gleich gehen«, sage ich. »Ich glaube, jemand vom Sozialdienst ist auf dem Weg. Wen soll ich anrufen, damit Sie solange nicht allein sein müssen? Petra?«

Linda sieht mich fragend an. »Ich dachte, Sie würden ...«, sagt sie.

»Ich kann nicht diejenige sein, die für Sie da ist. Nicht so. Ich wohne ja nicht einmal hier in der Stadt.«

Sie nickt. Versteht es tatsächlich. Einen Moment ist sie still. So viel geht ihr im Kopf herum.

»Man sieht nur das, was andere einem zeigen.«

Ich sage ihr das, weil ich merke, dass sie immer noch in ihren Erinnerungen steckt und sich selbst Vorwürfe macht.

»So funktionieren wir Menschen«, füge ich hinzu. »Ansonsten würden wir untergehen.«

»Sie drücken sich so seltsam aus.«

»Aber verstehen Sie, was ich meine?«

»Ich glaube, ja.« Linda hat sich ein großes Kissen genommen, das sie sich gegen die Brust drückt. »Wandert er jetzt ins Gefängnis?«, fragt sie.

»Das nehme ich an. Wenn es genügend Beweise gibt.«

Sie sieht weiter zum Fenster, betrachtet die Dunkelheit oder sich selbst.

»Sie dürfen ruhig traurig sein«, sage ich. »So als würden Sie es nicht wollen.«

»Es macht mich traurig, dass Jesper keinen Vater mehr haben wird. Und ich keinen ...«

Sie verstummt. So vieles ist da noch in ihr. All das, was sie nun umschreiben muss.

»Man kann sich nicht so schnell umstellen, wie man es manchmal muss«, sage ich. »Niemand kann das.«

Sie schnieft.

Mein Handy summt ein weiteres Mal. Mange wird langsam ungeduldig.

»Sagen Sie, wen ich anrufen soll«, bitte ich sie.

ALS ICH HINAUS IN DIE Nachtluft trete, bleibe ich eine Weile auf dem Balkon stehen, lehne am Geländer und atme ruhig ein und aus, während ich auf den Innenhof schaue. Ich stehe hier, wie Petrescu es getan hat, als Linda mich vor ein paar Stunden und einer Lebenszeit angerufen hat, vermutlich hat er genau hier gestanden. Auch er wusste zu dem Zeitpunkt nicht, dass er gezwungen sein würde, die kommenden Stunden umzuschreiben.

Um mich herum liegen die Häuser im Schlaf. Die Fassaden sind dunkel, in einigen Fenstern leuchten schwache Nachtlichter, aber sonst lässt sich kein Leben erahnen. Die Menschen hier liegen in ihren Betten und haben keine Ahnung, was heute Nacht an diesem Ort geschehen ist.

Dabei müssen sie doch wach geworden sein? Das Blaulicht, die ganzen Polizisten. Die Fenster sind zum Leben erwacht, verschlafene Augen haben durch die Jalousien nach draußen geschaut.

Jetzt, nicht einmal eine Stunde später, haben alle das Licht gelöscht und sind in ihre eigenen Leben zurückgekehrt. Vielleicht ist das hier so eine Gegend, wo die Nachbarn Fremde sind, Leute, die zwar nah an einem dran sind, denen man aber keine Beachtung schenkt.

Mitten auf dem Hof gibt es einen kleinen Spielplatz. In der Dunkelheit ahne ich, dass sich dort etwas bewegt. Ein sanftes

Quietschen ist von einer der Schaukeln zu hören. Ich erkenne die Silhouette eines Jungen, der sich selbst vor und zurück wiegt.

Es war nicht so, wie Linda gesagt hat. Jesper hat nicht sicher in seinem Zimmer gelegen und das Ganze verschlafen.

ALS JONAS JUNG WAR, HATTE er eine Phase, in der er Science-Fiction gelesen hat. Isaac Asimov, Ray Bradbury und dann noch so eine Anthologie-Reihe. Manchmal habe ich in den Büchern geblättert, mit denen er nach Hause gekommen ist, habe Bruchstücke gelesen und versucht herauszufinden, ob es nur pubertärer Schund ist oder etwas, das neue Gedanken anregt. In einer der Geschichten war der Erzähler auf einem Planeten mitten im Herzen der Galaxie. Die gesamte Planetenoberfläche bestand aus einer extrem kultivierten und hoch entwickelten Stadt. Aber dann kam er zu einem Tunnel oder einem Tor, und dort hatte eine der Lampen einen Wackler. Das Vorschaltgerät war kaputt, und niemand hatte es ausgetauscht, obwohl die Lampe schon flackerte, seit der Erzähler das letzte Mal dort gewesen war und mehrere Tage seitdem vergangen waren. Ausgehend davon begriff er, dass etwas auf einer höheren Ebene nicht stimmte, dass die Gesellschaft angefangen hatte zu zerbrechen, dass die ihnen bekannte Welt nicht bestehen bleiben durfte.

Oft denke ich an diese Episode, wenn ich in der Welt, in der wir leben, ähnliche Tendenzen des Verfalls wahrnehme. Als ich auf dem Spielplatz ankomme, sehe ich, dass die eine Schaukel kaputt ist, neben der, auf der Jesper sitzt. Ein Befestigungshaken hat sich gelöst, sodass sie nur noch einseitig dort hängt.

Vermutlich bedeutet es nichts.

Oder eben doch.

Ich setze mich auf die andere Schaukel neben Jesper, die, die nicht kaputt ist. Er merkt, dass ich komme, aber genau wie seine Mutter schaut er nicht zu mir hoch. Wahrscheinlich musste auch er gerade Dinge mitansehen, die er nicht hätte sehen sollen.

Das Gummi der Schaukel unter mir ist hart und glatt, wie ich es aus der Zeit in Erinnerung habe, als ich noch eine andere war und die Schaukeln mir gehörten.

Ich setze den Reifen ein wenig in Bewegung und wiege mich vor und zurück wie er.

»Ich habe etwas für dich«, sage ich.

Ich warte, bis er sich zu mir dreht. In der Dunkelheit kann ich nicht erkennen, wo er sich in Gedanken aufhält, ob sein Gesicht tränenüberströmt oder abgehärtet ist. Ich taste in meiner Tasche nach der Puppe, die Robin verloren hat, und gebe sie ihm.

»Sie heißt Eva«, sage ich.

Jesper nimmt mein Geschenk tatsächlich entgegen. Er betrachtet die zerschlissene Puppe und führt sie so nahe an seine Augen, dass er sehen kann, was es ist.

»*Eva hört immer zu*«, sage ich. »*Sie hat immer Zeit für dich.*«

Die Dunkelheit macht ihn unlesbar, aber ich fahre trotzdem fort.

»*Manchmal passieren Dinge, wegen denen es sich so anfühlt, als würde die Welt untergehen. Kinder geraten in die Klemme durch die Sachen, die Erwachsene machen.*«

Ich habe keine Schwierigkeiten, denselben Wortlaut wiederzufinden.

»*Für solche Momente gibt es Eva. Sie war mal so groß wie du. Aber dann hat sie sich entschieden, klein zu werden, damit du sie immer mitnehmen kannst. Damit du immer jemanden hast, mit dem du reden kannst, wenn du dich einsam fühlst.*«

Ich mache dort eine Pause, wo ich sie immer gemacht habe. Jesper bewegt sich nicht.

»*Eva redet nicht*«, fahre ich fort. »*Aber sie hört doppelt so gut zu wie andere.*«

Er schaut von der Puppe hoch. Einen Augenblick bin ich sicher, dass er sie mir gleich zurückgibt und sagt, dass es nur eine Puppe ist. Dass sein Vater gerade von der Polizei abgeholt wurde, wie soll ich dann glauben, dass ein Spielzeug auch nur im Geringsten helfen kann?

Aber dann streichelt er ihr mit dem Finger über den Bauch, nicht wie Robin, sondern vorsichtiger, jedenfalls glaube ich, das zu sehen.

»Danke«, murmelt er.

»Es ist ganz schön kalt«, sage ich. »Soll ich reingehen und dir eine Jacke holen?«

Er schüttelt den Kopf.

»Petra ist gekommen«, sage ich. »Und ich habe Kakao gemacht. Wenn du reinkommen willst, ist das auch in Ordnung.«

»Hm.«

Hinter den Reihenhäusern auf der anderen Seite des Innenhofes kann ich flüchtig den ersten rosafarbenen Schimmer der Sonne erkennen. Schon wieder ist es so schön, obwohl es das irgendwie nicht sein sollte. Oder ist es, wie Peter gesagt hat, gerade deshalb so?

»Jetzt wird die Sonne bald aufgehen«, sage ich.

Jespers Gesicht dreht sich dorthin.

»Bist du schon einmal so spät auf gewesen?«

Er antwortet nicht.

Warum sollte er? Ich mache mich gerade selbst zu einem dämlichen Erwachsenen. Einem, der bedeutungslose Sachen sagt, der nichts versteht.

Lange Zeit schweige ich.

»Sicher, dass ich deine Jacke nicht holen soll?«

»Ich gehe doch gleich rein«, sagt er.

»Woran denkst du?«

Jesper antwortet auch jetzt nicht.

Also erzähle ich weiter von der Puppe, die ich ihm gegeben habe, bis alle recycelten Worte erschöpft sind.

MANGE SAGT NICHTS DAZU, DASS es so lange gedauert hat, als ich zum Präsidium komme. Er ist genervt, ich merke es, aber er tut so, als wäre nichts. Er gähnt, und seine Augen sehen müde aus, so wie die Augen von allen hier, meine vermutlich auch. Es ist immer noch Nacht, die Zeit der Unwirklichkeit, trotzdem wird von uns erwartet, wach zu sein und unser Bestes zu geben.

»Gut, dass du da bist, jetzt können wir anfangen«, sagt er.

Als ich zu dem kleinen Nebenraum mit dem Einwegspiegel gehe, denke ich, dass noch etwas anderes in der Luft liegt, als hätten sich die Polizisten gestritten, bevor ich gekommen bin, die müden Männer hier sehen sich irgendwie nicht an. Sie sagen auch nichts, nur Christian grüßt mit einem Nicken, als er und ein Polizist im Jackett mit grauen Augen und struppigem Haar mit mir hineingeht. Göran hält die Tür auf.

»Sorgt dafür, dass *Saida* klare Sicht hat, damit sie alles sieht, was sie soll«, sagt er zum Jackettmann. Er sieht mich wieder so an, als wollte er mich mit seinem Blick ausziehen, bevor er die Tür hinter uns schließt.

»Was hat er gesagt?«, frage ich, obwohl ich es gehört habe.

»Nichts«, sagt Christian. »Ignorier es.«

Ich drehe mich zum Jackettmann, aber seine grauen Augen weigern sich, meinem Blick zu begegnen.

»Kannst du mir mal erklären, worum es hier geht?«, dränge

ich und wende mich wieder Christian zu. »Hab ich einen Fehler gemacht?«

»Nee«, winkt er ab. »Es sind nur alle müde. Also haben ein paar beim Warten die Gelegenheit genutzt, ihr Revier zu markieren.«

»Aha, das haben wir also gemacht?«, faucht der Jackettmann. Seine grauen Augen sind plötzlich düster.

Christian seufzt. »Entschuldige, Janne. Ich wollte nicht wieder damit anfangen.« Sein breiter Dialekt lässt ihn ruhig klingen, nicht konfrontativ. »Aber wie gesagt, ihr wart nicht dabei, als wir das Haus und die Kleidung des Mädchens gefunden haben. Ramona *wusste* es einfach. Alles, was das Labor später bestätigen konnte.«

»Ja, das habt ihr gesagt.«

»Also war sie entweder beim Mord dabei, was, wie ich denke, keiner von uns glaubt, oder ...«

»Ich weiß, ich weiß.«

»Das *muss* etwas bedeuten«, sagt Christian. »Oder nicht?«

Er gibt seinem jüngeren Kollegen einen vielsagenden Blick, aber ich glaube, dass er es genauso zu sich selbst sagt.

Der Jackettmann beruhigt sich ein wenig. Aber er gibt sich nicht geschlagen. »Ich höre, was ihr sagt. Und ich glaube nicht, dass ihr lügt.«

Sie stehen links und rechts von mir und reden so, als ob ich nicht da wäre.

»Aber es wird einfach zu viel Zirkus drum gemacht«, sagt er. »Wenn man Seher und Wahrsager und so hinzuzieht. Es sollte möglich sein, einen Fall ohne so etwas zu lösen.«

»Es muss kein Zirkus werden«, entgegnet Christian.

Jetzt ist es der andere Polizist, der seufzt. »Umeå ist bedeutend größer als Skellefteå«, erklärt er nach einer kurzen Pause.

»In kleineren Städten muss man vielleicht nicht besonders sorgfältig damit sein, wie man seine Beweise sammelt, aber hier … Frag Göran oder wen auch immer. In einer größeren Stadt passiert einfach mehr, die Staatsanwälte drücken hier kein Auge zu.«

Als wäre Umeå so viel größer als seine Nachbarstadt.

Ich weiß nicht, warum ich mich vor allem daran störe und nicht daran, was er mich genannt hat. Ich drehe mich zu ihm. Wir stehen in dem engen Raum etwas zu dicht nebeneinander, also fühlt es sich automatisch unangenehm an.

»Ich kann gehen, wenn Sie wollen«, sage ich zu ihm. »Sagen Sie es einfach, dann mache ich es. Ich habe nie darum gebeten, hier zu sein.«

Der Jackettmann seufzt, weigert sich aber immer noch, mir in die Augen zu sehen.

Ich hätte es vermutlich gemacht, wäre weggegangen und hätte die Hähne das hier selbst lösen lassen, aber da spüre ich Christians Hand auf meiner Schulter. Sie ist schwer, so sehr, dass ich fast das Gleichgewicht verliere, und er drückt etwas zu hart, so wie Peter es tut.

»Sie bleibt«, sagt er. »Sie wird einfach nur zuhören. Sonst nichts.«

Der andere nickt, sodass sein struppiges Haar leicht wackelt.

»*Ich* habe nichts darüber gesagt«, murmelt er.

Ihr Gespräch oder Streit oder was auch immer wird unterbrochen, denn hinter dem Spiegel öffnet sich jetzt die Tür, und Mange und Göran kommen zu Petrescu herein.

ER SITZT DORT, AUF DER anderen Seite des Einwegspiegels, in dem seelenraubenden Licht auf dem gleichen Stuhl, auf dem Linda vorher gesessen hat. Aber im Unterschied zu ihr ist er mit Handschellen angekettet. Sein Gesicht ist dem Spiegel zugewandt, sodass es sich anfühlt, als würde er uns betrachten, vielleicht weiß er, dass wir hier sind, oder er sieht einfach nur nach vorne, schaut sich selbst an, das, was es zu sehen gibt.

Ich hatte erwartet, dass er schweigen würde. Keinen Ton von sich gibt, wie im Fernsehen.

Aber Petrescu verfährt nicht so. Er antwortet auf Manges Fragen, ausweichend, widerwillig, höflich? Mit einer Stimme, die man kaum wahrnehmen kann.

Es ist insgesamt schwer zu hören, was sie auf der anderen Seite der Scheibe sagen. Lindas Stimme war heller, jetzt wird deutlich, dass das Mikrophon nicht so gut ist, es nimmt alle Geräusche dort drinnen auf, ihre raschelnden Bewegungen, das Scharren ihrer Füße. Wir lehnen uns im Nebenraum automatisch näher zum Lautsprecher.

»Wir haben das Haus gefunden«, sagt Mange. »Zu dem Sie Anja gebracht haben.«

Er hält einige Sekunden lang inne, um es wirken zu lassen.

»Wir haben auch die Kleidung gefunden. Die sie am Strand getragen hat, wo sie ertränkt wurde.«

Petrescu nickt, vermutlich unbewusst, weil er sofort sagt: »Ich habe keine Ahnung, wovon Sie reden.«

Er spricht gebrochen, seine Worte klingen ein wenig falsch, wie es kommt, wenn man eine Sprache spät im Leben lernt.

»Wir wissen, dass sie die Kleidung am Strand anhatte«, sagt Mange. »Die Bootsbesitzer transportieren jedes Jahr Sand dorthin, damit die Schiffsrümpfe nicht zerkratzt werden, und die Zusammensetzung des Quarzes, den wir auf ihrer Kleidung gefunden haben, stimmt mit der von der Sandgrube überein.«

Ich weiß nicht, ob Mange die Wahrheit sagt. Der gesamte Sand hier kommt doch vom gleichen Urgestein, er müsste doch identisch sein?

Aber Petrescu nickt wieder auf diese Art.

»Und Ihre DNA wurde auf der Kleidung gefunden«, fährt Mange fort. »Ich glaube also, Sie verstehen, in was für Schwierigkeiten Sie stecken.«

Darauf nickt Petrescu nicht, stattdessen senkt er den Blick.

Mange macht weiter. Er fragt nach dem Auto. Das der Katzenmörder gesehen hat, das Linda gehört.

»Wir wissen, dass Sie in der Nacht zum Vortag des Mordes das Auto in Besitz genommen haben. Und dass Sie das Mädchen dabeihatten, das jetzt ermordet ist. Wir haben dafür Zeugen. Und andere, die das Auto zum Zeitpunkt des Mordes in der Nähe des Tatorts gesehen haben.«

Neue Pause.

»Sie erkennen sicher, in was für Schwierigkeiten Sie stecken?«

Er wiederholt wieder die gleiche Phrase, vielleicht ist es eine Taktik. Aber Petrescu antwortet auch dieses Mal nicht.

Mange geht nach vorne und setzt sich ihm direkt gegenüber.

»Warum haben Sie das Auto gewechselt?«, fragt er, als wäre er plötzlich neugierig. Vielleicht ist auch das eine Taktik, dass er Petrescu etwas Harmloses gestehen lässt, mit dem man ihn einfängt, der Stein wird ins Rollen gebracht, und er wird so ganz von selbst Dinge gestehen, die wichtig sind.

Aber Petrescu lässt sich nicht täuschen. »Ich bin nicht mit Lindas Auto gefahren«, sagt er.

Mange schüttelt den Kopf. »Wir wissen sicher, dass Sie das Auto genommen haben«, sagt Mange. »Und dass Sie das ermordete Mädchen dabeihatten.«

Petrescu sieht wieder nach unten. Ich glaube, dass ihm jetzt erst dämmert, wie Mange es wissen kann. Dass sein Sohn es erzählt hat.

Vor meinem inneren Auge sehe ich Jesper, wie er in der Dunkelheit des Innenhofes schaukelt, wo ich ihn zurückgelassen habe. Vielleicht ist er immer noch dort, sitzt auf seinem Reifen, sieht die Sonne aufgehen und denkt an dieselben Dinge wie Petrescu jetzt.

Über den Mann vor uns brechen in dem leblosen Licht all die Erinnerungen herein, die er mit seinem Sohn teilt. In Petrescu gibt es unzählige Fragmente von Jesper. Erinnerungen, die nichts Besonderes sind, und gleichzeitig doch, weil sie seinen Sohn beinhalten.

In einer fahren sie mit dem Auto, das Petrescu genommen hat. Es ist einige Jahre zuvor, und Jesper sitzt auf dem Beifahrersitz, dem gleichen Platz wie Anja später. Eigentlich ist Jesper zu klein, um dort zu sitzen, er bräuchte einen Kindersitz, der Sicherheitsgurt spannt über seinen Hals. Aber er sieht zufrieden aus, beinahe glücklich, fühlt sich erwachsener als jemals zuvor.

Der Blick, den er seinem Vater zuwirft.

Der Blick, den er zurückbekommt.

Petrescu sieht Jesper genauso an, wie Peter Jonas ansieht. Als gäbe es nichts, was er nicht für ihn opfern würde.

Ich weiß nicht, was ich damit machen soll. Die Liebe in ihm passt nicht zu dem, was er anderen Menschen bewusst antut.

SIE VERHÖREN IHN NICHT BESONDERS lange. Sie haben kaum richtig angefangen, als Mange und Göran abbrechen, aus dem Raum marschieren und zu uns in die winzige Kammer kommen. Eine Welle frischer Luft folgt ihnen hinein, oder vielleicht sickert die schlechte auch einfach nur heraus.

Mange gähnt wieder, es ist immer noch früh am Morgen. Eine Weile steht er genauso dort wie wir eben und betrachtet Petrescu durch das Glas.

»Was denkt ihr?«, fragt er.

»Ungefähr wie zu erwarten war«, sagt Göran. »Petrescu tut so, als wäre er kooperativ, aber er wird nicht das Geringste zugeben. Selbst wenn wir ein Video davon hätten, wie er sie ertränkt, während er sich an der Kamera reibt, würde er es verneinen.«

Mange nickt, ohne Petrescu aus den Augen zu lassen, so als würde er in die kommenden Stunden blicken, in ihre Fruchtlosigkeit.

Dann dreht er sich zu mir. »Siehst du etwas?«

»Nein.«

»Gar nichts?«

»Doch, aber nichts, was hilfreich ist.«

Ich schaue niemanden an, weil ich nicht sehen will, was in ihren Gesichtern zu lesen ist. Weder die Enttäuschung bei Mange und Christian noch den Hohn bei Göran und dem Jackettmann, während sie sich ihre Musketierblicke zuwerfen: *Wir haben's ja gesagt.* Ich weiß, dass sie genau das gerade machen. Aber Mange tut so, als wäre nichts. »*Nichts, was hilfreich ist, was bedeutet das?*«

»Ich sehe nur vage Erinnerungen«, erkläre ich. »Ich glaube nicht, dass sie von Bedeutung sind.«

»Beim Apfel hast du doch das Gleiche gedacht?«

»Schon, aber so etwas sehe ich nicht. Nichts, was mit dem Mädchen zu tun hat.«

Er schluckt enttäuscht. Reibt sich fest die Schläfen. »Ich wünschte, ich könnte sehen, was du siehst«, ruft er dann. »Damit ich nicht wie ein Idiot hier stehen und es dir aus der Nase ziehen muss.«

Ich weiß nicht, was ich darauf antworten soll.

»Liegt es daran, dass du nicht nahe genug dran bist?«, fragt er. »Hilf mir, was fehlt?«

»Es hat nichts mit Entfernung zu tun«, nuschle ich. »So funktioniert es nicht.«

Die Blicke der anderen. Sie vernichten mich.

Mange wendet seinen von mir ab. Und richtet sich wieder an die anderen. »Ich denke, dass sie zu ihm reingehen muss«, verkündet er.

Darauf war ich nicht vorbereitet.

Die anderen auch nicht.

Wieder sehen sie sich an. Dann lacht Göran auf.

»Sie muss nicht erzählen, wer sie ist«, beharrt Mange. »Einfach nur reingehen. Zwei Minuten. Dann sehen wir, was passiert.«

»Also«, sagt Göran, »du durftest bis hierhin weitermachen. Aber irgendwo müssen wir verdammt noch mal die Grenze ziehen.«

»Er weiß doch genau, wo er dich und mich hat, Göran!«, schreit Mange beinahe. »Aber er ist nicht auf *sie* vorbereitet.«

»Nein, das kannst du laut sagen.«

»Was haben wir zu verlieren?«, drängt Mange. »Sag es mir?«

»Deinen Job?«, murmelt der Jackettmann.

»Zwei Minuten. Off the record. Ist das verdammt noch mal so unmöglich?«

Die Blicke wenden sich zu Göran. Als wäre es seine Aufgabe, die Seifenblase platzen zu lassen, die Mange aufpusten will.

Einen Augenblick steht der alte Mann dort und kaut auf seinem Schnurrbart herum.

»Wenn du das hier tust, dann melde ich dich«, sagt er dann.

Göran klingt nicht wütend, sondern eher so, als würde er es ernst meinen. Vielleicht trifft es Mange deswegen so hart.

»Du meldest mich?!«, schreit er fast.

»Du hast mich gehört.«

Sie sehen so aus, als würden sie gleich aufeinander losstürzen. Wenn ich mir ihr Alter wegdenke, werden sie zu Kindern in einem Sandkasten, die sich nicht einigen können, wer jetzt Eimer und Schaufel haben darf. So geht es immer zu, wenn ausschließlich Männer in einer Arbeitsgruppe sind.

Mange sieht die anderen an, so als würde er sie bitten, ihm zu helfen.

»Ihr wisst es doch auch, verdammt noch mal«, sagt er. »Die Kleidung, seine fucking DNA darauf, wer hat uns das gegeben? Und Ramona hat Petrescu von Anfang an auf der Zielscheibe gehabt. Nachdem *Mr. Hotshot* hier gesagt hat, er wäre sauber.«

Das Letzte ist unnötig, eine Handvoll Sand in die Augen, aber Göran geht nicht darauf ein. »Ich weiß, dass fast alle unsere Beweise bisher auf die Müllkippe gehören, wenn jemand nachzuforschen beginnt, wie wir sie bekommen haben«, sagt er.

»Verflucht, Göran.«

»Du bist mit Jenny gescheitert, aber treib es jetzt nicht auf die Spitze und ruiniere das, was wir haben, nur damit nicht wieder das Gleiche passiert.«

Ich weiß nicht, was passiert wäre, wenn Christian nicht gewesen wäre. Vielleicht hätten Frustration und Müdigkeit noch eine Möglichkeit gefunden, sich zu entladen, was für niemanden gut ausgegangen wäre. Aber Christian tritt einen Schritt nach vorne, stellt sich zwischen sie und wird in dem winzigen Raum zur Mauer.

Er räuspert sich und wendet sich an Mange.

»Göran hat tatsächlich recht«, sagt er und wirft mir einen kurzen Blick zu, bevor er fortfährt: »Zwar kann niemand leugnen, was Ramona für diese Ermittlung getan hat, aber du kannst sie nicht mit ihm dort in den Raum hineinsetzen. Das verstehst du doch sicher?«

»Ja, schon, also«, druckst Mange herum. »Nicht *offiziell*. Nur …« Mange sieht Christian flehend an, aber der schüttelt den Kopf. »Sie *sieht* doch«, sagt Mange. »Sie kann das letzte kleine Detail herausholen, diesen unerschütterlichen Beweis, der diesen Scheiß besiegelt. Ich weiß es einfach.«

Christian schüttelt noch einmal den Kopf. »Es ist jetzt genug. Ich bringe Ramona zu einem Hotelzimmer. Sie sollte nicht hier sein. In keiner Weise. Im Stillen wissen wir das beide.«

Mange gibt sich geschlagen. Es gibt Menschen, denen man nicht widerspricht. Christian ist so jemand. Er bedeutet mir, dass ich ihm folgen soll, und auch ich mache, was er sagt, ohne es infrage zu stellen.

Wir verabschieden uns nicht, als wir gehen. Wir sagen weder Tschüss noch Danke oder Entschuldigung, was auch immer jetzt zu einer solchen Situation passen würde.

ICH FOLGE DEM ALTEN KOMMISSAR durch die Flure des Präsidiums, höre das Hallen seiner leicht schlurfenden Schritte. Das Gebäude ist zu dieser frühen Tageszeit dunkel, aber Christian macht sich nicht die Mühe, das Licht einzuschalten, er lässt sich von der schwachen Notbeleuchtung den Weg zeigen. Sein gewaltiger Schatten gleitet bei jeder Lampe an uns vorbei.

Es dauert länger, als es sollte, ich glaube, er hat sich verlaufen, auch er ist ja normalerweise nicht hier. Aber ich sage nichts, habe nicht die Kraft dazu, folge einfach nur seinem großen Rücken.

Ich weiß nicht, was ich denken soll.

Es ist jetzt vorbei. Wahrscheinlich sollte es das sein? Sie haben denjenigen gefunden, den sie gesucht haben, meine Dienste werden nicht mehr benötigt. Sind nicht einmal *erwünscht*. Morgen kann ich nach Samgården zurückkehren, bekomme eine neue fehlgeleitete Familie zugeteilt, die ich besuchen soll, und mein Leben darf wieder so werden, wie es vorher war.

Es fühlt sich gut an. Richtig gut. Die Luft im Flur atmet sich leichter allein durch den Gedanken daran, die graue Membran über mir lichtet sich. Mir war nicht bewusst, dass es mir durch all das hier so schlecht ging, wie es tatsächlich der Fall war.

Und all das andere, dem ich nun auch entgehe. Robin. Die Pistole.

Man lässt mich davonkommen.

Das kann ich gerade noch denken.

Mitten in einem der Flure bleibt Christian vor einer Tür mit einer Glasscheibe stehen. Zuerst denke ich, er hätte endlich eingesehen, dass er sich verlaufen hat, aber dann weiß ich wieder, wo wir sind. In diesem Zimmer hat Jesper mit Bauklötzen gespielt, als sie Linda vernommen haben, vor ein paar Tagen und einer ganzen Ewigkeit.

Christian steht einfach nur da und scheint zu überlegen, was er tun soll. Er sagt so lange nichts, dass ich denke, ich soll von Jesper erzählen, von dem Raum, von der Schaukel, davon, wie es für ein Kind ist, mitten in der Mordgeschichte seines Vaters zu landen. Aber dann räuspert er sich.

»Du musst das, worum ich dich gleich bitten werde, wirklich nicht machen«, sagt er.

Das hier genügt schon, dass ich verstehe, was er von mir will. Trotzdem lasse ich es ihn aussprechen.

»Ich habe nicht vor, dich zu zwingen«, fährt er fort. »Und ich weiß nicht, wie es dir geht, aber ich will diesen Petrescu wirklich von der Straße haben. Es ist nicht so, wie Göran gesagt hat, die Beweise, die du uns gegeben hast, halten neun- von zehnmal in einem Prozess stand. Aber es gibt eben immer dieses zehnte Mal ...«

Er zögert wieder, bevor er fortfährt.

»Und klar, wir können Petrescu wahrscheinlich für Menschenhandel dingfest machen, wenn schon nicht für etwas anderes, es ist so gut wie sicher, dass er da nicht davonkommt. Aber die Gesetze, die wir heute haben ... Ich habe gestern von zwei Zuhältern gelesen, die verurteilt wurden, es gab bedeutend mehr Anklagepunkte, als wir gegen Petrescu zusammenkratzen könnten, und sie haben jeder nicht einmal drei Jahre bekommen. Bei guter Führung würde Petrescu mit dem, was wir gegen ihn haben, also höchstens ein Jahr einsitzen. In der Praxis würde er einige Monate bekommen, in denen er vor allem neue Kontakte knüpft.«

»Worum bittest du mich denn?«, frage ich.

»Vielleicht hält Mange es für keine gute Idee«, murmelt Christian.

Obwohl wir beide wissen, dass sie Mange gefallen wird.

»Vielleicht mache ich mich total lächerlich«, fährt er fort.

»Sag, was du von mir willst«, wiederhole ich.

»Warte hier. Vielleicht nur einen kurzen Augenblick oder länger. Wenn Mange zustimmt, arrangieren wir es so, dass du mit *ihm* sprechen kannst.«

»Ich soll also hier warten? Um mit Anjas Mörder zu sprechen?«

Ich schaue in den dunklen Flur, in dem unsere Schatten über die Wände huschen.

»Wie gesagt, du musst es wirklich nicht.«

Trotzdem öffnet Christian die Tür zum Spielzimmer. Er sieht schuldbewusst aus, aber auch dankbar, so als ob auch er in andere hineinsehen kann und weiß, dass ich es tun werde.

Ich sage nicht Ja, sage nichts, gehe einfach hinein, setze mich hin und lasse ihn stehen mit seiner schuldbewussten Miene. Er wartet lange, ohne zu wissen, was er sagen soll, vielleicht überlegt er es sich mehrmals anders, bevor er sich schließlich zum Gehen wendet.

»Ich habe so etwas noch nie gemacht«, sagt er.

So als erwarte er, dass *ich ihn* unterstütze.

»Du versuchst, das Richtige zu tun«, sage ich. »Das muss nicht automatisch heißen, dass man sich dabei gut fühlt.«

»Vielleicht ist es so.«

Dann geht Christian. Seine schlurfenden Schritte entfernen sich im düsteren Flur. Als er verschwunden und die Tür am Ende des Ganges wieder mit einem Knall zugeschlagen ist, rutsche ich auf den Boden herunter. Ich nehme den Korb mit Bauklötzen, mit denen Jesper gespielt hat, und stapele sie aufeinander zu einem Turm.

VOR LANGER ZEIT HABE ICH ein Buch gelesen. Es wurde von Rudolf Höß geschrieben, einem Kommandanten in Auschwitz. Man kann keinen böseren Menschen finden, wenn man sich seine Aufgabe anschaut: einen Weg zu finden, Menschen so effektiv wie möglich auszunutzen und auszurotten. Aber wenn man seine Gedanken liest, die er im Gefängnis in Erwartung seiner Hinrichtung niedergeschrieben hat, wird etwas anderes sichtbar, das auf eine bestimmte Art und Weise noch unheimlicher ist.

Er ist kein Monster. Nur ein Mensch, der auf Abwege geraten ist. Damit sind wir schon wieder bei dem Thema, was für Voraussetzungen wir bekommen. Sein moralischer Kompass hat sich nach und nach verschoben, so langsam, so unerbittlich, dass er es selbst nicht gemerkt hat.

Im Ersten Weltkrieg ist er Soldat gewesen. Er beschreibt, wie schlecht es ihm ging, als er zum ersten Mal einen Feind getötet hat. Aber es war Krieg, er hatte keine Wahl. Beim nächsten Mal ging es ein wenig leichter.

Als er zum ersten Mal mit seinem Gewehr in einer Hinrichtungspatrouille stand, wollte er nicht schießen. Beim zweiten Mal war sein Widerwille geringer.

Und so ging es weiter.

Er sieht zwar, in welche Richtung er geführt wurde, aber ich glaube trotzdem nicht, dass er es durchschaut. Was aus ihm schlussendlich wurde.

Ein Mensch ist so formbar.

Im Guten wie im Schlechten.

ICH SITZE AUF DEM BODEN und lausche der Stille. Vor ein paar Minuten habe ich Jespers Bauklötze weggelegt, sie haben mich nicht beruhigt. Stattdessen fingere ich in meiner Handtasche herum. Streichele, streife den Gegenstand darin. Ich hole ihn nicht heraus, will ihn nicht sehen, aber in regelmäßigen Abständen berühre ich das eiskalte Metall, das eigentlich nicht so kalt ist.

Die Worte der Schwester des Katzenmörders klingeln mir in den Ohren. Dass ich sie brauchen werde.

Ich spähe zur Tür am Ende des Flurs, durch die er jeden Augenblick kommen kann.

Es dauert eine ganze Weile, ich kann nicht ausmachen, wie lang genau, ein ganzes Leben kann ja in einer Sekunde Platz finden, da höre ich das Klappern der Tür, als sie aufgezogen wird.

Es ist Mange. Er ist allein, Christian ist nicht bei ihm und Petrescu auch nicht, also denke ich zuerst, dass es abgeblasen wurde, dass es Mange trotz allem nicht für eine gute Idee hielt. Aber sein ernster Gesichtsausdruck und nervöser Schritt verraten, dass das nicht der Fall ist.

»Komm, wir müssen uns beeilen«, sagt er, als er zu mir hereinkommt, ohne zu fragen, wie es mir geht, ohne mich auch nur anzusehen. »Wir haben Glück, die U-Haft war voll, daher wird Petrescu vorübergehend in eine Einrichtung gebracht, also haben wir jetzt eine kleine Lücke, in der wir es machen können.«

»Welche Einrichtung?«, frage ich, aber er macht sich nicht die Mühe zu antworten, treibt mich nur an und schiebt mich beinahe im Flur vor sich her, als ich nicht schnell genug gehe. Wir treten hinaus auf den Parkplatz des riesigen Präsidiums in ein weiches Morgenlicht, das sich aber grell anfühlt, nachdem ich im Spielzimmer gewartet habe. Ein großes schwarzes Auto mit getönten Scheiben ist vorgefahren. Mange führt mich zu ihm, öffnet die Tür zum Rücksitz und bedeutet mir mit einer Handbewegung, dass ich einsteigen soll. Es fühlt sich dort drinnen an wie in einer Zelle, eine dicke Scheibe trennt den Vordersitz ab.

»Er kommt bald, zeig dich niemandem«, sagt Mange und schließt die Tür hinter mir.

Ich will protestieren, ich weiß nicht genau, wogegen, aber ich schaffe es nicht mehr, weil sie genau in diesem Augenblick mit ihm aus dem Gebäude kommen. Göran und Christian, der Jackettmann und zwei Jonny-Jimmys. In der grellen Morgensonne, die nun über den Horizont gestiegen ist, kneifen alle die Augen zusammen.

Die Kommissare bleiben an der Tür stehen, während die beiden Uniformierten mit Petrescu weiter zu Mange in Richtung Auto gehen.

Petrescu weicht instinktiv zurück, als er einsteigen soll und mich dort entdeckt, aber Mange treibt ihn an und schnallt die Handschellen in einer Art Öse fest, ähnlich der, an der wir vor gefühlt hundert Jahren Jonas' Kindersitz festgemacht haben.

Ich gehe davon aus, dass Mange sich auf den Vordersitz setzen wird, aber es sind die beiden jungen Jonny-Jimmys, die vorne Platz nehmen. Niemand von ihnen sagt etwas, aber einer von ihnen dreht sich um und wirft mir durch die Scheibe einen Blick zu, den ich nicht deuten kann. Sind sie eingeweiht und wissen, was wir hier tun?

Dann dreht er sich wieder nach vorne, startet den Motor, und wir fahren.

EINE WEILE SEHE ICH DEN Mann neben mir nicht an. Stattdessen schaue ich aus dem Fenster und betrachte die vorüberziehenden Häuser, während wir durch die am frühen Morgen verlassene Stadt fahren.

Umeå ist größer als Skellefteå, aber die beiden Nachbarstädte sind sich zum Verwechseln ähnlich. Wohngegenden mit Häusern werden von größeren oder kleineren Abschnitten aus Bäumen und Gras unterbrochen, so als hätten die Stadtplaner eingesehen, dass man so etwas braucht, um atmen zu können.

Ich spüre, wie Petrescu mich ansieht, aber ich begegne seinem Blick nicht.

Ein spezieller Geruch geht von ihm aus. Es ist das Rasierwasser, ich kann nicht erkennen von welcher Marke, ob billig oder teuer, vermischt mit Zigaretten, Schweiß und diesem süßen Geruch, als er und Linda ... Der Geruch erinnert mich an früher. An die Jahre, als ich jung war und im Etage abhing, dem Nachtclub, der in Skellefteå damals angesagt war. Als ich mich hineingeschmuggelt habe, mit Freunden, die eigentlich keine waren, um dort einen Sinn zu finden.

»Wer bist du?«, fragt er und unterbricht meine Gedanken.

Dieses Gebrochene in der Stimme, die Melodie, die verkehrt ist. Aber er klingt jetzt unsicher, das war er im Vernehmungsraum vorher nicht. Meine Anwesenheit scheint ihn stärker zu verängstigen als die von Mange und Göran. Sie macht ihm ebenso viel Angst, wie er mir Angst macht.

Ich antworte nicht auf seine Frage, weil ich auch jetzt noch immer nicht weiß, was ich sagen soll. Ich habe die ganze Zeit im Spielzimmer darüber nachgedacht, wie spricht man mit einem Mann wie ihm? Aber mir ist nichts eingefallen.

»Haben *sie* dich geschickt?«, fragt Petrescu.

Ich weiß nicht, was er glaubt, wer ich bin, aber instinktiv schüttele ich den Kopf.

»Ich helfe nur der Polizei.«

Es beruhigt ihn. »Wie heißt du?«

»Das möchte ich nicht sagen.«

Ich drücke es verkehrt aus. Verrate, wie viel Angst er mir einjagt.

Ich kann beinahe sehen, wie sich seine Haltung durch meine Worte verändert. Petrescu lehnt sich zurück. Seine Hände sind gefangen, sonst hätte er sie hinter dem Kopf verschränkt oder zufrieden auf dem Bauch übereinandergelegt.

»Weißt du, ich kann leicht in Erfahrung bringen, wie du heißt«, sagt er. »Wo du lebst. Mit wem du lebst. Es ist kein Problem, so etwas herauszubekommen.«

Der Schrecken, den er in meinem Blick lesen kann, scheint ihn offenbar zufriedenzustellen. Aber nicht, weil er meine Angst genießt, das glaube ich nicht, sondern weil er erkennt, dass ich keine Macht über ihn habe.

Und er verschont mich, lässt es fallen.

»Warum bist du hier?«, fragt er stattdessen mit veränderter Stimme, die beinahe neugierig klingt.

»Die Polizei hat mich zurate gezogen, weil ich Dinge *sehe*.«

Mir fällt sonst nichts ein, was ich ihm geben könnte, nichts als die Wahrheit.

Natürlich versteht er nicht, was ich meine. Trotzdem wirkt er interessiert.

»Du siehst Dinge?«, wiederholt er.

»Ja. Also im Inneren von Menschen. Ich sehe, was sie getan haben. Was sie nicht erzählen wollen.«

»Du meinst, wie ein sechster Sinn? Oder *Female Intuition*?« Sein Lächeln verwandelt sich in ein anderes, ein aufdringlicheres, so als würden wir flirten. Wenn er nicht festgekettet wäre, hätte er die Hand ausgestreckt und mich berührt, eine Strähne in meinem Haar zurechtgelegt, so etwas in der Art. Bilde ich mir ein.

Aber warum sollte er das tun?

»Ja, vielleicht«, sage ich. »Vielleicht wie ein sechster Sinn.«

Petrescu verdreht die Augen.

»Okay ... jetzt verstehe ich. Ich weiß, was du sagen wirst. Du wirst behaupten, dass du sehen kannst, was ich getan habe. Dass du siehst, wie ich Anja ertränke, also kann ich genauso gut aufgeben und gestehen.« Er lächelt und schüttelt gleichzeitig den Kopf. »Zuerst wirst du mir ein Detail geben, das ihr am Strand gefunden habt«, sagt er. »Mir einzureden versuchen, du könntest es in mir sehen, sodass ich glaube, dass du das kannst, was du behauptest zu können.«

»Nein.«

Er verstummt plötzlich durch meine einsilbige Antwort.

»Nicht? Warum sitzt du dann hier?«

Ein Auto donnert aus der entgegengesetzten Richtung an uns vorbei, viel zu schnell. Ich frage mich, wohin es unterwegs ist.

»Wenn du es nicht verstehen willst, hat es keinen Sinn, dass wir reden«, sage ich und sehe dem Auto nach.

Ich habe panische Angst, trotzdem fordere ich ihn und seine Überlegenheit heraus.

Petrescu betrachtet mich weiter mit diesen feurigen Augen. Ich verstehe, wie die Mädchen ihm verfallen.

Dann lacht er. »Okay, ich spiele mit«, sagt er. »Du siehst also das, was Menschen gemacht haben. Okay, okay. Ich nehme an, dass es vor allem schlechte Dinge sind?«

»Ja, meistens ist das so.«

Schon wieder lächelt er und schüttelt gleichzeitig den Kopf. »Weißt du, viele müssen schlechte Dinge tun, um zu überleben.«

Erkenne ich da flüchtig etwas in ihm, eine Ernsthaftigkeit, die er zu verscheuchen versucht?

Ja, er denkt an Anja, vielleicht zum ersten Mal in dieser ganzen Nacht. Er denkt nicht daran, wie er sie ertränkt hat, etwas anderes geht ihm durch den Kopf.

»Ravioli«, murmele ich.

»Was sagst du?«

»Das habt ihr gegessen, als du sie das erste Mal in ein Restaurant ausgeführt hast.«

Ich weiß es einfach, aus dem Nichts.

Er betrachtet mich wieder so prüfend wie am Anfang, seine Selbstsicherheit ist fort.

»Anja wusste nicht, was es ist«, sage ich. »Sie hat so getan, als hätte sie es schon einmal gegessen, aber du hast gesehen, dass es ihre ersten Ravioli waren.«

Petrescu weiß nicht, was er sagen soll. Ich mache genau das, was er vorhergesagt hat, gebe ihm dieses Detail, über das er gesprochen hat. Trotzdem fühlt es sich nicht so an, wie er geglaubt hat, er kann sich nicht dagegen wehren.

In seinen Augen kann ich erahnen, was in ihm passiert. Erst beschließt er, dass ich sie getroffen haben muss, dass sie es erzählt hat. Wie könnte ich es sonst wissen? Aber wann? Und warum sollte sie es mir erzählt haben?

Vom nächsten Gedanken wird ihm schwindelig: dass ich vielleicht das kann, was ich behaupte. Und was das in diesem Fall bedeutet.

»Mich für das einzulochen, was Anja passiert ist, hilft nicht«, sagt er kaum hörbar. »Auch wenn ihr mich loswerdet, sind immer noch Hunderte andere Männer wie ich da draußen übrig.«

»Warum hast du ausgerechnet Anja ausgewählt?«, frage ich. Petrescu leugnet es nicht. »Das hat sich einfach so ergeben«, sagt er.

Vielleicht erkennt er, dass es keine richtige Vernehmung ist, dass unser Gespräch nichts zählt, dass er nichts zu verstecken braucht.

»Einfach so ergeben«, wiederhole ich.

Er zuckt mit den Schultern. »Sie sah gut aus.«

Er scheint selbst nicht zu wissen, warum er ausgerechnet sie ausgewählt hat. Vielleicht fragt er es sich genauso und will, dass ich es ihm sage.

Ich wäre dazu in der Lage, es ist dort in ihm zu lesen.

Er hat sich vor ein Gymnasium gestellt, genau wie Anna von der Unterkunft für die Opfer von Menschenhandel es beschrieben hat. Die Steintreppe, vor der er steht, ist ziemlich breit, aber er hat einen Pfeiler gefunden, gegen den er sich lehnen kann und von dem aus er freie Sicht hat.

Er lässt mehrere Mädchen vorbeigehen, mehrere gut aussehende, mehrere *verkäufliche*, bevor Anja herauskommt und er ihr entgegengeht.

Warum wählt er sie aus?

Weil sie seinem Blick begegnet? Sein Lächeln erwidert? Das würde er sicher antworten, wenn ich ihn mehr unter Druck setzen würde. Aber was er eigentlich in ihr sieht, wonach er unbewusst sucht, ist die Wärme in ihren Augen. Sie hat sie. Diese Wärme ist notwendig, denn nur die Mädchen, die anderen gegenüber offen sind, lassen einen nahe genug heran, dass man sie anschließend zu Fall bringen kann.

Auch der Rest ihrer Geschichte steckt dort in ihm, ich sehe, wie er sie verführt, ihr Vertrauen gewinnt.

Kerzen, ein kariertes Tischtuch, diese Ravioli, die ein bisschen zu weich sind, in einem Restaurant, das sie schick findet. Er macht ihr Geschenke, den gelben Pullover, den er später ins Gras werfen wird.

Dann ein Hotelzimmer, das erste. Das Hotel ist wirklich schick, nicht wie die anderen, zu denen er sie bringen wird. Und sie ist anders, weil sie es noch nicht weiß. Sie glaubt noch an eine andere Zukunft und weiß im Gegensatz zu ihm nicht, was wirklich auf sie wartet. Als er sie langsam auszieht, fühlt sie sich auserkoren.

Ich drehe mich weg, versuche, die folgenden Szenen zu verdrängen. Ich will nichts mehr sehen, weil das zu Anjas Leben gehört, ich habe dort nichts zu suchen.

»Manchmal denkst du darüber nach«, sage ich und fordere ihn weiter heraus. »Du fragst dich, wo es angefangen hat. Wie du *hier* gelandet bist. Warum es jetzt dein Job ist, junge Mädchen zu verderben.«

Ich weiß nicht, ob meine Behauptung wahr ist. Ich glaube nicht. Wie könnte sie auch? Wenn er infrage stellen würde, was er tut, könnte er sich nicht weiter vor Gymnasien stellen und Anjas verführen. Das ginge einfach nicht.

Das Böse ist nicht das, wofür wir es halten. Es ist nichts Übersinnliches, keine eigene Macht. Kein Entweder-oder. Alles, woraus das Böse in Wirklichkeit besteht, alles, was du machen musst, um dich mit ihm zu verbünden, ist abzuschalten, die Gefühle, die du eigentlich haben solltest, von vornherein zu ersticken.

Ich finde kein Schuldgefühl in ihm, als er sich daran erinnert, was er Anja angetan hat, keine Scham. Was immer sich diesbezüglich aufdrängt, lässt er nicht hindurch, denn so sind nun mal die Voraussetzungen. Er kann es sich nicht leisten, etwas für sie zu empfinden. Er weiß schließlich von Anfang an, wozu das führt, was er tut.

»Jesper vergöttert dich«, sage ich, um das Thema zu wechseln.

Petrescu antwortet nicht, aber ich merke, dass der Gedanke an den Jungen etwas mit ihm macht.

»Wie kannst du die Gefühle so auseinanderhalten?«, frage ich. »Im einen Augenblick deinen Sohn über alles lieben und im nächsten ein Mädchen unter Wasser halten, bis sie stirbt. Wie kannst du zwischen Menschen einen solchen Unterschied machen?«

Ich erwarte keine Antwort. Und er gibt mir auch keine. Nicht einmal einen gesenkten Kopf. »Ich war es nicht«, beteuert er. »Ich habe sie nicht ertränkt. Kannst du es nicht sehen? Ich habe sie nicht getötet.«

»Streite es nicht ab«, sage ich.

Er schüttelt den Kopf. »Warum sollte ich Anja töten?«

»Wie viele Mädchenleben hast du zerstört?«

Er will protestieren, gegen die Wortwahl, nehme ich an. Dann entscheidet er sich dagegen. »Sie war mein zweites Mädchen.«

Ich weiß nicht, ob er lügt, ob es mehr sind.

»Was ist mit der Ersten passiert?«, frage ich trotzdem.

Er versucht, die Arme auszubreiten, aber weil sie festgekettet sind, endet es in einer seltsamen Bewegung.

»Nichts ist mit ihr passiert.« Er zuckt stattdessen mit den Schultern, das erlauben die Handschellen.

»Was, nichts?«, frage ich. »Ist sie auch tot?«

»Nein, sie ist nicht tot.«

»Also, was ist dann passiert?« Ich versuche, es zu verstehen.

»Nichts«, wiederholt er.

Schließlich begreife ich es. »Sie steckt also immer noch drin?«, frage ich. »Sie wird immer noch an ekelhafte Perverse in einem fremden Land verkauft?«

Eine Weile schweigt Petrescu. »Jeder tut nur das, was er muss«, sagt er.

HIER ENTSCHEIDET ES SICH. Hier entscheide ich mich.
Du verstehst wahrscheinlich nicht, was ich meine.
Noch nicht.
Oder vielleicht doch.

DER JONNY-JIMMY AM STEUER BLINKT und biegt zu einem großen Backsteingebäude mit einer hohen Umzäunung ab. Wir werden so gut wie sofort hereingelassen und fahren zu einer Art Eingang. Petrescus Tür wird geöffnet, er wird von der Kindersitzbefestigung losgemacht und aus dem Auto geführt. Die Jonny-Jimmys bringen ihn in Richtung Gebäude. Auf halbem Wege will sich Petrescu umdrehen und nach mir sehen, aber die Polizisten machen ihm deutlich, dass er weitergehen soll.

Es dauert nicht lange, bis die Jonny-Jimmys zurück zum Auto kommen. Auch jetzt sprechen sie mich nicht an, ich bekomme von dem auf dem Fahrersitz nur einen ähnlichen Blick wie vorhin zugeworfen, bevor wir den gleichen Weg wieder zurückfahren.

Mange und Christian stehen immer noch dort und warten, als wir vor dem Präsidium halten. Zeit ist etwas Dehnbares, denn für sie ist kein Leben vergangen, seit wir uns gesehen haben.

Sie kommen zu mir und sehen fragend aus, als ich aus dem Auto steige.

»Hast du etwas gesehen?«

»Ihr habt den richtigen Mann«, antworte ich.

»Hast du es in ihm gesehen? Oder hat er es dir gestanden?«

»Nein, er hat nicht gestanden. Aber ihr solltet ihn für das hier einbuchten«, sage ich.

Sie sehen mich mit Gesichtern an, als wollten sie mich bitten, das weiter auszuführen, zu erzählen, was passiert ist, alles zu sagen, was er gesagt hat. Aber ich tue es nicht.

»Ich muss …«, sage ich und mache deutlich, dass ich zu meinem Auto will, das ein Stück entfernt auf dem immer noch leeren Parkplatz steht. »Tut mir leid, ich kann euch nicht mehr geben. Den Rest müsst ihr jetzt erledigen.«

Und damit gehe ich los, weg von ihnen, zum Auto. Sie lassen mich. Vielleicht sehen sie mir an, dass ich nicht länger bleiben kann. Dass ich keine Luft mehr in die Lunge bekomme.

Als ich wegfahre, kann ich im Rückspiegel sehen, wie sie immer noch dort stehen und mir nachsehen. Oder sie reden miteinander. Haben es richtig verstanden, was ich gesagt habe.

Richtig verstanden?

Gibt es so etwas?

EINMAL, ALS JONAS EIN KIND war, konnte ich ihn nicht finden. Er war zehn oder elf, also habe ich mir eigentlich keine Sorgen gemacht, aber er war nirgendwo und antwortete nicht auf meine Rufe.

Draußen goss es in Strömen, dort konnte er also nicht sein. Aber als ich zum Küchenfenster ging, ahnte ich durch die Rinnsale auf der Scheibe ganz hinten auf dem Steg seine Silhouette.

Ich bin dorthin geeilt. Dachte, etwas wäre nicht in Ordnung.

Aber es war nicht so. Jonas hatte sich die Schuhe und Socken ausgezogen und mit den Füßen im Wasser geplanscht, als würde es verhindern, dass die Schuhe nass werden.

»Der See ist warm«, sagte er. »Obwohl der Regen kalt ist.«

»Der See ist sehr groß«, erklärte ich. »Er hat es noch nicht geschafft, kalt zu werden.«

Er nickte, als läge eine tiefere Bedeutung in meinen Worten.

»Sollen wir nicht reingehen?«, fragte ich. »Es schüttet doch.«

»Wenn man sich konzentriert, kann man sehen, wie es aussieht, wenn die Sonne scheint«, sagte er. »Es ist hier in einem drin.«

Ich weiß nicht, ob er auf sein Herz oder seine Schläfe zeigte.

Vom Aussehen her ähnelt er eher Peter, aber in seinem Inneren ist er wie ich.

Am Ende badeten wir. Angezogen. Der Regen schlug auf das Wasser, aber wir waren bereits so nass, dass es keine Rolle spielte. Ich kann mich nicht erinnern, wessen Idee es war und wer zuerst hineingesprungen ist, sondern nur, dass es wunderbar war. Wie wir zusammen gelacht haben. Als hätten wir es uns einen Augenblick lang erlaubt, voll und ganz im Hier und Jetzt zu sein.

EIN KLEINER PLATZ. EIN WALL. Sträucher, die sich wie Unkraut ausbreiten. Rundherum Kiefern, ein Rahmen aus Wald, der eine Mauer zur Außenwelt bildet und einem sagt, dass man hier vollkommen allein ist.

Obwohl es frühmorgens ist, kann ich jemanden schießen hören. Schwere Schüsse, dieses Knallen, das im Herbst überall dröhnt, wenn die Saison zur Elchjagd beginnt.

Er trägt die gleiche Kleidung wie beim letzten Mal, den Kapuzenpullover, die Hockeycap. Er schießt ohne Gehörschutz. Ich verstehe nicht, wie er es aushält. Vermutlich dröhnt es jetzt in seinen Ohren.

Das Gewehr ist gegen seine Schulter gedrückt. Er zielt auf die deformierte Menschensilhouette, die er für mich ausgeschnitten hat, er hat sie vor dem Wall aufgestellt. Die Figur ist jetzt vollkommen zerfetzt, beim nächsten Treffer wird sie endgültig auseinanderfallen.

Ich gehe zu ihm. In der Hand halte ich die Pistole. Ich ziele auf seinen Rücken. Er scheint nicht zu bemerken, dass ich näher komme, wirkt vollkommen versunken in sich selbst und das, was er macht.

Als ich nur noch ein paar Meter von ihm entfernt bin, im gleichen Abstand wie letztens, als wir geschossen haben, bleibe ich stehen und warte darauf, dass er mich bemerkt. Aber er zielt nur weiter auf seinen deformierten Menschen, lange, als hätte er alle Zeit der Welt.

Ich verändere meine Position und stelle mich so, dass er mich entdecken kann. Die Mündung seines Gewehrs ist schräg vor mir, aber so kann ich ihm ins Gesicht sehen.

Seine zusammengekniffenen Augen sind rot, vielleicht hat er nicht mehr geschlafen, seit wir uns gesehen haben. Er hat wach gelegen, während die Tage der Nacht gewichen sind, mit Gedanken, die ihn nicht mehr losgelassen haben, die Tränensäcke unter seinen Augen sind wie die eines alten Mannes.

»Robin«, sage ich, als der ohrenbetäubende Knall schließlich verklungen und die Menschensilhouette auseinandergefallen ist.

Er zuckt zusammen und dreht sich zu mir, sodass das Gewehr auf meine Brust gerichtet ist. Er reagiert nicht auf die Pistole, mit der ich auf ihn ziele.

»Was machst du hier?«, fragt er.

»Ich weiß, dass du es warst«, sage ich.

DU HAST ES VIELLEICHT SOFORT verstanden. Direkt nachdem ich erzählt hatte, was ich in ihm gesehen habe, hast du es verstanden.

Wer er war.

Was er getan hat.

Du hast gesehen, was ich nicht sehen wollte, nicht konnte, weil es nicht dazu passt, wie ich die Welt haben will. So wie es Linda mit Petrescu ging, wie es allen geht, wenn die Welt nicht so ist, wie sie sein sollte. Wenn wir nicht sehen wollen, dann tun wir es auch nicht.

Bis vor einigen Stunden hatte ich geglaubt, Petrescu hätte Anja ermordet. Es passte schließlich. Er ist noch dort gewesen und hat mit ihr geraucht, er hat ihre Kleidung weggeworfen, er hat sein Leben Dingen gewidmet, die man Menschen nicht antun soll.

Aber es ist nicht in ihm gewesen. Als ich mit ihm im Auto saß, das durch die morgendliche Stadt fuhr, wurde es mir klar.

Manchmal ist nicht derjenige das Monster, von dem man es will.

»Du hast Anja mit zum Strand genommen«, sage ich zu Robin. »Du hast sie unter Wasser gehalten, bis sie nicht mehr geatmet hat.«

Er antwortet nicht. Aber ich kann sehen, wie der Griff um sein Gewehr fester wird.

Noch ein Mensch, der sich im freien Fall befindet.

»Ist die Polizei auf dem Weg?«, fragt er.

»Nein, ich habe sie nicht angerufen.«

Das verwirrt ihn. Er hat auf diesen Augenblick gewartet. Seit wir hier zusammen auf dem Schießplatz waren, hat er darauf gewartet, die Minuten gezählt, bis ich die Polizei zu ihm führen und alles vorbei sein würde. Aber jetzt, wo der Moment endlich gekommen ist, ist er nicht so, wie er ihn sich vorgestellt hat. Nicht so endgültig.

Ich kann seinen inneren Kampf beinahe spüren.

Die beiden Stimmen in seinem Kopf hören.

Eine von ihnen ist ruhig, sie rät ihm aufzugeben, sagt, dass es jetzt endlich vorbei ist, dass er nun kapitulieren und sich dorthin führen lassen kann, wo er hingehört.

Aber dann gibt es noch die andere Stimme, die hysterische, die schreit, dass er immer noch die Chance zur Flucht hat, dass das Gewehr bereits auf mich zielt, nur eine kleine Bewegung mit dem Finger, dann kann er auch mein Leben beenden, ein weiteres Leben spielt keine Rolle, und dann kann er in sein Auto steigen und wegfahren. Wohin auch immer. Davonkommen. Für immer von hier verschwinden.

Robin hält das Gewehr so fest, dass seine Fingerknöchel weiß werden.

»Manchmal spaltet sich das Universum«, sage ich.

Es lässt ihn innehalten.

»Bei jeder Handlung, bei jeder getroffenen Entscheidung verzweigt sich das Universum in Linien, die komplett voneinander getrennt sind.«

Er sieht verständnislos aus.

»Du kannst das tun, was du gerade in Erwägung ziehst, und dein Gewehr gegen mich verwenden«, fahre ich fort. »Aber dann werde ich mich verteidigen. Wenn du diesen Weg wählst, töten wir uns gegenseitig. Bei der kleinsten Bewegung von dir schieße ich. Dann hört hier und jetzt auch deine Linie auf.«

Robin weiß und sieht, dass es eine leere Drohung ist. Dass ich die Waffe in meiner Hand nicht benutzen kann. Und alles, was ich sage, geht ohnehin an ihm vorbei. Es ist eher meine Stimme als der Inhalt meiner Worte, die ihm bewusst macht, was wir gerade tun.

Sein Griff um das Gewehr lockert sich, er lässt es beinahe fallen.

»Es gibt kein Universum, in dem ich dich verletzen könnte, Ramona«, sagt er.

Dann setzt er sich auf den Schotterboden und sackt in sich zusammen, als könnten ihn seine Beine nicht länger tragen.

Ich bleibe stehen und ziele auf seine Brust, während er sich vor- und zurückwiegt.

»Ich wollte es nicht tun«, sagt er.

Robins Blick sucht meinen. Er kann nicht in Worte fassen, was er fühlt.

Das kann er selten.

Ich setze mich neben ihn. Löse das Gewehr aus seiner Hand und lege es neben uns auf die Erde. Dann ziehe ich vorsichtig seine Hand zu mir und halte sie so, wie ich es bei Linda gemacht habe, bei Peter und bei den Kindern, zu denen ich geschickt wurde. Die Hand ist ein Weg ins Innere eines Menschen.

»Ist die Polizei auf dem Weg?«, fragt er wieder.

»Nein, ich habe keinem erzählt, was du gemacht hast.«

Er versteht es wieder nicht.

Wie sollte er auch?

»Können wir nicht zum Strand fahren?«, schlage ich vor.

»Zum Strand?«

»Ja, zum Maltesviken.«

Ich weiß nicht, warum ich ihn dorthin bringen will.

Um zu sehen, ob er es bereut? Um sicher sein zu können, dass er gerade wirklich dabei ist, an seiner Tat zugrunde zu gehen?

Damit ich die Entscheidung rechtfertigen kann, die ich bereits getroffen habe?

DER STRAND SIEHT SO AUS wie an jenem Tag, als sie in dem Ruderboot gelegen hat, er sieht genauso aus, wie er es immer tut. Wellen gluckern leicht gegen die Steine am Ufer, wie sie es gestern getan haben, wie sie es morgen tun, wie sie es nächstes Jahr tun werden. Heute Abend wird sich die Sonne über dem Horizont wieder einmal rot färben, womöglich wird ein Seevogel auf dem Wasser landen und einen Keil hinterlassen.

Wie oft wird all das noch geschehen, bevor die Sonne ausgebrannt ist und unsere Ewigkeit hier ein Ende hat?

Ich erwarte, dass Robin zum Ruderboot gehen und sie dort so sehen wird wie ich, obwohl sie nicht mehr dort liegt. Aber er wirft nur einen Blick in die Richtung und lässt sich stattdessen dort nieder, wo das Gras in den Sand übergeht. Von dort aus schaut er hinaus auf das Wasser.

Ich setze mich wieder neben ihn. »Was ist passiert?«, frage ich.

»Es waren die anderen. Ich wollte eigentlich nicht.«

Ich nicke, vielleicht um ihn zu ermutigen.

»Wir waren bei Benny und haben gefeiert.«

»Nenn keine Namen«, bitte ich ihn.

»Wir haben ein paar Seiten mit Mädchen gegoogelt. Solche wie … ja. *Sie*. Einfach nur so. Es gibt viele. Wir haben sie verglichen. Haben Punkte vergeben und so. Und dann haben wir gesehen, dass eine der Hübschesten gerade hier oben in der Stadt war.«

Das, was er erzählt, ist auch in ihm sichtbar. Einige junge Männer, die sich alle ähneln, sitzen um einen Laptop herum, mit Bierflaschen in den Händen. Sie albern herum, stacheln sich gegenseitig an, so wie eine gewisse Art von Männern es macht, während gleichzeitig ihr Urteilsvermögen schwindet. Zusammen sind sie in der Lage, sich zu Handlungen herabzulassen, auf die sie allein niemals kommen würden.

Sie betrachten das gleiche Bild, das Anna von der Unterkunft für die Opfer von Menschenhandel für mich ausgedruckt hat, das, auf dem Anja posiert. Aber die betrunkenen jungen Männer sehen etwas ganz anderes darin als ich. Sie ignorieren vollkommen, was ihre flehenden Augen einem nahelegen zu sehen.

»Warum habt ihr sie zur Hütte gebracht?«, frage ich.

»Wir haben erst daran gedacht, uns zur Stadt aufzumachen. Sie sollte am nächsten Tag in einem Hotel sein. Aber wir waren ja gerade am Feiern, und niemand konnte fahren. Also hatte Ante die Idee, sie zu uns nach Hause zu bestellen.«

»Nenn keine Namen«, wiederhole ich.

»Aber Benny wollte nicht, dass wir sie zu ihm nach Hause kommen lassen. Und dann ist Ante die Hütte eingefallen. Sie gehört meinem Onkel. Als wir jung waren, haben wir dort immer gefeiert. Manchmal fahren wir immer noch hin. Wenn wir danach aufräumen, merkt er nicht, dass wir da gewesen sind.«

Es klingt so banal. Als ob ihm immer noch nicht wirklich klar ist, was sie da eigentlich getan haben.

Und dass sie dort schon früher immer gefeiert haben, bedeutet es, dass Jonas auch dabei war? Dass er Bierdosen aus dem Haus geschmuggelt hat und mir erzählt hat, er würde bei

Vera schlafen, aber eigentlich war er dort, in Gesellschaft solcher Männer? Bedeutet es, dass er einen Abend lang so wie sie geworden ist?

Ich verwerfe den Gedanken.

»Also habt ihr sie dorthin *bestellt* und missbraucht?«, frage ich.

Robin bemerkt meine Wortwahl und schaut zu Boden, auf den Sand und die unebene Graskante.

Ich nehme in ihm wahr, wie er zur Böschung unterhalb des nächsten Hauses oben am Weg geht und Blumen pflückt, die er zu ihr ins Boot legen wird.

Die Frühblüher. Die im Wasser geschwommen sind.

Anfangs wählt er nur die schönsten aus, die aufgeblüht sind, aber es gibt noch nicht so viele davon, also schraubt er seine Ansprüche nach einer Weile herunter und pflückt alle, die er sieht, einen Armvoll. Es darf sich nicht armselig anfühlen.

»Warum hast du die Blumen ins Boot gelegt?«, frage ich.

Robin antwortet nicht. Er weiß es nicht genau. Um sie zu bedecken, glaube ich.

Er legt sie ihr über die Brust, als wäre es eine Beerdigung. Zuerst hat er sie unter Wasser gehalten, jetzt begräbt er sie.

Aber das Wasser im Ruderboot ist zu tief, die Blumen bleiben nicht liegen, sie schwimmen weg. Das sollten sie eigentlich nicht, das Wasser ist schließlich still, trotzdem treiben sie davon.

»Du bist am Morgen, nachdem ihr sie bestellt hattet, zurück zur Hütte gefahren?«, sage ich. »Ist es so gewesen?«

»Ja, ich wollte sichergehen, dass wir keine Spuren hinterlassen haben. Mein Onkel darf nicht erfahren, dass wir manchmal immer noch hinfahren. Einmal war er stinksauer, als wir …«

Er verstummt, führt die Geschichte nicht weiter aus.

»Aber sie waren noch dort? Anja und Petrescu?«, frage ich.

Er nickt.

»Ich habe ihnen gesagt, dass sie wegfahren sollen. Dass sie nicht hierbleiben können. Aber er wollte noch eine Sache erledigen, es war etwas mit irgendeinem Autoteil. Also hat er gefragt, ob sie noch ein paar Stunden dortbleiben könnte.«

»Und du hast zugestimmt?«

»Er hat gesagt, dass ich sie noch einmal gratis bekommen könnte, wenn ich mit ihr warte.«

Weit draußen auf dem See schaukelt ein Boot. Eine Weile versuche ich zu verstehen, ob es sich bewegt oder ob es zum Angeln stillsteht. Ich kann es nicht erkennen.

»Warum hast du sie hier an den Strand gebracht?«, frage ich.

»Sie hat so traurig ausgesehen.«

»Du hast sie mit hierhingenommen, um sie *glücklich* zu machen?«

Die Wahrheit, nach der wir suchen, ist nicht immer so, wie wir sie erwarten.

»Ja, es ist schön hier«, erklärt er. »Ich fahre manchmal hierher. Sitze hier einfach nur da. Es beruhigt mich.«

»Jonas sitzt immer auf dem Steg an unserem Seeufer, wenn er nach Hause kommt«, sage ich.

Es hat nichts damit zu tun, aber Robin scheint nicht der Meinung zu sein, dass es irrelevant ist.

»Dann haben wir vielleicht manchmal gleichzeitig am See gesessen«, erwidert er. »Ohne es zu wissen.«

»Was ist am Strand passiert?«

Robin zögert.

»Es schien ihr hier auch zu gefallen«, sagt er nach einer Weile. »Sie wurde ein ganz anderer Mensch. Sie wollte baden ... zog sich aus ... Sie hat nicht verstanden, dass das Wasser noch zu kalt war. Dass man noch nicht baden kann.« Er stockt erneut, scheint es aber vor sich zu sehen. »Dann hat sie einfach nur dagestanden. Ohne Kleidung, und sie hat gelacht, weil es kalt war. Das hat sie wirklich. Gelacht. Und ich ...« Er schaut wieder zu Boden. »Er hatte schließlich gesagt, dass ich dürfte«, fährt Robin fort. »Weil ich mich um sie gekümmert habe. Aber als ich ... da hat sie geschrien ...«

»Was hat sie geschrien?«, frage ich.

Als würden ihre Worte irgendeinen Unterschied machen.

»Ich weiß nicht. Irgendwas in einer Fremdsprache. Sie hat um sich geschlagen. Getreten. Ist auf mich losgegangen. Also habe ich ...«

Innerlich führt er das Unverzeihliche noch einmal durch. Wie oft hat er sie inzwischen ertränkt?

»Ich wollte nur, dass sie ruhig ist«, erklärt er, als das Mädchen in seinem Inneren wieder still geworden ist, den Kampf um ihr Leben aufgegeben hat. »Aber sie hat nicht aufgehört.«

Robins Gesicht sieht so reumütig aus, aber er weint nicht, nicht mit Tränen.

»Warum hast du sie ins Boot gelegt?«, frage ich.

Hier ist er sich wieder nicht sicher.

Sie ist verstummt, bewegt sich nicht mehr und wirkt so wehrlos. Das Wasser im Boot ist nicht so kalt wie im See, er zittert wegen des eiskalten Seewassers, von dem seine Kleidung trieft, dagegen fühlt sich das Wasser dort im Ruderboot beinahe warm an.

Als wäre sie dort geschützt.

»Dann bist du einfach weggefahren?«, frage ich. »In dein normales Leben zurückgekehrt?«

Die Frage ist hart, weil ich Robin zur Einsicht bringen will, wie absurd er gehandelt hat. Ich glaube, dass ich ihn schon fast so weit habe, weil er wieder den Sand vor seinen Füßen betrachtet.

»Nein, ich habe zuerst ihre Kleidung zusammengesucht«, entgegnet er. »Sie hatte sie einfach auf den Boden geworfen, es sah unordentlich aus, also habe ich sie auf einen Haufen gelegt. Und dann habe ich Petrescu angerufen und erzählt, was passiert ist.«

»Warum?«

»Es sah so unordentlich aus«, wiederholt er.

»Nein, warum hast du angerufen?«

Er denkt kurz nach. »Ich dachte, er sollte es wissen.«

»Was hat er gesagt?«

»Er wurde still«, sagt Robin. Er schaut auf den See.

»Warum hat er die Kleidung mitgenommen?«, frage ich, obwohl ich es vermutlich bereits weiß. DNA, Beweise, so etwas. Petrescu wollte nicht, dass die Spuren zu ihm selbst führen.

»Habt ihr dabei die Laborhandschuhe benutzt?«, frage ich weiter, als ob es eine Rolle spielt.

Er sieht verwirrt aus. Vielleicht hat er es vergessen. Oder die Handschuhe hatten gar nichts damit zu tun.

»Hat Petrescu dich bedroht?«, will ich stattdessen wissen.

Robin schüttelt den Kopf. »Es hat sich eher so angehört, als ob er traurig war.«

Ich betrachte Robin eine Weile. Den Mörder. Den wir gesucht haben, seit das alles hier angefangen hat. Das Monster, das wir fangen und einbuchten sollten, damit Anja Gerechtigkeit widerfährt.

Er war es.

Manchmal findet man die Antwort auf seine Suche, aber sie taugt irgendwie nichts, man ist nicht zufrieden.

»Warum habe ich dir die Puppe gegeben?«, frage ich ihn. Es hat nichts hiermit zu tun. Trotzdem will ich es wissen. Allein wegen dieser Sache mit dem Ungleichgewicht.

Aber er scheint jetzt akzeptiert zu haben, dass ich mich nicht erinnern kann.

»Meine Eltern wollten sich scheiden lassen«, erklärt er.

»Und du hattest es gerade erst erfahren?«

»Ja. Meine Mutter hatte es am Abend vorher erzählt. Ich habe nicht verstanden, wie du es schon wissen konntest.«

»Haben sie es denn gemacht?«, frage ich. »Sich scheiden lassen?«

»Sie sind nach einer Weile wieder zusammengekommen.«

»Wo habe ich dir die Puppe gegeben?«

Wie gesagt sollte es eigentlich keine Rolle spielen, aber ich habe ein wenig zu lange darüber nachgedacht.

»Ich hab alleine auf dem Schulhof gesessen«, beginnt er. »Hinter dem Schuppen mit Schlägern und Helmen. Du hast Jonas abgeholt, aber als du mich gesehen hast, hast du ihn warten lassen. Du hast ihn am Auto stehen lassen und bist zu mir gekommen.«

»Stimmt, das habe ich gemacht«, bestätige ich, denn während Robin erzählt, erschaffe ich eine Erinnerung daran.

»Du hast ihn lange einfach nur da stehen lassen, während du mit mir gesprochen hast. Wir haben uns an den Schuppen angelehnt, und du hast mir die Puppe gegeben. Die anderen auf dem Schulhof haben mich neidisch angeschaut, aber du hast gesagt, ich soll ihnen die Puppe nicht zeigen. Dass Eva nur für mich da wäre.«

»Ich sollte mich daran erinnern«, sage ich. »Das sollte ich wirklich.«

Draußen auf dem See liegt das Boot immer noch an der gleichen Stelle. Wenn ich die Augen zusammenkneife, glaube ich, die Angelrute erkennen zu können, die über den Rand des Bootes ragt.

Aber es ist zu tief, um dort zu angeln, vermutlich wird nichts anbeißen.

ICH SITZE AM STEUER.

Fahre über kaputten Asphalt.

Der Weg nach Tarsmyran schlängelt sich durch Hügel und Täler. Der Wald wird von Kahlschlägen aufgebrochen, als ich die ersten Male hier vorbeigefahren bin, waren sie an anderen Stellen. Wald wird gefällt, dann wächst er wieder nach. Eine Zeit geht in eine andere über, und wir folgen ihr.

»Tut mir leid, dass ich dich mit der Pistole bedroht habe«, sage ich zu Robin. »Ich habe gedacht, ich wäre gezwungen zu ...«

Ja, was habe ich gedacht?

»Ich habe es falsch verstanden«, setze ich noch einmal neu an. »Ich habe zwei verschiedene Dinge miteinander vermischt und etwas ganz anderes daraus gemacht.«

Ich habe mich in seine Richtung gedreht, aber eigentlich rede ich mit mir selbst.

»Die Pistole wird mich weiter begleiten«, füge ich hinzu. »Ich war nicht jetzt gezwungen zu...«

Er versteht nicht, wovon ich rede. Vielleicht tue ich es auch nicht.

»Die Wahl, von der Maria gesprochen hat, hatte nichts mit der Pistole zu tun«, sage ich.

Ich fahre auf die Seite und halte am Straßenrand an.

Robin sieht mich fragend an.

»Es ist so«, erkläre ich. »Es gibt zwei Alternativen. Entweder fahren wir beide zum Präsidium, ich lasse dich dort, du gestehst, was du getan hast, und sitzt die nächsten zehn Jahre im Gefängnis, während Petrescu ein bisschen Urlaub in irgendeiner Einrichtung bekommt und bald wieder Mädchen herholen kann, die missbraucht werden.«

Ich mache eine Pause.

»Oder ich fahre dich nach Hause. Das ist die andere Alternative. Wir sagen niemandem etwas, und du sorgst dafür, dass die anderen, die dabei waren, auch den Mund halten, dann kommst du in dieser Sache weiterhin *nicht vor*.«

Robin sieht schon wieder verständnislos aus.

»Wenn du hierbei nicht vorkommst, hat Petrescu Anja ertränkt«, erkläre ich. »Und dann wird er es sein, der für ein Jahrzehnt verschwindet. Die Polizei glaubt bereits, dass er schuldig ist, und die Beweise stützen es.«

Robin steht mit hängenden Schultern da.

»Der Menschenhandel wird nicht verschwinden, weil Petrescu weg ist«, fahre ich fort. »Aber sein Anteil daran wird es. Das nächste Mädchen, das er hergebracht hätte, wird nicht gezwungen sein …«

Ich verstumme.

Robin sieht mich an wie ein Kätzchen. Ein kleines neugeborenes Kätzchen, und es ist an mir zu entscheiden, ob es ertränkt oder verschont werden soll.

Ich denke, genau so ist es.

»Du wirst nie wieder so etwas tun«, sage ich.

ICH WENDE MICH JETZT AN DICH. Du, der oder die mir zuhört. Ich bitte dich, sie zu verstehen. Die Wahl, die ich getroffen habe. Die Entscheidung, die ich gefällt habe. Vielleicht wärst du zum gleichen Schluss gekommen, wenn du an meiner Stelle gewesen wärst.

ABER ES LÄSST SICH NICHT VERGLEICHEN.
Für dich ist das hier einfacher.
Du siehst nicht so wie ich.

ROBIN WOHNT IN EINEM UNPERSÖNLICHEN, relativ neuen Haus in Tarsmyran, nicht besonders weit von uns entfernt. Hier in der Gegend werden extrem wenige neue Häuser gebaut, sobald eines fertig ist, hat sich der Gebäudewert halbiert. Moderne Häuser passen sowieso nicht hierher, finde ich. Ohne hochgewachsene Bäume, Beete und Gemüsegärten bekommt das Haus keine Seele, keinen Charakter, es fehlt das Gefühl, dass das Hier und Jetzt mit der Vergangenheit zusammengehört. Auf Robins Grundstück ist alles kalt, streng und übertrieben kultiviert.

Ich setze ihn an der Auffahrt ab, die zu seinem Carport führt.

»Sag niemandem etwas«, wiederhole ich. »Wenn du einfach den Mund hältst, kannst du eine ganze Reihe von Mädchen wie Anja retten.«

Er nickt.

Ich sehe ihm in die Augen.

»Das bist du ihr schuldig.«

Du findest vielleicht, dass die Aussage seltsam ist. Dass er stattdessen in meiner Schuld stehen müsste, dankbar sein sollte für die Wahl, die ich getroffen habe.

Aber noch einmal, du siehst nicht alles, was ich sehe.

Aber vielleicht verstehst du es bereits?

Dass ich Robin für den Rest seines Lebens mit dem Wissen zurücklasse, was er einem unschuldigen Mädchen angetan hat. Ich nehme ihm die Möglichkeit, eine Strafe zu bekommen, gegen die er seine Schuld eintauschen kann.

JEDEN HERBST HÖRT MAN HIER in der Gegend den Widerhall von Schüssen. Peter und die anderen Jäger fahren zum Schießplatz und feuern ihre Gewehre ab, bekommen eine Genehmigung und begeben sich hinaus in den Wald, um ihre Waffen auf einen Elch zu richten, der sich zu dicht an ihre Hochsitze verirrt hat. Nach einer Weile hört man auf, über die Knallerei in der Ferne nachzudenken, über die Dramen, die sich dort abspielen.

Ich fahre weg von Robins Haus, in dem Wissen, dass einer der Schüsse im Herbst aus seiner Küche kommen wird.

Er wird sein Gewehr nehmen und es auf sich selbst richten, seinen leblosen Körper auf dem Küchenboden zusammenbrechen lassen und dort tagelang mit aufgerissenen Barschaugen liegen, bis er von jemandem gefunden wird. Das Universum wird sich aufspalten, doch er wird sich selbst entscheiden, der Linie zu folgen, die nicht seine ist.

Das ist die Bürde, die ich mir selbst auferlege.

ALS ICH VON DORT WEGFAHRE, nach Hause, zum See, in Peters Umarmung, schaue ich hoch. Als würde ich es spüren. Dass er wieder dort oben über mir schwebt.

Der Falke.

Ich bin unter seinen Schwingen.

Dank an

Hannah, Schriftstellerkumpel Nils, Märta für die Vorlesung in Sozialer Arbeit, Hjalmar für den Bergwerksbesuch, Anna von Talita, Sofia, weil sie die ganze Zeit an mich geglaubt hat, und Erika, Elise und Janna, deren Hilfe dieses Buch so viel besser gemacht hat.

Åsa Larssons preisgekrönte
Rebecka-Martinsson-Serie

Sonnensturm
Roman, 352 Seiten, Taschenbuch, ISBN 978-3-442-73600-3

Weiße Nacht
Roman, 384 Seiten, Taschenbuch, ISBN 978-3-442-73641-6

Der schwarze Steg
Roman, 448 Seiten, Taschenbuch, ISBN 978-3-442-73862-5

Bis dein Zorn sich legt
Roman, 352 Seiten, Taschenbuch, ISBN 978-3-442-74086-4

Denn die Gier wird euch verderben
Thriller, 384 Seiten, Taschenbuch, ISBN 978-3-442-74686-6

Wer ohne Sünde ist
Thriller, 592 Seiten, Taschenbuch, ISBN 978-3-442-77329-9

»Åsa Larsson erzählt brillant konstruierte,
hochspannende Kriminalfälle, die eine Menge
über Schwedens Gesellschaft verraten.«

WDR

»Die Bücher von Larsson sind kleine Wunder.«

Tobias Gohlis, DIE ZEIT

btb